# 德都蒙古史诗文化研究

萨仁格日勒／著

科学出版社

北京

# 内 容 简 介

　　"德都蒙古"这一称谓包含着地域和部落两层含义，指生活在青海、甘肃境内，以和硕特部为主体的蒙古族人。"德都蒙古史诗"便是萌生于这片文化土壤，经历了数代人漫长的口头创编和口耳相传过程，逐渐形成的民间文学瑰宝。

　　本书对德都蒙古史诗的流传状况、演唱形式、史诗艺人、相关礼仪和民俗、听众的修养和接受情况，以及对其搜集和研究的现状进行了研究，内容丰富翔实。

　　本书可供相关专业的研究生、教师和科研人员，以及对民族史诗、民间文学和蒙古族民俗感兴趣的各类读者参阅。

**图书在版编目（CIP）数据**

德都蒙古史诗文化研究 / 萨仁格日勒著 . —北京：科学出版社 . 2017. 12
　ISBN 978-7-03-055427-7

Ⅰ.①德… 　Ⅱ.①萨… 　Ⅲ.①蒙古族-英雄史诗-诗歌研究-中国 　Ⅳ.①I207.22

中国版本图书馆CIP数据核字（2017）第284028号

责任编辑：付　艳　苏利德　阿婧斯 / 责任校对：何艳萍
责任印制：肖　兴 / 封面设计：黄华斌
封面插图：嘎玛・多吉次仁 / 扉页插图：甘迪格
编辑部电话：010-64033934
E-mail: edu_psy@mail.sciencep.com

**斜 学 出 版 社** 出版

北京东黄城根北街16号
邮政编码：100717
http://www.sciencep.com

**中国科学院印刷厂**印刷

科学出版社发行　各地新华书店经销

\*

2017年12月第　一　版　开本：720×1000　1/16
2017年12月第一次印刷　印张：18
字数：242 000

定价：**128.00元**

（如有印装质量问题，我社负责调换〈科印〉）

# 前言

　　本书由正文五章和文后两部分组成。在绪论中介绍德都蒙古史诗的搜集与出版情况和研究概况，并提出研究的问题和资料等。正文主要介绍和分析德都蒙古相关史诗现状、**主题** [*theme*]、题材特征，阐释德都蒙古史诗艺人演唱风格和听众意义，研究德都蒙古史诗口传文本的起源地，讨论周边其他民族文化和佛经文学对德都蒙古史诗的巨大影响等诸多问题。在文后附有索引、后记。

　　通过较长时间的田野调查，笔者掌握了丰富的民间第一手资料，为进行德都蒙古史诗文化的研究做了比较充分的准备。当然，学术界已搜集出版的研究各地各部族的大量史诗资料，为本书研究奠定了坚实的基础。本书对新旧资料进行了比较和分类归纳，综合分析，并为新材料的开发挖掘和进一步研究打好了基础。德都蒙古族聚居区地域广阔，区域间文化差异明显，与周边的多民族文化关系密切。所以我们在跨文化比较研究的基础上，竭力发现其独特性，试图总结其发展规律，从而摸索并寻求抢救、保护和弘扬德都蒙古史诗传统的具体方法和措施。

首先，德都蒙古是个传统的部落概念。其主要指在青海、甘肃等地游牧的以和硕特部为主的蒙古族人，是西蒙古卫拉特人的分支，史称"南卫拉特人"。其次，德都蒙古是个文化地理概念，同时是个文化区域概念。德都蒙古由于地处青藏高原，成为蒙古文化与汉文化、藏族文化等多民族文化相互影响、相互交流、相互传播的载体，这也构成了德都蒙古文化的独特性。特别是德都蒙古史诗文化，将成为 21 世纪西部文化大开发的一项重要内容，也将成为"一带一路"或草原丝路沿线各民族文化相互影响和交流的结晶与典范。近年来，随着蒙古史诗研究的深入，德都蒙古史诗研究也引起了学术界的广泛关注。但由于各种原因，德都蒙古史诗的许多问题，如其演唱民俗和口传形式、语言特色和演唱曲调、史诗周边民俗和文本类型、与其他地区史诗的异同点和文化影响，有待更进一步地深入搜集、整理、研究和出版。德都蒙古史诗**流传** [*diffusion*] 范围广而分散，跨越甘肃、青海两省的各蒙古族州、县。所以，德都蒙古史诗的传统面貌与现状、发祥地与扩散流传地区，形成了两个概念，为研究工作在提供史诗的发展规律、变迁差异与比较意义的同时增加了整体把握的难度。包括德都蒙古在内的西蒙古地区可以说是蒙古史诗三大中心和七个（或八个）流传地带之一，也是国际亚细亚史诗圣地之一。我们通过把握其整体与两极概念的实质，推进史诗研究的全面深入。这是本书的意义和学术价值所在。

蒙古史诗的研究现已有 300 余年的历史，德都蒙古史诗的搜集和研究也经过了相当长的历程。在西部研究日益引起学术界和社会各界重视的今天，我们总结归纳这 300 余年来德都蒙古史诗研究所发展的道路，展望 21 世纪德都蒙古史诗研究的未来，无论对德都蒙古史诗研究课题本身，还是对整个蒙古史诗和欧亚草原丝路沿线各民族史诗研究来说，都具有重大的学术意义。从目前德都蒙古史诗研究的情况看，其仍处于局部、分散的搜集和介绍阶段，而缺乏整体、深入的研究和建立德都蒙古史诗体系的构思。因此，对德都蒙古史诗概念的界定、对德都蒙古史诗研究历史的归纳和总结，正好是对其全面挖掘和深入研究的重要前提和必要基础。蒙古史诗300余年的研究历史和经验告诉我们，史诗区域化研究始终是整体研究的前提和条件。本书在蒙古史诗研究领域里除了具有理论上的一些创新之外，对蒙古史诗区域化的整体研究也将起到推动作用。关于德都蒙古史诗的演唱曲调、现场民俗、口传形式、听众、社会文化土壤及其与其他史诗的关系等的研究，是对整个蒙古史诗文化进行阐释的基础，乃至是游牧民族史诗文化研究的一个案例，因为"蒙古史诗是欧亚游牧文明的缩影"。同时，本书还要对蒙古史诗在国内外各地区各部族中的分布、流传情况，以及对研究其发展变异之间的差异和规律提供活的理论依据。另外，德都蒙古史诗本身是个爱国主义教育的好题材，对其的弘扬和研究具有很大的现实意义。以史诗《格斯尔》《汗青格勒》等为中心的德都蒙古中短篇史诗，歌颂了英雄们的爱国爱民精神。这些英雄是为家乡、为人民而献身的典范。

蒙古史诗学术史在晚近的发展过程中，在传统的文学研究基础上，吸取了其他学科的理论和方法，积极发现史诗的新的属性，摸索新的阐释角度，出现了不少颇具新意的学术动向。学者运用文化人类学、民俗学、传播学、图像学等多种理论和方法研究史诗文化，取得了惊人的成就。随着对蒙古各氏族部落不同地区的不同史诗传统的发现和记录，其具有了更广阔视野的文化比较可能，引发了对史诗区域化理论的重新反思。斯钦巴图提出的德都蒙古史诗"独立流传带"理论及阐释依据，更加丰富了仁钦道尔吉关于蒙古史诗理论的"三大中心、七个流传地带"的学术思想和理论体系，推动了德都蒙古史诗学术研究的新进展。

德都蒙古口头史诗蕴藏丰富，有其独特的史诗传统和丰富的史诗篇目。举世闻名的史诗《格斯尔》早在17世纪就已口头流传于青藏高原上的德都蒙古（当时的可可诺尔厄鲁特人）民间了。当今，学者在德都蒙古地区发现并记录了几十部史诗，它们仍以活形态的口头演唱或演述的方式传承和传播至今。所以，德都蒙古史诗研究涉及史诗的搜集、整理、翻译和出版，特定史诗的传承和流布、演述和创编、**文本** [text] 和艺人，史诗学理论和学科建设等诸多问题。在科技发达的当今时代，随着新技术革命的迅速发展，信息化建设已逐步渗透到人文社会科学各个领域，形成多学科综合发展的崭新局面。近年来，蒙古口头传统研究与数字技术相结合，形成了富于创新的领域。在如此活跃的背景下，关于德都蒙古史诗的采录、归档、整理和数字化保存等问题也必须提到议事日程。笔者也在本书责编的建议下，将部分搜集到的德都蒙古史诗演述录音、录像采用二维码技术置入书中相应位置。读者可用手机扫码收听或观看。

本书聚焦于德都蒙古地区流传的除《格斯尔》之外的中短篇史诗及其文化现象的解读和阐释。因篇幅和实际能力的限制，把《格斯尔》的诸多问题留给下一步的专题研究。

当然，本书存在一些不足或欠缺，尚需深入研究的问题也不少。德都蒙古史诗的演唱曲调是个非常独特的音乐文化现象，既保留了传统的蒙古史诗演唱曲调和韵律，又吸收了藏文诵经风格的影响，同时也似乎保持着古老的呼麦唱腔。笔者在实地田野调查过程中也录制了部分艺人的演唱曲目。但是由于设备的质量和笔者的专业录制技术等问题，没有能够完成演唱曲目的 CD 和记谱等工作。这一重要而有趣的课题，只能遗憾地留待下一步再完善。

萨仁格日勒

2017 年 2 月 27 日

# 目录

前言

**第一章　　　绪论**　　　　　　　　　　　　　　　　　　　　1

第一节　称谓和研究范畴的界定　　　　　　　　　　　　　2

第二节　德都蒙古史诗的研究现状　　　　　　　　　　　12

第三节　德都蒙古史诗的搜集与出版发表　　　　　　　16

第四节　德都蒙古史诗的研究概况　　　　　　　　　　　42

第五节　本书研究的问题和资料　　　　　　　　　　　　58

**第二章　　　德都蒙古史诗文化综合特征**　　　　　　　61

第一节　主要的史诗文本及流传现状　　　　　　　　　62

第二节　德都蒙古史诗文化传统的主题和题材特征　　78

第三节　德都蒙古史诗的佛教文学影响　　　　　　　　93

第三章　　　德都蒙古史诗历史文化阐释　　　　101

第一节　德都蒙古史诗的文化环境概况　　　102
第二节　德都蒙古史诗文化交流及其途径　　　142

第四章　　　德都蒙古史诗文化特征　　　　159

第一节　德都蒙古史诗的宗教文化特征　　　160
第二节　德都蒙古史诗征战传承与成吉思汗军训方式　　　176

第五章　　　德都蒙古史诗艺人及其演唱习俗　　　　191

第一节　德都蒙古史诗艺人及其艺术风格　　　192
第二节　德都蒙古史诗演唱传统及其面临的问题　　　224
第三节　德都蒙古史诗传承中听众的意义　　　259

索引　　　269
后记　　　278

第一章　　绪论

2

# 第一节
## 称谓和研究范畴的界定

　　本书的主要研究对象是当今在青海和甘肃两省境内的蒙古族人中所流传的蒙古史诗及其传承者。上述两省境内蒙古族人的历史和在汉文文献史料中的名称是一致的。但是，国内外学术界以各自的语言文字命名和表述时，存在一些差异而出现不同称谓。所以需要简单说明本书所用称谓的来龙去脉。

### 一、"德都蒙古"称谓探析

　　"德都蒙古"（Дээд Монголчууд，Deed Mongol）这一名称，有两层含义，既是地域概念，又是部落概念。从地域概念来讲，德都蒙古指的是生活在青海、甘肃两省境内的蒙古族人。之所以包含着部落概念，是因为他们属于四卫拉特（Дөрвөн Ойрад，Dörbön Oyirod）的和硕特（Хошууд，Khoshut）部落。

　　17世纪前期，藏传佛教的格鲁派和宁玛派之间发生宗教冲突，青藏高原陷入了混乱状态，原居住在新疆乌鲁木齐一带的卫拉特蒙古[1]和硕特部首领固始汗[2]（Гүш Хаан，Güshi Khan）应藏传佛教格鲁派宗教领袖的请求，率卫拉特联军出兵青藏高原，历时 6 年征战，于 1642年扶持格鲁派平息了战争和宗教冲突，实际控制并统一了藏地三域[3]，建立了和硕特汗廷（Хошуудын Хант Улс，Khoshut Khanate），并保持了近百年的稳固统治。五世达赖喇嘛（5-р Далай Лам Агваан лувсан Жамц，5th Dalai Lama Ngawang Lobsang Gyatso）曾在《西藏王臣记》（*The Song of the Queen of Spring: A History of Tibet*）中这样写道："壬午年二月二十五日，藏地所有西藏木门人家王臣上下，均改其傲慢之容，俯首礼拜，恭敬归顺。霍尔历三月十五日，依'时轮'算规为新年开始之日，汗王即成为全藏三区之主。"[4]固始汗进入西藏后，对西藏、青海和西康地区进行直接军事统治，建立了统治整个青藏高原的和硕特汗国[5]。他们在青藏高原的活动深刻地影响了该地区的政治、经济、宗教和文化，为祖国边疆的稳定和国家的统一做出了不可磨灭的贡献（图 1-1）。

公元 1724 年，和硕特部固始汗后裔罗卜藏丹津（Лобсан Тензин，Lobsang Tendzin）反清失败后，青藏高原的和硕特蒙古部被纳入了清王朝**盟旗制度** [Аймаг-Хошууны Тогтоосон，Administrative divisions of Mongolia（during the Manchu Qing rule）] 的统治体系，这一制度随之也成为清代青海地方行政制度的重要组成之一，清政府将青海蒙古族编为左右两翼，辖于西宁办事大臣，设德都蒙古二十九旗（Дээд

---

[1] 根据《咱雅班第达传》的记载，四个卫拉特部游牧于叶尼塞河上游以南、伊塞克湖以北、乌鲁木齐以西、巴尔喀什湖以东的广大地区。其中，和硕特部就游牧于今乌鲁木齐一带。

[2] 一译顾实汗。

[3] 因为方言、地域和习俗的差异，藏区从元代开始逐渐划分为卫藏、安多和康巴三域。

[4] 五世达赖喇嘛著，刘立千译注：《西藏王臣记》，北京：民族出版社，2000 年，第 128 页。

[5] 津巴多尔济：《水晶鉴》（蒙古文），北京：民族出版社，1984 年，第 488 页；噶旺色拉布：《四卫拉特史》（托忒蒙古文），《汗腾格里》1985 年 4 期；乌云毕力格：《和硕特史纲》（蒙古文），海拉尔：内蒙古文化出版社，1990 年；等文献都有记载。

Монголын 29 Хошуу, 29 Banners of Upper Mongols)（图 1-2），会盟于青海湖以东的察汗托罗亥（Цагаан Толгой, Tsagaan Tolgoi），盟旗制度一直保持到中华人民共和国成立。在此历史过程中逐渐形成"德都蒙古"这一地域名称。

学术界讨论"德都蒙古"称谓的由来，提出了多种观点。20 世纪 80 年代，西北民族学院（现西北民族大学）哈登·宝力格认为，这个名称早在和硕特蒙古进入青藏高原之前便已经用来称呼在当地定居的蒙古人，主要是因为他们生活在离佛教圣地最近的青藏高原[1]。青海省海西蒙古族藏族自治州（简称海西州）的高·才仁道尔吉认为，在 13 世纪成吉思汗最初接触西藏和佛教文化时期开始出现这个名称，主要因佛教传说而得名[2]。纳·才仁巴力认为，该称谓是因其位处高原而得名[3]。哈登·宝力格认为文字记录"德都蒙古"名称最早的资料大概就是蒙古人民共和国科学院于 1937 年编辑出版的《蒙古文文法辞典》（*Mongol Usug un Turim un Toil Biqig*），该辞典把"德都蒙古"这个词解释为"可可诺尔厄鲁特蒙古"（Хөх Нуурын Ойрд Монголчууд，即青海厄鲁特蒙古）[4]，之后逐渐各种文字形式出现得也多了。实际上，卡尔梅克著名喇嘛旅行家巴佳格隆早在 1896 年以托忒文撰写的游记中，就已介绍了德都蒙古及其名称意义[5]。

---

[1] 哈登·宝力格：《"德都蒙古"名称由来》，《内蒙古社会科学》，1985 年 6 期，第 37-41 页。

[2] 高·才仁道尔吉：《试论"德都蒙古"名称》，《内蒙古社会科学》，1985 年 6 期，第 42-44 页。

[3] 纳·才仁巴力：《关于"德都蒙古"这一名称》，《蒙古语文》，2005 年 1 期，第 62 页。

[4] 〔蒙古〕蒙古人民共和国科学院编：《蒙古文文法辞典》，呼和浩特：内蒙古人民出版社，1951 年，第 661 页。

[5] 〔俄〕阿·马·波兹德涅耶夫著，额尔登别力格，阿力玛等译：《阿·马·波兹德涅耶夫对蒙古民间文学的研究》，北京：民族出版社，2014 年，498 页。

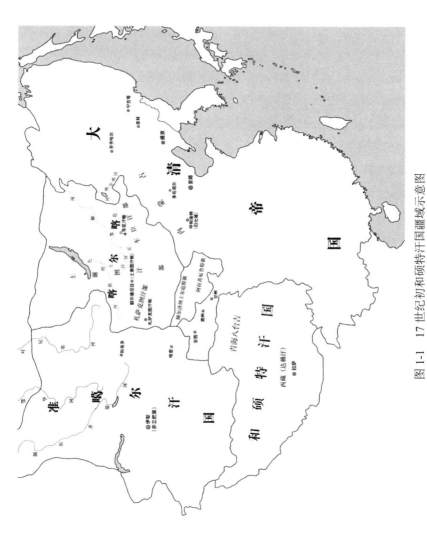

图 1-1  17 世纪初和硕特汗国疆域示意图

资料来源：中国社会科学院：《中国史稿地图集》（下册），北京：中国地图出版社，1990 年，第 97-98 页

德都蒙古史诗文化研究

6

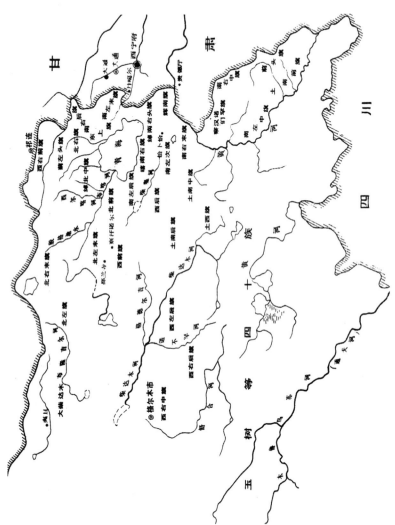

图 1-2 青海蒙古二十九旗分布示意图

资料来源：牟一之：《青海蒙古族历史简编》，西宁：青海人民出版社，1993 年，书末插页

"德都蒙古"这一名称不等同于"和硕特部"。"青海五部二十九旗"指的是和硕特部、土尔扈特部、辉特部、绰罗斯部、喀尔喀部等五部。有时候也有"青海六部二十四旗"之说法，在二十九旗上增加一个"游牧喇嘛部或者察汗诺门罕部（Цагаан Номонхан）"[1]（表 1-1）。

表 1-1　青海蒙古族二十九旗地域分布及户口情况

| 部名 | 盟别 | 旗号 | 俗称 | 世系 | 佐领数 | 封号 | 治所今址 | 初编户数 | 1938年前户数 |
|---|---|---|---|---|---|---|---|---|---|
| 和硕特部二十一旗 | 左翼 | 南左次旗 | — | 三子达兰泰 | — | 1808年，人丁无几，明令撤销 | 祁连县 | — | — |
| | 左翼 | 西前旗 | 青海王 | 六子多尔济 | 8 | 札萨克亲王品级多罗郡王 | 都兰县 | 1200 | 500 |
| | 右翼 | 前首旗 | 河南亲王 | 五子伊勒都齐 | 11 | 札萨克多罗郡王 | 河南县 | 1650 | 2000～3000 |
| | 右翼 | 南左首旗 | 默勒王 | 三子达兰泰 | 9 | 札萨克多罗郡王 | 祁连县 | 600 | 130 |
| | 左翼 | 西后旗 | 柯柯贝勒 | 六子多尔济 | 9 | 札萨克多罗贝勒 | 都兰县 | 1350 | 600 |
| | 右翼 | 北右旗 | 宗贝子 | 七子瑚鲁木什 | 6 | 札萨克固山贝子 | 海晏县 | 900 | 40 |
| | 左翼 | 北左旗 | 可鲁沟贝子 | 八子桑噶尔札 | 3 | 札萨克贝勒品级固山贝子 | 德令哈北 | 450 | 1300～3000 |
| | 左翼 | 南右后旗 | 托茂公 | 长子达延汗 | 4 | 札萨克辅国公 | 海晏县 | 200 | 50 |
| | 左翼 | 北前旗 | 布哈公 | 长子达延汗 | 4 | 札萨克辅国公 | 祁连县 | 300 | 500 |

---

[1]　青海和硕特部二十一旗，其中和硕特南左翼次旗是 1816 年（嘉庆十一年）裁撤，1731 年（雍正九年）设置了和硕特南左翼中旗。其他各旗都是 1725 年（雍正三年）编旗设置。青海辉特部一个旗（辉特南旗），青海绰罗斯部二旗 [ 绰罗斯南右首旗和绰罗斯北中旗，后者于康熙五十五年（1716 年）设置 ]，青海土尔扈特部四旗 [ 土尔扈特西旗、土尔扈特南中旗、土尔扈特南后旗、土尔扈特南前旗，于雍正九年（1731 年）设置 ]，青海喀尔喀部一个旗（喀尔喀南右旗），青海游牧喇嘛部落是察汗诺门罕旗，是个喇嘛旗。

| 部名 | 盟别 | 旗号 | 俗称 | 世系 | 佐领数 | 封号 | 治所今址 | 初编户数 | 1938年前户数 |
|---|---|---|---|---|---|---|---|---|---|
| | 左翼 | 南左后旗 | 阿喀公 | 长子达延汗 | 1 | 札萨克辅国公 | 海晏县 | 2000 | 150 |
| | 左翼 | 西右中旗 | 台吉乃尔 | 固始汗长兄哈纳克土谢图 | 1 | 公中札萨克一等台吉 | 都兰县西 | 1200 | 1050 |
| | 右翼 | 西右前旗 | 默勒札萨 | 次子鄂木布 | 2 | 札萨克一等台吉 | 祁连县 | 1200 | 500 |
| | 右翼 | 南右中旗 | 达参 | 五子伊勒都齐 | 5 | 札萨克一等台吉 | 河南县 | 2000 | 400 |
| | 右翼 | 南左中旗 | 拉加 | 五子伊勒都齐 | 4 | 札萨克一等台吉 | 同德县 | 2000 | 60 |
| 和硕特部二十一旗 | 左翼 | 北左末旗 | 茶卡王 | 六子多尔济 | 4 | 札萨克一等台吉 | 乌兰县 | 180 | 60 |
| | 左翼 | 北右末旗 | 可鲁札萨 | 次子鄂木布 | 2 | 札萨克一等台吉 | 德令哈北 | 350 | 300 |
| | 右翼 | 东上旗 | 巴哈诺尔札萨 | 四子阿玉什 | 1 | 札萨克一等台吉 | 海晏县 | 不详 | 不详 |
| | 右翼 | 南左末旗 | 群科札萨 | 次子鄂木布 | 2 | 札萨克一等台吉 | 海晏县 | 300 | 100 |
| | 左翼 | 南右末旗 | 居里盖札萨 | 次子鄂木布 | 1 | 札萨克一等台吉 | 共和县 | 150 | 60 |
| | 右翼 | 西右后期 | 巴隆札萨 | 七子瑚鲁木什 | 1 | 札萨克一等台吉 | 都兰县 | 500 | 300 |
| | 右翼 | 西左后旗 | 宗家札萨 | 固始汗五弟色棱哈坦巴图尔 | 1 | 札萨克一等台吉 | 都兰县 | 500 | 150 |

| 部名 | 盟别 | 旗号 | 俗称 | 世系 | 佐领数 | 封号 | 治所今址 | 初编户数 | 1938年前户数 |
|---|---|---|---|---|---|---|---|---|---|
| 绰罗斯部二旗 | 左翼 | 南右首旗 | 尔里克贝勒 | 卓特巴巴图尔 | 1 | 札萨克多罗贝勒 | 海晏县 | 600 | 150 |
| | 右翼 | 北中旗 | 水峡贝子 | 卓里克图和硕齐 | 2.5 | 札萨克固山贝子 | 海晏县 | 375 | 200 |
| 土尔扈特部四旗 | 右翼 | 南后旗 | 角昂札萨 | 翁贵 | 3 | 札萨克一等台吉 | 祁连县 | 500 | 130 |
| | 右翼 | 南中旗 | 永安札萨 | 保兰阿噶勒琥 | 3 | 札萨克一等台吉 | 祁连县 | 600 | 150 |
| | 左翼 | 西旗 | 托里合札萨 | 莽海 | 4 | 札萨克一等台吉 | 共和县 | 300 | 60 |
| | 右翼 | 南前旗 | 托日和札萨 | 翁贵 | 1 | 札萨克一等台吉 | 河南县 | 100 | 300 |
| 辉特部 | 右翼 | 南旗 | 端达哈 | 纳木占 | 1 | 札萨克贝子品级辅国公 | 共和县 | 150 | 150 |
| 喀尔喀部 | 右翼 | 南右旗 | 喀尔喀札萨 | 讷克额尔德尼 | 1 | 公中札萨克一等台吉 | 祁连县 | 1010 | 2 |
| 特别部 | 左翼 | 察罕诺门汗旗 | 白佛"广大明智国师" | 拉莫·粗尼嘉措 | 无 | 札萨克大喇嘛 | 贵德县 | 400 | 不详 |

资料来源：芈一之.《青海蒙古族历史简编》.西宁：青海人民出版社，1993年，第304-311页（参见图1-2）

此外，土默特阿拉坦汗（Түмэдийн Алтан Хан，Altan Khan of the Tümed）后裔及其一部分属民分散留在青海各地，也属于"德都蒙古"。如今生活在甘肃省肃北县的蒙古族人是20世纪30年代末至40年代初因战乱等原因从青海柴达木一带迁移过去的和硕特部人，其族源、地缘和文化上都与青海德都蒙古族人一样，所以也理应属于"德都蒙古"。考虑到这些历史的、地缘的及文化的因素，本书选择了"德都蒙古"这一名称。

以往研究把甘肃青海两省境内的这部分蒙古族人命名为"青海卫拉特蒙古""青海和硕特蒙古"等。早期还称他们为"青海厄鲁特""可可诺尔蒙古""西海蒙古""可可诺尔厄鲁特"等。笔者认为"德都蒙古"这一名称更具权威性。该名称虽然曾经是个口语性质的民间称呼,但已有近 200 年的历史,早已成为国际通用名称了。蒙古国的喀尔喀蒙古人,俄罗斯的布里亚特蒙古人、卡尔梅克蒙古人都用这个称谓,上述地方的相关蒙古学者也从 20 世纪 20 年代开始使用"德都蒙古"这一名称。

笔者曾于 1991 ～ 1993 年在蒙古国立大学和蒙古国科学院留学。当时中蒙两国恢复大使级外交关系时间不长。20 世纪五六十年代开始因中苏关系的原因,中蒙关系也长期处于冻结状态,停止往来近 30 年之久,所以蒙古国的大部分人对中国的蒙古族不太了解。他们只知道"内蒙古"和"新疆"有蒙古族,却不知道中国有 8 个省(自治区、直辖市)都有蒙古族。同笔者一起留学的中国留学生(访问学者),有来自内蒙古和新疆的蒙古族人。当笔者介绍自己是青海的蒙古族人时,好多人对青海并没有概念,但一说"德都蒙古人",他们马上就知道了。这是因为早期各地蒙古佛教信众前往塔尔寺(Гумбум Хийд,Kumbum Monastery)或者拉萨朝觐时,德都蒙古地区是必经之地。另外,蒙古国早期的文人大多都读过蒙古国派往西藏的第一位办事大臣(Амбан,昂邦)阿木古楞(Амгалан)路过德都蒙古地区时写的旅行日记。"德都蒙古"这一称呼已成为约定俗成的习惯称谓,被青海和其他地区的蒙古族人所接受。所以,本书选择用"德都蒙古"这个名称。但历史等相关内容的叙述方面也用"和硕特部"等其他名称。

"德都"一词在蒙古语中字面意义是"上""高"等,引申为"崇高"或者"神圣"等意思。关于这一名称的来历和意义学术界也有不同的解释。有的学者认为,这一名称是 17 世纪 30 年代四卫拉特和硕特部进入青藏高原以后出现的,主要是他们生活在高原地区而得名,指在高原地区生活的蒙古族人，简称"德都蒙古"[1]。但有的学者则认为，因他们是生活在离神圣的佛教圣地——塔尔寺、拉萨最近的蒙古族人，指在神圣、崇高的地方生活的蒙古族人，由此而得名[2]。不言而喻，本书的关注范围也理应是甘肃青海两省居住的蒙古族人中流传的史诗文化现象，所以本书主要考察了青海省境内的各蒙古族地区所流传的史诗文化传统和甘肃省肃北县蒙古族人中流传的史诗文化传统。

## 二、德都蒙古史诗的流传区域

当今的德都蒙古族人分布在青海省各个州县和甘肃省肃北县。具体来说，青海的德都蒙古族人主要聚居在海西州的乌兰县、都兰县、格尔木市、德令哈市，黄南藏族自治州的河南蒙古族自治县，海南藏族自治州的共和县，海北藏族自治州（简称海北州）的海晏县、祁连县、孟源县等地。甘肃的德都蒙古族人集中在肃北蒙古族自治县。

在青海省境内的德都蒙古族人的语言使用情况大概可分三种类型：①大部分人都使用本民族语言（海西州）；②一部分人已经藏化而使用藏语（河南蒙古族自治县）；③还有一部分人藏语、汉语和蒙古语三种语言同时使用，即官方通用语言是藏语或者汉语，而生活语言为蒙古语（海北州）。甘肃省肃北县的德都蒙古族人都使用本民族语言文字。现已不使用本民族语言的德都蒙古族人，基本丢失了**史诗演唱传统** [oral epic traditions]。由此，我们的考察和研究范围或者关注的重点，也放在保持本民族语言传统的这部分群体当中。德都蒙古史诗涵盖所有在青海省和甘肃省境内生活的蒙古族人当中流传的史诗，但我们的考察重点放在青海省海西州和甘肃省肃北县两地。

---

[1] 纳·才仁巴力：《关于"德都蒙古"这一名称》，《蒙古语文》，2005 年 1 期，第 62 页。
[2] 哈登·宝力格：《"德都蒙古"名称由来》，《内蒙古社会科学》，1985 年 6 期，第 37-41 页。

## 第二节
## 德都蒙古史诗的研究现状

德都蒙古史诗文化包括史诗流传状况、演唱形式、史诗艺人、相关礼仪和民俗、听众的修养及接受情况及其搜集和研究现状等，内容很丰富。自 20 世纪中后期开始，学术界逐渐关注包括史诗在内的德都蒙古民间文化及其地域特征，积极搜集、记录和出版了相当多的德都蒙古史诗文本。其中，除了著名长篇史诗《格斯尔》之外，还有《汗青格勒》《东吉毛勒姆额尔德尼》《道里精海巴托尔》《艾尔色尔巴托尔》《那仁赞丹台吉》《纳仁汉台吉巴托尔》《道格森哈尔巴托尔》《古南布克吉尔嘎拉》《三岁古南乌兰巴托尔》《七岁的道尔吉彻辰汗》《宝木额尔杜尼》等 30 多部中短篇史诗的 100 多种**异文** [variants]。这些史诗不仅在德都蒙古族人中，而且在海内外学术界都有一定的影响力。

据中国社会科学院史诗研究专家斯钦巴图报道，德都蒙古史诗中个别异文在 19 世纪俄国旅行家和学者格里戈里·波塔宁（Григорий Потанин）的著作中被转述过[1]。笔者在《蒙古史诗生成论》一书中

---

[1] 青海民族学院蒙古语言文学系编著：《青海蒙古研究》（青海民族学院学术系列丛书之十三），呼和浩特：内蒙古人民出版社，2004 年，第 124-125 页。

也曾经讨论过俄国学者波塔宁记录青海蒙古史诗《东吉毛勒姆额尔德尼》《霍尔鲁代莫尔根博格达》等异文[1]。而且这些史诗至今仍以**活态** [dynamic] 流传于民间。例如，德都蒙古著名艺人苏和**演唱** [perform] 的《东吉毛勒姆额尔德尼》。这部史诗至今仍然流传在德都蒙古民众中，并成为他们最受欢迎的史诗种类之一。这部史诗不仅是老一代著名艺人在演唱，中青年艺人也喜欢学着演唱。例如，乔格生、普日布等艺人跟着苏和、达格玛等老一辈艺人学唱包括这部史诗在内的许多史诗。20 世纪二三十年代以前的老一辈**史诗艺人**（tuulichi）[singers] 和**故事讲述家们** [storytellers] 都会演唱这些史诗。笔者采访的德都蒙古史诗艺人中，乔格生和普日布等都曾听过乌孜尔、达格玛等前辈艺人的演唱，并且他们可以**讲述** [discourse]《东吉毛勒姆额尔德尼》等史诗的故事梗概。这说明这部史诗在民间还以活态形式传承着。斯钦巴图的观点有理有据，完全符合当地情况。德都蒙古地区原本是民间口承文化非常丰富的史诗流传中心地带，过去有很多著名的史诗演唱艺人。对于笔者从 20 世纪 90 年代初至今采访的众多年过七旬的老人来说，童年时在蒙古包中心火炉（тулга）旁，整夜整夜地听史诗艺人演唱史诗已成为他们的**集体记忆** [collective memory]。笔者于 2007 年暑期在青海省海西州都兰县巴隆乡、诺木洪乡等地进行**民间文学田野调查** [fieldwork in folk literature] 时采访的才义（属猪，当年 73 岁）、扎木普勒（属猪，当年 73 岁）、莲花额吉（属虎，当年 83 岁，她失明已 14 年，但头脑清醒、思路清晰）、拍力杰（属兔，当年 82 岁）[2] 等都回忆起他们在童年时期听史诗演唱的经历，特别是在漫长的冬夜，在约定好的人家中聚集起来，听艺人演唱的史诗或讲述的故事。他们还饶有兴趣地讲起每个人带一捆柴火过去，用于冬夜烤火取暖。有的上了年纪的史诗迷还带一壶香浓的茶过去，边喝边听史诗。关于艺人表演的信息将在本

[1] 萨仁格日勒：《蒙古史诗生成论》，北京：中央民族大学出版社，2001 年。
[2] 2007 年 8 月 2~10 日在青海省海西州都兰县各乡做的田野调查笔记，No.20070802-10 号。

书第五章中详细描述，此处不再赘述。

根据笔者几年调查统计的实际情况看，群众现能记得名字并了解其**传统武库** [repertoire]<sup>[1]</sup> 的史诗艺人有 120 多人。但目前，青海和甘肃各地方能演唱或者讲述史诗的艺人，总计不超过 20 人。而且，一些当地老人议论：现在命名为史诗艺人或者所谓各级别的非物质文化传承人的许多人，按照以前的标准衡量的话，根本不能算艺人，只是比较有兴趣的听众而已。好多所谓的史诗艺人只是应付前来采访的各地学者，讲讲他们曾经听过的史诗故事梗概，完全忘记了作为艺人的修养或者从来就没有当艺人的修养。采访者要搜集《格斯尔》，他就把所知道的史诗故事说成格斯尔或者格斯尔的化身之类的，张冠李戴、胡说八道，糟蹋德都蒙古史诗传统<sup>[2]</sup>。

的确，笔者于 2008 年 2 月在海西州德令哈市采访时，道丽格尔苏荣老人讲述了《美须公克勒图盖》等史诗故事后，讲到自己时说："比起乌孜尔老人等前辈艺人，我们这是算什么呀？都是'没有狗的情况下以猪来代替'<sup>[3]</sup>的事儿了。如果他们还健在，哪儿有我们这些人出来的资格啊？"<sup>[4]</sup>这说明两个问题：一方面表明德都蒙古史诗传统曾经拥有非常丰厚的滋养土壤，也出现过许多非常优秀的史诗艺人；另一方面表现出现在德都蒙古史诗传统已经走到生死存亡、难以为继的关键时刻了，没有了像"拍书记"那样热心的听众，缺乏优秀艺人成长的

---

[1] 这是一个常用民俗学术语，包含两层含义：①指某个史诗艺人随时准备表演的全部史诗作品，也指保留史诗节目；②史诗艺人全部技能和本领，某人的一系列技艺、才能或特殊成就。详见〔匈〕纳吉著，巴莫曲布嫫译：《荷马诸问题》，桂林：广西师范大学出版社，2008 年，第265 页。

[2] 2007 年 8 月 5 日采访 82 岁高龄的拍力杰老人。他是青海省都兰县宗加镇特布科村牧民。多年当村党支部书记，所以当地人尊他为"拍书记"。他是当地稍有名气的民间知识人。他当过兵，打过土匪，当过生产队长、大队队长、出纳、会计。后来就一直当书记。他对地方近代史了如指掌，也会讲许多民间故事，但他很谦虚。他说："这些图吉（指史诗）我都会讲，但是不能被誉为艺人什么的，因为我没有受过当艺人的正规训练，没有拜谁为师，只是听着听着就学会了。"他还为我们提供了许多早期艺人的相关信息。

[3] 蒙古语民谚，意同于狗尾续貂（貂尾不够用了拿狗尾巴来顶替）。

[4] 2008 年 2 月 13 日采访青海省海西州德令哈市宗务隆乡牧民道丽格尔苏荣的笔记。

文化土壤。

　　当今国际社会都在强调和关注各民族民间非物质文化遗产的保护、弘扬及发展。不言而喻，德都蒙古史诗传统的生存和发展，也理应得到全社会的关注和重视。德都蒙古史诗演唱传统能够维持至今，实属难得。保护现存濒临绝境的口头传统，理应是我们不可逃避的责任。在党和政府的相关政策引领下，我们应该多方调动有识之士、各地传承人、社会各界人士的力量，抢救、保护、弘扬、发展德都蒙古英雄史诗文化传统，以留住最后的"绿洲"。

# 第三节
# 德都蒙古史诗的搜集与出版发表

最早研究德都蒙古史诗的学者，是德都蒙古著名学者松巴·益西班觉（Сүмбэ Хамба Ишбалжир, Sumpa Khamba Yeshepeljor）。他在回六世班禅额尔德尼班旦益西（VI Ванчин Богд Лувсан балдан-Иш, 6th Panchen Lama Lobsang Palden Yeshe）的《答第六世班禅班旦益西（1737—1780）相关格萨尔问题》（*Sumpa Khenpo's Novel Differentiation of Historical and Enlightened Gesars in Conversation with the Sixth Panchen Lama, Palden Yéshé*）的信件[1]及《松巴自传》[2]中，谈到有关格斯尔的人物形象及其历史真实性等问题。这方面学术界已经有很多研究了，这里我们主要介绍并探讨中华人民共和国成立后的情况。

## 一、中华人民共和国成立后德都蒙古史诗的搜集情况

青海蒙古史诗的搜集史可追溯到 19 世纪，俄罗斯旅行家波塔

---

[1] 松巴·益西班觉：《佛教与诗词文化中的疑问答集之太白金星》（藏文），见拉卜楞寺印经院：《松巴文集》（木刻本），第 13-16 页。

[2] 松巴·益西班觉：《松巴自传》（藏文），见拉卜楞寺印经院：《松巴文集》（木刻本），第 13-16 页。

宁在《中国的唐古特—西藏边区和中央蒙古》(*The Tangut-Tibetan Borderlands of China and Central Mongolia*) 一书中用俄文转述了《东吉毛勒姆额尔德尼》《霍尔鲁代莫尔根博格达》《威伦汗》等德都蒙古史诗的内容。波塔宁于 1884～1886 年游历于中国华北与西北部，在青海旅行时于塔尔寺遇见一位德都蒙古女艺人，记录了《东吉毛勒姆额尔德尼》[1] 等史诗，该书于 1893 年在圣彼得堡出版。这之前也有早在 1680 年"章嘉呼图克图邀请青海厄鲁特五位老人讲述《格斯尔》并记录成册"的说法。笔者于 2015 年冬天在莫斯科有幸拜访了俄罗斯国立人文大学著名史诗专家谢·尤·涅克留多夫 (Сергей Юрьевич Неклюдов)。他对 1680 年记录青海厄鲁特五位老人讲述《格斯尔》这一消息的来历和可靠性问题进行了考证。布里亚特喇嘛索德那木 - 扎木苏·吉格吉德瓦 (Содном-Жамцо Жигжитов) 曾读过章嘉呼图克图 (Зангиа Хутагт) 秘传记载青海厄鲁特五位老人讲述《格斯尔》并记录一事[2]。国内学术界一般认为德都蒙古史诗的搜集和研究工作开始于 20 世纪 50 年代中后期。1956 年，阿·太白、曹洛孟二人以音标记录了甘肃省肃北县蒙古族艺人罗布桑演唱的史诗《胡德尔阿尔泰汗》的一篇异文。仁钦道尔吉在 1978 年出版的英雄史诗集《希林嘎拉珠巴托尔》中首次发表了该文本。据斯钦巴图的研究，额尔敦陶克陶在"文化大革命"之前记录了德都蒙古史诗《道格森哈尔巴托尔》的**韵文体** [*verse*] 文本，但演唱者、演唱地点、演唱时间不详。

德都蒙古民间文学的搜集整理工作是与全国少数民族民间文化抢救工程同步进行的。虽然进展比较缓慢，但是起步比较早。据调查访问，在"文化大革命"前，也有少数学者自觉地或不自觉地搜集记录《格斯尔》《魏特摩尔根特木尼》等史诗或民间故事片段。据阿旺·却太尔

---

[1] 〔俄〕格·纳·波塔宁：《中国唐古特—西藏边缘和中央蒙古》第二卷，圣彼得堡，1893 年，第 157-160 页。

[2] 这是 2015 年 11 月 27 日的采访记录。当时涅克留多夫说相关青海五位厄鲁特老人 1680 年讲述《格斯尔》的信息他专门写了文章，以力图确认其可靠性问题。

（Агван Чойтэр）回忆，他小时候见过早期用"根基夏尔"（ginji-shar-a）[1]拼写蒙古语故事的抄本。蒙古文《格斯尔》也有以藏文草体书写的异文[2]。但这些珍贵的资料可能在"文化大革命"期间被毁。

德都蒙古民间文学的比较自觉的搜集整理行动，是于20世纪70年代末至80年代初开始的。20世纪70年代末，青海民族学院的乌云别力格图、贾希儒等教师去海西州乌兰县、都兰县等地搜集、整理了一些民间故事和民间谚语等，并打印成油印册子[3]。此后，1978年春西北民族学院教授哈登·宝力格带实习生去青海省海西州乌兰县怀头他拉公社（今德令哈市怀头他拉乡），进行民俗民间文学田野调查工作。在这期间，哈登·宝力格专访了德都蒙古著名艺人乌孜尔老人，记录了各种形式的民间文学作品，其中最重要的是记录了史诗《汗青格勒》。他把这部史诗的手抄本整理后，由当时在西北民族学院的贾·伦图先生转写成托忒文，发表在新疆的《汗腾格尔》杂志上[4]。这可能是"文化大革命"以后著名艺人乌孜尔第一次演唱并记录出版的德都蒙古史诗异文。

1980年海西州群艺馆的乌云别力格采访了格尔木市乌图美仁乡艺人达尔汗，记录了史诗《格斯尔》的3部异文。之后，青海民族学院大学生苏荣和乌云别力格一起深入到格尔木市乌图美仁乡牧民中，采访了达尔汗、赖格邹尔、巴勒其格等艺人，搜集记录了10万多字的民间文学第一手资料，其中就记录了十来部短篇史诗，还有4部《格斯尔》异文。

1982年，内蒙古师范大学蒙古语言文学研究所的那日苏、宝力高等去青海海西州各地进行田野调查，采访了著名艺人乌孜尔等，记录

---

[1] 指的是藏文草体。早期德都蒙古喇嘛文人常常用藏文草体书写、记录蒙古语故事或者颂词等。
[2] 阿旺·却太尔说，他在塔尔寺当秘书时曾经见过用藏文草体书写的蒙古故事的佛经形式的文本。这是2010年2月18日的采访记录。
[3] 青海民族学院蒙古语言文学系编著：《青海蒙古研究》（青海民族学院学术系列丛书之十三），呼和浩特：内蒙古人民出版社，2004年，第124-125页。
[4] 贾·伦图：《汗青格勒》，《汗腾格尔》，1981年4期。

了几部《格斯尔》异文。同年夏天，内蒙古社会科学院文学研究所的道荣嘎和中国社会科学院少数民族文学研究所安柯钦夫去海西州各地，采访了却德布、色仁及盲人艺人苏和等，搜集了几部《格斯尔》异文，同时搜集记录了一些民间故事。当时他们访问的德都蒙古著名盲人艺人苏和，演唱了《格斯尔》八部异文。他们记录整理后编入内蒙古《格斯尔》办公室内部编辑出版的丛书，以《青海格斯尔传》（二）名称出版。这八部异文是《十四岁的阿穆尼格斯尔博格达汗与十三岁的阿贝·昂钦巴特尔》《阿尔齐西德格斯尔汗》《七岁的道尔吉斯钦汗》《浩吉格尔[1]贾勒布镇压蟒古思》《骑着布尔汗哈日马的博格达格斯尔汗》《镇压饥荒的沙日蟒古思》《镇压骑着公驼的莫坞思》《阿弩美尔根》。道荣嘎也采访了著名艺人乌孜尔，但是没能记录他的演唱。

1983 年 1 月，青海民族学院的古·才仁巴力与乌云别力格也去乌兰县怀头他拉公社，采访了乌孜尔、诺日布等艺人，记录了几部《格斯尔》和相关的格斯尔神话故事等，并把《汗青格勒》史诗文本发表在《花的柴达木》1983 年第 3 期上。[2] 1983 年夏，海西州地方志办公室的才仁道日吉，先后几次采访乌孜尔，录制并记录了他演唱的史诗《格斯尔》《汗青格勒》《陶岱莫尔根汗的莫尔根陶尔察》《曼吉希利汗的娜仁萨仁达格尼》《古南布克吉尔嘎拉》《好汗哈吉楞》6 部短篇史诗和一些民间故事、民歌等。他演唱的《汗青格勒》录音磁带至今仍保留着[3]。同年，海西州群艺馆的乌云别力格和格尔木市文化馆的毛卫红在格尔木搜集民间文学，采访了台吉乃尔艺人赖格邹尔等，记录了《格斯尔》的 4 部异文。这 4 部异文是《鼻涕娃焦绕格》《格斯尔征服阿特嘎尔哈日莫坞思，拯救图门吉日嘎力哈屯》《格斯尔聘娶希拉高勒三汗

---

[1] 秃头汗之意。
[2] 关于古·才仁巴力在柴达木盆地蒙古族聚居区所做的田野调查，跃进主编的《青海蒙古族民间口头文学集锦》导言中说是在 1982 年春进行，而他本人发表的《青海蒙古〈格斯尔〉简论》中说是在 1983 年春进行，见中国社会科学院民族文学研究所编：《〈格斯尔〉论集》，呼和浩特：内蒙古人民出版社，2003 年，第 255 页。
[3] 当时的录音磁带在回族开的小商店里还能买到。艺人瓦·乔格生买了一盘收藏至今。

的公主》《格斯尔征服毒蛇昂道力玛莫坞思》。

1984 年夏，中央民族大学教授乌力吉前往青海省海西州乌兰县怀头塔拉，专门采访了著名艺人乌孜尔，记录了《格斯尔》的几部异文。

另外，内蒙古社会科学院的道荣嘎同中国社会科学院少数民族文学研究所的安柯钦夫于 1982 年夏天一道赴青海、甘肃两省德都蒙古族聚居区，进行了为期两个月的民间文学田野调查。主要是采访记录格斯尔奇（гэсэрч, geserchi）及其演唱的史诗《格斯尔》。遗憾的是，两位先生到甘肃省肃北县采访时，听当地人介绍说，当时在肃北县教育局教研室工作的当地很有名的民间学者斯·窦步青"已经对该地区流传的民间文学毫不遗漏地进行了搜集和记录"[1]。得知这个消息之后两位先生没有在该地区进行采访考察，轻易地放弃了这个好机会，转而前往青海了，令人惋惜。斯·窦步青是土生土长的当地人，他搜集记录《格斯尔》的目的和角度与两位先生不一定一致，而两位先生是"**他者**"[others]，关注的焦点和"**知情**"[knowing] 程度完全不同。假如两位先生当时采访并记录了自己亲耳聆听的文本，那将是珍贵的文本。

对于甘肃省肃北县的德都蒙古史诗的搜集整理，斯·窦步青的确做了不少努力，并采访、记录了许多珍贵资料，但也存在不尽如人意的地方。原因之一，斯·窦步青本人也可以说是位民间艺人，他想象力丰富，且具备创作才华。斯·窦步青从小就浸润生长于这片富饶的德都蒙古民间文化土壤中，他天资聪颖、记忆力超群，当过多年教师的他当时在当地是很有名气的文人。原因之二，他对民间文化有浓厚的兴趣，熟悉当地民俗民风，他对德都蒙古史诗在内的各类民间文学形式都会说、唱、颂[2]。所以他搜集记录的一些史诗文本，可成为他自己演唱或讲述的文本。

---

[1] 乌·新巴雅尔著，牟妮译：《善福书翁道荣嘎》，海拉尔：内蒙古文化出版社，2008 年，第 59 页。

[2] 笔者曾于 1980 年本科毕业实习期间在甘肃省肃北县牧区进行了为期三个月的民间文学田野调查，多次采访、咨询了斯·窦步青先生。

道荣嘎和安柯钦夫两位先生当时在肃北县的举措稍有遗憾，但两位先生在青海德都蒙古地区搜集到了大量民间口承资料。他们采访了著名艺人乌孜尔、却德布、苏和、色仁等当时在当地非常有名望的顶级艺人，记录了史诗《格斯尔》的 13 部异文、有关格斯尔的风物传说 25 部、有关青海湖的传说 12 部，还记录了德都蒙古著名史诗《汗青格勒》的演唱文本 1 部。他们采访的最著名的艺人是乌孜尔。乌孜尔当年 73 岁，除了蒙古语外，还能讲藏语，这位艺人给他们演唱了著名史诗《汗青格勒》，还讲了《格斯尔》相关传说故事 4 部。时年盲人艺人苏和才 36 岁。苏和当时演唱了《格斯尔》史诗 8 部篇章，讲述了 4 部民间故事，还有 1 部《格斯尔》传说等。却德布是海西州乌兰县人，时年 67 岁，他能用蒙古语和藏语说唱《格斯尔》，这反映了德都蒙古《格斯尔》说唱传统与藏族文化之间的密切关系。从他那里记录了《格斯尔从天而降降伏十二个头的蟒古思》及格斯尔传说 4 部。色仁是都兰县人，时年 46 岁，两位先生从他那里记录格斯尔传说的 8 部异文。另外，他们从占布拉、春花、苏巴等其他讲述者那里也记录了不少相关格斯尔的传说故事。两位先生所搜集记录的这些资料，后来分别在《青海湖的传说》（汉文）[1]，以及内蒙古《格斯尔》工作领导小组办公室编印的内部资料集《青海格斯尔传》（一）（1984 年）、《青海格斯尔传》（三）（1986 年）和蒙汉对照《青海格斯尔风物传说》（1984 年）等书中出版发表[2]，为后人提供了珍贵的第一手资料。

　　此后长时间深入青海蒙古地区进行史诗搜集田野工作的学者是内蒙古社会科学院的巴·布和朝鲁。他从 1985 年开始先后 3 次深入青海省海西州各地牧区，进行田野调查工作。第一次是 1985 年夏天，他和巴·王吉勒、巴图、乌云巴图等学者一起，利用两个月的时间在青海

---

[1]　于 1983 年出版，汉文，内蒙古人民出版社。
[2]　有关道荣嘎、安柯钦夫一行这次田野调查的详情请参阅乌·新巴雅尔，牟妮译：《善福书翁道荣嘎》，海拉尔：内蒙古文化出版社，2008 年，第 59-60 页。

省海西州各蒙古地区进行史诗《格斯尔》的搜集工作。第二次是 1988 年夏天，他与另一位研究青海蒙古《格斯尔》的学者乌·新巴雅尔一起，利用一个多月的时间深入海西州各蒙古乡，进行田野调查，也是搜集史诗《格斯尔》。乌·新巴雅尔当时在内蒙古《格斯尔》办公室工作。第三次是 2001 年秋天，他与日本爱知淑德大学专门研究蒙古史诗的青年学者藤井麻湖（真湖）（Fujii Mako）一起，利用半个月的时间深入海西州各地，进行田野调查，搜集《格斯尔》及其相关的地方神话传说。[1] 他前后采访了古·曲力腾、苏和、胡雅克图、诺尔金、金宝、纳木德格、拉合斡、潘德、丁巴等较有影响力的民间艺人，搜集记录了德都蒙古《格斯尔》的多种异文。同时也搜集到了相关的民俗民间文学第一手资料，撰写了《在柴达木的田野调查报告》一文，总结了几年的田野工作。这一篇田野调查报告由"讲述《格斯尔》的民间艺人们""诺木洪文化遗址与'希拉高勒战役'""《格斯尔》与民族宗教信仰和历史问题""《格斯尔》神话与有些自然景观和自然现象问题""《格斯尔》与蒙古民俗""柴达木蒙古《格斯尔》的三个基本形式"六个部分组成。其简单地介绍了十几位民间艺人的生平和学艺生涯，主要分析研究青海省海西州德都蒙古《格斯尔》及其产生的文化环境。其对《格斯尔》与当地较有名的诺木洪文化遗址的关联，《格斯尔》与当地民众宗教信仰和历史文化的关联，《格斯尔》相关的神话传说与当地一些自然景观、自然现象、地名等的关联，对当地民众的民风民俗的影响等方面进行了较细致的观察和研究，提出了德都蒙古《格斯尔》流传的三种基本形式：①故事始终围绕主人公格斯尔的事迹展开的形式；②独立讲述格斯尔诸勇士事迹的形式；③以格斯尔的名义讲述其他史诗或"变异格斯尔"的形式[2]。

---

[1] 藤井真湖．英雄叙事诗『ジャンガル』における七冲の痕迹ージャンガルが7歳のときに権力を掌握するモチーフについて．北东アジア研究，别册第1号，2008年，第187-226页。

[2] 中国社会科学院民族文学研究所编：《〈格斯尔〉论集》，呼和浩特：内蒙古人民出版社，2003年，第137-176页。

巴·布和朝鲁的3次调研共采访胡雅克图、拉合斡、古·曲力腾、金宝等9名艺人，搜集到22名格斯尔艺人的相关资料，采录20余小时的《格斯尔》史诗说唱资料，搜集到30余篇有关格斯尔的风物传说。当时，古·曲力腾为他们说唱了史诗《格斯尔》4部；苏和说唱并讲述了史诗《格斯尔》在内的7部史诗文本；胡雅克图说唱了《格斯尔》4部；金宝说唱了史诗《格斯尔》的2部；纳木德格说唱了史诗《好汉库克庚吉斯》；潘德说唱了《格斯尔》1部；丁巴说唱了《格斯尔》1部，拉合斡说唱了《格斯尔》1部；等等。巴·布和朝鲁在他的调查报告中写道："胡雅克图给我说唱了4部《格斯尔》，虽然内容不算多，但每一部都结构完整、内容充实、风格古朴、语言精彩、表达流畅，没有拼凑情节、随意捏合等现象……艺人拉合斡给我们提供了用蒙古语翻译说唱藏语《格斯尔》的例子。拉合斡的父亲为蒙古族人，母亲为青海省天峻县的藏族人。他给我们说唱了《格斯尔夺回阿尔达赫拉合木夫人的故事》（*Geser Ārdahlahmu Qadun-Iyen Egegülün Abuysan Bölüg*）。他一段一段地说唱，先用藏语，然后用蒙古语，他对这样的即时翻译十分熟练。与他同一个乡的牧民其讷德（*Čined*）也是用这种方式说唱《格斯尔》的。据笔者了解，20世纪上半叶，在柴达木，蒙古族人龙日布（*Löng-Rüb*，东柯人）、蒙古族人关布（*Гombu*，巴隆乡人）、藏族人阿珠巴努（*Ajubanu*，从藏地迁到巴隆来的）、藏族人孟惕（*Möngti*，天峻县人）等就曾用这种方式说唱《格斯尔》。这是在德都蒙古族人中说唱和欣赏《格斯尔》的另一种形式。在那个时代，说唱《格斯尔》或《格萨尔》的价值交换功能比较明显。据说，龙日布就用一匹马当作学费从藏族艺人那里学会说唱《格斯尔》，穷艺人孟惕给旗诺颜或富贵人家说唱《格斯尔》而获取生活所需。[1] 另外，巴·布和朝鲁的几次田野作业的另一个收获是从当地学者手中复制了自己未能采访的或采访了但由于艺人身体状况等原因未能深入采访的艺人以往演唱的录音资料。其中，值得提出的是高·才仁道尔吉于 1983 年 8～9 月采访著名艺人乌孜尔时所采录的录音带及相关资料，包括史诗《汗青格勒》《陶岱莫尔根汗的莫尔根陶尔察》《曼吉希利汗的娜仁萨仁达格尼》《古南布克吉尔嘎拉》《好汉中的好汉哈吉林》《格斯尔博格达汗传》（第一部）等史诗作品在内的英雄故事、民间故事、神话传说、民歌等资料 63 种。

　　搜集研究德都蒙古史诗《格斯尔》的另一位学者是乌·新巴雅尔。他自从 1985 年第一次与巴·布和朝鲁一起去青海省海西州各蒙古地区进行田野调查之后，前后三次去青海，深入到牧区搜集史诗《格斯尔》相关民间资料。在此基础上，他撰写了论文《关于青海蒙古〈格斯尔〉》[2]，专门探讨流传在青海蒙古的《格斯尔》。这篇论文由"蒙古文《格斯尔》与藏文《格萨尔》的关系""青海蒙古《格斯尔》与其他各地蒙古《格斯尔》的关系""青海蒙古《格斯尔》应该是蒙古文《格斯尔》最初的源""青海蒙古《格斯尔》的种类""青海蒙古《格斯尔》的搜集整理情况""青海蒙古《格斯尔》资料的出版情况"六个部分组成。他的这一研究不仅对蒙古文《格斯尔》的研究，而且对整个蒙古史诗研究具有启发性意义。他在德都蒙古《格斯尔》与其他地区蒙古《格斯尔》关系的研究中，提出了自己独到的观点。他认为，至今保持传统的蒙古史诗风格而流传的蒙古文《格斯尔》，只剩流传在青海蒙古的《格斯尔》和布里亚特蒙古的《格斯尔》。这一观点也引起学术界一些关注。根据日本民俗学创始人柳田国男（Yanagita Kunio）的"**周圈理**

---

[1] 巴·布和朝鲁：《大河源上观巨流——再谈柴达木蒙古〈格斯尔〉之特性及其典型意义》，见于中国社会科学院民族文学研究所主办，2007 年 8 月在吉林省前郭尔罗斯举行的"中国蒙古文学与文化国际学术讨论会"《论文汇编》。其田野调研详情另见巴·布和朝鲁：《柴达木田野调查报告》（1985、1988、2001），见中国社会科学院民族文学研究所：《格斯尔》千年纪念——〈格斯尔〉论集，呼和浩特：内蒙古人民出版社，2003 年，第 137-176 页。

[2] 乌·新巴雅尔：《关于青海蒙古〈格斯尔〉》，《内蒙古大学学报》，2002 年 1 期。

论"[center versus periphery]的解释，乌·新巴雅尔的这一观点是有一定科学依据的。从地理位置上考虑，青海蒙古和布里亚特蒙古都属于离蒙古文化中心地带较远的边缘周圈。乌·新巴雅尔在上述田野调查和研究的基础上，撰写了相关德都蒙古《格斯尔》研究的博士学位论文，在日本大阪外国语大学获得博士学位。

青海省乌兰县原副县长林布加于1980年记录了艺人尕登演唱的德都蒙古史诗《艾尔色尔巴托尔》的一个异文，发表在《汗腾格里》1984年第1期。现在笔者手中有艺人尕登不同时期演唱和讲述的史诗《艾尔色尔巴托尔》的三种不同文本：第一种是林布加记录出版的文本；第二种是青海民族大学青年学者玉梅于2005年5月4日访问记录的手抄本；第三种是笔者于2005年7月14日访问记录的手抄本。艺人尕登不同时期演唱和讲述的这三种异文大体内容一致，但后两种增加了许多内容。据艺人尕登自己介绍："在（20世纪）80年代初演唱的时候，因为'文化大革命'时期的顾虑还没完全消失，所以有些内容压在舌头底下没说，现在政策好了，时代变了，所以完全敞开话匣子，把小时候记的全部讲述给你。"[1]

另外，1984年，由却苏荣、图格编印内部出版的《聚宝盆》（文学资料集）一书中收录了史诗《汗青格勒》的一种异文。1986年，在郝苏民整理出版的《卫拉特蒙古民间故事》一书中，收录了《美须公故事》（达格玛、拉嘎演述，乌兰其其格、才布西格记录整理）、《孤儿降伏蟒古思》（演述者不详，天籁记录，才布西格整理）、《道令海巴托尔》（杜布钦演述，乔旦德尔、杜格吉尔扎布整理）等德都蒙古英雄故事。

齐·布仁巴雅尔、图格、却苏荣等于1986年编辑内部出版的三卷本《德都蒙古民间文学精华集》，是最早的较为全面搜集、整理德都蒙

[1] 2005年7月14日在青海省西宁市尕登家中采访的录音记录。

古民间文学并出版的集子。虽然这部集子的三卷均存在用古代书面语形式记录民间口头文本、更换故事的名称、改编故事、合编故事等学术资料搜集记录不规范现象，但毕竟为我们较早地提供了德都蒙古史诗资料的大概面貌。这部集子的第一部分是德都蒙古《格斯尔》，收录了诺尔金演唱、却苏荣记录的史诗《格斯尔》10 章，包括《格斯尔降生》《降伏十二个头的蟒古思》《征服锡莱高勒三汗之部》等内容。虽然其记录的文本材料能够反映演唱者演唱的内容，但记录时以古代书面语形式记录，因而失去了艺人的口头表演风格，脱离了演唱者表演的文本语言，既不能反映演唱者的语言艺术，又不能准确传达原表演文本的口头艺术特质。第二部分收录青海蒙古史诗和英雄故事 10 部，其中包括《汗青格勒》（乌孜尔演唱，古·才仁巴力记录），以及用散文体形式演述的《古南布克吉尔嘎拉》（乌兰县宗务隆乡的苏荣克尔演述，才仁敦德布记录）、《征服七方敌人的道里精海巴托尔》（乌兰县伊克都演述，才仁敦德布记录）、《达兰泰老汉》（乌兰县宗务隆乡吉格斯尔加夫和伊布新演述，才仁敦德布记录并整理合编，将题目改成《勇斗汗伽罗迪鸟的巴托尔》）、《好汉中的好汉哈日库克库布恩》（乌兰县的布热演述，察干巴特尔记录）、《好汉额尔克胡伊格》（都兰县比拉演述，才仁敦德布记录）、《好心肠的南珠海》（乌兰县的伊布新演述，才仁敦德布记录）、《山野之子》（都兰县诺尔金演述，却苏荣记录）、《达利托勒盖》（格尔木的潘德演述，图格记录）。此外，还有一篇叫做《布拉尔泰汗老太婆的九个儿子》，由占布拉演唱，却苏荣记录，虽然它是韵文体的，但其中讲述的故事与英雄史诗和英雄故事相去甚远。值得一提的是，《德都蒙古民间文学精华集》虽然主观上把《格斯尔》同德都蒙古其他史诗区别开来，但是在作为其他史诗的第二部分中仍然有《格斯尔》的篇章，如《好心肠的南珠海》《达利托勒盖》等。

## 二、中华人民共和国成立后德都蒙古史诗的搜集成果的发表情况

笔者因身为"当地人"的回乡便利等原因长期关注德都蒙古民俗、口传文学的搜集、整理和出版事宜。1986年，笔者与他人合作搜集、整理的《德都蒙古民间故事》出版，书中收入了一些德都蒙古英雄故事。此后，笔者对德都蒙古史诗格外关注，每逢假期回乡，都采访民间艺人和相关民众，记录他们表演的史诗、民歌等民间文学资料及民俗民风资料，共记录18部史诗的36种异文（表1-2）。

表1-2　部分笔者搜集、整理的史诗及其异文

| 民间艺人 | 史诗名 | 记录时间 | 记录方式 |
|---|---|---|---|
| 苏和 | 阿穆尼格格斯尔博格达汗 | 1989年8月9日 | 录音 |
|  | 道里精海巴托尔 | 1989年8月10日 | 书写 |
|  | 巴达拉希日布汗 | 2005年7月2日 | 录像 |
| 道丽格尔苏荣 | 东吉毛勒姆额尔德尼 | 2008年2月13日 | 书写 |
|  | 七岁的道尔吉彻辰汗 | — | 书写 |
|  | 汗青格勒 | — | 书写 |
|  | 米德格戈秀台吉 | — | 书写 |
|  | 古南布克吉尔嘎拉 | — | 书写 |
|  | 道里精海巴托尔 | — | 书写 |
| 达格玛 | 七岁的道尔吉彻辰汗 | — | 书写 |
|  | 三岁的古南布克吉尔嘎拉 | — | 书写 |
|  | 道里精海巴托尔 | — | 书写 |
|  | 黑心肠的阿卡超同汗 | — | 书写 |
|  | 得密德贡登汗 | — | 书写 |

| 民间艺人 | 史诗名 | 记录时间 | 记录方式 |
|---|---|---|---|
| 达格玛 | 汗青格勒 | — | 书写 |
| | 玛尼巴达尔罕台吉 | — | 书写 |
| | 美须公克勒图盖 | — | 书写 |
| 乔格生 | 汗青格勒 | 2004年1月26日 | 录音 |
| | 汗青格勒 | 2006年11月22日 | 录像 |
| | 美须公克勒图盖 | — | 书写 |
| | 七岁的道尔吉彻辰汗 | — | 书写 |
| | 黑心肠的阿卡超同 | — | 书写 |
| | 古南布克吉尔嘎拉 | — | 书写 |
| 尕登 | 艾尔色尔巴托尔 | 2005年7月14日 | 书写 |
| 扎木普勒（突兀孜佳佳） | 嘉乐布色日金巴乐卜（德米德衮登汗） | — | — |
| | 格斯尔麦肯嘉乐布 | — | — |
| | 玛尼巴达尔罕台吉（那木奇图木仁汗） | — | — |
| | 好汉恩克斯格 | — | — |
| | 美德格奥恰汗 | — | — |

资料来源：萨仁格日勒：《青海蒙古史诗的搜集研究概况》，《内蒙古社会科学》（蒙古文版），2007年4期，第24-32页

笔者记录的部分史诗文本发表在仁钦道尔吉等主编的《蒙古英雄史诗大系》第二卷和第三卷。在第二卷中发表的有乔格生演唱的《古南布克吉尔嘎拉》《汗青格勒》，以及达格玛演唱的《三岁的古南布克吉尔嘎拉》《道里精海巴托尔》。第三卷中发表的有达格玛演唱的《七岁的道尔吉彻辰汗》。

1988年，巴·布尔贝赫、宝音和西格编的《蒙古族英雄史诗选》出版，书中共收录德都蒙古史诗7部。上册选录《艾尔色尔巴托尔》全文，该文本是德都蒙古史诗艺人尕登演唱，林布加于1980年记录的，选自《汗腾格里》1984年第1期。下册选录德都蒙古史诗6部，分别

是《汗青格勒》《古南布克吉尔嘎拉》《山野之子》《道里精海巴托尔》《好汉中的好汉额尔克胡伊格》《好汉哈日库克库布恩》，全部用瓦尔特·海西希（Walther Heissig）制作的蒙古史诗母题类型索引介绍了它们的故事情节。这 6 部史诗全部采自青海省海西州文化局、海西州民族语文办公室编，齐·布仁巴雅尔主编的《德都蒙古民间文学精华集》[1]。

1989 年，纳·才仁巴力搜集整理的《英雄黑旋风》出版。其中包括《汗青格勒》（1983 年乌兰县艺人乌孜尔演唱，古·才仁巴力记录）、《道里精海巴托尔》（海西州艺人苏和演述，纳·才仁巴力整理）、《艾尔色尔巴托尔》（乌兰县艺人孕登演述，林布加于 1980 年记录，采自《汗腾格里》1984 年第 1 期）、《宝尔玛汗的儿子宝玛额尔德尼》（乌兰县牧民哈希嘎讲述，察干巴特尔、才仁敦德布记录整理）、《道格森哈尔巴托尔》（1984 年乌兰县桑劳讲述，秦建文录音记录，纳·才仁巴力誊写整理）、《古南布克吉尔嘎拉》（乌兰县宗务隆乡希瓦演述，纳·才仁巴力记录，1980 年）、《图古拉沁克布恩》（乌兰县尼玛演述，秦建文于 1982 年录音记录，纳·才仁巴力誊写整理）等史诗。该书附录有两部史诗的演唱曲调：一个是乌孜尔演唱的《汗青格勒》的曲调；另一个是苏和演唱的《道里精海巴托尔》的曲调。[2] 其都是以简谱记录的。据笔者采访的艺人们讲，乌孜尔演唱的是比较古老、传统的曲调，音调、音色非常优美，内容、结构完整，深受听众热爱。好多年轻艺人都学乌孜尔的演唱曲目。

1998 年，肃北县斯·窦步青搜集整理的《肃北蒙古族英雄史诗》[3]出版。该书中收入了当地著名姐妹女艺人之一扎吉娅演唱的《汗青格勒》和《道里精海巴托尔》两部史诗。其中，前者是斯·窦步青以扎

---

[1] 巴·布尔贝赫，宝音和西格编：《蒙古族英雄史诗选》（上下册），呼和浩特：内蒙古人民出版社，1988 年。
[2] 纳·才仁巴力搜集整理：《英雄黑旋风》，海拉尔：内蒙古文化出版社，1989 年。此书版权页上虽然注明"纳·才仁巴力搜集整理"，但是书中有不少口头文本并不是纳·才仁巴力亲自搜集记录。
[3] 斯·窦步青搜集整理：《肃北蒙古族英雄史诗》（蒙古文），北京：民族出版社，1998 年。

吉娅演唱的文本为主，以古莱、扎格楚、查干夫和孜达等人演唱的文本为补充整理编辑的文本。另外，还有肃北蒙古《格斯尔》史诗的 7 部故事。其中，第一部为《格斯尔汗的故事》，其内容基本上与北京木刻本《格斯尔》第一、第二、第四、第五章的部分故事相似，但是故事情节的编排与北京木刻本《格斯尔》有很大不同。其中既有与其他蒙古地区流传的《格斯尔》相似的内容，也有大量不同的内容。这一故事是扎吉娅演述的，时间是 1980 年。第二部为《乘骑三岁黑马的格斯尔汗》，虽然题目上属于《格斯尔》史诗，但其叙述的故事与《格斯尔》毫不相干。这是一部韵文演唱作品，内容实际上是青海德都蒙古族聚居区以英雄史诗或英雄故事为题材广为流传的《骑三岁黑马的古南布克吉尔嘎拉》。这个史诗的演唱者是肃北县的查干夫，演唱时间为 1986 年。第三部为 1983 年由肃北县的女艺人色尔金巴（时年 70 岁）演述、斯·窦步青记录的《格斯尔汗娶腾格里天神之女为妻》，该故事颇有意思，其故事情节似乎并未见于其他地区流传的《格斯尔》故事，但是仔细读起来，还是可以发现北京木刻本《格斯尔》，即口传《格斯尔》的古代唱本的一些影响。例如，毛思[1]恶魔叫三个使者变作三只飞鸟来窥探格斯尔美丽妻子的情节，让人想起北京木刻本《格斯尔》第五章"锡莱高勒三汗之部"中的相同情节，诸如此类。色尔金巴演述（记录时间不详，只注明记录时该艺人已 74 岁高龄）第四部的故事为《格斯尔汗试探未婚妻的为人》的，也让人想起北京木刻本《格斯尔》第一章和第五章的部分故事情节，但整体故事结构与北京木刻本中的故事有很大的差别。第七部是达尔扎演述（记录时间不详）的《阿卡曲尔昆从天上的德布西德汗那里给中界请可汗之部》，其在内容上与北京木刻本《格斯尔》第一章相似，但不同的成分和情节比比皆是。肃北县的赫特布齐讲述的《格斯尔斩除毒蛇》（第五个故事，记录时间不详）

---

[1] 蟒古思的一种，有人解释"女蟒古思"叫毛思，一译"穆斯"。

和贡布苏荣讲述的《格斯尔寒射落行星》(第六个故事,记录时间不详)属于有关《格斯尔》的风物传说。

2003 年,跃进主编的《青海蒙古族格斯尔传说》出版,全书由三个部分构成,第一部分和第二部分分别是都兰县艺人诺尔金演述的《格斯尔》史诗篇章 10 部和德令哈市畜集乡艺人胡雅克图演述的《格斯尔》史诗篇章 9 部。诺尔金演述的 10 部篇章选自齐·布仁巴雅尔主编的《德都蒙古民间文学精华集》(内部资料),区别在于跃进将原先的整理者却苏荣用古代蒙古书面语记录的文本重新用现代蒙古语记录,同时参照内蒙古社会科学院和内蒙古自治区《格斯尔》工作领导小组办公室以内部资料编印的《青海格斯尔传》和海西州政府编译室才仁敦德布提供的原记录稿重新核对,尽量做到了对演述文本的忠实记录,同时对一些疑难词做了注释。[1] 其第二部是由胡雅克图演述、跃进记录的《格斯尔》史诗篇章 9 部。这 9 部故事分别是:①关于格斯尔降生下凡的第一章;②关于格斯尔降伏十二个头的蟒古思(Мангас)的第二章;③关于格斯尔赛马称王的第三章;④关于格斯尔通过竞技迎娶阿鲁莫尔根夫人的第四章;⑤关于格斯尔射箭试探董玛古勒夫人的第五章;⑥关于格斯尔降服霍尔人迎娶沙尔达尔汗之女为妻的第六章;⑦关于格斯尔在狩猎途中与拉姆夫人邂逅的第七章;⑧关于蟒古思施法让格斯尔变驴和玛努海夫人降伏蟒古思拯救格斯尔的第八章;⑨关于格斯尔降伏十二个头的毛思夺回阿鲁莫尔根夫人的第九章。书的第三部分是有关格斯尔的山水风物传说故事,有 94 则之多。其中既包括主编亲自从民间搜集的传说,也包括从已经出版、发表的或内部编印的资料上抄录来的传说,还有亲友提供的未发表的作品。

2005 年,玛·乌尼乌兰编著的《〈格斯尔传〉西蒙古变异本研究》一书由民族出版社出版,全书由第一、第二编两部分及附录构成。其中,第一编是研究内容,第二编是《格斯尔传》西蒙古变异本的代表

---

[1] 参见跃进主编:《青海蒙古族格斯尔传说》,海拉尔:内蒙古文化出版社,2003 年,第 45-46 页。

性作品。在第二编中，对于青海蒙古《格斯尔传》的代表性作品，编著者选录了跃进主编的《青海蒙古族格斯尔传说》中的诺尔金演述本10章。同时，对于肃北蒙古族《格斯尔传》代表作，编著者选用了斯·窦步青记录、肃北县女艺人扎吉娅演述的《格斯尔汗的故事》。

近年来，对德都蒙古史诗进行比较全面系统搜集和研究的学者是中国社会科学院民族文学研究所研究员斯钦巴图。他在 2005 年 7 月和 11 ~ 12 月，两次踏上青藏高原，在青海省海西州德令哈市进行田野调查，采访道丽格尔苏荣、苏和、尼玛、胡雅克图四位史诗艺人和一位叫扎木苏荣的**祝颂词家** [irügelchi]。道丽格尔苏荣演唱了《汗青格勒》史诗，长度为 60 分钟（2005 年 7 月记录），12 月份再次采访的时候，他重新演唱了这部史诗，长度为 30 分钟。另外，道丽格尔苏荣还演唱了《七岁英雄东吉莫洛姆额尔德尼》和《得密德贡登汗》。

斯钦巴图采访德都蒙古著名史诗艺人胡雅克图，记录了《浩仁阿拉达洪古尔罕格吉格图（巴达日汗台吉）》《骑三岁黑马的布和吉日嘎拉》《格斯尔》（第一、三部）等史诗，以及《朝克图汗》《骑虎称王》《阿玛查干毕如》等故事。

斯钦巴图采访史诗、故事讲述艺人尼玛，记录了他所知道的绝大多数史诗和故事。他讲述的史诗有《放牛犊的小男孩》（2005 年 11 月 28 日，尼玛讲述，斯钦巴图录制）、《格斯尔在腾格里汗家出生》（2005 年 11 月 28 日，尼玛讲述，斯钦巴图录制）、《格斯尔降生阿曼格克扎家（莽嘎格孜）》（2005 年 11 月 28 日，尼玛讲述，斯钦巴图录制）。

据斯钦巴图介绍，尼玛的爷爷精通蒙古语和藏语两种语言，会演唱和讲述蒙古族、藏族两个民族的故事，因此，在尼玛讲述的故事里有不少来源于藏族的故事。尼玛自己确认是藏族故事的就有 12 篇之多，占他讲述的故事的 10%。这些故事是《黑山羊的故事》《石狮子的故事》《杜布钦喇嘛》《嘎海图勒格奇》《达丽玛与兆丽玛》《铁匠与木匠》《玛塔噶尔哈日》《七个兆赤的故事》《阿克东布》《古尔班辛吉图扎胡》《陶亦苏木诺彦》《查宝罗尔德克》。

1982～1988年，道荣嘎、巴·布和朝鲁等学者多次赴青海，采访记录了德都蒙古著名的民间艺人苏和演唱的多部史诗、民间故事。道荣嘎于1982年采访了苏和，记录了《十四岁的阿穆尼格斯尔博格达汗与十三岁的阿贝·昂钦巴特尔》《阿尔查希迪格斯尔台吉》《七岁的道尔吉彻辰汗》《降伏霍尔黑尔扎勒布蟒古斯之部》《骑黑棕马的格斯尔博格达汗》《降服乌隆沙日蟒古斯之部》《格斯尔降伏骑黑公驼的魔鬼之部》《阿努莫尔根阿布盖》等8部《格斯尔》史诗。巴·布和朝鲁于1988年采访并记录了《八条腿的耐尔莎日嘎》《巴达拉希日布汗》《炮齐莫尔根》《八岁的杜翁格尔》《塔本南齐莫尔根汗》《黑汗、黄汗、白汗》《瘸羚羊》等史诗和故事。斯钦巴图于2005年采访了艺人苏和，记录了他演唱的18部史诗，还搜集到22篇故事[1]。

四卷本大型蒙古史诗汇集——《蒙古英雄史诗大系》中收录了几部德都蒙古史诗文本（表1-3）。

表1-3 《蒙古英雄史诗大系》收录德都蒙古史诗文本表

| 卷 | 收录史诗 | 诗行 | 艺人 | 记录人 | 起讫页码 |
|---|---|---|---|---|---|
| 第一卷 | 汗青格勒 | 3921 | — | — | 823～904 |
| 第二卷 | 道利格颜宝彦额尔德尼 | 3152 | 苏和 | 斯钦巴图 | 546～612 |
| | 阿拜杨俊巴托尔和阿拜旺琴巴托尔 | 2717 | | | 613～670 |
| | 古南布克吉日嘎拉 | 443 | 乔格生 | 萨仁格日勒[2] | 373~391 |
| | 汗青格勒 | 1561 | | | 494~527 |
| | 三岁的古南布克吉日嘎拉 | 424 | 达格玛 | | 383~391 |
| | 道里精海巴托尔 | 994 | | | 415~436 |

---

[1] 据斯钦巴图报道：苏和演唱的部分资料是《蒙古英雄史诗大系》用于探讨德都蒙古史诗的基本资料。需要说明的是，这部分资料已经全部誊写和整理完毕，录音资料也已经被中国社会科学院民族文学研究所"中国少数民族文学资料库"收藏。誊写的资料中有一部分史诗文本已经在仁钦道尔吉、朝戈金、旦布尔加甫、斯钦巴图主编的《蒙古英雄史诗大系》第一卷、第二卷和第三卷中出版发表。

[2] 前两部为2006年10月28日青海省海西州德令哈市戈壁乡艺人乔格生演说记录，后两部为1990年8月和2003年8月2日青海省海西州德令哈市戈壁乡艺人达格玛演说记录。

| 卷 | 收录史诗 | 诗行 | 艺人 | 记录人 | 起讫页码 |
|---|---|---|---|---|---|
| 第三卷 | 征服七年敌人的道里精海巴托尔 | 1750 | 苏和 | 斯钦巴图 | 421～458 |
| | 赫勒特盖贺萨哈勒 | 1539 | | | 458～491 |
| | 骑雄鸡般花马的古南布克吉尔嘎拉 | 2059 | | | 695～738 |
| | 七岁的道尔吉彻辰汗 | 2131 | | | 1294～1339 |
| 第四卷 | 阿努莫尔根阿布盖 | 1543 | | | 3~35 |
| | 额尔肯巴音汗 | 3178 | | | 560~627 |
| | 马江钦嘉乐布什日布巴德拉汗 | 1493 | | | 628~659 |

资料来源：仁钦道尔吉，朝戈金，旦布尔加甫，斯钦巴图：《蒙古英雄史诗大系》（四卷本），北京：民族出版社，2007 年

2007 年，由跃进主编的上、下两卷本《青海蒙古族民间口头文学集锦》[1]出版。该书由十个部分构成：①民歌；②民间祭辞、咒语；③祝词赞词；④英雄史诗；⑤传说故事；⑥民间故事；⑦谜语；⑧谚语；⑨语言游戏；⑩《格斯尔汗传》。可以说，该书涵盖了德都蒙古（包括肃北蒙古）族民间口头传统的所有体裁，选择了这些体裁中的代表作品，是公开出版的德都蒙古民间口头文学真正的精华集。该书第四和第十两个部分集中发表了包括《格斯尔》在内的德都蒙古英雄史诗和英雄故事。

第四部分包括 25 部作品，其中韵文体的有以下几部。

（1）《汗青格勒》（一）为乌孜尔于 1983 年演唱，古·才仁巴力记录的文本，曾发表在《汗腾格里》1984 年第 1 期，这个文本是从齐·布仁巴雅尔主编的《德都蒙古民间文学精华集》（内部资料，1986 年）中选用的。

（2）《汗青格勒》（二），也是乌孜尔演唱的文本，是 1984 年由青海省文学艺术界联合会少数民族研究协会的郭景元采录，2005 年纳·才

---

[1] 跃进主编：《青海蒙古族民间口头文学集锦》（上、下册），呼和浩特：内蒙古教育出版社，2007 年。

仁巴力从磁带上誊写的。文本后面附有演唱者乌孜尔的生平事迹介绍和他演唱《汗青格勒》时所用曲调的曲谱。

（3）《宝尔玛汗的儿子宝玛额尔德尼》（乌兰县牧民乌兰哈希嘎讲述，察干巴特尔和才仁敦德布整理、记录）是从纳·才仁巴力搜集整理的《英雄黑旋风》一书中选用的。青海蒙古族其他史诗和英雄故事都有两个以上异文，唯独这部史诗文本到现在还是一个孤本，从其他艺人那里均没有记录到这个史诗的其他德都蒙古异文。这是一个有趣的现象。关于这个问题也有学者持怀疑态度，怀疑《宝木额尔德尼》这部史诗的民间口承来源，说其有背诵已成文出版物的嫌疑[1]。

（4）《道里精海巴托尔》（海西州艺人苏和于 1984 年演唱，纳·才仁巴力整理）也是从纳·才仁巴力搜集整理的《英雄黑旋风》中选用的。在这部史诗后面附有苏和的简历及他演唱《道里精海巴托尔》的曲谱。

（5）《艾尔色尔巴托尔》是尕登于 2005 年 6 月演唱，由玉梅记录的。如前所述，1980 年，尕登曾经演唱过《艾尔色尔巴托尔》，林布加记录并曾发表在《汗腾格里》1984 年第 1 期。2005 年 7 月 14 日，笔者再次采访艺人尕登，也记录了她演唱的《艾尔色尔巴托尔》史诗。

（6）《布拉尔泰汗老太婆的九个儿子》是从齐·布仁巴雅尔主编的内部资料《德都蒙古民间文学精华集》中选用的。这个故事虽然在形式上是韵文体的，但在内容上与蒙古英雄史诗有很大差距。它讲述的故事是布拉尔泰汗老太婆的九个儿子分别向不同方向出发，去学习念经、跟踪、窃取、吸干大海、擎天、射箭、用魔法建造各种建筑、随心所欲地进出各种地方等本领，并用这些本领去营救被汗伽罗迪鸟（Хангарьд，Khangarid）劫持的腾格里天神的女儿的故事。

（7）《阿曼莫尔根阿布盖》，由海西州德令哈市艺人苏和演唱，编者在文本后面的注解中说，这是 1984 年郭景元采录的，然后似乎是纳·才仁巴力从录音带上誊写的（因为注解上又说纳·才仁巴力录音、誊写），演唱者说这是《格斯尔》史诗第十六章，但其内容与《格斯尔》关系不大，因此把它放在德都蒙古英雄史诗这部分。笔者猜测当时前去采访的人可能让他演唱《格斯尔》，所以他就张冠李戴，把别的史诗说成《格斯尔》。与格斯尔相关的风物传说很多。把当地民族英雄的一些历史传说或地名传说说成格斯尔的传说，这类随机应变的应付现象近来比较普遍。这一方面是"面子工程"在作祟（著名艺人的面子——不能说不会）；另一方面也关系到一些小利益。特别是最近几年，有些艺人一听说来采访的是学生就关机（不接电话）。不送礼、不献钱财就不讲述或演唱，装病或者以其他各种理由推辞采访的现象也时有发生[1]。

第四部分中除了上述 7 部韵文体文本外，还有 18 部英雄故事。

（1）《汗精格勒传》，1980 年由纳·才仁巴力从父母那里记录。其在故事情节上与《汗青格勒》基本相同。有的艺人在演唱《汗青格勒》时经常把"汗青格勒"的名字说成"汗精格勒"。我小时候听老人们讲的也是"汗精格勒"。大概 20 世纪 80 年代开始，文人们记录时以书面语的书写习惯，把"汗精格勒"记录为"汗青格勒"。

（2）《布拉尔精格勒老太婆传》，1976 年 6 月由达尔汗、赖格邹尔演述，古·曲力腾整理合编，故事情节与上述《布拉尔泰汗老太婆的九个儿子》基本相同。

（3）《米德格戈秀台吉》，2003 年由德令哈市宗务隆乡女艺人道丽格尔苏荣演述，跃进录音记录，达木丁誊写。主要叙述米德格戈秀台吉遭到恶魔后母的迫害，历经艰辛在度母、白龙王、白龙女、黑龙王、黑龙女的帮助下铲除恶魔，最终与两位龙女成婚的故事。其题材内容

---

[1] 2009 年 5 月，笔者的一位博士研究生去青海省海西州德令哈市进行田野调查，主要搜集德都蒙古史诗，采访艺人，进行艺人口述资料的搜集。当时这位学生就碰到类似的钉子，通过熟人再三联系，费了不少功夫才见到相关艺人。

上属于神奇故事，不是英雄故事，更不是英雄史诗。

（4）《柯尔克斯可汗的儿子毛盖莫尔根陶尔查》，1983 年由金巴演述，跃进记录，曾发表在《花的柴达木》杂志 1984 年第 3 期。其叙述了柯尔克斯可汗的儿子毛盖莫尔根陶尔查到远方，通过完成三项危险的任务战胜阿曼套德尔海，迎娶阿芒伽汗的女儿阿拉坦希迪为妻的故事。这是典型的蒙古英雄史诗和英雄故事情节。其中，毛思恶魔来向毛盖莫尔根陶尔查透露其未婚妻的消息这一情节比较特殊。另外，在完成三项危险任务途中的一些故事与北京木刻本《格斯尔》中的情节有联系。这部史诗的另一个异文在笔者手中，是 2001 年夏天艺人达格玛讲述，笔者记录的手抄文本。

（5）《巴达尔汗台吉传》，2003 年由胡雅克图演唱，呼和西力录音记录并誊写。文本后面有演唱者胡雅克图的简介。这部史诗的另一个异文是 2001 年 8 月达格玛艺人讲述、笔者记录的《玛尼巴达尔汗台吉》（手抄本）。

（6）《好汉哈日杭吉斯》是一个混编文本，演述者是赖格邹尔、达尔汗、木胡尔，由苏荣、乌云毕力格、古·曲力腾整理，曾在中国民间文艺家协会内蒙古分会编印的内部资料《蒙古族民间故事》（1985 年）中发表。它叙述的是好汉哈日杭吉斯的母亲和弟弟通敌，屡次让他去完成危险的任务，英雄被敌人杀害后，他的三个姐姐来让他复活，以及英雄最后除掉敌人，惩处通敌的母亲和弟弟的故事。这个史诗的另一个异文是 2001 年 8 月由艺人达格玛讲述，笔者记录的《哈日罕克斯汗》（手抄本）。在达格玛讲述的这部史诗中，通敌而杀害勇士的是哈日罕克斯勇士的后母和妹妹，而不是亲生母亲和弟弟。史诗情节有点像《七岁的道尔吉彻辰汗》，但通敌杀害道尔吉彻辰汗勇士的不是后母和妹妹，而是夫人和妹妹。三部史诗中勇士的名字各不相同。

（7）《好汉哈日库克库布恩》是由乌兰县艺人布热演述、察干巴特尔记录的文本，从《德都蒙古民间文学精华集》（内部出版）中选用。

其故事情节也与上述《好汉哈日杭吉斯》等三部史诗情节有相似之处。

（8）《阿拉坦珠拉克布恩》，1988 年由青海省海晏县艺人华懋措演述，跃进记录，曾发表在《花的柴达木》2005 年第 1 期。其叙述的是阿拉坦珠拉克布恩为了找寻有指腹婚约的未婚妻踏上征程，路上斩巨蛇救伽罗迪神鸟（Гарьд，Garuda）的三个女儿，得到神鸟的帮助到达未婚妻那里，通过竞技战胜其他竞争者成功娶亲，回到家乡后又除掉霸占其财产、奴役其父母的七个家奴，过上幸福生活的故事。故事中出现了白汗、黄汗、黑汗，应与《格斯尔》有关，同时还出现了《格斯尔》的一些情节。

（9）《骑三岁黑马的古南布克吉尔嘎拉》（一），乌兰县宗务隆乡女艺人希瓦演述，1980 年纳·才仁巴力记录。在后面的章节中将详细介绍，故在此不赘述。

（10）《骑三岁黑马的古南布克吉尔嘎拉》（二），2003 年由胡雅克图演述，呼和西力记录。在后面的章节中将详细介绍，故在此不赘述。

（11）《德勒岱巴托尔》，2003 年由格尔木市乌图美仁乡艺人帕丹巴演述，跃进记录。其叙述的是德勒岱巴托尔到远方夺回自己的青梅竹马，回到家乡后还除掉奴役其父母的可汗，最终与自己心爱的人结合的故事。《格斯尔》中那个以儿子的碗、刀、痣相认的情节在这个故事中也有出现。

（12）《长着二十庹长发的巨人》，2003 年由胡雅克图演唱，呼和西力记录。其叙述的是哈萨拉克奇汗的地盘上来了一个乘骑巨大的红马、长着二十庹长发的巨人，哈萨拉克奇汗不知道其来历，就想把他赶出领地，进而又想毒死巨人，结果事与愿违，巨人以好言劝诫，最后登上了哈萨拉克奇的汗位的故事。

（13）《纳木吉兰班迪》，1988 年由青海省海晏县的多希敦德布演述，毛卫红记录。其故事情节与苏和演唱的《道里精海巴托尔》非常相似。

（14）《措勒巴托尔》，1988 年由夏拉演述，照日克图、跃进记录。这是一个神奇故事。其叙述的是措勒巴托尔与其两位兄长在找寻被蟒古思劫走的三位公主途中，游历下界，铲除深洞中的三个蟒古思救出三位公主，却被两位兄长所害，以及他同断臂、眼瞎两个人结为义兄弟，共同降伏吸血鬼妖婆，逼它医治自己的残疾，最后到三位公主那里，惩处两位兄长，结义三兄弟同三位公主成婚的故事。在蒙古民间故事和汉族民间故事中有与此相似的故事。这部史诗故事的情节与维吾尔族故事《馕巴特尔》等有相似之处。

（15）《玉发男孩》，1988 年由海晏县艺人华懋草演述，跃进记录。其叙述的是玉发男孩在出发找寻失踪的台吉时被同伴算计，之后经过自己的智慧同可汗的小公主成婚，找回台吉，惩处算计自己的同伴的故事。其中前半部分情节与北京木刻本《格斯尔》相似。

（16）《山野之子》，由都兰县艺人诺尔金演述，却苏荣、才仁敦德布记录。一对老两口的儿子，聪明、智慧，人称山野之子，王后以为他日后可能对汗位构成威胁，于是让他完成宰杀水怪、偷去蟒古思头上的帽子、请天女下凡等不可能完成的任务，但男孩一一做到了，而且最后真的登上了汗位。其故事情节完全是史诗勇士的历险。

（17）《好汉额尔克胡伊格》，由都兰县女艺人比拉演述，才仁敦德布记录。这是一个失而复得式故事，其故事情节在以后的相关章节中具体介绍。

（18）《道格森哈尔巴托尔》，1984 年由乌兰县艺人桑劳演述，秦建文录音，纳·才仁巴力誊写。其故事情节基本上与《好汉哈日杭吉斯》《好汉哈日库克库布恩》等相似，叙述亲人通敌谋害英雄及英雄打败敌人惩治通敌者的故事。

《青海蒙古族民间口头文学集锦》第十部分是德都蒙古口传史诗《格斯尔》和格斯尔相关传说。口传《格斯尔》文本的第一部分是诺尔金演述的《格斯尔》史诗篇章 10 部。第二部分也在前面提到过，是胡雅克图演述的《格斯尔》史诗篇章 9 部。第三部分则是巴·布和朝鲁从古·曲乐腾那里记录的《格斯尔》史诗篇章 4 部，是从内蒙古《格斯尔》工作领导小组办公室内部编印的《青海格斯尔》（四）中选用的。第四部分是多名艺人演述的《格斯尔》史诗的不同篇章。其中有：①《扎勒布托呼尔汗》，由达尔汗演述，苏荣、乌云毕力格、古·曲力腾整理，从内蒙古民间文艺家协会 1985 年内部编印的《蒙古民间故事》中选用；②《格斯尔降伏昂杜拉姆斯汗》，由赖格邹尔、达尔汗演述，苏荣、乌云毕力格整理，从内蒙古民间文艺家协会 1985 年内部编印的《蒙古民间故事》中选用；③《达利托勒盖》，由潘德演述，图格整理，从《德都蒙古民间文学精华集》（内部）中选用；④《锡莱高勒三汗之部》，演唱者和记录时间不详，由古·曲力腾整理；⑤《格斯尔酣睡三年》，演唱者和记录时间不详，由古·曲力腾整理。

2005 年始，斯钦巴图多次赴德都蒙古各地，搜集录制了很多包括史诗在内的民间口承资料，大部分资料尚待整理出版。

以上就是德都蒙古史诗及相关故事的搜集、整理、出版、发表情况。这里需要说明的是，德都蒙古史诗的传承艺人数量正在逐渐减少。由于"文化大革命"的影响，早期著名艺人基本上没能按传统、正规的方式培养出弟子。不管是师徒传承还是父子家族传承，都因"破旧立新"思想的影响而丢失了传承，产生了**文化断裂** [*cultural discontinuity*] 现象。现在的艺人们基本上都由"自学成才"的听众转化而来，有些史诗演唱传统的礼仪和规则已经失传，造成无法挽回的**文化中断** [*cultural interruption*] 现象。

德都蒙古史诗演唱传统如今已经面临失传的危机。现在相关学术界命名为德都蒙古"史诗艺人"的讲述者实际上只是曾经的听众、爱好者。有些艺人基本上没有接受过学艺的正规训练，只是听着记住了故事梗概、演唱曲调和音律而已。现在真正的艺人已经很少了，在学者或学生来打听并搜集史诗等民间传统时，他们就无奈地推出这些年岁高的长者，为我们这些"不远万里"而至的文化人排忧解难。所以这些曾经只是听众的"艺人"，在史诗演唱过程中，不像传统艺人那样几个小时，甚至昼夜不停、流水般地演唱长篇史诗，而是以演唱和讲述混合的形式表演。有时候用优美的曲调演唱，有时则采用民间故事的讲述形式，也有把两种形式结合起来的表演方式。有的讲述者是没有受过正规训练的，而是有兴趣且有天赋的听众。在德都蒙古地区大部分艺人已经忘记了演唱史诗的曲调，只是用民间故事讲述的形式演讲史诗。好在采访记录出来后发现，大部分史诗的韵律和诗行并没有丢失，只是有些史诗很难辨认是英雄史诗还是英雄故事。

总体来看，德都蒙古史诗的搜集整理和出版发表，大概存在以下几个问题：①自20世纪七八十年代开始搜集整理并出版发表的刊物和书籍比较多，但内容上有重复的情况；②与其他地区早期民间文学搜集整理情况一样，采访记录者编辑整理的现象也存在，即将几位艺人讲述的或演唱的史诗合编为一部史诗而发表，这不符合口头文学学术资料搜集整理的标准，有必要重新誊写、整理、发表；③还有一部分早期搜集的录音资料至今尚未公开发表，仍为个人收藏，那些早期录音的磁带的保存和保护尚待重视；④德都蒙古史诗传统目前还保持着**活态传承** [*living inheritance*] 状态，有一部分老艺人尚能演唱或演述史诗或英雄故事，以及其他体裁的民间口头文学，在这方面，其他多数地区是不能与德都蒙古地区相比拟的，因此，走访德都蒙古民间艺人，记录他们记忆中的宝贵财富不仅不能停止，而且应加紧进行，不能松懈。

蒙古史诗研究在蒙古学（Монгол судлал，Mongolian studies）研究领域里比较盛行，而且已有 200 多年的学术历史。与此相比，德都蒙古史诗研究相对滞后。德都蒙古史诗的介绍性研究与德都蒙古史诗的搜集整理、出版发表工作基本上是同步进行的，但真正意义上的学术研究工作起步比较晚，可以说，迄今为止专门研究德都蒙古史诗的论著寥寥无几。

对德都蒙古史诗的研究，实际上是从 20 世纪 80 年代初，中国实行改革开放政策以后才开始。在此之前，虽然 18 世纪的德都蒙古族著名学者松巴·益西班觉对《格斯尔》中人物和事件的历史真实性进行了探究，但这并不是真正意义上的研究，所以产生的社会反响有限，也没有被继承和发扬光大。从那以后的 200 年间没有人再对包括《格斯尔》在内的德都蒙古史诗进行过研究。

说到改革开放后对德都蒙古史诗的研究，还是从仁钦道尔吉的蒙古史诗研究开始。1980 年，仁钦道尔吉写了一篇题为"关于巴尔虎史诗的起源、发展与变异"的论文，并于当年在联邦德国首都波恩举行的第三届蒙古史诗国际研讨会上宣读。论文中他首先提到我国巴尔虎、布里亚特、扎鲁特、科尔沁、阿巴嘎、苏尼特、察哈尔、乌拉特、鄂尔多斯、肃北、青海、新疆等地（部落）都发现有蒙古史诗的流传。接着，仁钦道尔吉将我国蒙古史诗流传地带划归为三大史诗带：①从内蒙古东部巴尔虎到西部鄂尔多斯的纯牧业地区史诗带；②新疆、甘肃等地的卫拉特史诗带；③半农半牧的扎鲁特—科尔沁史诗带。[1] 显然，在这里他把德都蒙古史诗划归卫拉特蒙古史诗带。这也是国内第一次从内容、形式和体裁上确认青海、甘肃德都蒙古史诗同新疆卫拉特史诗之间的亲缘关系。

　　1985 年，仁钦道尔吉发表了题为"探寻蒙古史诗的发祥地"（蒙古文）的论文，这篇论文在其之前提出的国内蒙古史诗三大流传地带的基础上，增添了鲍·雅·符拉基米尔佐夫（Борис Яковлевич Владимирцов）提出的国外蒙古史诗四大流传中心[2]，进而提出国际蒙古史诗七大流传中心说，并且提出这七大中心史诗传统分别归属三大体系：卫拉特体系、布里亚特体系、巴尔虎—喀尔喀体系（图 1-3）。这样，青海、甘肃德都蒙古史诗自然被划归卫拉特史诗体系中的中国卫拉特史诗带。在此后出版发表的论著中，仁钦道尔吉都坚持了这样的划分并逐步进行完善[3]。

[1]　仁钦道尔吉：《蒙古民间文学论文集》（蒙古文），北京：民族出版社，1986 年，第 174-176 页。
[2]　鲍·雅·符拉基米尔佐夫提出的蒙古史诗四大中心包括俄罗斯卡尔梅克地区、俄罗斯布里亚
　　　特地区、蒙古国西部卫拉特地区、蒙古国喀尔喀地区。
[3]　仁钦道尔吉：《中国少数民族英雄史诗〈江格尔〉》，杭州：浙江教育出版社，1995 年；仁钦
　　　道尔吉：《〈江格尔〉论》，呼和浩特：内蒙古大学出版社，1994 年，第 99-108 页；仁钦道尔
　　　吉：《〈江格尔〉论》（修订增补版），呼和浩特：内蒙古大学出版社，1999 年，第 115-125 页；
　　　仁钦道尔吉：《蒙古英雄史诗源流》，呼和浩特：内蒙古大学出版社，2001 年，第 42-47 页。

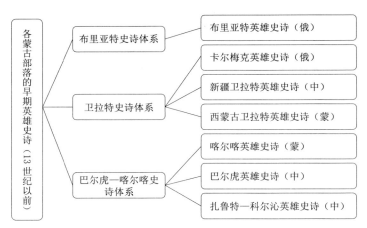

图 1-3 蒙古史诗流传分布图

资料来源：仁钦道尔吉：《蒙古英雄史诗源流》，呼和浩特：内蒙古大学出版社，2011 年

在《蒙古英雄史诗源流》总论中，仁钦道尔吉探讨了青海、甘肃蒙古史诗的地域和部族特征。他写道："根据其内容、形式和风格看，它们[1]都是和硕特史诗，属于卫拉特史诗体系。"

和硕特史诗与新疆卫拉特史诗的共性可能形成于 15 世纪上半叶至 17 世纪 20 年代和硕特人在乌鲁木齐一带生活的 200 年间。和硕特史诗的艺术风格、语言特色和**程序化的诗句** [formulaic poetry] 与新疆卫拉特史诗相似，但是至今为止，在二者中没有发现同名、相同内容的史诗或同一史诗的异文。奇怪的是，青海、甘肃和硕特史诗与遥远的蒙古国西北部乌布苏省的巴亦特史诗及杜尔伯特史诗却有一定的联系。例如，在青海省和甘肃省肃北县广泛流传的最有代表性的史诗是《胡德尔阿尔泰汗》或《汗青格勒》，其被称为和硕特民间文学名著。在毗邻的新疆卫拉特人中尚未发现它的异文，可是史诗《汗青格勒》在巴亦特人（Баяд，Bayad）和杜尔伯特人（Дөрвөд，Dörvöd）中广泛流传。尽管它的内容不同，但是勇士的名字汗青格勒和马名哈萨嘎·陶哈勒

---

[1] 指青海、肃北德都蒙古史诗。

（哈萨嘎·陶亚罕）相似。再如，青海省乌兰县的牧民哈希嘎讲述的史诗《宝尔玛汗的儿子宝玛额尔德尼》也同巴亦特同名史诗的内容很相似。这是特别重要的信息，说明了"四卫拉特联盟"时期的和硕特部与杜尔伯特部、巴亦特部之间的密切联系。

在德都蒙古（青海省和甘肃省肃北县的和硕特）史诗中已发现的有婚事型单篇史诗、婚事加征战型串联复合史诗及反映家庭斗争型史诗。德都蒙古史诗的数量少，除了《汗青格勒》以外的其他史诗处于被遗忘的过程中，散文化和故事化倾向比新疆卫拉特史诗严重。在德都蒙古史诗中，尤其是在《道里精海巴托尔》等一些史诗中佛教影响和藏语词汇较多，这是德都蒙古族人的生活和社会环境所决定的。德都蒙古的英雄故事多，有的已经变成了韵文体，被看作英雄史诗。除了和硕特史诗的部族特征和地方特色外，其他方面与新疆卫拉特史诗相同。[1] 在《蒙古英雄史诗源流》下编《文本论》第七章中，作者还对《征服七方敌人的道里精海巴托尔》《汗青格勒》《胡德尔阿尔泰汗》《宝尔玛汗的儿子宝玛额尔德尼》《艾尔色尔巴托尔》《道格森哈尔巴托尔》等青海省和甘肃省肃北县德都蒙古史诗多种异文做了介绍，并对它们进行了文本比较。[2]

改革开放以后对德都蒙古史诗进行具体研究的有青海民族学院教授古·才仁巴力。如前所述，古·才仁巴力 1983 年在海西州蒙古族地区进行过田野调查，访问了乌孜尔等著名艺人，记录了他们演唱的《汗青格勒》《格斯尔》等史诗。他根据自己在田野作业中获取的资料及当时其他人发表的相关资料，对德都蒙古口传《格斯尔》率先进行研究，发表了题为"青海蒙古〈格斯尔〉简论"的论文。他在文中探讨了青海蒙古族口传《格斯尔》是在什么基础上如何传播起来的，以及其与藏族《格萨尔》的关系、特点等问题。古·才仁巴力认为，青海蒙古

---

[1]　仁钦道尔吉：《蒙古英雄史诗源流》，呼和浩特：内蒙古大学出版社，2001 年，第 62-63 页。
[2]　仁钦道尔吉：《蒙古英雄史诗源流》，呼和浩特：内蒙古大学出版社，2001 年，第 131-151 页。

族口传《格斯尔》与其他地区蒙古族《格斯尔》一样，与藏族《格萨尔》有着密切的关系。同时，与其他地区流传的《格斯尔》相比，青海蒙古《格斯尔》受藏文《格萨尔》的影响更深。他列举了达尔汗演述的《扎勒布托呼尔汗》、赖格邹尔演述的《格斯尔传》等史诗，认为其中与北京木刻本《格斯尔》第一章的故事情节相似的内容[1]是藏族《格萨尔》中尤为常见的故事。乌孜尔演唱的《格斯尔博格达汗》、却德布演唱的《神鸟下凡》等也或多或少与《格萨尔》有关系。但即便是在这样的《格斯尔》篇章中，也都浸透着蒙古族艺人们的创造，来自蒙古族古老史诗传统的影响清晰可辨。古·才仁巴力认为，青海蒙古族另一部分《格斯尔》史诗篇章是"蒙古史诗艺人们新创造的……这部分《格斯尔》与《道令海巴托尔》《托德莫尔根汗》《好汉哈日杭吉斯》《得密德贡登汗》等传统蒙古史诗及其他史诗密切相关"。他还举出蒙古族艺人如何把传统的故事情节改编成《格斯尔》故事的种种实例。据此，他提出如下观点：青海蒙古口传《格斯尔》的形成"大概经历了两个阶段，第一阶段，藏族《格萨尔》诸篇章在青海蒙古族地区传播的过程中保留住了其基本故事情节，同时具有了民族的和地方的特征；在第二阶段，藏族《格萨尔》对蒙古民间文学产生了巨大的影响，从而使蒙古族艺人们在自己民族史诗传统基础上重新创作，创作出了可与藏族《格萨尔》相媲美的蒙古《格斯尔》篇章"。[2]同年，古·才仁巴力又发表了一篇论文，题目为"青海蒙古史诗的来源与发展变化"。在这篇论文中，他把视角从青海蒙古口传《格斯尔》扩大到了整个青海蒙古史诗传统，认为青海蒙古史诗有三个基本种类：第一种是传统的蒙古史诗；第二种是源自藏族史诗的史诗；第三种是在印藏佛教经典基础上创作的史诗。三

---

[1] 诸如腾格里天神将三太子派往下界，格斯尔的兄长和姐姐们都从母亲的头顶、腋窝、肚脐等地方分娩，母亲用石头割断格斯尔的肚脐，幼年格斯尔除掉前来挖眼睛的乌鸦及专门抽婴儿的舌头的蟒古思等故事。

[2] 古·才仁巴力：《青海蒙古〈格斯尔〉简论》，《蒙古语言文学》，1986 年 1 期，第 61-65 页；中国社会科学院民族文学研究所编：《〈格斯尔〉论集》，呼和浩特：内蒙古人民出版社，2003 年，第 254-261 页。

种类型代表着青海蒙古史诗传统的三个发展阶段，而第三个发展阶段上产生的源于印藏佛教经典的史诗未见于其他任何地区的蒙古史诗传统，反映了青海蒙古史诗的重要转折。古·才仁巴力就青海蒙古史诗的归属发表了自己的看法："无论从内涵和结构任何方面看，把青海蒙古史诗划归卫拉特史诗范围内是不太恰当的。"[1]关于其研究，笔者认为："古·才仁巴力教授作为青海本土学者，对青海蒙古史诗进行较全面的研究，准确而又有根据地概括了青海蒙古史诗的来源和特点。"[2]的确，综观迄今为止的青海蒙古史诗研究，古·才仁巴力先生基本准确地描述了青海蒙古史诗在题材内容上的特点、与相关文化传统的关系及其发展变异过程。

关于青海蒙古史诗研究，乌·新巴雅尔也发表过《蒙古〈格斯尔〉多种版本、篇章及其内容》《论蒙古族格斯尔传说》《蒙古〈格斯尔〉的种类与体裁》《关于青海蒙古〈格斯尔〉》等论文。他的论文涉及青海蒙古口传《格斯尔》的搜集整理出版史、蒙藏《格斯（萨）尔》的关系、青海蒙古口传《格斯尔》与其他蒙古《格斯尔》之间的关系、青海蒙古《格斯尔》的种类等方面。后来，他把自己发表过的有关《格斯尔》的论文汇编成册出版，上述论文悉数收录于其中[3]。乌·新巴雅尔有在青海蒙古族地区进行口头文学田野调查的经历，这种经历给予他更多的从田野观察的角度看待问题的可能。他在《蒙古〈格斯尔〉的种类与体裁》的论文中，把蒙古《格斯尔》分为书面《格斯尔》、口传《格斯尔》两大类，在口传《格斯尔》中又分为史诗体《格斯尔》、故事体《格斯尔》、说唱体《格斯尔》、《格斯尔》传说、《格斯尔》颂等体裁。这是从整个蒙古《格斯尔》的角度看待问题得出的结论，符合国内外蒙古族地区流传的《格斯尔》的实际情况。其中，关于青海

---

[1] 古·才仁巴力：《青海蒙古史诗的来源与发展变化》，《蒙古语言文学》，1986年5期，第4-15页。
[2] 萨仁格日勒：《青海蒙古史诗的搜集整理研究概况》，《内蒙古社会科学》（蒙古文版），2007年4期，第24-32页。
[3] 乌·新巴雅尔：《蒙古〈格斯尔〉探究》，呼和浩特：内蒙古教育出版社，2002年。

蒙古《格斯尔》，他如是写道："青海蒙古口传《格斯尔》可分为两种，一种是来源于书面而口头叙述的《格斯尔》故事，另一种完全是由民间艺人口头传播和创编的史诗韵文体《格斯尔》，这种《格斯尔》中既有与书面《格斯尔》相似内容的篇章，也有与之完全不同内容的篇章。"[1] 在《论蒙古族格斯尔传说》中，他提出了"青海省蒙古族聚居区是蒙古《格斯尔》的最初流传地"的观点[2]。他在后来发表的《关于青海蒙古〈格斯尔〉》中进一步阐发了上述观点。乌·新巴雅尔的研究虽然主要针对《格斯尔》史诗展开，但是由于青海蒙古口传《格斯尔》与该地区其他史诗和故事的关系十分密切，因而其探讨的问题对于整个青海蒙古口传史诗的研究也有重要的意义。其中一些来自田野调查的关于蒙藏《格斯（萨）尔》关系的信息和报道也具有重要的资料价值。

在德都蒙古各地区进行过多次田野调查研究的另一位学者是巴·布和朝鲁。他在前述三次田野工作基础上用蒙古文写了《柴达木田野调查报告》（1985，1988，2001），后来又在这篇报告的基础上写了《大河源上观巨流——再谈柴达木蒙古〈格斯尔〉之特性及其典型意义》，探讨了青海蒙古《格斯尔》的一系列问题[3]。调查报告共分六个部分：①青海蒙古格斯尔奇；②与《格斯尔》中的《锡莱高勒之战》有关的文化遗迹；③《格斯尔》与民族宗教历史；④《格斯尔》传说与风物；⑤《格斯尔》与蒙古民俗；⑥柴达木蒙古《格斯尔》的三种基本类型。其中，第二部分揭示了当地流传的《格斯尔》风物传说与《五世达赖喇嘛传》中的相关记载相互吻合、相互印证的事实，为探讨《格斯尔》史诗是否反映了真实历史提供了有趣的参考资料。第三部分对一些供

[1] 乌·新巴雅尔：《蒙古〈格斯尔〉探究》，呼和浩特：内蒙古教育出版社，2002年，第104-105页。
[2] 乌·新巴雅尔：《蒙古〈格斯尔〉探究》，呼和浩特：内蒙古教育出版社，2002年，第79页。
[3] 巴·布和朝鲁：《柴达木田野调查报告》（1985，1988，2001），见中国社会科学院民族文学研究所编：《〈格斯尔〉千年纪念——〈格斯尔〉论集》，呼和浩特：内蒙古人民出版社，2003年，第137-176页；巴·布和朝鲁：《大河源上观巨流——再谈柴达木蒙古〈格斯尔〉之特性及其典型意义》，见中国社会科学院民族文学研究所主办，2007年8月在吉林省前郭尔罗斯举行的"中国蒙古文学与文化国际学术讨论会"《论文汇编》。

奉五勇猛明王佛的德都蒙古族家庭禁忌演唱《格斯尔》的习俗展开调查，向学界提供了很多有趣的信息。在第六部分，他提出德都蒙古《格斯尔》有三个基本类型：①始终围绕格斯尔英雄事迹展开故事情节的篇章；②在格斯尔英雄群体中增加一些英雄人物并围绕他们的英雄事迹展开故事情节的篇章；③在格斯尔化身名目下，把一些本来与《格斯尔》毫无相关的史诗纳入到《格斯尔》史诗集群的篇章。在基于田野资料写就的论文《大河源上观巨流——再谈柴达木蒙古〈格斯尔〉之特性及其典型意义》中，乌·新巴雅尔把调查报告中的第一、第二、第六部分的内容做了进一步修改和增补，阐发了他对青海蒙古《格斯尔》文化与《格斯尔》史诗的认识。在他看来，柴达木蒙古族的《格斯尔》是在浓厚的格斯尔文化氛围中形成、保存和传承下来的。这种文化氛围表现在以下几个方面：①柴达木盆地留有一些古遗址，当地蒙古族人中流传着关于这些历史遗址的传说，认为那些遗迹与〈格斯尔〉中的事件有关。例如，诺木洪乡（dari toluɣai，意为火药土包）遗址、巴隆乡（tabun toluɣai，意为五座土包）遗址和热水乡察汗乌苏河源头附近的古代遗址等均被认为与古时候的霍尔 - 锡莱河人有关；②在柴达木，风物传说，尤其是关于格斯尔的风物传说特别多，另外，还有许多解释民俗事象的传说故事已经融入青海蒙古《格斯尔》中；③柴达木蒙古族周围的或者杂居在同一地域的其他民族中也流传着《格斯尔》史诗或格斯尔的传说、故事，如藏族的《格萨尔》、土族的《格赛尔》等，它们都对柴达木蒙古族《格斯尔》的形成和发展产生了影响。

关于德都蒙古族《格斯尔》史诗的三个类型，乌·新巴雅尔的观点没有变化，但对三种类型做了进一步说明。他认为：始终围绕格斯尔这个核心人物展开故事情节的《格斯尔》篇章，其大多数内容在结构、故事情节和母题方面同北京木刻本基本一致；以"格斯尔诸勇士的故事"的名义传唱的、独立成章的、内容与格斯尔这个人物关系甚微的《格斯尔》诸篇章，与"格斯尔有 33 名红色勇士，3 名绿渡母姐姐"这种说法有关；以所谓的"变异的《格斯尔》"（Hobildag Geser）的名义传唱的那些篇章，则是与格斯尔这个人物没有任何关系的独立的、传统的蒙古英雄史诗，无论从内容还是从形式特征看，《格斯尔》和"变异的"《格斯尔》有着显著区别，后者的蒙古史诗特点更浓厚。实际上这种现象的出现有两种原因：①艺人为了不让来搜集《格斯尔》的学者失望就把自己所知道的史诗故事都说成《格斯尔》，把所知道的史诗与《格斯尔》联系起来讲述，因为艺人们都有这个**即兴表演**[*improvisation*] 能力。②在有些地方，**"讲格斯尔"**[*Geser khelekü*] 变成了一种术语，表示"讲故事"，就像在新疆有一些地方"讲江格尔"是表示讲故事一样。在笔者的田野调查过程中，有些很熟悉的艺人也说起过他们在被采访过程中的郁闷和无奈。

玛·乌尼乌兰也是长期关注包括德都蒙古在内的卫拉特民间文学的学者。2006 年，他的《〈格斯尔传〉西蒙古变异本研究》一书出版。在第一编第二、第三部分专门探讨了青海、甘肃的德都蒙古中流传的《格斯尔传》[1]。第二部分为《青海〈格斯尔汗传〉、关于格斯尔的传说故事以及格斯尔奇研究》。这个部分首先对诺尔金演述的《格斯尔传》10 部篇章展开研究。第一至第六章的内容与北京木刻本《格斯尔》的第一章相似，但从人物名称到一些细节上有许多不同之处[2]；诺尔金演述的第七章在北京木刻本中没有相应的章节，其故事情节与其他蒙古英雄史诗中的征战故事和婚事故事极为相似，显然是在德都蒙古传统的英雄史诗影响下创作的[3]；诺尔金演唱的第八章与北京木刻本《格斯尔》第四章部分情节、卫拉特（新疆）《格斯尔》的《锡莱高勒三汗之部》的部分情节相似，这是在德都蒙古传统故事和生活习俗的影响下对北京木刻本《格斯尔》的相应情节进行修改的结果，目的在于使之

---

[1] 玛·乌尼乌兰编著：《〈格斯尔传〉西蒙古变异本研究》，北京：民族出版社，2006 年，第 75-104 页。

[2] 玛·乌尼乌兰编著：《〈格斯尔传〉西蒙古变异本研究》，北京：民族出版社，2006 年，第 76 页。

[3] 玛·乌尼乌兰编著：《〈格斯尔传〉西蒙古变异本研究》，北京：民族出版社，2006 年，第 77 页。

更加接近于德都蒙古族人民的生活[1]；诺尔金演述的第九、第十章内容与北京木刻本《格斯尔》第五章《锡莱高勒三汗之部》相似，但内容上变得更加简洁[2]。最后，他总结说："诺尔金演述的《格斯尔》虽然基于北京木刻本《格斯尔》第一、第四、第五章被创作，但是受德都蒙古传统的民间故事和艺人们的现代思维影响而新增一些内容，形式上具有民间故事特征，语言通俗易懂、朴实无华，可以说是著名格斯尔奇诺尔金的再创作品。"他还根据艺人最后的结束语——"于是他（格斯尔）领着黄铁匠的女儿到西藏去，掌控西藏政权，过上了美好的生活"这句话，提出了一种推测，即诺尔金在根据北京木刻本《格斯尔》创编德都蒙古《格斯尔》的时候似乎是以青海蒙古杰出的英雄、政治家、思想家、长期统治青藏高原的和硕特部祖先固始汗图鲁拜琥及其子孙为原型或精神支柱进行创作的。[3]

接着，玛·乌尼乌兰还对德都蒙古另一位著名艺人胡雅克图的《格斯尔》9部篇章和诺尔金演唱的《格斯尔》进行详细比较，得出了相似的结论。他说："胡雅克图一方面以北京木刻本《格斯尔》第一、第二、第四、第五、第六、第七章的故事情节为基础，另一方面创造性地利用《汗青格勒》等青海德都蒙古英雄史诗和民间故事以及甘肃德都蒙古族《格斯尔》和民间故事，创编了自己的《格斯尔》。"[4]在探讨德都蒙古《格斯尔》及关于格斯尔的故事传说的来源部分，他认为："居住在青海的蒙藏民族杂居区的蒙藏语言兼通的民间艺人们，是把藏族《格萨尔》的素材不断地引进到蒙古民间的功臣。他们听藏族艺人的演唱，然后用蒙古语给蒙古族民众演唱，在此过程中根据蒙古社会经济、民俗、文化的实际，对之加以增减加工甚至创作出新的篇章，于是形成

---

[1]　玛·乌尼乌兰编著：《〈格斯尔传〉西蒙古变异本研究》，北京：民族出版社，2006年，第77-78页。
[2]　玛·乌尼乌兰编著：《〈格斯尔传〉西蒙古变异本研究》，北京：民族出版社，2006年，第78页。
[3]　玛·乌尼乌兰编著：《〈格斯尔传〉西蒙古变异本研究》，北京：民族出版社，2006年，第79页。
[4]　玛·乌尼乌兰编著：《〈格斯尔传〉西蒙古变异本研究》，北京：民族出版社，2006年，第85页。

了既与藏族《格萨尔》相似又有很大区别的德都蒙古《格斯尔》。"[1] 在他发表的一篇论文中，他重复了这个观点[2]。在第一编的第三部分，他对甘肃肃北蒙古《格斯尔》进行了文本比较[3]。他以自己从肃北蒙古民间获得的田野资料和斯·窦步青在《肃北蒙古族英雄史诗》中发表的《格斯尔》资料为基础，把它们同北京木刻本《格斯尔》进行了比较。他认为肃北蒙古《格斯尔》的大部分故事中或多或少都有来源于北京木刻本《格斯尔》的内容；而《格斯尔汗试探未婚妻的为人》这个篇章"与《格斯尔》没有多大关系，是在汉族民间故事影响下被创作的一则短篇故事"[4]；《乘骑三岁黑马的格斯尔汗》的前半部分故事情节与《格斯尔》任何一个版本都没有多大关系，只是由于故事的后半部分安排了北京木刻本《格斯尔》第四章中的部分情节和卫拉特《格斯尔》的某些情节，才与《格斯尔》史诗有了一定的联系[5]。玛·乌尼乌兰在《格斯尔》研究方面最主要的贡献是，对德都蒙古《格斯尔》诸多篇章和北京木刻本《格斯尔》及新疆卫拉特口传《格斯尔》之间进行大规模、详细的文本比较。这是一个让人望而却步的繁重工作，是口头文学研究中的"重体力活儿"，只有亲身做过此类工作的人才能体味其中的酸甜苦辣，正是由于玛·乌尼乌兰不辞辛苦、孜孜不倦的努力，我们今天才能够很清楚地了解到那些文本之间的复杂关系。另外，有关德都蒙古《格斯尔》的来源等问题的观点还需要大量的材料来进一步探讨。北京木刻本《格斯尔》与德都蒙古《格斯尔》的前后顺序或相互关系问题也有待进一步斟酌。

---

[1] 玛·乌尼乌兰编著：《〈格斯尔传〉西蒙古变异本研究》，北京：民族出版社，2006 年，第 91 页。

[2] 玛·乌尼乌兰：《再论蒙藏〈格斯（萨）尔〉的关系》，《内蒙古民族大学学报》，2006 年 4 期，第 31-34 页。

[3] 玛·乌尼乌兰编著：《〈格斯尔传〉西蒙古变异本研究》，北京：民族出版社，2006 年，第 95-104 页。

[4] 玛·乌尼乌兰编著：《〈格斯尔传〉西蒙古变异本研究》，北京：民族出版社，2006 年，第 99 页。

[5] 玛·乌尼乌兰编著：《〈格斯尔传〉西蒙古变异本研究》，北京：民族出版社，2006 年，第 102 页。

玛·乌尼乌兰研究的一个问题是把青海蒙古族人和甘肃肃北蒙古族人当中流传的包括《格斯尔》在内的史诗等民间文学分开分析，试图找到各自不同的风格特征。实际上，这两地蒙古族人基本上都是青海德都蒙古族人。甘肃肃北蒙古族人是 20 世纪 30 年代末至 40 年代初因各种原因陆续从青海省海西州各地游牧过去的，中华人民共和国成立以后于 1952 年才把他们划分给甘肃省，不久就建立了肃北蒙古族自治县。虽然他们被分到两省，但是具有很深的地缘关系和亲缘关系，至今来往密切。他们的文化传统和传承是基本一致的，很难找出比较大的文化差异和流派，而且海西省著名艺人乌孜尔和甘肃省肃北县的著名艺人嘉吉雅是同一位艺人的徒弟，他们所演唱的史诗内容和风格都很相似或相近。所以，本书根据传统把这两地合而为一称为"德都蒙古"，以便研究他们的史诗文化传统。

　　笔者在搜集发表德都蒙古史诗的同时，从 2005 年起承担国家社会科学基金项目"德都蒙古史诗文化研究"，已发表《青海蒙古史诗的搜集整理研究概况》[1]《试论史诗〈道里精海巴托尔〉的宗教文化特征》[2]《蒙古史诗的民族志特征与资料意义》[3] 等论文。在《试论史诗〈道里精海巴托尔〉的宗教文化特征》这篇论文中，笔者从蒙古族萨满教和佛教等宗教信仰观念如何对蒙古史诗产生作用的角度展开研究，在列举史诗《道里精海巴托尔》中萨满教文化的种种表现后，又探讨了佛教文化在其中的穿插表现。关于两种宗教文化在同一部史诗文本中的对立与交融的原因，笔者认为，"虽然不同宗教的教义相差甚远，它们所包含的文化内涵也并不相同"，"宗教本身的纯正教义与信徒大众所理解的意义之间相差悬殊"，但是，"作为宗教，萨满教和佛教都有某

---

[1]　萨仁格日勒：《青海蒙古史诗的搜集整理研究概况》，《内蒙古社会科学》（蒙古文版），2007年 4 期，第 24-32 页。

[2]　萨仁格日勒：《试论史诗〈道里精海巴图尔〉的宗教文化特征》，《中央民族大学学报》（哲学社会科学版），2007 年 1 期，第 118-123 页。

[3]　萨仁格日勒：《蒙古史诗的民族志特征与资料意义》，《青海民族研究》，2003 年 3 期，第 34-38 页。

些共同的因素，其信奉者也有某些共同的心理因素"，"信教群众按照自己的理解赋予宗教以特殊意义"，所以，"不同的宗教在大众化过程中也相互影响，相互融合，产生一些混合概念"，因而"大众文化中有时候很难区分不同宗教的严格的分界线"，故而在史诗中萨满教和佛教文化交替出现也就不难理解。最后，笔者总结说，"蒙古史诗是蒙古先民们创造的古老艺术"，"体现的是蒙古族古老的萨满教意识"，"是蒙古族先民原始生存斗争的风俗画和他们的原始思维方式及行为方式的重塑"，"在史诗中，宗教话语的交替和替换，源自史诗传播的时代性特点"，"史诗叙事语言的变化，是史诗适应时代语境，并获得生命力和传承的一种策略或自我调适过程"，"史诗尽管世代相传，其叙事会有很大变化，但构成史诗基本框架的英雄行为及其与生活环境和神的关系，是其相对稳定的部分。因此分析英雄行为同英雄生活环境的关系，分析英雄行为同神的实质关系，分析英雄行为和叙事语言的矛盾，理应成为梳理史诗文化积层的基本方法"。笔者认为，文章关于史诗的稳定传承成分和易于流变的部分的论述，以及宗教教义大众化过程与各种宗教的交汇融合方面的论述，都有独到之处，值得借鉴。笔者的《蒙古史诗的民族志特征与资料意义》也是以德都蒙古史诗文化为基础进行分析的。

中国社会科学院民族文学研究所研究员斯钦巴图自 2005 年起，在青海省德都蒙古各地进行的田野工作的基础上承担了中国社会科学院重点课题"青海蒙古史诗研究"。在 2006 年出版了专著《蒙古史诗：从程序到隐喻》[1]。该专著第一章涉及了德都蒙古史诗。其中，他根据自己的田野第一手资料，比较详细地介绍了德都蒙古史诗传统的现状、主要的史诗演唱艺人及他们的演唱篇目，等，然后根据德都蒙古史诗传统较之其他地区卫拉特史诗传统的特殊性，提出了应把德都史

---

[1] 斯钦巴图：《蒙古史诗：从程序到隐喻》，北京：民族出版社，2006 年。

54

诗列为蒙古史诗一个重要的分布中心的观点。作为支持这种观点的依据，提出了如下几点：①青海卫拉特史诗非常丰富，它与新疆卫拉特史诗之间存在重大的差异。青海卫拉特蒙古的艺术风格、语言特色和程序化诗句与新疆卫拉特史诗相似，但是在演唱曲目上二者相差甚远，青海蒙古史诗艺人们并不知道新疆卫拉特地区流传的史诗，因而迄今为止，在二者间发现的同名相同内容的史诗或同一史诗的异文极少[1]。②青海卫拉特人对史诗有很特别的理解，那里的史诗传统中有很多新疆卫拉特史诗传统所没有的因素，这使得青海卫拉特史诗在题材、形象、形式各方面均有自己的特色。这说明，青海卫拉特史诗已经发展成区别于新疆卫拉特史诗的史诗传统[2]。③在青海和甘肃肃北蒙古族地区史诗传统中，用散文形式还是用韵文形式，并不作为判断它所表演的是史诗还是英雄故事的标准[3]。④在青海卫拉特地区，不仅韵文体还是散文体不能作为区分英雄史诗和英雄故事的标准，而且是否用曲调同样不能作为区分它们的一个标志[4]；大部分艺人既可以把一部史诗用优美动听的曲调演唱，也可以像一个故事一样讲述。⑤如同在卡尔梅克地区、新疆卫拉特地区《江格尔》史诗有绝对影响那样，在青海卫拉特地区，史诗《格斯尔》的影响特别重要，在它的影响下，青海德都蒙古史诗传统中出现了一切史诗都向《格斯尔》靠拢的倾向[5]。这种倾向明显地表现为，许多与《格斯尔》无关的史诗英雄被说成是格斯尔的英雄，或者被说成是格斯尔的化身，于是许多本来与《格斯尔》无关的史诗都被说成是《格斯尔》史诗的一部分。正是由于这个原因，青海德都蒙古《格斯尔》史诗形成了自己的三种基本类型：始终围绕格斯尔英雄事迹展开故事情节的基本型；在格斯尔英雄群体中增加一

第
一
章

绪
论

---

[1] 斯钦巴图：《蒙古史诗：从程序到隐喻》，北京：民族出版社，2006年，第37页。
[2] 斯钦巴图：《蒙古史诗：从程序到隐喻》，北京：民族出版社，2006年，第37-38页。
[3] 斯钦巴图：《蒙古史诗：从程序到隐喻》，北京：民族出版社，2006年，第92页。
[4] 斯钦巴图：《蒙古史诗：从程序到隐喻》，北京：民族出版社，2006年，第93页。
[5] 斯钦巴图：《蒙古史诗：从程序到隐喻》，北京：民族出版社，2006年，第94页。

些英雄人物并围绕他们的英雄事迹展开故事情节的扩展型；在格斯尔化身名目下，把一些本来与《格斯尔》毫不相关的史诗纳入《格斯尔》史诗集群的附着型。在这三个基本类型中，第一种类型是传统的和典型的《格斯尔》史诗，第二种类型的《格斯尔》史诗篇章基本上是由青海卫拉特其他史诗改编而成，第三种类型的《格斯尔》篇章应该说纯粹是独立于《格斯尔》史诗的青海卫拉特传统史诗。由此，青海卫拉特史诗整体上表现出了《格斯尔》中心型史诗带特征。这与《江格尔》中心型的新疆卫拉特史诗形成鲜明的对照[1]。斯钦巴图提出的这一系列观点符合德都蒙古史诗传统的实际。之后，他又完成了一部专著——《青海蒙古史诗研究》。这部专著是专门研究德都蒙古史诗的。在该专著中，他在上述研究的基础上更进一步探讨有关德都蒙古史诗的种种问题。他首先非常详细地介绍和分析阐释了前人对德都蒙古史诗的搜集整理出版史和研究成果及其得失，然后介绍并研究德都蒙古史诗艺人及其演唱和讲述的史诗篇目、内容等，提出德都蒙古史诗独立成为蒙古史诗流传地带的新观点，从而丰富了其导师仁钦道尔吉的蒙古史诗"七个流传地带"的理论。另外，他还专章介绍了德都蒙古著名艺人苏和演唱的史诗。

以上学者关于德都蒙古史诗的研究基本上都是宏观性研究。他们把德都蒙古史诗作为一个整体，考察其起源、发展阶段、地域文化特征、彼此联系、类型特点等，为德都蒙古史诗研究的深入发展奠定了良好的基础。

除了上述学者的宏观性研究外，还有部分学者进行了个案研究。其中最具代表性的是西北民族大学教授道·照日格图的《〈汗青格勒〉史诗研究》[2]。他利用从国内搜集的七种文本和蒙古国西部卫拉特人记录的两种文本，探讨了《汗青格勒》史诗的产生发展、流传演变及基

---

[1] 斯钦巴图：《蒙古史诗：从程序到隐喻》，北京：民族出版社，2006年，第94-95页。
[2] 道·照日格图：《〈汗青格勒〉史诗研究》，呼和浩特：内蒙古人民出版社，2001年。

本特征等诸多问题。首先介绍和比较了上述九种文本的故事情节，在故事情节层面上，他认为从国内搜集的七种文本彼此有异文关系，而从蒙古国搜集的两种文本叙述的是它们的后续情节[1]，它们呈现出一个史诗的多部篇章的特点。作者还根据《汗青格勒》史诗多个文本中的神话因素、古代民俗，就该史诗的起源得出结论："《汗青格勒》史诗产生于林木中百姓离开故土之前，在口头流传过程中逐步得到锤炼和完善，到蒙古汗国时期，已经发展成为一个具有完整故事情节（基本情节）的单篇史诗。"[2] 他还认为："《汗青格勒》史诗形成于林木中百姓离开林木，开始从事畜牧业经济的时期。"[3] 随着 17 世纪和硕特部迁居到青海及清政府在蒙古地区实行盟旗制度，"流传在双边（青海和硕特部和蒙古国杜尔伯特、巴亦特、辉特部——引者注）的该史诗多个篇章按照当地的传统继续发展"，其中，我国和硕特部继承了该史诗的前一个篇章，即叙述汗青格勒的出生、长大、结义、成婚、营救父母等情节；而蒙古国卫拉特人继承了该史诗的后续篇章，不叙述汗青格勒的出生、长大等情节，直接叙述汗青格勒与蟒古思的斗争[4]。

近些年来，国内科研院校的部分研究生以研究德都蒙古史诗的论文取得了硕士、博士学位，如德力格尔玛关于《艾尔色尔巴托尔》史诗的研究、玉梅关于《道里精海巴托尔》史诗的研究、杜荣花关于《德都蒙古史诗婚俗研究》、迎春关于《德都蒙古〈格斯尔〉故事研究》等。由于部分论文还没有正式出版发表，在此无法一一介绍。除此之外，还有一些论文涉及了某个史诗某方面的问题或者探讨了某个母题，我们在相关问题的讨论中将提及它们，故在此不做专门介绍。

[1] 道·照日格图：《〈汗青格勒〉史诗研究》，呼和浩特：内蒙古人民出版社，2001 年，第 29 页。
[2] 道·照日格图：《〈汗青格勒〉史诗研究》，呼和浩特：内蒙古人民出版社，2001 年，第 35-36 页。
[3] 道·照日格图：《〈汗青格勒〉史诗研究》，呼和浩特：内蒙古人民出版社，2001 年，第 37 页。
[4] 道·照日格图：《〈汗青格勒〉史诗研究》，呼和浩特：内蒙古人民出版社，2001 年，第 38-39 页。

## 第五节
## 本书研究的问题和资料

　　虽然有以上学者的相应的研究成果，但客观地讲，德都蒙古史诗的研究尚处于起步阶段，有关这一传统的一些重要问题已被提出，但尚未深入，有的深层问题尚未被提及。在这种情况之下，对德都蒙古史诗进行一个比较系统的整体性研究是非常必要的。在整个蒙古史诗研究领域里，德都蒙古史诗传统是很有特色的。地处青藏高原的德都蒙古史诗传统形成的特殊环境、蒙藏文化交融中的德都蒙古史诗的题材和体裁特征、口传《格斯尔》在该传统中的影响力和地位、德都蒙古史诗传统与印藏文化、德都蒙古史诗艺人的表演艺术和语言特征等，都成为本书重点讨论和分析研究的焦点。

　　笔者作为当地人对研究资料的熟悉程度是个优势。可以说，笔者是在德都蒙古史诗演唱传统和其文化风味中度过童年的。虽然"文化大革命""破四旧"，禁止一切民间文化传统的进展，但是在草原深处的牧人家里，仍然能听到小型的"家庭演唱会""故事会""猜谜大战"等。笔者的母亲是个不起眼的史诗艺人，演唱和讲述过《三岁古南乌兰巴托尔》《七岁的道尔吉彻辰汗》《道里精海巴托尔》《古南布和吉日嘎啦》等史诗或英雄故事。再加上笔者从本科期间开始便不同程度地关注包括史诗在内的蒙古民间文学的口头传统问题。1980 年，笔者本科毕业实习的时候有幸赴甘肃省肃北蒙古族自治县，进行为期三个月的民间文学、民俗学田野调查工作，访问了嘉吉雅、库古德、斯·窦步青等著名艺人和民间文化传承人，搜集记录了包括史诗在内的许多民间文学和民歌等口传作品，清楚地感受到了甘肃、青海两省蒙古民间传统的亲缘关系和一致性。1982 年本科毕业后，笔者被分配到西北民族学院民族研究所，从事民间文化研究工作，似乎命中注定笔者与民间口传文化研究紧密地联系到了一起。走上工作岗位之后，笔者几乎每年两次利用假期回青海蒙古各地进行民间口头文化田野调查，搜集民间口头传统，积累了丰富的第一手资料。本书将主要利用笔者以上所述进行田野调查过程中搜集和积累的资料与其他学者记录和发表的史诗文本展开讨论。

一方面，从研究者自身的角度来说，苏和、达格玛、道丽格尔苏荣、乔格生等艺人是被重点采访的民间史诗艺人和故事讲述家。笔者不仅多次前往访问，而且可以说是零距离观察他们的表演、聆听他们的演唱、掌握他们的演唱曲目、记录他们的表演文本、了解他们的生活经历和生活现状及学艺和演艺经过。特别是，笔者作为当地人很深入地了解他们的信仰和生活习俗，同时也了解他们的心理状况，了解他们对德都蒙古史诗传统的看法、认识及他们对自己演唱的史诗文本背景的认识，等等。所有这些田野研究资料使笔者在讨论相关问题时能够站在田野立场上，客观地分析和看待问题，不再徘徊在传统外围，避免隔靴搔痒、闭门造车之虞。

另一方面，从艺人的角度来说，上述艺人是德都蒙古史诗艺人群中的一个个个体，他们的表演、表演篇目、曲调、语言艺术、表演技巧、生活经历、学艺和演艺生活自然具有各自独特的风格特点。但是，他们作为德都蒙古史诗艺人群体中的一员，当然与其他史诗艺人共享着同一个文化气息和祖先传统。因此，他们的身上不仅有长期积累的各自的风格特点，而且有传统在其悠久的历史中形成的共同的地域风格特征。

所以，即使对某个艺人的观察，也最终能够使我们认识一个整体的地方性传统。以苏和为例，从他演唱的规模、类型和篇目而言，到目前为止，他是德都蒙古史诗艺人中演唱篇目最多的艺人，他的演唱篇目涵盖了德都蒙古史诗相当大部分的篇目、题材内容和几乎所有类型，而且笔者记录了他所演唱和讲述的绝大部分篇目。通过对苏和演唱的史诗的分析和研究及同其他艺人演唱的文本进行比较，可以探讨前述诸如德都蒙古史诗题材内容特征、德都蒙古史诗体裁特征、德都蒙古口传《格斯尔》在该传统中的地位、德都蒙古史诗传统的分类、德都蒙古史诗传统的分期、德都蒙古史诗传统与印藏文化、德都蒙古史诗艺人的表演艺术等所有问题。

本书将以乌孜尔、胡雅克图、苏和、嘉吉雅、诺尔金、扎木普勒、达格玛、道丽格尔苏荣、乔格生等艺人不同时代演唱的各种史诗文本和个人手中的一些第一手资料为基础，研究探讨德都蒙古史诗文化的相关问题。本书研究还将审视和反省德都蒙古史诗的搜集记录史上的一些得失，探讨记录整理者的角色和对文本的认识问题、记录整理者对史诗文本的影响问题。

第二章　　德都蒙古史诗文化综合特征

　　德都蒙古史诗文化的综合特征问题，只是相对的概念，至今似乎
还没有一位学者对德都蒙古史诗及其异文进行过统计。这里只是在现
有的资料（包括已公开发表和笔者手里的一部分第一手记录文本）基
础上介绍并分析德都蒙古各个史诗文本及其流传现状，以及史诗文化
传统的主题和题材特征，以试图初步归纳德都蒙古史诗文化的相关
特征。

　　蒙古族创造了非常丰富的史诗文化。蒙古各部落、各地区都流传
着不同程度的史诗和英雄故事，保持和保留着相同或相近的游牧民族
早期宏大的文化特征，但是在细节上，如题材、内容、风格和一些情
节上各不相同。蒙古族文化的多样性，造就了蒙古族史诗传统的多元
性，而且这种多元性表现在各个部落或地方性特征上。在蒙古族各个
地方，除了《格斯尔》《江格尔》《汗哈冉贵》等在大部分蒙古地区普
遍流传的为数不多的几部著名史诗之外，每个地区、每个部落都有一
些只在当地流传、只有当地史诗艺人才能演唱的地方性史诗。就像德
都蒙古史诗《汗青格勒》、布里亚特蒙古史诗《阿拉腾沙盖》等一样，

一个部落或地区的史诗文化传统与另一个部落或地区的史诗文化传统具有明显的区别。这种区别的存在使整个蒙古族史诗在部落化、地方化的同时类型化、阶段化，从而形成了三大系统的七个或者八个主要流传中心地带。这是由于早期信息相对比较闭塞，而各个部落或地方的史诗艺人往往习惯于演唱各自的部落或地区内流传的史诗。

拿德都蒙古史诗来说，即使大部分蒙古族部落或地区普遍流传的著名史诗《格斯尔》，也具有德都蒙古地方特色，因而与其他蒙古族部落或地区的《格斯尔》有所不同。学者一般认为，《格斯尔》是在包括甘肃、青海的德都蒙古和新疆卫拉特蒙古在内的所有地区的蒙古族人中广为流传的史诗。我们先不谈其他地区流传的《格斯尔》各种版本或各种文本与德都蒙古《格斯尔》的关系，只是拿德都蒙古口传《格斯尔》与新疆卫拉特蒙古口传《格斯尔》进行比较，就会发现它们存在着巨大的差别。新疆卫拉特蒙古口传《格斯尔》受北京木刻本《格斯尔》等书面《格斯尔》的影响很大，口传《格斯尔》依存于版本或**手抄本** [manuscripts]《格斯尔》，因而其故事情节也与版本或手抄本《格斯尔》的故事情节保持高度一致性。而德都蒙古口传《格斯尔》恰恰相反。"作为在青藏高原各民族文化交流中率先被创作出的蒙古《格斯尔》传统，她不仅为蒙古《格斯尔》书面版本、手抄本的最初产生奠定了基础，而且自始至终都保持着自身的活态演唱传统。其流传始终不依赖于版本或手抄本《格斯尔》，因而其与北京木刻本等各种书面《格斯尔》在内容、篇目、故事情节以及人物上的差距比其他任何地方的蒙古《格斯尔》传统要大得多。"[1] 笔者赞同这种分析和观点。

正因为如此，德都蒙古口传《格斯尔》中的很多篇章是新疆卫拉特地区及其他蒙古族聚居区不曾有过的。例如，《骑黑棕马的格斯尔博格达汗》《阿尔查希迪格斯尔台吉》《降伏霍尔黑尔扎勒布蟒古斯之部》

[1] 斯钦巴图：《青海蒙古史诗研究》，北京：中国社会科学院 B 类重大课题成果，2009 年。

《降服乌隆沙日蟒古斯之部》《格斯尔降伏骑黑公驼的魔鬼之部》《十四岁的阿穆尼格斯尔博格达汗与十三岁的阿贝·昂钦巴特尔》等篇章只在德都蒙古各地区流传，其他蒙古族地区的艺人都不知道这些篇章。德都蒙古进入青藏高原，也是进入了《格斯（萨）尔》文化的大气层。也许这就如斯钦巴图分析的那样，德都蒙古族人的确"为蒙古《格斯尔》书面版本、手抄本的最初产生奠定了基础"[1]。众所周知，至今所知的最初产生的蒙古《格斯尔》书面文本是北京木刻版《格斯尔》。但是，北京木刻版《格斯尔》到底是何时在哪个部落或哪个地区怎么产生的，是书面的还是口传的，最初由哪里的什么人讲述或演唱，由什么人记录成文本？和硕特部17世纪中叶进入青藏高原的文化圈，接触并接受西藏和印度文化。近100年之后，1716年，北京木刻版蒙古文《格斯尔》问世。涅克留多夫认为在这之前，至少已有了蒙古文《格斯尔》手抄本流传，他认为1680年章嘉呼图克图指示从青海厄鲁特五位老人那里记录的《格斯尔》手抄本很可能就是北京木刻板《格斯尔》的前身[2]。那么最初是在哪个部落或哪个地区流传并产生手抄本的呢？这些都有待挖掘新的资料信息。说到这里，笔者想起了阿旺·却太尔曾经说过的"根基夏尔"（藏文草体）抄写蒙古文《格斯尔》一事。也许我们还得寻找相关的信息。《格斯（萨）尔》是在蒙古族、藏族、土族等民族中广泛流传的史诗。蒙古《格斯尔》的起源和产生过程，与藏族文化是分不开的，实际上是蒙藏民族文化交流的产物。德都蒙古族人所处的自然环境、社会环境、人文环境、生活环境、生产方式和生活习俗、审美特征、文化传承等都在不断更新，不断发展变化。他们在这种变化过程中不断地、不同程度地接受邻近的藏族文化的影响，从而形成既不全部是藏族文化，也不全部是传统的蒙古族文化的独特的"德都蒙古文化"。这片文化土壤孕育了同样独特的包括《格斯尔》在内的

---

[1]　斯钦巴图：《青海蒙古史诗研究》，北京：中国社会科学院B类重大课题成果，2009年。
[2]　2015年11月27日采访俄罗斯国立人文大学教授谢·尤·涅克留多夫的笔记。

德都蒙古史诗。

　　一直保持口传活态流传的德都蒙古《格斯尔》虽然变化大且异文多，但仍然或多或少地保留着北京木刻本《格斯尔》诞生时的那些古老的情节。例如：

　　在很久很久以前，天灾人祸遍及人间，妖魔鬼怪横行，平民百姓遭受迫害。大慈大悲的观世音菩萨耳闻目睹此情后无法忍受，为了挽救众生出苦海，向阿姆尼宝尔汗（阿弥陀佛）提出派天神之子下凡降妖除魔的请求。拥有特殊的品格和非凡才能的格斯尔王下凡时，被塑造成神人合一的半人半神的英雄——金胸银股的鸟，以赋予其能够完成降妖除魔、抑强扶弱、造福人类的神圣使命。格斯尔降临人间后，也遇到各方的攻击和陷害，但由于他自身拥有特殊的身份、非凡的才能、无穷的力量和天神的保护，消灭了害人的蟒古思，为民除害，造福人间。

　　这些情节和描述不仅保留着北京木刻版《格斯尔》的痕迹，还与藏族《格萨尔》序诗保持一定的一致性。德都蒙古史诗的其他情节和大部分故事与北京木刻版《格斯尔》有较大的差别，但其他地区的《格斯尔》与此不同，反而与北京木刻版《格斯尔》在故事情节上保持较多的一致性。这是因为他们很可能是在北京木刻版《格斯尔》的书面传统基础上再度流传的。德都蒙古《格斯尔》已经发生了巨大的变化，是因为一路口耳相传，而且不断接受藏族《格萨尔》的口传信息。所以说，包括《格斯尔》在内的德都蒙古史诗传统在演唱曲目上和其他蒙古史诗流传带保持着相对独立性，既不是完全原版译用藏族《格萨尔》的故事情节，又不丢失独特的蒙古史诗传统。这也是德都蒙古史诗传统的一个重要的地域特征之一。

　　实际上，德都蒙古史诗很丰富。德都蒙古史诗与其他地区蒙古史诗之间的差异不仅仅表现在史诗《格斯尔》上，其他中短篇史诗中也有一些差异。著名史诗专家仁钦道尔吉在多年潜心研究蒙古史诗后敏锐地发现这些差异并指出："和硕特（青海卫拉特蒙古）史诗的艺术风格、语言特色和程序化诗句与新疆卫拉特史诗相似，但是迄今为止，在二者之间没有发现同名相同内容的史诗或同一史诗的异文。"[1]的确，除了《格斯尔》以外，德都蒙古史诗和新疆卫拉特史诗之间没有其他"同名相同内容的史诗或同一史诗的异文"。长期以来，令学术界感到疑惑的是，德都蒙古族史诗艺人们连著名的史诗《江格尔》的名字都没有听说过。德都蒙古地区没有流传史诗《江格尔》。地域跨度上相对近而且民间交往相对比较多的肃北德都蒙古族人中也没有《江格尔》的相关信息。

1981 年 5～7 月，笔者在甘肃省肃北县进行毕业实习，去该县的石堡城乡做**田野调查** [field work]。当时，笔者采访了一位能讲一段《江格尔》的大妈，自以为是一大发现，但后来进行深度访谈时发现她是从新疆嫁到肃北的土尔扈特人[2]，年轻时在娘家听过史诗《江格尔》的演唱并记住了片段。肃北德都蒙古当地人都不会讲述《江格尔》。同样，在新疆卫拉特，史诗艺人们并不知道在德都蒙古民间广为流传的著名的《汗青格勒》等史诗。其实，除了《汗青格勒》以外，《三岁古南乌兰巴托尔》《七岁的道尔吉彻辰汗》《道里精海巴托尔》《美须公克勒图盖》《艾尔色尔巴托尔》《阿拜杨俊巴托尔和阿拜旺琴巴托尔》《骑雄鸡般花马的古南布克吉尔嘎拉》《道勒吉延宝彦额尔德尼》《额尔赫巴彦汗》《阿努莫尔根阿布盖》《七岁英雄东吉莫洛姆额尔德尼》《阿克乔通诺彦》等史诗，至今仍然在德都蒙古民间活态流传。

苏和、达格玛、道丽格尔苏荣、乔格生等艺人能把以上史诗以散

---

[1] 仁钦道尔吉：《蒙古英雄史诗源流》，呼和浩特：内蒙古大学出版社，2001 年，第 62-63 页。
[2] 这位大妈的名字叫库葛吉戴。她是个乌杰齐（Ujegechi），类似看相人或者屋得干（Udgan）。她还给笔者讲过她自己曾经给病人看病因的故事。普通人看不到的东西她能看得到。她说嫁人后这种特异功能就没有了。

文形式讲述，也能以韵文形式演唱。大部分艺人学了早期著名艺人乌孜尔的演唱曲调[1]，但艺人苏和所唱的曲调与此有所不同。当地听众比较喜欢或者习惯于听艺人乌孜尔的演唱曲调，所以，在采访过程中，有的听众听了现在的艺人们的演唱后常常议论其曲调或故事情节的方方面面。有的还说"这不是《汗青格勒》的曲子呀，哎呀，丢了什么什么情节啦"，等等，以评论艺人的演唱来表示听众对史诗的喜爱和熟悉程度[2]。一个时代出现一位代表性的伟大的演唱史诗艺人，足以影响整个地区的所有民众。20世纪80年代或者那之前在青海省海西州柴达木地区就出现了乌孜尔这位伟大的艺人，他影响了整个一代人。笔者所采访的所有的听过他演唱的听众都对他的演唱风格和清脆的声音赞叹不已。

就整个蒙古英雄史诗传统范围来看，德都蒙古史诗文化传统具有几个方面的独特性。无论是在体裁和题材方面，还是在演唱风格和表演方式方面，它都具有独特性。德都蒙古史诗传统在体裁上具有"独一无二的易变性、兼容性和开放性，主要表现在韵文体或**韵文散文结合体** [*rhymed prose*] 的史诗和英雄故事这两个体裁之间可以自由转换"[3]。笔者赞同斯钦巴图的这一总结。而且这一体裁上的特点也与相关艺人的聪明才智、阅历、语言技能和演唱风格等有关。斯钦巴图在采访德都蒙古史诗艺人的过程中，重点访问了德都蒙古著名盲人艺人苏和。苏和也是一位独一无二、极具才华的艺人，具备很强的即兴表演能力，有过人的记忆、丰富的语言、独特的思维方式和敏锐的应变能力，而且号脉、按摩、算命、看相等样样都会。他虽然眼睛看不见，但只要接触过一次就会记住对方的声音，一听到对方的声音、语调

---

[1]　笔者在2007年8月在青海省海西州都兰县进行田野调查时采访的扎木普勒、莲花等艺人和故事家都说起曾经跟着艺人乌孜尔演唱的《格斯尔》和《汗青格勒》等史诗磁带学唱。
[2]　2003年8月在青海省海西州德令哈市进行田野调查时采访录音的部分磁带放给听众听时出现过类似这般的口头评论。
[3]　斯钦巴图：《青海蒙古史诗研究》，北京：中国社会科学院B类重大课题成果，2009年。

等，就会说出相关其人的所思所为。笔者曾带母亲前往艺人苏和处就医，或者请他来家里做客并给母亲看病、按摩等。有时候因马群找不到了或者家里有个事儿经常前去拜访并请求占卜指教。在当地，苏和是个无所不知的圣人，他几乎有问必答，有求必应，虽然笔者跟他很熟，但是作为"他者"，以史诗等民间文学的搜集者的身份采访，不超过五次。具有超级记忆的非凡艺人苏和有点像内蒙古赤峰市著名格斯尔奇金巴扎木苏，思路清晰而语言丰富，即兴表演能力强，智力发达，天资高，做事道头知尾、说起枪棒武艺滔滔不绝。他所演唱的包括《格斯尔》在内的每一部史诗，在体裁上都表现出开放性、创造性和易变性的特征。有时候还能在短时间内简化说唱完整篇幅，表现出才华艺人的创作力、想象力和新编技巧。正因为如此，有时候，已经习惯于听一些早期传统艺人的演唱曲目或者已经熟悉相关史诗故事情节的好多听众，就对苏和的演唱提出异议，如"新编了""混编了""删减了"等，褒贬不一。这也是苏和演唱或讲述的史诗区别于其他艺人的一个很重要的特征之一，同时也表现出苏和本身的即兴表演能力和聪明才智。当然，现在虽然没有那么多热衷于史诗演唱的忠实听众来评判和规范艺人们的演唱传统，以保持传统史诗的原汁原味，但因文化遗产的抢救、保护和弘扬的需要，有一部分学者积极地进行田野调查，跟踪采访了为数不多的几位现存艺人。所以苏和、尼玛、乔格生等已经成为当代最著名的史诗艺人了。就拿苏和而言，他可以代替上一个时代的代表艺人乌孜尔而成为当代的代表艺人（当时苏和艺人还健在）。

艺人尕登演唱的《艾尔色尔巴托尔》也体现了德都蒙古史诗体裁上的开放性和多变性特征。尕登最初于 20 世纪 80 年代演唱的异文与 2005 年他讲述的异文在内容上变化较大，增加了不少新的情节。关于这一内容上的变化，尕登解释说："80 年代初'文化大革命'的影响尚未完全消失，记忆中的有些内容不敢大胆地说。到了当今时代变了，思想完全解放了，我就根据年轻时代牢固的记忆，把史诗的全部内容都讲了出来。"[1]孕登也是一位多才多艺的艺人。他从小爱听故事，在外公家里长大。据孕登回忆，他的外公是个故事大王，同时也是个民间医生。他从小跟随外公学医，采集药草、磨制蒙药、号脉等样样都学过。他曾经也当过教师。现在他也在闲时行医，在民间是很有名气的蒙医和疑难病大夫。骨折、脑震荡等游牧骑马民族的一些易发病，他都能用民间土法治疗。他的生活经验丰富、知识面广、有阅历、有很好的语言天赋、善于讲述和表演。

比较集中地整理出版德都蒙古英雄史诗的有齐·布仁巴雅尔主编的《德都蒙古民间文学精华集》英雄史诗部分。这部集子收录了10部史诗，如乌孜尔演唱的《汗青格勒》、占布拉演唱的《布拉尔泰汗老太婆的九个儿子》、苏荣克尔演述的《古南布克吉尔嘎拉》、伊克都演述的《征服七方敌人的道里精海巴托尔》、吉格斯尔加夫和伊布新演述的《达兰泰老汉》（才仁敦德布记录并整理合编，将题目改成《勇斗汗伽罗迪鸟的巴托尔》）、布热演述的《好汉中的好汉哈日库克库布恩》、比拉演述的《好汉额尔克胡伊格》、伊布新演述的《好心肠的南珠海》、诺尔金演述的《山野之子》、潘德演述的《达利托勒盖》等。其中，除了我们所熟悉的英雄史诗《汗青格勒》和《布拉尔泰汗老太婆的九个儿子》2部为史诗韵文体之外，其余均为散文体。此外，跃进主编的《青海蒙古族民间口头文学集锦》一书的英雄史诗部分收录了25部史诗。其中，《汗青格勒》《宝尔玛汗的儿子宝玛额尔德尼》《道里精海巴托尔》《艾尔色尔巴托尔》《布拉尔泰汗老太婆的九个儿子》《阿曼莫尔根》7部是韵文体。《米德格戈秀台吉》《柯尔克斯可汗的儿子毛盖莫尔根陶尔查》《巴达尔汗台吉传》《好汉哈日杭吉斯》《好汉哈日库克库布恩》《阿拉坦珠拉克布恩》《骑三岁黑马的古南布克吉尔嘎拉》《德勒岱巴托尔》等18部作品是散文体的英雄史诗。纳·才仁巴力搜集出版的《英

[1] 笔者于2005年7月14日在青海省西宁市孕登艺人的家中采访的笔记。

雄黑旋风》、斯·窦步青搜集整理出版的《肃北蒙古族英雄史诗》等集子，情况都差不多，除一部分是韵文体史诗之外，大部分史诗是以散文体形式出版的。在散文体史诗中，一部分是能够还原成韵文体演唱的史诗作品，另一部分是以叙事语言讲述的英雄故事。当然，最初这些英雄故事也是具有语言天赋的艺人们演唱的史诗。随着艺人们的减少以及史诗的普及和大众化，有些史诗逐渐散文化、故事化而变成"英雄故事"这一体裁了。但是搜集出版者可能没有严格按民间文学体裁分类法去分类，或者对新近进入学术类型的"英雄故事"[1]这一新体裁尚不了解，因而这种由英雄史诗转化而成的"英雄故事"，既不能划到民间故事体裁中，又不能划到神话或传说故事中，所以就只好把英雄史诗和英雄故事放到同类体裁中。当然这与我们以往的史诗认定标准有一定距离。旦布尔加甫在《卫拉特蒙古英雄故事研究》一书中这样概括英雄史诗和英雄故事的区别：英雄故事是散文体作品，而英雄史诗是韵文体作品；英雄史诗有长达几十行至几百行的序诗，英雄故事则没有；英雄史诗的演唱都有一定伴奏乐器，而英雄故事的表演不用乐器伴奏；卫拉特史诗艺人在演唱史诗前一般完成一些宗教信仰仪式，如先演唱《阿尔泰颂》，或者在佛龛前烧香拜佛等，而英雄故事的表演没有这些规矩；卫拉特英雄史诗的演唱者是一些受过专门训练的史诗艺人，英雄故事则人人会说[2]。我们判断一个文本是不是史诗文本的时候，往往首先看它是不是韵文体。在遇到表现了通常意义上的史诗题材的文本时，看它是韵文体还是散文体，似乎已经成了国内判断英雄史诗和英雄故事的一个标准。

　　然而，以这个标准去衡量德都蒙古史诗艺人们演唱或讲述的文本，

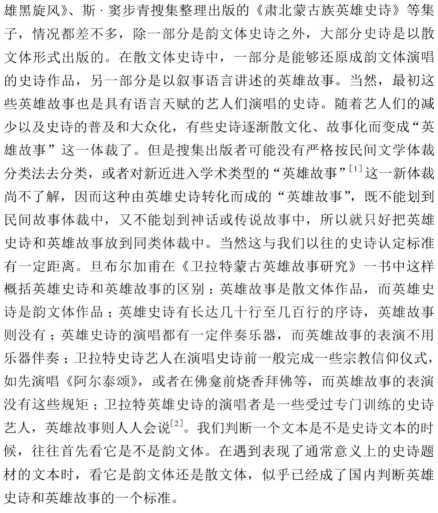

---

[1] 中国社会科学院旦布尔加甫博士于 2003 年在蒙古国攻读博士学位时首次提出蒙古史诗与故事之间还有"英雄故事"这一体裁的存在。他这一观点引起学术界关注，拍·浩尔勒等民间文学研究专家肯定并高度评价了他的这一提法。后来旦布尔加甫博士在《卫拉特英雄故事研究》一书中详细论述了这一学术观点。

[2] 旦布尔加甫：《卫拉特英雄故事研究》（蒙古文），北京：民族出版社，2006 年，第 45-51 页。

就会产生一些疑问。因为现在的德都蒙古艺人中除了几位有才华的艺人用韵文形式演唱之外，大都是用叙述形式讲史诗，而且都说成演唱**突兀吉** [*тууж, tuuji hailh*]。当地人说的"突兀吉"就是我们学术语言所指的"史诗"。民间艺人们并不会以民间文学体裁分类标准去判断他们所表演的是史诗还是英雄故事。搜集整理者也似乎普遍认为只要不改变那些熟悉的故事情节，无论用散文体讲述还是用韵文体演唱，就叙说的故事本身来讲是没有区别的。甚至，在叙说同一个作品时，他们还会把散文叙述和韵文演唱两者结合起来。于是，我们看到，许多史诗同时有若干同名英雄故事，一篇英雄故事也有其同名的英雄史诗。搜集整理者把英雄故事和英雄史诗统统纳入史诗行列中出版。例如，《道里精海巴托尔》有好多个文本已经发表，其中苏和 1984 年唱本和2005 年唱本及达格玛唱本都是韵文体的，伊克都的唱本是散文体的，而扎吉娅演唱、斯·窦步青整理的《道里精海巴托尔》是散文夹韵文体；又如，《古南布克吉尔嘎拉》也有好几种异文，其中不仅有苏和演唱、斯钦巴图记录的韵文体异文，达格玛演唱、萨仁格日勒记录的韵文体异文，朝克苏慕演唱、萨仁格日勒记录的韵文体异文，而且有 2003 年的德令哈市苏吉乡艺人胡雅克图演述、胡和西力录音记录的散文体异文和由胡雅克图演唱、斯钦巴图记录的散文韵文结合体异文等。

据斯钦巴图所言，他采录胡雅克图、德都蒙古女艺人道丽格尔苏荣等演唱《古南布克吉尔嘎拉》等史诗时，"胡雅克图老人家先开始以韵文体演唱，后来改成用散文体叙述的方式。道丽格尔苏荣也一样，在演唱《汗青格勒》时，她也是韵文形式演唱开始，中间还夹杂着用散文体叙述的部分"。这种演唱和讲述混合形式的产生，有多方面的原因：其一，与艺人们的体能有关系，因为现在能演唱史诗的都是高龄艺人；其二，随着时代的变革，史诗艺人越来越少，才华横溢的青壮年艺人就严重断层；其三，史诗演唱的社会需求量下降，基本上没有自然听众，引不起艺人们的演唱激情。现在所谓的史诗演唱场景或者现场，只是某某民间文化展示或比赛，或者高校和科研单位的学者来搞民间文学搜集调查、方言调查等特殊时刻，人为安排的表演场合。在这种场合之中，艺人们在不熟悉的环境、不熟悉的听众面前，对着不熟悉的话筒一紧张，不用说即兴发挥，连本来知道的都忘得一干二净。当然，苏和等一些老练的艺人已熟悉了这种人为的环境，也适应了这种表演方式，但大部分艺人就以上种种原因，逐渐失去传统的演唱方式或者技能，从而出现了把英雄史诗叙述成英雄故事体裁的趋势。

另外，德都蒙古地区民间与其他蒙古地区一样根本不存在文人学者通常使用的突兀里（tuuli）这一史诗名称或概念。实际上，突兀里是个学术语言，最早把 epis 汉译成"史诗"，把"史诗"蒙译成"tuuli"。传统蒙古语词汇中没有 tuuli 这个词。德都蒙古民众把英雄史诗叫"突兀吉"（tuuji）；把故事叫"乌力格尔"（yabuud ulger）；把传说或者传记类叫"那木特尔"（namtar）或者"夏斯特尔"（saster）；把神话叫"道木格"（domog）。虽然其没有比较清楚的"英雄故事"这个体裁类型的名称，也没有学术界严格区分的史诗和英雄故事之分界，但实际上把英雄故事和史诗统称为"突兀吉"。"突兀吉"这个概念泛指长篇叙事故事，其中包括韵文体的史诗和散文体的英雄故事。[1] 也就是说，对于一部"突兀吉"来说，只要完整地叙述其故事情节，就不在乎是以韵文体演唱还是以散文体讲述。

"突兀吉"这一术语或体裁名称的概念及其背后对韵文体、散文体表演方式的独特理解，以及同名的史诗和英雄故事的大量存在，使德都蒙古史诗传统具有鲜明的地域特征。这一与其他地区蒙古史诗传统不同的地域特征，为学术界提供了一个有趣的新问题，因为这个现象关系到英雄故事和英雄史诗两种体裁在起源上的关系问题。这一问

---

[1] 斯钦巴图就此电话采访了苏和（2006年3月2日），他说，除了用这两个词以外，其他尚有 tuuh（历史）、namtar（传记）两个概念，都属于 tuuji 之列。namtar 表现一个人的生平事迹，而 tuuh 叙述的事件更为宏大。tuuji 这个概念是蒙古民间使用最普遍的概念，由来已久，但至今未曾有人弄清它的确切含义。

题至今仍悬而未决。这不仅仅关系到简单的口头文学体裁关系，而且其作为民族民间文学的两种样式，还关系到民族历史、文化、信仰及道德观念的形成和发展过程。更重要的是关系到蒙古史诗本身的产生、发展、变化的全过程，即蒙古史诗的产生期、发展和盛行顶峰期、衰落期等，甚至关系到消亡（指活态性的消亡）期问题。

在以往研究中，学术界通常认为，英雄故事是英雄史诗赖以产生的基石。俄罗斯学者梅列金斯基（Елеазар Моисеевич Мелетинский）说，原古史诗有两种形式："一是关于文明使者（祖先或创世者）的传说，二是早期的勇士民间故事。"[1] 他说："随着人类驾驭自然界力量能力的增强、个人对原始公社集体依赖性的减弱，原始民间故事中没有个性的'某个人'逐渐转化为可以降服各种敌人的勇士。这类英雄在利用巫术的同时，主要凭借的是自己的体能和技能，他们在证明自己的能力时表现出强烈的主动性。他们身上已具备了史诗勇士，已经具备了'英雄性格'的特征，亦即勇敢自信的品行。"[2] 他还介绍了维克托尔·马克西莫维奇·日尔蒙斯基（Виктор Максимович Жирмунский）关于勇士故事与史诗关系的观点，日尔蒙斯基认为"勇士民间故事在后来出现的英雄史诗中只是在背景和部分内容的形成上起了明显作用。在他看来，如果史诗中出现过神话内容的话，那么这些神话内容也是通过勇士民间故事渗透到史诗中的，勇士民间故事是连接神话与英雄史诗的重要纽带"[3]。面对蒙古，其他阿尔泰语系诸民族在民间流传着英雄史诗的同时，还流传着相当多的英雄故事的现状，海西希也写了一本书——《是否英雄故事演变成英雄史诗？——阿尔泰英雄故事的发展及其结构问题》（*Heldenmärchen versus Heldenepos? Strukturelle*

---

[1] 〔俄〕E. M. 梅列金斯基著，王亚民，张淑明，刘玉琴译，赵秋长校：《英雄史诗的起源》，北京：商务印书馆，2007 年，第 20 页。

[2] 〔俄〕E.M. 梅列金斯基著，王亚民，张淑明，刘玉琴译，赵秋长校：《英雄史诗的起源》，北京：商务印书馆，2007 年，第 82-83 页。

[3] 〔俄〕E.M. 梅列金斯基著，王亚民，张淑明，刘玉琴译，赵秋长校：《英雄史诗的起源》，北京：商务印书馆，2007 年，第 11 页。

*Fragen zur Entwicklung Altaischer Heldenmärchen*）。由此可见，上述学者均认为英雄故事先于英雄史诗产生，是英雄史诗产生的基础。

在体裁的起源问题上，上述学者的观点有其道理，我们也承认新疆卫拉特地区等其他蒙古史诗流传地带都有英雄故事流传。但是从那些地区发现的同名的英雄史诗和英雄故事很少，相比之下，德都蒙古地区史诗的特殊性在于，有很多同名相同内容的史诗和英雄故事。这说明在德都蒙古地区韵文体的史诗和散文体的英雄故事之间可以自由转换。

74

这就带来了另一个问题。通常，口头文学中的韵文体裁，尤其是那些与信仰仪式紧密相连的口头诗歌与某种信仰观念有关。例如，祝词、赞词、咒语、祭词等萨满教诗歌，都与语言魔力的信仰观念有关。在一些地区，如蒙古国西部的卫拉特人、俄罗斯的卡尔梅克人当中，在过去演唱史诗前都要进行一些仪式，大多数是以优美的诗歌赞颂阿尔泰山，因为他们相信，这样阿尔泰山神会高兴，会给他们以恩赐。为了敬神，有的艺人始终跪着演唱史诗，如卡尔梅克著名艺人鄂利扬·奥夫拉（Eelee Oflaa）；有的艺人则用特殊的喉音——呼麦演唱史诗，如乌梁海部、巴亦特部等卫拉特部落的史诗艺人们常用呼麦演唱史诗。这些都能表明史诗这个体裁与古代信仰之间的关系，也表明史诗体裁韵文体形式的文化意义。

同样，德都蒙古艺人虽然以散文体叙述方式讲述史诗，但丝毫没有降低所述作品的神圣性。德都蒙古史诗艺人们不管用什么形式叙述，都认为所叙述的是过去的历史，是关于神灵的故事，对史诗中的英雄抱有敬仰之情。这使他们同其他地区的史诗艺人一样，坚信史诗的故事情节是神圣而不可随意改变的。这一体裁上的变化与意义上的不变的对称现象展示了蒙古史诗发展轨迹的一个新趋势。

我们在讨论德都蒙古史诗和英雄故事之间的转换现象，以及德都蒙古史诗传统与其他蒙古地区史诗传统的异同点问题时，务必考虑各地区史诗现象的时代问题。我们当下讨论德都蒙古史诗传统时所用的资料，几乎都是 20 世纪 80 年代以后搜集记录和整理发表的资料。虽然采访的艺人中不乏著名艺人，但也有很多艺人是业余的，按照真正的传统标准去衡量和评价，他们都只是普通听众或业余爱好者。况且，从 20 世纪 50 年代末开始，直到 1978 年，国内各种政治运动不断，对民间传统文化及其传承、传播冲击极大，有很多优秀艺人中断了演唱，一些有才华的初学者的学艺活动戛然而止，这样时隔 20 年后让他们重新去恢复记忆并进行现场表演，能够得到一个什么样的文本是可想而知的。因此，我们当前所掌握的德都蒙古史诗资料，与 20 世纪前半期或者更早记录的卡尔梅克史诗、布里亚特史诗、蒙古国西部卫拉特史诗是不能同日而语的。何况 20 世纪初史诗盛行的蒙古国西部卫拉特蒙古地区，到 20 世纪末 21 世纪初的时候已经连普通艺人都找不到了。据蒙古国立师范大学乌尼尔巴音（Өнөр-баян）教授讲，"蒙古民族著名史诗艺人帕尔钦的故乡巴亦特部，早已没有人演唱史诗了"[1]。假如他们能像当今德都蒙古史诗艺人苏和、尼玛等一样与现代化时代抗衡着，把史诗演唱或者演说传统维持至今，也许英雄史诗和英雄故事的分界线早已消失得一干二净了。当然不能这么推理，但是德都蒙古史诗传统在如此环境之下能够传承至当下程度已经很不容易了。

另外，还有一个非常关键的问题，学术界进入德都蒙古地区对史诗进行田野调查的时间比较晚。假如从德国旅行家本杰明·贝格曼（Benjamin Bergmann）于 19 世纪初，在伏尔加河流域卡尔梅克人中记录《江格尔》和《格斯尔》的一些章部算起，到德都蒙古史诗田野开始的 20 世纪 80 年代，已经有了近 200 年的时间差。假如从 1908 年在圣彼得堡皇家国立大学[2]学习的奥奇洛夫（Номто Очирович Очиров），

---

[1] 笔者于 2010 年 9 月 26 日星期日下午采访蒙古国立师范大学教授乌尼尔巴音的笔记。乌尼尔巴音与帕尔钦艺人一样是蒙古国巴伊特部人。
[2] 今圣彼得堡国立大学。

到阿斯特拉罕记录著名艺人鄂利扬·奥夫拉演唱的《江格尔》10 部（1910年在彼得堡出版）算起，也已经有近 80 年的时间差。假如从符拉基米尔佐夫等 20 世纪初在蒙古国西部卫拉特人中搜集记录史诗并于 1923年整理出版《蒙古卫拉特英雄史诗》一书算起，也有了约 60 年的时间差。在国内，从阿·太白、曹鲁孟、道荣嘎、仁钦道尔吉等学者从新疆卫拉特、鄂尔多斯、巴尔虎等地区和部落中搜集出版的《英雄古那干》（1956）、《英雄史诗集》（内蒙古语言文学研究所 1960 年编辑出版）等作品问世算起，也已有约 20 年的时间差。学术界介入民间文学搜集早，潜移默化地把学术名称及一些民间文学体裁的分类和分辨法引入民间就早。所以，在同样经历国内政治运动影响而中断传统长达 20 年之久的新疆卫拉特史诗传统中，英雄史诗和英雄故事的界限仍然泾渭分明。因为学术界对其的搜集行动比对德都蒙古史诗的搜集行动早 20 年。如此看来，传统的中断虽然有影响，但不是德都蒙古史诗传统中史诗体裁和英雄故事体裁之间相互转换或者界限不清现象的决定性因素。体裁之间的这种转换并不只是艺人本身的问题，而是有着唤起艺人激情的听众、学术界的介入及史诗演唱的需求、必要性和周边环境等各方面因素的影响。类似这样的情况在各地史诗演唱传统发展历程中都或早或晚出现过。例如，达·策仁苏德纳木（Далантайн Цэрэнсодном）和沙·尕丹巴（Шанжмятавын Гаадамба）等于 1978 年编辑出版的《蒙古民间文学范例》一书中收入了史诗《汗哈冉贵》的韵文体和散文体两种文本片段。比利时传教士田清波（Antoine Mostaert）20 世纪初开始在鄂尔多斯搜集记录并于 1937 年在北京出版的《鄂尔多斯民间文学》一书中也收入了史诗与英雄故事混合体形式的《好汉温迪》和《珠盖莫尔根》两部史诗。据了解，以上这些曾经一度以韵文体、散文体流传的史诗现在已经在民间失去了口头传承，已经不再活态流传了。如此看来，这种现象可能是蒙古史诗传统产生、发展、演变历程中的轨迹。或许在 10 年、20 年后，德都蒙古地区史诗活态流传的现状也可能逐渐消亡，这是一项既富有挑战性又有重要理论意义的研究课题[1]。

目前德都蒙古史诗文化研究这一课题所面临的问题，不是去强行恢复和补救逐渐故事化的史诗演唱传统，而是尊重其发展轨迹，从实事求是的立场出发，植根于现状，把德都蒙古英雄故事纳入史诗范围中来加以综合研究。我们需要更进一步深入研究德都蒙古英雄故事和史诗之间体裁转换关系及其起源关系，以及史诗传统兼容英雄故事体裁的原因、条件、必然性等一系列问题，以解释德都蒙古史诗传统的这一特征及其形成原因和发展趋势。

———————

[1] 斯钦巴图：《青海蒙古史诗研究》，北京：中国社会科学院 B 类重大课题成果，2009 年。

# 第二节
## 德都蒙古史诗文化传统的主题和题材特征

　　德都蒙古史诗文化传统在继承传统的蒙古英雄史诗题材的同时，还受到藏族文化、印度文化，尤其是佛教典籍中的故事题材等的影响，从而表现出独特的地域色彩。就像青海民族大学教授古·才仁巴力在《青海蒙古史诗的来源与发展变化》一文中概括的那样，德都蒙古史诗文化传统在题材和内容上吸收了三大文化的影响：其一是传统的蒙古英雄史诗文化传统；其二是基于藏族史诗《格萨尔》影响下产生的德都蒙古《格斯尔》的"格学"文化影响；其三是吸收佛教经典故事的文化影响。笔者认为还有一个重要的文化影响是德都蒙古族人生活的特殊的地理环境和人文环境。不言而喻，青藏高原的气候和地理环境使德都蒙古族人从衣食住行到性格、肤色上都与传统蒙古民族具有差异。加上德都蒙古地区是个交通枢纽，不仅是各地各部蒙古族人过往进来的必经之地，还是蒙古族、藏族、回族、汉族各民族交往、交流、交融之地。所以，德都蒙古史诗文化根基或者土壤是多样性的。

## 一、德都蒙古史诗题材的传统性

蒙古族史诗传统题材主要包括战争题材、婚姻题材两大类，此外还有结义题材和仁钦道尔吉所命名的家庭斗争型题材等。当然，这种家庭斗争型题材的史诗也是以兄妹、叔嫂或母子之间的矛盾斗争形式出现的特殊的婚姻—战争结合题材史诗。蒙古族传统史诗题材反映的是蒙古游牧社会古老的社会、政治、文化问题，也反映游牧人的日常生活情景及各种信仰和习俗。德都蒙古史诗继承了蒙古史诗古老的传统题材，尤其反映出他们迁徙到青藏高原之前的社会面貌和生活习俗。在英雄远征题材，即战争题材的史诗中，英雄从幼年时代开始总要向其父母询问"有没有父亲过去结下的仇恨？有没有母亲还没有了结的嫉恨？"等。一旦得到仇敌的消息，小英雄便迫不及待地寻仇敌而去，并通过艰苦卓绝的战斗战胜敌人，以血报过去的仇恨。这是传统的蒙古史诗题材，也是古老的蒙古民族文化意识的产物。"有仇必报、有恩感恩"是蒙古民族天生的生活哲理。

德都蒙古大部分史诗继承了传统的蒙古史诗题材，构成德都蒙古史诗文化传统的主流。《汗青格勒》《道里精海巴托尔》《艾尔色尔巴托尔》《古南布克吉尔嘎拉》《七岁的道尔吉彻辰汗》《美须公克勒图盖》《达兰泰老人》《阿努莫尔根》《七岁英雄东吉莫洛姆额尔德尼》等史诗，都是以上述蒙古英雄史诗传统题材为基础创造和流传至今的。但是，正如仁钦道尔吉教授所指出的那样，"在青海和肃北的和硕特史诗中已发现的有婚事型单篇史诗、婚事加征战型串联复合史诗以及反映家庭斗争型史诗"[1]，很少有专门叙述勇士的结义故事的史诗。德都蒙古史诗中的结义情节常常与婚姻情节或战争情节等其他情节串联在一起出现。这也是德都蒙古史诗题材的一个特点。

---

[1]　仁钦道尔吉：《蒙古英雄史诗源流》，呼和浩特：内蒙古大学出版社，2001 年，第 63 页。

德都蒙古史诗中的一些勇士似乎就是为了替前辈报仇雪恨而生的。新疆卫拉特史诗中也有类似的现象。学术界普遍认为，复仇型史诗题材反映了氏族社会时代的习俗，属于古老的原始题材。在德都蒙古战争题材的史诗中除了有部分复仇故事外，还有部分与前来进行挑衅的敌人作战的史诗，如《阿努莫尔根阿布盖》。这类史诗故事也是卫拉特蒙古英雄史诗中最常见的故事。在蒙古史诗传统的战争题材史诗中，英雄除了与其他部落或民族的仇敌进行交战外，还要与形形色色的恶魔进行斗争。前者是有名有姓的"勇士好汉"，后者则统统是"蟒古思"。这些敌人趁英雄不在家抢夺英雄的妻儿、财产，或者占领英雄的家园，奴役其人民。在蒙古英雄史诗中这是常见的题材。恶魔在大多数地区都被称作"蟒古思"，也有称作"蟒盖""满嘎德哈伊"等。在德都蒙古史诗传统中，现在似乎出现了把"毛思"和"蟒古思"混用的情况，或者大多数情况下都用"毛思"来称呼蟒古思。这似乎成为德都蒙古史诗传统与其他地区蒙古史诗传统不同的一项标志。实际上，20世纪80年代初笔者采访万扎、贾拉森、金巴、达格玛等老一辈艺人或者听众时，英雄史诗中的男恶魔称作"蟒古思"，女恶魔称作"毛思"。在《七岁的道尔吉彻辰汗》等史诗的一些异文中，英雄打败蟒古斯后，又出现蟒古思那挺着像天一样大肚子的老婆"毛思"。英雄一脚踢破毛思的大肚子，褪褓男儿跳出，与英雄交战，试图替蟒古思父亲报仇。类似情节在传统蒙古史诗中也常常出现。"毛思"这个名称在蒙古民间故事中也常常出现，但在其他地区蒙古史诗中不常见。在内蒙古等其他蒙古族聚居区的民间故事中，"毛思"常常以吸血女魔的形象出现。它们面目狰狞，长着青铜嘴、黄羊腿，专门骗小孩或弱小女子到深山密林中，趁人入睡，便把青铜嘴插入人体血脉吸食血液。在新疆卫拉特蒙古史诗中，这个形象也经常出现，但不是以"毛思"之名，而是以"黄羊腿、黄铜嘴的姚婆"之名出现。可见这个形象与古代吸血鬼神话的关系。

蒙古史诗传统的婚姻题材史诗，在蒙古英雄史诗传统中占据重要地位。德都蒙古史诗传统也不例外，大部分蒙古史诗都或多或少涉及勇士的婚姻故事。德都蒙古著名史诗《汗青格勒》就是一部典型的婚事题材史诗。此外，还有《道里精海巴托尔》《古南布克吉尔嘎拉》等史诗。在这种题材的史诗中，英雄还是幼小的时候便向父母询问"前世有缘"的姑娘在何方，一旦得到"前世有缘"的姑娘的消息，英雄便不顾一切劝阻，义无反顾地踏上娶亲的远征路，历经艰难，创造非凡的英雄事迹。这是蒙古史诗成熟而典型的叙述方式。

　　在德都蒙古史诗中，蒙古民族古老的婚姻习俗及其各种方式均得到了很好的反映，从指腹婚习俗、族外婚习俗到抢婚习俗，都不同程度地在史诗中有相关描述。族外婚习俗在蒙古史诗中总是以英雄到遥远的地方，在各种竞技比赛及种种考验中战胜不同来路的婚姻竞争对手，迎娶那个地方的汗的女儿——"前世有缘"的姑娘为妻的形式出现。关于德都蒙古史诗婚俗，中央民族大学硕士研究生杜荣花研究并撰写了论文《德都蒙古史诗婚俗研究》，从史诗所反映的婚俗、相关婚俗的其他习俗、相关婚俗的文化意识等方面进行了探讨，竭力从当今的德都蒙古婚俗中找出一些古老的史诗婚俗遗迹，提出了现在德都蒙古婚俗中的"午休"仪式是远古史诗族外婚习俗的遗留或者象征等有趣的看法[1]。德都蒙古史诗《道里精海巴托尔》也是族外婚式史诗。史诗《汗青格勒》不仅反映族外婚制，而且反映了指腹婚习俗。英雄汗青格勒的父亲和西南方的巴拉姆格日勒汗年轻时定下的儿女婚事约定，是该史诗故事情节展开和发展的重要线索。

　　抢婚习俗在德都蒙古史诗中也有所反映。例如，在《阿努莫尔根阿布盖》等史诗中叙述了敌人前来抢夺英雄的妻子的情节。我们认为抢婚是蒙古史诗一个古老的、最基本的题材。族外婚的习俗可能导致

---

[1]　杜荣花：《德都蒙古史诗婚俗研究》，中央民族大学硕士学位论文，2009年，第30页。

抢婚。朝气蓬勃的青少年英雄千里迢迢去人生地不熟的外族求婚，完全陌生的对方没有理由不拒绝或者已有意中人。假如遇到类似的阻碍，在民众心目中"不能失败"的史诗英雄，不得不暴力抢亲，以显英雄本色。因为史诗勇士的婚姻不仅仅是个人行为，还关系到其氏族、部落、民族的生存和发展。梅列金斯基谈到史诗婚事时说："在史诗中是这样来解读英雄的婚姻的：结婚是为了整个氏族的发展，而不是为了建立家庭。"[1]所以，单枪匹马去遥远的外族娶亲的史诗英雄只能取胜，不能失败。英雄的婚事也是一场"战争"。日本学者藤井麻湖谈蒙古史诗中的婚姻题材时说："蒙古史诗中的婚姻题材包含着复杂的内容，'战争'是把'男人'直接纳入统治结构的契机，而'婚姻'是通过'女人'把'男人'纳入统治结构的一种契机。"[2]如此看来，蒙古史诗的婚姻题材与战争题材，在史诗英雄历险行动的目的上是一样的，只是方式不同而已。婚姻题材史诗不仅仅反映蒙古民族婚姻家庭历史及古老的婚姻习俗，更重要的是它们与战争题材史诗一样包含着深刻的社会历史文化和政治内容，是以婚姻为纽带而形成的蒙古古代社会组织、政治联盟的缩影。蒙古史诗所描述的婚姻实际上并不仅仅是一般建立家庭的婚姻，而是为保持氏族部落的稳定生存或强大而进行的政治联姻。

史诗的这种联姻也是蒙古民族历史的反映。历史上的这种政治联姻习俗在蒙古社会中一直保持到晚近时期。例如，在《蒙古秘史》中，成吉思汗刚刚 9 岁，父亲就带着他到翁吉剌惕部为他定亲，孛儿帖成为成吉思汗明媒正娶的妻子[3]。成吉思汗在建立大蒙古国（Их Монгол Улс，Yekhe Mongol Ulus）的过程中，为了笼络当时斡亦剌惕[4]部首领，

---

[1] 〔俄〕E. M. 梅列金斯基著，王亚民，张淑明，刘玉琴译，赵秋长校：《英雄史诗的起源》，北京：商务印书馆，2007 年，第 13 页。

[2] 〔日〕藤井麻湖：《传承的丧失与结构分析方法——蒙古英雄叙事诗被隐藏的主人公》，东京：日本エディタースクール出版部，2001 年，第 98-101 页。

[3] 《蒙古秘史》第 61-66 节。

[4] 即"卫拉特"的另一种音译。

把自己的女儿扯扯干嫁给了斡亦剌惕部首领的儿子脱栾赤[1]。当成吉思汗的实力尚未达到统一蒙古各部的时候，为了得到当时十分强大的客列亦惕部的支持，成吉思汗曾经向客列亦惕部提出联姻要求，但由于客列亦惕部首领桑昆的作梗，这一联姻计划未能实现，最终导致了成吉思汗的蒙古部与客列亦惕部之间的决裂[2]。这可能成为在史诗中"暴力抢亲"情节的素材。还有成吉思汗征服客列亦惕部，把王汗所属百姓分给众将领、兄弟、儿女。王汗有一个弟弟叫札合敢不，他有两个女儿。蒙古部和客列亦惕部开战前，札合敢不态度强硬，蔑视成吉思汗，因此，成吉思汗对他恨之入骨。但成吉思汗战胜客列亦惕部后，娶了札合敢不的大女儿亦巴合，给儿子拖雷娶了其小女儿唆鲁禾帖尼。因此，成吉思汗没有没收札合敢不的百姓，使札合敢不从此成为成吉思汗的"第二辕条"[3]。假如没有这门婚事，成吉思汗与札合敢不将决裂，甚至较量胜负或生死，其后果是不堪设想的。

　　类似的具有政治交易色彩而处处潜藏着战争危机的婚姻，在古代游牧民族领袖人物的婚姻史中屡屡出现。从古老的匈奴与汉朝之间的联姻到满蒙联姻，都是类似这种政治交易的产物。以上所述《蒙古秘史》所记载的这几次婚姻中，只有成吉思汗与孛儿帖的婚姻是传统、纯粹的婚姻，其成为蒙古史诗中到遥远的"族外"提亲情节的土壤。在另一个婚姻记录中，成吉思汗提出与客列亦惕部联姻，目的是联合强大的客列亦惕部，以壮大自己的力量。但是，计划未能实现，导致他与客列亦惕部决裂。这印证了藤井麻湖的观点：求婚者，就是潜在的敌人，就像史诗《江格尔》中洪格尔的第一次婚姻故事一样，求亲遭到拒绝或者某种原因失败，便将以一场你死我活的决战为结局。成吉思汗把女儿嫁给斡亦剌惕人首领的儿子，是想通过婚姻把斡亦剌惕

[1]《蒙古秘史》第139节。
[2]《蒙古秘史》第165-185节。
[3]《蒙古秘史》第186节。

部牢牢控制住，而征服敌人后娶仇敌札合敢不的女儿，因此便使仇敌免于惩处。这表明，婚姻是在两个仇敌之间搭起了联盟的桥梁。实际上，这是个非常有趣的政治游戏。

聪明的蒙古族人民及具有超级记忆力、创造力的史诗艺人们，总是以易懂好记的方式把民族和国家的政治大事简化为家庭婚姻关系来描述；把错综复杂的社会政治关系简化为家庭成员之间相对单纯的情感关系来描述；把一个民族或者一个国家的命运或生存关键简化为一个个人行为或者业绩的线形发展。总之，再大的、再复杂的国事都以单枪匹马的孤胆英雄的历险行动来组织史诗的情节结构。这种叙事模式是一个相当易于记忆的一箭双雕的模式：一方面符合口头创作和表演的实际需要；另一方面符合听众和艺人双方对长篇历史的简化记忆规律。这也是蒙古史诗长盛不衰的一个秘诀。

在德都蒙古征战题材史诗和婚事题材史诗中，常常出现勇士结义情节。例如，著名史诗《汗青格勒》中，汗青格勒在去遥远的外族娶亲途中遇见马德乌兰勇士。两位勇士就像传统史诗英雄一样一开始就较量。两人争战得天昏地暗、胜负不明且交战不休。这时腾格里天神派两个喇嘛前来调解停战但无效。交战时间越长，汗青格勒越勇猛，力气越大，终于把马德乌兰勇士按倒在地上，正要结束他性命的紧要关头，两位勇士的三匹坐骑飞奔而来，恳切地劝两位勇士结为义兄弟。两位勇士听从了坐骑的劝告和建议，分尝圣水，在佛经前起誓，向腾格里天神献祭，进行结义仪式，成为结拜兄弟。在蒙古史诗中，勇士的结义方式基本相同，是个很成熟的叙事模式，即结义双方彼此曾经是对手，在结义之前都进行一番你死我活的争战，而且总是在争战将要结束时，或者对手将要被处死时，由第三方介入他们之间，以调解和劝阻他们彼此残杀。这一第三方或者是天神的使者，或者是有名望的喇嘛等宗教人士，或者更多的是勇士们的坐骑。类似的结义情节在德都蒙古其他史诗中也很常见，但是，德都蒙古史诗中却很少有专门叙述勇士结义的结义题材史诗。

在整个蒙古史诗题材中，勇士结义题材是战争题材的一个分支。凡是在蒙古英雄史诗传统中出现的勇士结义题材在德都蒙古史诗中依然有相当多的描述。比如，《汗青格勒》史诗中就有勇士结义情节，同时也出现以天神的使者身份进行调停的喇嘛及勇士的坐骑。结义情节是个古老的文化基因，进入蒙古史诗题材时虽然具有一些神灵世界的神话色彩，但结义情节本身有其深刻的社会历史背景和文化内涵。结义情节在史诗中常常是在勇士与对手之间的生死搏斗将决出胜负的关键时刻进行的。这是一个象征，也是一个社会的缩影，是一个历史的再现。这不仅仅是两位勇士的一场搏斗，而且意味着战争的和平结局，或处于劣势者接受强者的统治的艺术化表现。《蒙古秘史》记载成吉思汗的几度结义行动。成吉思汗与对手之间的这种结义行动叫做结义"安答"，他们在成为"安答"之前彼此或者是潜在的竞争对手，或者是显在的仇敌。游牧民族在北方草原上起伏不平，强者征服弱者，有实力的集团都曾利用这种结义方式，以减少战争的损失。成吉思汗之所以称雄蒙古高原，统领半个世界之势力则是与利用"安答"实力、建立"安答"集团的智慧和策略有关。这也就成为蒙古史诗英雄所向无敌、百战不殆的历史原型。

蒙古英雄史诗的另一个有趣的题材是反映家庭成员内部各种斗争的情节。蒙古族《格斯尔》《江格尔》等著名史诗中都有不同程度的"家庭斗争"情节。"家庭斗争"题材主要叙述夫妻、兄妹、叔嫂、舅外甥或母子之间围绕外来敌人而展开的斗争。德都蒙古史诗中的《艾尔色尔巴托尔》[1]《七岁的道尔吉彻辰汗》[2]等史诗就属于此类题材。前者是关于后母及其女儿勾结敌人、谋害勇士而遭到惨重失败；后者则叙述

[1] 青海省乌兰县艺人尕登讲述，林布加记录整理的史诗《艾尔色尔巴托尔》（见《汗腾格里》，1984年1期）；艺人尕登于2005年7月14日讲述，萨仁格日勒记录的《艾尔色尔巴托尔》手抄本。
[2] 2003年7月28～29日，青海省海西州戈壁乡牧民达格玛讲述，萨仁格日勒记录的手抄本。

勇士的妻子和妹妹通敌，欲加害于道尔吉彻辰汗勇士，最终也遭惨重失败的故事。蒙古史诗通常叙说，英雄战胜一个闯进领地的异族勇士，然后把他扔进九十九庹深的地洞里，自己却外出打猎。在这期间，妻子、妹妹、嫂子或母亲等女性亲属通敌，从地洞里拉出敌人藏在家里私通，并装病欲置英雄于死地，为治病屡次让英雄去历险完成极其危险的任务，最后英雄识破她们的阴谋，铲除敌人，惩罚通敌的亲属。在这类史诗中，妻子、嫂子、妹妹、母亲通敌加害于英雄，而英雄的三位仙女姐姐却总是保护和帮助英雄，甚至复活被害英雄。新疆卫拉特史诗、布里亚特蒙古史诗及其他地区蒙古史诗中都有这种题材。在卫拉特英雄故事中这种题材尤为常见。在德都蒙古史诗中也有这样的史诗文化传统。这种题材也是突厥、蒙古各民族英雄史诗中普遍存在的题材。在有些民族的史诗中还出现通敌的是姐姐，但在蒙古史诗中出现的姐姐与生活中普通人的姐姐有所不同，她们常常具有"天仙姐姐""仙女姐姐"等非同一般的身世，而且具有预知和占卜能力。

这种题材总是以家庭成员之间的矛盾冲突形式出现，所以在分类上，如上所述，仁钦道尔吉把这种题材的史诗称作"家庭斗争型"史诗。当然，这是一种表层的描述，其深层内涵绝不仅仅是一个家庭内部的矛盾冲突或家庭问题，而是有着比战争、婚姻、结义等题材更为古老、更为复杂曲折而又极为深刻的社会历史文化内涵。其最重要的因素表现在两个方面：其一，表现在外族男性的入侵（或引进）行为，他的入侵（或引进）导致英雄的妻子、妹妹或母亲变心而私通来犯者；其二，表现在企图坑害英雄的性命，以确保"非法引入"的他族男性的安危，这是一个致命的因素，其结局是残忍的，因为它使得变心女性接受最严厉的惩罚。

另外，史诗英雄的妻子不忠变心并与他人私通的情节有个很不起眼的前提，但是这一前提是致命的、关键的，因为这很可能与英雄当初的"抢婚"有关。

这一前提就是史诗一开始，英雄把一位外族敌人（勇士）或者一位入侵者打败并扔进九十九庹深的地洞，这位地洞里的敌人就是后来史诗英雄的妻子私通的对象。这里有几个非常奇妙的问题。第一，这位"敌人"的行动很神秘。他来的目的、与英雄交战的原因都不怎么清楚。他既不是蟒古思，又不是结义勇士等。在德都蒙古史诗《七岁的道尔吉彻辰汗》中，这位"敌人"叫"腾格林乌图夏日"，而且在蒙古史诗中常常出现的"约会的小山"上与英雄交战。这是很有趣的人名和地名[1]。在包括《蒙古秘史》在内的一些历史传说、神话故事、史诗中，这一名为"乌图夏日"的人常常以第三者的身份出现，与英雄的妻子勾勾搭搭。第二，英雄为何不把这位"敌人"杀死而留下祸根呢？到底这个人是谁呢？为什么英雄的妻子对这位"敌人"一见如故，如此快地与他勾结，而且为他竭力谋害自己的丈夫——史诗英雄呢？这些问题蕴含着蒙古文化深层的古老的神话观念。"九十九庹深的地洞""天之子 - 夏日""约会的包日陶捞嘎山"等，既是神话概念，又是活生生的历史地理概念。阿列克谢·伊里奇·乌兰诺夫（Алексей Ильич Уланов）就布里亚特史诗中英雄把恶魔驱入洞穴的情节发表了这样的看法："在艾希里特[2]史诗中关于阴世生活的描写是这样的：起初，满嘎德哈伊住在深深的洞穴之中，被男女壮士驱赶的魔鬼跌落到那里。此后，那里就成了满嘎德哈伊和鬼怪们的避难所。这个时期就相当于人类的母系制时代。后来这种避难所又添加了黑暗的色彩，演变成了阴世。而洞穴则成了通往阴世的必经之路，游牧民族向畜牧民族过渡时期，史诗搬用了以艾尔里克-罕为统治者的阴世生活的生动情景。"[3] 我们知道，在这种题材的史诗中，英雄总是把入侵的敌人驱

---

[1] 关于"腾格林乌图夏日"这一名字，笔者曾写过一篇文章，请参看《民族文学研究》1996 年 3 期。关于"约会的小山"学术界已有很多解释。

[2] 艾希里特系布里亚特蒙古的一个部落。

[3] 转引自〔俄〕E.M. 梅列金斯基著，王亚民，张淑明，刘玉琴译，赵秋长校：《英雄史诗的起源》，北京：商务印书馆，2007 年，第 248 页。

入深深的地洞并用巨石压在上面，或者用起不来的骆驼卧压在洞口上。这是蒙古史诗艺人们演绎这类情节时惯用的套路。把这种情节同乌兰诺夫的上述观点联系起来，我们就不难发现其古老的神话观念根基。名为"天之子—夏日"或者"乌图夏日""夏日诺海"等（也许是他的外号）的人的形象与《蒙古秘史》中"感光受孕"的神话有关。朵本·篾儿干死后，阿阑·豁阿的母亲以天窗而进的黄色光束怀孕生子，后称他们为天之子。在史诗《江格尔》中，与洪格尔之妻勾结的那位对手是"天之子—托格布苏"。在德都蒙古史诗《七岁的道尔吉彻辰汗》中，与道尔吉彻辰之妻勾搭的是"天之子—乌图夏日"。"夏日"就是"黄色"之意。如此看来，这一情节本身具有深刻的历史根基和神话意义。众所周知，"约会的包日陶捞嘎山"是边境标准，英雄理所当然在此处拿下跨境而来的敌人。

当然，以上蒙古传统文化土壤为史诗提供了原始的意识信息和人物形象的原型。英雄的妻子（妹妹、嫂子或母亲）的变节通敌这一故事核心，也许与她们的初恋情人有关。在英雄前来求亲之前，她们也许已有意中人或者恋人。正因为如此，那位恋人跟随其后，找机会与她约会，被英雄发觉而导致被扔进地洞的后果。关于突厥、蒙古民族史诗的题材，梅列金斯基发表了自己的看法："阿尔泰史诗也流行妻子或姐妹背叛壮士归顺敌人的故事情节。在布里亚特史诗中，常常演绎奸诈的妻子和忠诚的姐妹的故事，这是母系社会观念的反映。在萨彦岭—阿尔泰地区各民族史诗中，妻子和姐妹统统不忠于主人公，这又是母系社会观念衰落的反映。"[1] 德力格尔玛对《艾尔色尔巴托尔》史诗多种异文进行比较研究后也提出了类似的观点，在她看来，这一题材的产生与母权制为父权制所替代的社会过渡期有关[2]。

───────────

[1] 〔俄〕E. M. 梅列金斯基著，王亚民，张淑明，刘玉琴译，赵秋长校：《英雄史诗的起源》，北京：商务印书馆，2007 年，第 263 页。
[2] 德力格尔玛：《〈艾尔色尔巴托尔〉型史诗比较研究》，中央民族大学硕士学位论文，2006 年，第 3 页；转引自萨仁格日勒：《青海蒙古史诗的搜集整理研究概况》，《内蒙古社会科学》（蒙古文版），2007 年 4 期，第 24-32 页。

另外，英雄驯服野畜或者猎杀野兽等一些重要情节或题材，也已经演变成婚事斗争型史诗的一个从属性主题。驯服野兽、猎杀野兽的那些英雄身上具有畜牧文化和狩猎文化等原始文化英雄的烙印。德都蒙古史诗中类似情节和题材依然很丰富，这都植根于蒙古族传统文化土壤。

## 二、德都蒙古史诗中其他民族文化的影响

　　民族之间文化的影响和交流是个自然现象。文化的发展有两种规律：一个是接受性规律；另一个是传统继承性规律，即卡尔·荣格（Carl Jung）理论中的"集体无意识"或"种族记忆"的继承。蒙古族接触并接受欧亚各民族的各种文化，不断创造新的文化模式，同时随着一条传统的主线，继承其优良的主题，从而形成了史诗文化发展演绎的双条规律性。蒙古史诗就是在这样的历史文化条件下，沿着传统文化的主线，并接受世界各民族文化之精华而发展起来的。世界上没有一个民族文化自原始时代到现在仍保持着纯民族的成分，一个民族在多元的环境下才能够发展。不与其他民族发生交流和互动关系而保持文化的纯民族性是不可能的事。拿古代北方游牧民族来讲，氏族、部落通过争战分分合合，逐渐形成一个民族。这一民族的形成过程就是一个文化接触与融合的过程。这种交融自氏族到部落，从部落到部落联盟，直到民族的形成，其发展过程均被非常充分地表现出来。一个民族生存和发展的基本条件就是与其他文化的不断接触，不断交流，不断吸收新的信息，以保持民族自身的活力。这种交流是整个人类社会不断发展的必要条件。所以，现代每个民族文化当中都有不同时代外来文化的成分。特别是，蒙古族文化是个开放性的、接受性的、多样性的多元文化。这是无可争辩的。它不仅同周边民族文化有着密切的

第二章　德都蒙古史诗文化综合特征

89

联系，而且同其他民族、国家的文化有千丝万缕的联系。拿举世闻名的鸿篇巨制《格斯尔》来说，其是蒙藏文化交融的结晶，而且其产生、发展、流传过程与其他许多民族文化有着密切的关系。

　　研究蒙古族《格斯尔》的学者，对其与藏族《格萨尔》的关系问题，发表过多种见解。有学者认为蒙古族和藏族两个民族的这两部鸿篇巨制系同源异流之作；有学者认为蒙古族《格斯尔》的发源地是青海蒙古族地区；也有学者认为藏族《格萨尔》在青海蒙古族地区口头流传过程中，逐渐被当地蒙藏兼通的蒙古族艺人所记住。记忆超群的蒙古族艺人根据本民族的史诗传统，进一步改编润色，创造出蒙古《格斯尔》最初的口承文本。当然，不管是蒙古族和藏族两个民族的这两篇巨著是同源异流还是异源同流，不管德都蒙古地区是否是蒙古《格斯尔》的发源地，有一点是可以肯定的，那就是德都蒙古口传《格斯尔》史诗中，的确既有来源于藏族《格萨尔》影响的部分，又有蒙古族独创的部分，还有蒙古族和藏族两个民族的史诗题材混合起来创编的部分。在德都蒙古史诗中，《格斯尔》是最具特色的一部史诗，其独创部分以格斯尔为主人公展开，但深受蒙古英雄史诗传统题材的影响。

　　因为德都蒙古族人与藏族人民比邻而居，所以在德都蒙古民间人士中兼通蒙藏两种语言的人很多，用蒙藏两种语言表演史诗和其他民间故事、演唱民歌的民间艺人也不少。当然，有一些邻近的藏族人民也会讲蒙古语，其中很可能也有能用蒙藏两种语言表演的藏族民间艺人。据笔者所知，青海省海西州德令哈市戈壁乡牧民纳更就是蒙藏兼通人士，曾用藏语演唱过许多藏族民歌，也讲过一些小故事，说是藏族故事，如《阿卡谭巴》《青海湖的传说》等。但不知他能不能演唱《格斯尔》等史诗，当时笔者没有意识去采访这些信息，等有这个意识的时候，他已经去世了。类似的遗憾太多了。这样双语兼通的艺人会演唱或讲述同一种故事的蒙藏两个民族的异文，从而促进了两个民族的包括史诗在内的民间口头文学的交流和相互影响，也导致了许多相同的民间口头文学作品在两个民族中同时流传的现象，甚至有时候都分不清类似的作品属于哪一个民族，如《青海湖的传说》《布达拉宫落成秘诀》等作品。此外，德都蒙古的《美尔根·特门的传说》与藏族的《禄东赞的传说》有许多相同的故事情节[1]。一些蒙藏双语兼通的艺人，也用蒙藏两种语言讲述故事。在这些艺人的影响下，很多蒙藏双语兼通人士被培育出来。据斯钦巴图报道，德都蒙古艺人尼玛的爷爷精通蒙藏两种语言，会演唱和讲述蒙藏两个民族的故事，因此，在尼玛讲述的故事中有不少来源于藏族的故事。例如，尼玛讲的《黑山羊的故事》《石狮子的故事》《杜布钦喇嘛》《嘎海图勒格奇》《达丽玛与兆丽玛》《铁匠与木匠》《玛塔噶尔哈日》《七个兆赤的故事》《阿克东布》《古尔班辛吉图扎胡》《陶亦苏木诺彦》《查宝罗尔德克》等 12 篇故事来源于藏族，占他讲述的故事的 10% 以上。其中，他讲述了《嘎海图勒格奇》的两个异文，分别是蒙古族异文和藏族异文。[2]

我们通过对以上几部史诗纵横跨度的粗略介绍，可以领悟到，无论是整体的蒙古文化还是其构成要素的蒙古史诗或者德都蒙古史诗，都有其发生发展的历史过程和分布扩散的地域格局。蒙古史诗的这种历史传承和空间变异体现着其吸收新的信息而演进和变动，以及时刻遵循时空而活态化的普遍规律。一方面，史诗的历史演变总伴有地域上的表现，另一方面，区域的史诗面貌又总是历史过程的产物。这样一来，为了勾画出一幅史诗生成全息图景，我们得从时间与空间两个侧面来把握史诗的活态的综合特征，进行历史的和地理的、**历时** [*diachronic*] 性和**共时** [*synchronic*] 性两方面研究。当然，在实际研究中，二者没有分明的界限，只是侧重点不同而已。综观包括德都蒙古史诗在内的整个蒙古史诗研究，多数成果往往是从历史的时间角度出

---

[1] 关于德都蒙古《美尔根·特门的传说》和藏族的《禄东赞的传说》的关系，才布西格教授曾经著述予以较详细的研究，了解两部作品的进一步关系，请参阅才布西格：《美尔根·特门传说研究》，呼和浩特：内蒙古人民出版社，2004 年。

[2] 斯钦巴图：《青海蒙古史诗研究》，北京：中国社会科学院 B 类重大课题成果，2009 年。

发的，而很少有以地理空间角度入手的，从而造成史诗地理学研究几乎成为空白。内蒙古大学教授塔亚曾提出构建蒙古史诗地理学概念问题。开拓这一研究领域，笔者认为是个迫切之举。但本书也不准备专门研究史诗文化空间组合——史诗文化的地域系统及其形成和演化规律。只是出于对蒙古史诗的活态过程和信息综合现象研究的需要，或者出于对某一史诗诸异文在历史过程中的空间差异和分布规律的了解，粗略勾画出蒙古史诗乃至蒙古族文化所涉及的地域空间轮廓，以便在整个蒙古民族历史文化环境中去分析蒙古史诗的信息综合现象，试图掌握蒙古史诗生成的过程、规律及其动力。

关于德都蒙古史诗中来自藏族等其他民族文学的影响，特别是藏族《格萨尔》和土族《格赛尔》等邻近兄弟民族文学的影响，是个值得深入研究的课题。这些民族不仅仅是在宗教信仰方面有着密切联系，在生活方式、风俗习惯和语言等方面也有着千丝万缕的关系。在这种密不可分的文化关系网络中，其民间文学各个领域互相之间的影响、吸收、模仿等现象是不言而喻、理所当然的。据了解，在德都蒙古族人中有好多已经蒙古化的土族和藏族人。他们早期带着各自的文化（包括史诗在内）来到蒙古地区安家落户，在传播各自的文化的同时接受蒙古文化并融入其中。对此的研究需要掌握这些民族的语言和文化，了解他们的生活和生产环境，需要对蒙古族、藏族、土族等多民族比邻而居或杂居的青海相关地区进行广泛的实地调查，深入了解他们的文化生活和风俗习俗上的共同点和差异，这样才能很好地研究这一有趣的课题。当然，这是一项既艰巨又富有挑战性的课题。笔者将尽可能达成各方面的条件，进一步深入研究这项课题。

在蒙古文化中的佛教影响实际上就是印度文化和藏族文化的影响。二者的文化影响可以追溯到蒙古帝国或者更早的时期。古印度是四大文明古国之一，印度文化和藏族文化充满浓厚的宗教色彩，同时也表现出多样性的特征。在蒙古高原辽阔的草原上，多种宗教长期共存，从而使蒙古文化成为具有很大包容性的文化。这也是蒙古帝国社会、政治、经济的巨大变化在宗教和思想领域的反映。德都蒙古族人来到青藏高原之后，更加直接地接受佛教文化的影响，使得德都蒙古族人的生活哲学成为独特而独立的思想流派。这影响了他们的世界观、时空观、人生观和价值观，从而产生了德都蒙古民间文学的地域性特征。

## 一、古印度文化的影响

在蒙古族文学发展史上，以佛教经典为主的古印度文学所产生的影响是极其深刻的。印度文学不仅仅是通过翻译以书面途径，还以口传途径大量传入蒙古族民间，深受民众欢迎并广泛流传至今。实际上，佛教经典在民间传播过程中，对蒙古族口头文学的影响远早于对书面文学的影响。随着佛教在匈奴、回鹘等古代游牧民族中的传播，印度文学不断传入蒙古族民间，以口头方式在蒙古族民间流传。德都蒙古进入青藏高原之前也早已接受包括印度文学在内的佛教经典的影响。

以佛教经典为主的印度文学传入蒙古高原的时间比较早。当然，这一传入和流传的时间问题众说纷纭。佛教传入蒙古高原的时间和蒙古民族开始接触佛教的时间等问题，到目前为止在学术界尚未出现定论。有的学者认为，匈奴时代佛教已经开始传入蒙古高原，其大规模传播也不晚于回鹘汗国时代。蒙古国著名学者达·策仁苏德纳木指出："根据《西辽史》的有关记载，在伊斯兰教传入之前，中亚广袤地区曾经是佛教的第二大故乡。现已出土的回鹘汗国时期大量的佛教文献已证明这一点。本世纪初[1]从吐鲁番出土的大量回鹘文文献中大多数都是佛教文献。顺便应该指出，这一时期蒙古和回鹘的宗教历史及其相互影响问题，目前仍然是科学研究的一个盲点。学者们普遍的看法是，8～9世纪回鹘汗国统治蒙古高原的时候，不仅把佛教传播到蒙古民间，而且把文字也传授给蒙古先民。然而，学者们还一再强调，匈奴、鲜卑、柔然等古代蒙古语民族中间佛教有一定程度的传播而且在一定程度上使用文字。"[2]也有人认为，对于把佛教传给蒙古人方面，粟特人所起的作用堪与回鹘人相提并论。阿·阿穆尔说："粟特人从西方来到回鹘地区主要从事商业买卖，他们带来了两种宗教，一是释教，二是摩尼教。现在摩尼教已经消失得无影无踪，只是在蒙古民间保留着其祭敖包、祭火习俗。当时回鹘、突厥、蒙古都信仰萨满教，但是粟特人的传教士们在蒙古高原建起寺庙传播着佛教。"[3]

佛教传入蒙古高原的时间虽然可追溯到远古时代，但是佛教思想

---

[1] 指20世纪初——引者注。
[2] 〔蒙古〕达·策仁苏德纳木：《蒙古佛教文学》，呼和浩特：内蒙古人民出版社，2001年，第78页。
[3] 〔蒙古〕阿·阿穆尔：《蒙古简史》，乌兰巴托，1989年，第75页。

成为蒙古人一个时代的主流意识或者蒙古社会影响最大的流派是在元代以后。元代以后，佛教作为主流思想深深扎根于上层政治制度，深入统治阶级和民众心中，一时占据了不可动摇的地位。蒙古国著名学者达·策仁苏德纳木认为佛教在蒙古高原冲浪式的传入曾引起过三次高峰。第二次高峰是从元代忽必烈可汗时期开始。元代时期佛教逐渐成为国教，自1260年八思巴被尊以帝师后，相继被奉为帝师的佛教高僧达数十人。佛教经典文献也开始被翻译成蒙古文。到了17～18世纪，佛教的传入又一次迎来高峰，特别是黄教在蒙古各地广泛流传，佛教典籍的蒙古文翻译工作达到了顶峰。例如，藏文《大藏经》之《甘珠尔》《丹珠尔》的蒙古文翻译工作始于元代，而其完成是在17～18世纪，是佛教文献之集大成者。达·策仁苏德纳木指出："《甘珠尔》是释迦牟尼的徒弟们及后世圣贤们整理编纂的释迦牟尼佛说教集，是佛教典籍的大集成。但在其中有源自民间故事、传说、诗歌的不少传说、训喻诗，这些都可以纳入文学史范围内进行讨论。例如，根据学者们的研究，《甘珠尔》中大约有500部传记文学，是真正的文学文献。"[1]

众所周知，佛教传记文学中的不少作品早已在民间流传，特别是在青藏高原的德都蒙古各地区，佛经文学在书面翻译之前已经流传了口头作品。德都蒙古族人进入青藏高原之后出现大量蒙藏双语人士，从喇嘛学者到普通民众都会蒙藏双语，所以他们听到藏语讲述的佛教故事后，马上可以根据记忆以蒙古语讲述。例如，《玛尼巴达尔罕台吉》《阿尔塔希迪汗传》《吉祥天女传》等作品，早已在民间口头流传了几种版本和片段，甚至已逐渐蒙古化，很多民间艺人和故事家都不知道这些作品是佛教典籍的译文，认为原本就是蒙古民族的故事。当然，在整个蒙古地区也一样，不仅书面手抄本广泛流传，而且从书面转为口头在民间广泛传播。其中的著名例子就是上述《玛尼巴达尔罕台吉》

---

[1]〔蒙古〕达·策仁苏德纳木：《蒙古佛教文学》，呼和浩特：内蒙古人民出版社，2001年，第30页。

《阿尔塔希迪汗传》《吉祥天女传》等在蒙古族民间同时以手抄本形式和口头形式流传。随着佛教的传入和佛教典籍文献的翻译，印度古代文学各种作品，以及古印度著名史诗《罗摩衍那》（*Ramayana*）的故事也在蒙古地区广泛流传。在流传过程中这些佛教文学、印度史诗、藏族史诗和其他文学作品不断地在蒙古化、民间化，其相关的故事题材逐渐进入蒙古英雄史诗内容，渗透到蒙古民间文化深层，丰富了蒙古民间口头文学的题材种类和内容。

学术界在研究《江格尔》《格斯尔》等长篇史诗及其他种类的蒙古民间文学作品时，很容易发现印度和藏族史诗在内的佛教文学的影响。但是，很少有人发现在蒙古民间以史诗的形式流传佛教传记故事的现象。然而，在甘肃和青海地区德都蒙古史诗中却流传着以佛教传记故事为题材的史诗，如《玛尼巴达尔罕台吉》《阿尔查希迪与阿姆嘎希迪》等。前者的主人公名字"玛尼巴达尔"系梵文音译，是释迦牟尼佛的前世名字，藏语叫做诺桑王子。在蒙古民间流传着好几种名称。例如，以梵文读音音译的叫做"玛尼巴达尔"汗，而以梵文意译的叫做"赛音额尔德尼（善宝）"或"赛音额德（善财）"，以藏语读音音译的叫做"诺桑"汗，等等。"阿尔查希迪"是"阿尔塔希迪"的音变，系梵文 Sarvartha-Siddha 或 Siddhartha 的音译，汉文佛教典籍中译作"悉达多"，佛祖释迦牟尼出家前的本名，意为"一切义成"。中国社会科学院民族文学研究所斯钦巴图在策·达木丁苏荣的研究基础上对德都蒙古民间广为流传的史诗《巴达尔汗传》或者《玛尼巴达尔汗传》进行比较研究后指出：《巴达尔汗传》及其各种异文均与印藏佛教经典中的故事密切相关，在主要的故事情节上仍然保留着佛教典籍中的原貌。而苏和等艺人演唱的或讲述的《阿尔查希迪与阿姆嘎希迪》《阿尔查赛特》等与佛教典籍中的佛祖释迦牟尼传之间的关系也很明显。值得注意的是，苏和艺人在演唱史诗《阿尔查希迪与阿姆嘎希迪》的时候，对阿尔查希迪名字的含义是很清楚的，因为他在演唱过程中还不时地把"阿尔查希迪"叫做"扎勒布敦德布——阿尔查希迪"或"顺布敦德布——阿尔查希迪"。这里，"扎勒布敦德布"或"顺布敦德布"是藏语，是梵文"阿尔查希迪"的藏文译名，蒙古佛教文献中也根据藏文译名，把佛祖释迦牟尼出家前的本名叫做"绍努敦德布"或"绍努敦儒布"[1]。可见，有关阿尔查希迪的史诗与释迦牟尼传的关系非同一般[2]。艺人苏和说"扎勒布敦德布"中的"扎勒布"是藏语，蒙古语翻译即"汗""诺彦""领头人"等意思。斯钦巴图的以上研究是在比较可靠的田野资料和扎实的文献研究结合的基础上进行的，所以很有说服力。

　　另外，还有一个有趣的现象是，在德都蒙古史诗艺人们讲述或演唱史诗《格斯尔》的某一部篇章时出现《阿尔查希迪格斯尔台吉》《阿木尼摩尔根格斯尔汗》《希迪摩尔根格斯尔汗》等名称。在这些名称中，"阿尔查希迪""阿木尼摩尔根""希迪摩尔根"等和"格斯尔"是同位词，表明演唱者把格斯尔视为佛祖释迦牟尼来形容，或者以释迦牟尼佛祖的事迹为模板，创作格斯尔的形象。"阿木尼"一词可能是"玛尼"一词的变音。看起来似乎只是格斯尔的名字多了一些定语修饰而已，但实际上这似乎可以说是佛祖释迦牟尼传的异文。格斯尔也就像传说中的佛祖释迦牟尼一样是上天赐给人间的圣人，都具有不平凡的出生经历，刚生下来就能自己行走、活动。两者的名字的意义基本上是一致的。格斯尔下凡前在天界的本名是"威勒布特格奇"，意思与佛祖释迦牟尼出家前的本名"阿尔查希迪"（悉达多）相同，都是"吉祥""成就"一切之意。另外，史诗《格斯尔》中的格斯尔与劫掠妻子的蟒古思进行决战，夺回妻子等一些故事，与古印度史诗《罗摩衍那》中罗摩和劫掠妻子的恶魔决战，解救妻子等相应故事情节非常相似。而《罗摩衍那》的这些故事情节又被转用到释迦牟尼佛祖的祖先谱系及其故事的叙述中。《格斯尔》中的格斯尔不平凡降生的故事和格斯尔通过种种

[1]　金巴道尔吉著，留金锁校注：《水晶鉴》（蒙古文），北京：民族出版社，1984 年，第 55 页。
[2]　斯钦巴图：《青海蒙古史诗研究》，北京：中国社会科学院 B 类重大课题成果，2009 年。

第二章　德都蒙古史诗文化综合特征

比赛打败众多竞争者赢得美女茹格穆高娃为妻的故事，更像佛教典籍中关于释迦牟尼佛祖不平凡降生的故事、出家前的阿尔查希迪通过三项竞技赢得美女为妻的故事。尤其是格斯尔从母亲的右腋下出生和佛祖释迦牟尼从母亲的右肋出生的故事，以及格斯尔的叔父成为格斯尔婚姻的主要竞争对手和阿尔查希迪的叔父与他共同竞争美女的故事等，确实有着不可否认的共同点。所以，富有想象力的民间艺人们，把心目中的英雄描绘成神圣的佛祖形象，甚至以佛祖的传说故事为模板，创造伟大的民族英雄，这也是民间愿望的一种反映和表现。

## 二、藏族《格萨尔》的影响

中国社会科学院研究员斯钦巴图在此领域提出了一个非常有学术意义的问题。他认为学界"可以对蒙古《格斯尔》研究史上的一个疑难问题作出新的判断"[1]。众所周知，被学界认定为蒙古文《格斯尔》最早版本的北京木刻本《格斯尔》是于 1716 年出版的。这一时代背景赋予《格斯尔》以特殊的历史使命。清朝康熙年间是蒙藏文化交流史上的一个特殊的时代，这个时期蒙藏兼通的众多学问高深的蒙古族喇嘛云集北京，奉旨翻译出版蒙古文《甘珠尔》《丹珠尔》。这两部佛教经典的翻译出版不仅对蒙古文《格斯尔》有着重要的影响，还对之后蒙古文化的发展留下了深刻的铬印。北京木刻本《格斯尔》正是在这个时候由那些高僧们编辑出版的。于是，"以往的研究者大多认为北京版《格斯尔》是夹杂在佛教经卷里出版的"[2]。斯钦巴图认为，把《格斯尔》史诗夹杂在佛经中予以出版，反映了当时的一种倾向，即可能有部分高僧和学者根据格斯尔和佛祖释迦牟尼在本名意义上、降生情

[1] 斯钦巴图：《青海蒙古史诗研究》，北京：中国社会科学院 B 类重大课题成果，2009 年。
[2] 巴雅尔图：《〈格斯尔〉研究》，呼和浩特：内蒙古教育出版社，2006 年，第 41 页。

景上的相似性，以及通过竞技迎娶美女故事的一致性等，倾向于把《格斯尔》史诗当作佛祖释迦牟尼传的一种加以出版，但是，这种倾向在当时可能还没有得到全部高僧和学者的认同，有的学者和高僧可能更愿意把《格斯尔》区别于佛教文学，于是产生了把《格斯尔》史诗同佛教文献一同出版，却没有编辑成标准的佛经文学的矛盾现象[1]。

当然，学术界有不同的观点。中国社会科学院巴雅尔图提出"北京版《格斯尔》的编辑人员从来没有把《格斯尔》神话小说与传统的《格斯尔》史诗混淆过，更没有把她纳入佛教翻译著作之列来刊印"[2]等观点，并把北京木刻本《格斯尔》与《目莲经》《嘛呢宝训》《故事海》等差不多同时期出版的蒙古文佛教文学进行了版本学比较研究，阐释它们之间的异同点，力求确认自己的观点。关于这个问题尚待进一步深入探讨。

现在我们回过头来谈论德都蒙古史诗中的印藏佛教文学题材的影响问题。前文已经说过，德都蒙古史诗题材上受印藏文化影响较深，因此有别于蒙古族传统史诗的相关题材。在传统史诗的婚姻题材中，英雄在求婚或聘娶过程中与其他求婚者进行竞争和较量时，常常以赛马、摔跤、射箭等男子汉三项竞技来决出胜负。蒙古民族选拔好汉常常采用赛马、摔跤、射箭比赛的形式，这是在传统的蒙古故事、传说、史诗中反复使用的手法。而在德都蒙古传统的婚事史诗中，英雄在与其他求婚者进行竞争和较量时，除上述传统的摔跤、射箭、赛马等比赛之外，还有进行舌战（主要辩论佛经）或者抢占山头（军事阵地）等以富贵、威武、智慧来比胜负的情节。这些佛经论辩等题材无疑受到了佛祖释迦牟尼在出家之前与众竞争者进行学术、男子汉力气和武艺三项比赛[3]，以征服对手等故事题材的影响。此外，宇宙天地的形

第二章　德都蒙古史诗文化综合特征

---

[1] 斯钦巴图：《青海蒙古史诗研究》，北京：中国社会科学院 B 类重大课题成果，2009 年。
[2] 巴雅尔图：《〈格斯尔〉研究》，呼和浩特：内蒙古教育出版社，2006 年，第 43 页。
[3] 参见金巴道尔吉著，留金锁校注：《水晶鉴》（蒙古文），北京：民族出版社，1984 年，第 61-67 页。

成、如意宝树的观念、以布盖山（晒佛）比赛等受印度神话或佛经故事影响的情节或题材，在德都蒙古史诗中也大量存在。比如，达格玛老人讲述的史诗《格斯尔》一个片段中格斯尔聘娶茹格慕高娃夫人的情节就与松赞干布聘娶文成公主的故事很相似，即以力量与智慧来决出胜负。

众所周知，印藏文化在蒙古的传播与佛教的传入有着密不可分的关联。佛教在蒙古地区的传播有几个途径。其中，藏族地区是重要的传播路径。佛教典籍的蒙古语翻译也是根据藏文佛教典籍而翻译的，蒙古族高僧首先精通藏文而接受佛教经典，不少蒙藏佛教高僧以藏文撰写佛教论著和文献。所以，谈论印度文学题材在蒙古民间的传播时，无法避开蒙藏文化关系的讨论，在通过藏族文化接受印度文学的过程中同时接受藏族文学题材的影响也是不可避免的。总之，印藏文化对蒙古文化的影响是多方面的，尤其对我们所谈论的德都蒙古史诗题材的影响是更广泛和深入的。在德都蒙古史诗中除了蒙古族传统史诗因素之外，来源于藏族文学的题材和古印度文学的题材居多。这一点体现了德都蒙古史诗题材的独特性，以别于其他蒙古地区流传的传统蒙古史诗题材。

第三章　　德都蒙古史诗历史文化阐释

# 第一节
# 德都蒙古史诗的文化环境概况

102

　　德都蒙古史诗文化产生和形成的环境有多个方面，民族历史的时间环境、本民族或者部落所生存的地域环境、本民族或部落内原有的传统文化环境、与外界交流的信息环境、由此而产生的综合生成环境等。这种丰富而复杂的文化土壤，使德都蒙古口称史诗更具独特性和多样性。德都蒙古史诗是卫拉特部族文化向封建制社会过渡的产物，是早期萨满文化中的英雄意识转化为后来的藏传佛教观念的范本，也是在长生天意识（Тэнгэр Шүтлэг，Tengrism）的影响下，萨满文化与佛教文明融合而产生的特有的文本典范。德都蒙古史诗塑造了更为复杂的英雄主人公形象，显示了对社会认识所达到的新的高度。多年以来，国内外的研究者对蒙古史诗做了充分的研究和探讨。著名史诗专家仁钦道尔吉，在多年深入研究的基础上，从总结和归类的理论高度，把整个蒙古史诗分类归纳为三大体系七个流传中心。三大体系为布里亚特体系史诗、卫拉特体系史诗和喀尔喀—巴尔虎体系史诗三大体系。七个流传中心为：①布里亚特史诗流传中心；②卡尔梅克史诗流传中心；③蒙古国卫拉特史诗流传中心[1]；④中国新疆卫拉特史诗流传中心；⑤喀尔喀史诗流传中心；⑥巴尔虎史诗流传中心；⑦扎鲁特—科尔沁史诗流传中心。在这七个流传中心中[2]，德都蒙古史诗没有被单独列为一个流传中心，而被划归于"中国新疆卫拉特史诗流传中心"。之后，仁钦道尔吉的传钵弟子斯钦巴图，继承并丰富了这一理论体系，发展了一些新的概念，提出了一些相当科学的建议，以待学术界的验证。斯钦巴图近几年在青海、甘肃等德都蒙古地区进行多次实地调查，亲自搜集记录大量史诗资料，在潜心研究探讨的基础上，把德都蒙古地区单独列为一个史诗流传中心。原来在仁钦道尔吉教授的分类体系中，德都蒙古史诗归属于中国新疆卫拉特史诗流传中心。斯钦巴图根据德都蒙古史诗与新疆卫拉特史诗的不同之处，特别是"在青海卫拉特人中间，对史诗有很特别的理解，导致那里的史诗传统中有很多与新疆卫拉特史诗传统所没有的因素出现"[3]等现象，把卫拉特体系史诗流传中心分为俄罗斯卡尔梅克史诗、蒙古国卫拉特史诗、中国新疆卫拉特史诗、中国青海卫拉特史诗[4]四个中心。因此，蒙古史诗流传中心应为八个中心。

德都蒙古史诗是很有特色并自成体系的，成为蒙古史诗很重要的一个分支流派。但对德都蒙古史诗的研究相对比较薄弱。除了德都蒙古《格斯尔》《汗青格勒》等之外，其他短篇史诗至今尚未被深入挖掘研究，其研究工作近几年刚刚起步。本书主要关注德都蒙古史诗文化，并试图做一些必要的论述。

---

[1] "蒙古国卫拉特史诗流传中心"这一表述方式是斯钦巴图提出的。仁钦道尔吉的理论体系中把"蒙古国卫拉特史诗流传中心"表述为"西蒙古卫拉特史诗流传中心"。斯钦巴图认为"西蒙古卫拉特史诗这个提法在中国容易产生模糊印象"，并提出把卫拉特体系史诗的三大流传中心用汉语表述为"俄罗斯卡尔梅克（卫拉特）史诗、中国卫拉特史诗、蒙古国卫拉特史诗"的建议。笔者认为这个表述方式更具科学性，所以在本书中引用了这个表述法。但"中国卫拉特史诗"应改成"中国新疆卫拉特史诗"，因为根据斯钦巴图博士的理论"中国甘肃青海卫拉特史诗"独立成为一个史诗流传中心。

[2] 仁钦道尔吉：《蒙古口头文学论集》，北京：社会科学文献出版社，2011年，第2页。

[3] 斯钦巴图：《蒙古史诗：从程序到隐喻》，北京：民族出版社，2006年，第37页。

[4] 斯钦巴图：《蒙古史诗：从程序到隐喻》，北京：民族出版社，2006年，第38页。

横跨欧亚大陆的蒙古铁骑所到之处，除残酷战争所致的破坏之外，还播撒游牧文明的各种优良传统。蒙古铁骑所表现的不仅是野蛮与残忍，还开通了东西方交流的通道，不仅为自身民族文化多样性带来滋养，还为游牧文明与农耕文明互补欠缺共同开化提供了机会，为游牧民族与农耕民族各自封闭的单调而恶劣的环境开通了呼吸新鲜空气的路径，为蒙古文化国际化奠定基础并营造了富有多样性的开放性的大环境。蒙古史诗是在历史长河之中，在这种宽广的文化环境中产生并形成的。德都蒙古史诗也不例外，也是这种丰富的文化环境及其深远的历史渊源的产物，甚至德都蒙古史诗似乎"成长"在更深远、更广泛、更悠久、更丰富的历史文化环境当中。

## 一、德都蒙古史诗产生空间

德都蒙古史诗之所以构成一个独立的文化体系，或许与有多元的信息来源因素有关系。德都蒙古大部分人最早实属成吉思汗胞弟哈布图·哈萨尔（Хавт Хасар，Habutu Hasar）的后裔或者属民，后又游牧到新疆，成为四卫拉特联盟成员，到了 17 世纪中叶才去青藏高原，建立和硕特汗廷，驻军拉萨，统治青藏高原近一个世纪。这一艰辛的历程得从整个蒙古族历史文化大环境及德都蒙古迁移史全过程谈起。这一历程就是包括史诗在内的德都蒙古文化形成的历程。笔者曾经谈道"蒙古族早期文化演化过程中，影响其各过程的因素很多。但起持久的决定性作用，并影响文化的结构和层次以及推动它不断演进的因素，主要有三种。一是地域环境；二是社会环境；三是信仰（宗教）环境等三组合的历史文化环境。"[1]

---

[1] 萨仁格日勒：《蒙古史诗生成论》，北京：中央民族大学出版社，2001 年。

## 1.影响德都蒙古史诗文化的地域环境

构成德都蒙古主体部族的和硕特部在迁徙到新疆进入四卫拉特联盟之前，他们游牧地在当今的额尔古纳河流域呼伦贝尔—嫩江一带，属于大陆半干旱性气候。适应这个地理气候环境的一切文化，成为德都蒙古史诗记忆性原始传统。但这个环境不是一成不变的，而是随着历史的发展而不断发生变化。从额尔古纳河一代迁徙到新疆乌鲁木齐附近，地理环境大变样。乌鲁木齐一带深处大陆腹地，属于中温带大陆干旱气候区，昼夜温差大，寒暑气候变化剧烈，降水少，在这里他们经历了新一次的适应过程。欧亚大陆中部的青藏高原低压缺氧、寒冷干燥、日照时间长、太阳辐射强。青藏高原平均高度在4000米以上，面积很大，高原气候的特点更为突出。其主要特征是辐射强度大，高原气温日变化显著，降雨比较少。德都蒙古族人生存空间的变化为游牧，迁徙，再游牧，最后成为青藏高原的主人。他们深耕在这块土地上，耕耘着他们灿烂的文化。蒙古人随着季节和水草而移动不定的生活方式造就了他们的快速适应能力。早在蒙古帝国时期，蒙古人走出了草原丝绸之路，连接了东西方，开辟了欧亚通道。对地理环境的适应、对人文习俗的适应、对异教信仰的适应，都要具备很强的适应能力。具备这些基本的能力才能像史诗勇士那样克服种种困难"征服世界"，震撼人类，创造宝木巴国似的幸福家园，造福人类。

青藏高原独特的地理气候等自然环境在数百年的历史过程中，深刻地影响着德都蒙古的生活方式、生产劳动和社会生活等包括史诗在内的所有的物质的和精神的文化，造就了许多与其他地域明显不同的特征。青藏高原地域广大、地形复杂、交通不便等因素使德都蒙古独具一格的文化走向成熟，走向稳定，因而包括史诗在内的许多作为基础文化的共同的内容发生了变革。当然，德都蒙古文化与整个蒙古族文化各组成部分有着密不可分的传统联系，二者相互影响的同时又存在差异，使德都蒙古文化成为卫拉特文化，乃至整个蒙古文化的一个重要组成要素。就拿史诗文化而言，史诗《汗青格勒》是德都蒙古最著名的英雄史诗。它叙写呼德尔阿拉泰汗的独生子汗青格勒勇士远征迎亲，克服种种艰难险阻，聘娶无与伦比的美女娜仁赞丹公主的英雄事迹。该史诗的开头篇演唱着：

蓝天如湿地般大小的时候
大地似火盆样大小的时候
大海如水泡般大小的时候
须弥山似土丘般大小的时候

这种描述方法继承了蒙古史诗早期传统。几乎所有的蒙古史诗的开头篇都有类似的描述，以表示史诗中所发生的英雄事件的古老或经典程度。后又增加了一些内容：

大王可汗稚气未褪的时候
达赖喇嘛还是班迪的时候
崭新的太阳刚刚升起的时候
大树的枝叶微微吐绿的时候
簇新的月亮缓缓升起的时候
盛行的宗教渐渐兴起的时候

这表现出佛教传入蒙古高原，或者表示德都蒙古史诗开始接受青藏高原及藏传佛教的影响，其不仅仅在母题情节上发生变革，连措辞等非常细微的环节也在发生变化。青藏高原是黄河、长江流域农耕文化和北方草原游牧文化、中亚沙漠绿洲文化、南亚印度文化的一个重要的汇合点，从而形成了具有多个综合性文化的特征。正因为如此，德都蒙古文化就吸取了青藏高原乃至古往今来的欧亚大陆上各部落氏族或者民族所创造的物质财富和精神财富的营养，也就是吸收了历史上活跃在蒙古草原、青藏高原上的各个民族的传统文化的精华。德都蒙古史诗就是这一文化吸收过程的产物。换言之，当下热门的草原丝绸之路的起源和形成过程，也是蒙古史诗信息来源的一个渠道。草原丝绸之路是指中原农耕地通过蒙古高原与欧亚草原，与古代地中海世界之间政治、经济与文化往来的通道，是著名的丝绸之路的重要组成部分。草原丝绸之路的产生就成为东西文化交流的纽带。包括德都蒙古史诗在内的蒙古史诗文化的原型，其产生的背景既复杂又简单，包括：当时的国际局势、草原游牧民族在精神上的好奇和文化生活的需求，以及渴望了解其他文明的愿望；在经济上古代农耕社会与游牧社会之间，基于畜产品与农产品、手工业品交换的相互依存与需求关系；游牧的蒙古民族具有远距离行驶的交通能力（有马）优势，再加上天生游牧移动的生活方式，他们像史诗勇士一样常常快马加鞭奔驰三天三夜，乃至驰骋三年五年，便成为了东西方之间的重要沟通者。《江格尔》《格斯尔》《汗青格勒》等蒙古史诗中常常描绘懂得七十种语言的翻译家形象。蒙古高原与欧亚草原之间驰骋的勇士们接触并结识持多种语言的多种民族，通晓多民族语言者不计其数，史诗勇士同样驰骋在欧亚草原，与沿线各民族交流和沟通，根本不存在语言障碍，因为他们懂得七十种语言。同时，自然与气候条件的相似性也没有成为难以逾越的自然屏障，蒙古高原成为东西往来的天然通道，蒙古史诗勇士们也可以说成为东西文化交流的使者。影响德都蒙古史诗文化的地域环境，包括横跨欧亚大陆的草原丝路在内的广阔地域。草原丝绸之路，从蒙古高原南部边缘起步东至中原地区，是游牧文化与农耕文化交汇之区，也是中西文化和南北文化交流的汇集地。无论是在史诗中描绘的古代无人区，还是叙述的勇士兵器用具等物品，都能体现史诗文化的多元性。例如，勇士汗青格勒的刀剑、金银马鞍等贵重金属制造的用具，一定程度上能表现早期蒙古文化的多元构造。蒙古史诗学界已经开始关注史诗勇士的高档绸缎服饰和金银用具与蒙古高原及欧亚草原商路之间的内在联系。史诗描述的七十个人协力都抬不动的巨大银碗、七十个银锭子修饰而纯金铸成的鞍子，融合了东西南北中各方文化因素，体现了德都蒙古史诗文化最为明显的多元因素。史诗勇士通过草原丝绸之路连接着东西方，以自身游牧民族天然资源五畜和畜产品换来的中原丝绢，利用交通用具的优势运到欧洲，换来西方世界的各种产品，以满足自身需求。在这种往返的交流和交换过程中，除各自交换商品之外，更重要的是得以互通消息，开辟更加宽广的信息往来的渠道。德都蒙古史诗是在这种富有文化气息的广阔的地域环境中，吸收各种文化信息而逐渐获得生命并延续至今的。蒙古高原草原丝路作为东西方经济贸易文化交流的大动脉，创造了物质和精神两个方面的财富。在物质方面，其开辟了欧亚大陆地区商品贸易和生产技术的交流之路。丝绸、瓷器、茶叶等换来西域的毛织品、宝石、香料等产品。这些产品的交换带来了生产技术的相互促进。造纸等重要技术也通过蒙古高原草原丝路传到西方，使中亚、中东、西亚和欧洲进入纸张时代，大大提高了人类保存前世历史和知识经验的能力与途径。在精神方面，宗教的传播使包括史诗在内的蒙古文化更具多元性。佛教的传入，道教的西传，这些宗教传递交流路径的创造者之一——蒙古人，因对空间距离的感悟和掌握当时最先进、最可靠的交通工具而创作了三年的路程三个月能跑完的骏马和去向无敌的英雄形象。

## 2. 影响德都蒙古史诗文化的社会背景

德都蒙古史诗指的是甘肃、青海两省内的蒙古族民众中流传的史诗的统称。两地史诗有上百部异文，最初与整个蒙古史诗传统一样，基于古代蒙古族历史传说故事的口承文本，依靠民众的记忆和艺人的背诵而口耳相传至今。它作为口承史料，不仅仅是当下活性态社会文化现象，更是反映了古代蒙古人的社会、经济、文化的方方面面，而且反映了古代欧亚大陆游牧文明的精髓。它再现了古代蒙古社会变革的图景，是研究蒙古族乃至北方游牧民族早期社会及其演变全景的重要史料。拿德都蒙古史诗《汗青格勒》《三岁古南乌兰巴托尔》《七岁的道尔吉彻辰汗》等来说，它们不仅具有文学艺术上的重要价值，而且在历史、地理、考古学和民俗学方面也提供给后人很多值得研究的文化信息。

德都蒙古史诗对于古代社会意识形态和生存状态、民间风气、周边态势等研究也是非常难得的资料。例如，《七岁的道尔吉彻辰汗》是部落征战题材的史诗，以叙述或者演唱的形式，描述七岁的道尔吉彻辰汗消灭恶魔、拯救百姓、捍卫故乡的故事，赞美七岁的道尔吉彻辰汗的英雄事迹。七岁的道尔吉彻辰汗在远征途中与不明真相的乌图夏日决斗，不分胜负。两位勇士的搏斗情景如下：

相互肩并肩的搏斗
手摸之处
拽下拳头大的肉块
脚踢之处
踢下铁锹大的肉块

以英雄主义思想解读和欣赏德都蒙古史诗类似的描述时，让人自然地想起盎格鲁·撒克逊人的《贝奥武夫》、日耳曼人的《希尔德布兰特之歌》、冰岛人的《埃达》、芬兰人的《卡列瓦拉》（又名《英雄国》）等早期史诗，以及法兰西的《罗兰之歌》、日耳曼的《尼伯龙根之歌》、西班牙的《熙德之歌》和古俄罗斯的《伊戈尔远征记》、亚美尼亚的《萨逊的大卫》等为代表的一大批史诗及其英雄们的辉煌事迹。也许这都有潜在的秘不可显的人文关联。两位勇士的这种搏斗，几乎可以说是一种古老的，半人半神神话的翻版。在《萨逊的大卫》[1]描述大卫同姆斯拉 - 梅利克的决战时也有类似于上述七岁的道尔吉彻辰汗与天之子乌图夏日决斗的情景：

青虹宝剑猛地挥舞
宝剑将四十个磨盘全部砸碎
把那四十张水牛皮统统劈开
将凶残的恶魔梅利克劈成两半
从前额至大腿
扎进土中达七俄尺深
直抵黑水——

史诗既描绘了亚美尼亚史诗英雄大卫率民众抗击入侵者的壮阔情景，又展示了英雄杀妖降魔英勇顽强的火热场面。德都蒙古史诗描绘的民众信仰和风俗也很独特。例如：

两位勇士拼搏
三年零三个月
胜负难解
野外的猛兽般搏斗
脚下腾起的尘雾
弥漫在天空中
天神看到尘世的血光
速派两位班迪下凡
以圣水清洁迷雾
平息凡间的动荡

---

[1] 〔亚美尼亚〕佚名著，寒青译：《萨逊的大卫》，南京：译林出版社，2002年。

这一描绘既有古老的北方游牧民族史诗文化传统，又有藏传佛教乃至古印度文化的影响。著名史诗《格斯尔》中的格斯尔也是天神派来凡间，平息人间混乱的勇士。格斯尔下凡人间的故事和释迦牟尼成佛故事等都直接影响了德都蒙古史诗文化。德都蒙古史诗勇士的英雄事迹，表达着蒙古族人民追求美好生活的愿望。蒙古族民众或民间艺人以朴实而丰富的语言、形象而生动的赞歌来塑造他们心目中的英雄，以反映他们的历史文化、社会生活和生产状况。德都蒙古史诗是广大德都蒙古民众在漫长的历史长河里，口耳相传，不断创作并完善的口承经典杰作。

特别是，德都蒙古民众在跨越广阔的地域空间游牧—迁徙—再游牧的特殊的迁移务牧过程中，不断地形成并打破历史文化环境的旧格局，不断地建立新的格局，不断地适应新的环境，不断地接受新的信息而产生新的思维和新的务牧模式。地域空间的不断更换，社会组织结构的不断更新，对多种宗教的接触，使德都蒙古史诗结构乃至文化结构具有多样性，包含充足的信息量，以供后人去挖掘。

著名史诗专家仁钦道尔吉谈蒙古史诗文化渊源时写道："自从13世纪以来，蒙古民族（包括卫拉特人）与欧亚各国、各民族之间有着密切的文化交往，吸收了他们的文化成分，丰富和发展了自己民族的文化，曾经一度使蒙古文化进入世界先进行列之中。"[1]的确，包括德都蒙古文化的蒙古族文化是个开放性的、多变性的文化。因为在横跨欧亚大陆的蒙古帝国时期，他们不管是战争还是外交事宜所到之处，都接触到并接受了一些新的文化，以自润自强。

远古时代，许许多多的游牧民族或游牧部落曾共同生活在广阔的欧亚大陆上。作为"地域环境"的这片大地是古代游牧文明的摇篮。在这辽阔的大地上，蒙古高原自古以来就是东西南北多民族交汇之地，

[1] 仁钦道尔吉：《〈江格尔〉论》，呼和浩特：内蒙古大学出版社，1999年，第85页。

所以众多的氏族、部落、民族不断游牧于这片大地上。在蒙古高原上曾建立众多的政权，它们一个接着一个活动于这块北方民族共同的历史舞台上，相互接触、相互融汇、相互征服，诸民族部落始终处于接力式迁徙、融合、同化、分化的循环过程之中，构成了循环更新的社会组织结构。就德都蒙古族而言，其是在北方诸民族、部落汇聚与瓦解而经历战乱，后又迁徙并落根于青藏高原而形成的，其民族构成和文化结构也有着复杂而丰富的背景。蒙古民族形成过程中所涉及的东胡、突厥、匈奴、鞑靼、吐蕃、鲜卑、柔然等民族和氏族部落，都是在这种民族部落大循环过程中同化、分化过来的。蒙古族的族源问题，学界众说纷纭，曾出现过各种不同的观点，可见蒙古民族形成过程及民族结构的复杂性问题。不言而喻，作为蒙古民族的一个重要组成部分的德都蒙古，同样也经历着上述民族化过程，乃至进入青藏高原后接触到藏缅语族其他部落或氏族的种种文化，逐渐形成别具一格的文化模式。这就是其文化多样性的来源之一。

　　一个民族及其文化的形成，首先属于一定时代和地区。民族群体成员共同的生存空间构成了一个基本的领土单元。领土内的地理环境、自然条件，提供了该民族或部落的各种文化形成的基本的物质基础和信息来源。领土是民族文化形成的主要的空间环境。蒙古族额尔古涅昆[1]神话有着本民族领土观念的产生过程。领土观念的产生[2]，一方面表示他们的生物学进化[3]，另一方面表示他们文化上的进步。领土内生存人口数量的增长，导致向外扩张变得符合逻辑。曾逃进额尔古涅昆的姓氏为"捏古思"和"乞颜"的两家，长期在此繁衍，久之，感到地狭人稠，拥挤不堪，于是迁徙到广阔的草原[4]。这个神话不仅仅牵扯

[1]　或译作"额儿格涅坤""额尔古纳坤""额儿古涅昆"。
[2]　额尔古涅昆让他们感觉空间狭窄，所以向往广阔的草原，初步意识到领土概念。
[3]　表示人口繁殖，随着人口的繁殖，生存空间越来越狭窄，产生对领土的需求。
[4]　〔波斯〕拉施特主编，余大钧，周建奇译：《史集》（第一卷第一分册），北京：商务印书馆，1983年，第251-253页。

到蒙古民族早期领土观念问题，而且关系到民族的起源、发祥地等更为重要的问题。随着蒙古民族领土格局或空间环境的不断变化，其文化也在不断地演进。这对蒙古族文化的形成乃至蒙古史诗的产生，无疑有很大的影响，所以谈论包括德都蒙古史诗在内的蒙古史诗文化的地域环境时，从蒙古民族发祥地到扩散地、途经地到最后的落脚地都得包括。早期蒙古氏族、部落或部落联盟生活的地理空间具有两极性，发祥地和整个活动空间构成不可对比的两极地域概念。"蒙古族的起源地是额尔古纳河流域"。这是古今中外史学界基本一致的定论。据亚伯拉罕·多桑（Abraham d'Ohsson）记载："据说成吉思汗诞生之两千年前，蒙古人为鞑靼地域之其他民族所破灭，仅遗男女各二，遁走一地，四面皆山，山名额儿格涅坤（Ergueue-Coun）。"[1]

拉施特（Rashid-al-Din Hamadani）在《史集》（Jami'al-tawarikh）中记载："蒙古人在与一些突厥部落发生了内讧，终于引起了战争，蒙古人战败，仅剩下两男两女，这两家人害怕敌人，逃到了一处人迹罕至的地方……这个地方名叫额儿古涅昆。"[2]《旧唐书》《新唐书》的《室韦传》记载：蒙兀儿者，室韦之一部，居望建河。《蒙兀儿史记》记载："蒙兀儿者，室韦之别种也……至唐，部分愈众，而蒙兀室韦北傍望建河，即完水。"[3]

翦伯赞在《内访蒙古》一文中也曾写道："呼伦贝尔草原不仅是古代游牧民族的历史摇篮，而且是他们的武库、粮仓和练兵场。他们利用这里的优越的自然条件，繁殖自己的民族，武装自己的军队，然后以此为出发点由东而西，征服内蒙古中部和西部诸部落或最广大的世界，展开他们的历史性的活动。鲜卑人如此，契丹人、女真人、蒙古

[1] 〔法〕多桑著，冯承钧译：《多桑蒙古史》（上册），北京：中华书局，1962年，第32页。
[2] 〔波斯〕拉施特著，余大钧，周建奇译：《史集》（第一卷第一分册），北京：商务印书馆，1983年，第250页。
[3] 柯劭忞，屠寄撰：《元史二种》（下：蒙兀儿史记），上海：上海古籍出版社，2012年。

人也是如此。"[1]

以上文献所记载的额儿古涅昆、望建河、完水、呼伦贝尔草原等都指额尔古纳河流域。当然，蒙古族的发祥地就是额尔古纳河流域，但蒙古氏族、部落的聚合过程和民族形成过程中的活动范围或地域空间，远不止额尔古纳河流域。特别是德都蒙古族人的游牧和迁徙范围更广。诸氏族部落的聚合过程和民族群体形成过程中所涉及的氏族部落、民族，前后活动在整个欧亚草原上。发祥地额尔古涅昆的概念和扩散期的欧亚大陆概念是形成蒙古民族文化地域空间的两个极端[2]。生活在青藏高原的德都蒙古族人的文化接受和现文化形成的范围与过程也一样拥有广阔的地域空间。所以我们将在这两极概念之间把握和分析德都蒙古史诗文化诸现象。德都蒙古与整个蒙古民族或者很多北方游牧民族一样，是个特殊的群体，也是个复杂而多元的文化载体。他们作为德都蒙古这一群体在形成过程中接触到许多氏族、部落和民族的不同文化习俗和多样的地理环境。而且德都蒙古族人进入青藏高原建立和硕特汗廷的时代，正是藏传佛教诸流派各持己见、互不相让的争战时期，不仅仅是地理环境，连人文环境也非常复杂多样。和硕特部（德都蒙古）是卫拉特四部之一，因其始祖哈布图·哈萨尔为成吉思汗胞弟，属于黄金家族之支，在四部中地位最显赫。固始汗于1637年率四部卫拉特联军进入青藏高原，设和硕特汗廷于西藏，分封诸子于青海。

固始汗所生十子，除长子达延汗（Даян Хаан，Dayan Khan）统领西藏、四子巴延·阿布该·阿玉什（Баян Абгай Аюуш，Bayan Abugai Ayuush）在套西，其余八子分袭青海湖四周、柴达木盆地的牧场[3]。青藏高原正好也是以和硕特为中心的四卫拉特各部落与青藏高原各民

---

[1]《剪伯赞历史论文选集》，北京：人民出版社，1980年。
[2] 萨仁格日勒：《蒙古史诗生成论》，北京：中央民族大学出版社，2001年。
[3] 马大成，成崇德主编：《卫拉特蒙古史纲》，乌鲁木齐：新疆人民出版社，2006年，第171页。

族相互交往、并肩生存的摇篮，是德都蒙古史诗文化在内的现文化形成并成型的土壤。当然，蒙古族与欧亚大陆上先后兴衰过的众多的氏族部落和民族在游牧经济、地域空间、生活习俗和宗教信仰、精神面貌等很多方面相似或相近。这就对德都蒙古在内的整个蒙古民族及其多元文化的形成，具有决定性的意义。这是蒙古民族及其文化形成的内圈因素，是历史小环境。构成其外圈或者大圈的因素，在于历史大环境。

就大环境来说，在蒙古氏族部落聚合或民族形成时期（这个时期是个漫长的过程），国际大环境比较复杂多样，世界各地正处于分裂割据之中。中世纪世界文明中心所集中的亚欧北非一带的几个文明帝国都走向分裂衰落，如以长安为中心的中国隋唐帝国、以恒河流域为中心的印度、以波斯为中心的（或以阿拉伯半岛—伊朗高原为中心的）阿拉伯帝国和以罗马为中心的罗马帝国，都走向不同程度的瓦解衰落。唐代虽然建立和巩固了东亚与中亚地区的统一，但蒙古民族形成时期，随着唐王朝的瓦解，国家由盛转衰，国内民族政权林立，战乱不断。阿拉伯帝国虽然也建立了横跨亚、欧、非三洲的大帝国，但随着阿拔斯王朝的衰落，各地独立势力抬头，王朝分裂，再分裂形成许多地方性的小王朝[1]。"在欧洲的罗马帝国在盛极一时后，也在这个时期分裂为东、西两部，其中西罗马在日耳曼人大迁徙浪潮的冲击和内部阶级矛盾十分尖锐的情况下，很快瓦解。"[2]这样，整个欧洲也处于分裂状态，而东欧和西欧在宗教信仰方面的差异进一步加深了东西欧的分裂。

蒙古民族正好在这一历史大环境中，利用世界各地处于动荡不稳而分裂之际，迅速统一诸氏族部落，完成自身民族的形成。凭借世界局势这个大的历史环境和北方民族局势这个小的历史环境及自身的实力，逐渐消灭处于分裂状态中的欧亚诸民族政权，从而与他们建立军

[1] 萨仁格日勒：《蒙古史诗生成论》，北京：中央民族大学出版社，2001 年。
[2] 朱寰：《世界中古史》（修订本），长春：吉林文史出版社，1986 年，第 68 页。

事、政治、经济、宗教文化等多层关系，掌握国际局势。其不仅仅从军事意义上征服了世界，更重要的是从文化上进入了世界多民族多元文化领域，接触了世界宗教多层意识。这为蒙古民族及其文化的形成起了非常重要的作用。和硕特蒙古部（德都蒙古）这一群体，带着以上文化气息进入青藏高原，接触另一种文化氛围。

蒙古民族正在国际社会处于动荡不安、衰落、分化、瓦解之机完成了民族的统一，利用这一机遇迅速兴起，走向争战，以马蹄征服欧亚，打了一场接一场的胜仗，产生了一种无意识的优越感。整个民众都觉得没有失败的英雄，或者英雄不能失败。这就成为蒙古史诗产生的最初的、最中心的精神内核。由于"失败"而进入"额儿古涅昆"的早期蒙古氏族，在发展壮大成为部落，走出额尔古涅昆的地域，再发展壮大成民族，扩散到欧亚大陆的全过程中，几乎再也没有"失败"过。这就是蒙古族整个精神文化的缩影——蒙古史诗的生成宗旨。不言而喻，德都蒙古和硕特部首领固始汗及其后裔也一样，所向披靡、一路胜仗进入青藏高原。《格斯尔》《汗青格勒》《汗哈冉贵》《三岁古南乌兰巴托尔》《那仁罕库文》《岱尼库日勒》《七岁的道尔吉彻辰汗》《道里精海巴特尔》等德都蒙古史诗中的英雄，没有一位以失败而告终。自额尔古涅昆到欧亚大陆的两极地域空间概念，是以太阳运行规则为方位定向的蒙古史诗的地理空间的原型。

当我们初步把握到蒙古文化的这一"地域空间"的最小到最大的粗略范围时，又感受到在世界民族处于分化、瓦解和衰落的大环境和北方诸民族林立战乱的小环境条件下起步的蒙古文化"历史时间"的最早到最晚的大概，那么最早的蒙古氏族进入额尔古纳河流域是什么时候呢？以上这些地理空间纬度所交叉适应的"历史时间"经度是怎样的呢？这将是蒙古史诗沿之生成的历史长河。

关于蒙古氏族进入额尔古纳河流域的具体时间，目前学界还没有统一的定论。《多桑蒙古史》记载："成吉思汗诞生之两千年前。"[1]《史集》记载："大约在距今两千年前。"[2] 多年来学者一致认为这"两千年"是传说，所以谁也不敢往前追溯这个两千年的历史。蒙古人最早出现在汉文文献中的时间是在南北朝时期（《魏书》《北史》等对蒙古人都已有过记载）。当时，东胡人处于分裂状态，突厥人却建立了强大的突厥汗国（Түрэг Улс，Turkic Khaganate），并向东胡地区扩张。《史集》中记载："蒙古人因与突厥发生战争、战败而逃入额儿古涅昆。"根据这些史料记载，一般认为蒙古氏族进入额尔古纳河一带的时间上限在 6 世纪中叶。

那么，6 世纪中叶以前的蒙古氏族是什么样的呢？这虽然不在我们所探讨的问题范围之内，但是从它敢与建立强大的突厥汗国的突厥人作战（虽然战败了）可以看出，当时的蒙古氏族也不是一般的小氏族。假如拉施特时期的"两千年前"也和"额儿古涅昆"的神话一样可以当作史料的"传说"的话，那么"两千年前"的蒙古人又是什么样一种状况呢？像"额儿古涅昆"一样的神话或传说，是否又是在拉施特时期的"两千年前"已经有所流传呢？这个问题很有趣。因为"额儿古涅昆"这则神话（或者传说）里已经蕴含蒙古史诗传统的两类基本情节母题——征战性情节和婚姻性情节。我们知道《多桑蒙古史》《史集》《蒙兀儿史记》等史料分别记载了蒙古族祖先传说——"额儿古涅昆"，并说"仅遗男女各二人""只剩下两男两女""其二男一名脑忽，一名乞颜"[3]。这里所指的两男两女，其实为两个可以通婚的氏族，以后发展成为"乞颜"和"捏古思"两个部落。他们在自身繁衍的过程中，又不断地融合当地的兀良哈森林中人等，逐渐壮大，分离出许多分支。

[1]〔法〕多桑著，冯承钧译：《多桑蒙古史》（上册），北京：中华书局，1962 年，第 32 页。
[2]〔波斯〕拉施特著，余大钧，周建奇译：《史集》（第一卷第一分册），北京：商务印书馆，1983 年，251 页。
[3]〔法〕多桑著，冯承钧译：《多桑蒙古史》（上册），北京：中华书局，1962 年，第 32 页；〔波斯〕拉施特著，余大钧，周建奇译：《史集》（第一卷第一分册），北京：商务印书馆，1983 年，251 页；柯劭忞，屠寄撰：《元史二种》（下：蒙兀儿史记），上海：上海古籍出版社，2012 年。

"他们的各个分支渐以某个名称著称，并成为一个单独的斡巴黑（Aubag），斡巴黑属于某支和某氏族的那些人，这些斡巴黑又复（繁衍）分为多支。现今（指 13 世纪）在蒙古诸部落中已经查明，凡出于这些分支的人，多半互为亲属。"[1] 这表明蒙古氏族由于实行族外婚而使氏族不断得到发展壮大。有关学者认为，蒙古氏族自从因战败而进入额尔古涅昆开始，到向额尔古涅昆外迁徙的时间为：6 世纪中叶到 10 世纪。这个时期蒙古氏族完成了由氏族向部落发展的过程，"其社会性质则属于父系氏族公社"。笔者赞同这个观点。"其二男一名脑忽，一名乞颜"，看得出在授姓方面，以男性为主，乞颜的后代繁衍成为乞颜氏族和部落。在婚姻方面，族外婚一开始就占主导地位。这正是蒙古族史诗或者勇士故事的两个基本情节母题孕育的土壤。"额儿古涅昆"的传说一开始就有蒙古氏族与外族（突厥）征战的描述。其征战的起因未曾提及。但我们可以分析古代游牧民族战争起因的几个固定模式，如抢马、抢妻。抢婚制或者"外婚制关系似乎是从远古传说中人格化的两个氏族乞颜和捏古思延续下来的"[2]。所以蒙古族文学自产生起就孕育了征战和外婚两个母题，以及英雄、未婚妻、恶魔、家乡四元结构。例如，从蒙古族祖先传说"额儿古涅昆"和"朵奔·篾儿干（Добун Мэргэн，Dobun Mergen）与阿阑豁阿（Алун Гуа，Alun Gua）"开始，这两个母题就发展成为基本故事情节。被史学界认定为生活在约公元 9 世纪末的朵奔·篾儿干和阿阑豁阿的传说中就有了外婚或者抢妻母题。额头上一只眼的都蛙锁豁儿（Дува Coxop，Duva Sokhor）和弟弟朵奔·蔑儿干登上不儿罕山。"都娃（蛙）锁豁儿极目远眺，望见沿统格黎小河迁移来一群百姓。在一辆华丽的牛车上坐着一位美丽的姑娘，

[1] 〔波斯〕拉施特著，余大钧，周建奇译：《史集》（第一卷第一分册），北京：商务印书馆，1983 年，251 页。

[2] 亦邻真：《中国北方民族与蒙古族族源》，见中国蒙古史学会：《中国蒙古史学会成立大会纪念集刊》.呼和浩特，1979 年。

于是对弟弟说……若未许配人家，就给你求亲吧？"[1]

兄弟俩前去得知阿阑豁阿未许配人家，就娶她了。这也是族外抢婚的故事母题。古代族外抢婚一事，常常成为征战的起因。抢婚与征战成为氏族部落之间的复仇性循环征战形式，一直延续到 13 世纪成吉思汗时代。例如,《蒙古秘史》记载[2]：也速该（Есүхэй, Yesugei）曾经从篾儿乞惕（Мэргид, Merkit）的赤列都（Их Чилэдү, Yehe Chiledu）处抢娶了成吉思汗之母诃额仑夫人（Өэлүн Үжин, Hoelun Üjin）。为报这个仇，篾儿乞惕人来抢走了成吉思汗的夫人孛儿帖·兀真（Бөртэ Үжин, Börte Üjin）。为此，成吉思汗又去打篾儿乞惕，把孛儿帖抢回来。这种婚姻与征战的循环模式，成为古代很多游牧民族早期神话、传说、勇士故事、英雄史诗等民间口承文学的最古老、最基本的情节母题。族外婚不仅成为征战的起因，还能使征战缓和甚至避免战争。俺巴孩汗（Амбагай Хан, Ambaghai Khan）曾求妻于塔塔儿（Татар, Tatar）部，但"塔塔儿人执之以献女真帝，女真帝方挟前此合不勒汗杀使之忿，乃钉俺巴孩于木驴上"[3]。俺巴孩死后，其继承者忽图剌汗（Хутула Хан, Hotula Khan）对塔塔儿和女真都进行了报复性征战。

这都是古代蒙古人抢婚（或族外求婚）与征战的辩证关系演化的一种表现。抢婚与征战题材是人类文化早期的普遍现象，人类文化之母——古希腊神话也有类似情节，如荷马史诗中特洛伊战争的起因也是抢女一事[4]。史诗中希腊和特洛亚之间的外部冲突，是由特洛亚王子帕里斯拐走希腊城邦首领墨涅拉俄斯的王后海伦引起的。阿伽门农和阿喀琉斯之间的内部冲突，是由希腊军主师阿伽门农抢走主将阿喀琉斯的女奴引发的。

---

[1] 内蒙古社会科学院文学研究所编：《蒙古族文学史》，沈阳：辽宁民族出版社，1994 年，第 43 页。
[2] 佚名撰，谢再善译：《蒙古秘史》，北京：开明书店，1951 年。
[3] 〔法〕多桑著，冯承钧译：《多桑蒙古史》（上册），北京：中华书局，1962 年，第 36 页。
[4] 特洛伊战争是以争夺世上最漂亮的女人海伦为起因，道出以阿伽门农及阿喀琉斯为首的希腊军进攻以帕里斯及赫克托尔为首的特洛伊城的十年攻城战。

印度史诗《罗摩衍那》、泰国史诗《拉玛坚》（*Ramakien*）、我国南方傣族史诗《拉戛西贺》等史诗中的战争起因几乎都是抢妻。由此看来，也许蒙古与突厥部落那次最早征战的起因，也是抢婚或族外求婚一事。

笔者认为蒙古史诗两大类基本情节的母题雏形，是在蒙古氏族向部落发展的历史过程中产生的。而后，在蒙古族诸部落联盟聚合和民族的形成过程中，蒙古族史诗逐渐产生了。在蒙古族统一后，向西扩散—回缩，再扩散—再回缩的民族发展过程中，史诗得到了发展。在蒙古族不断地扩散和回缩的循环过程中，世界文明在相互接触、相互交流、相互影响。蒙古族在扩散过程中接触中亚、中东、欧洲等亚欧大陆上的各色民族的各种文化，不断接触并接受新的文化信息，从而使蒙古史诗古有的最基本的情节生出了很多新的"子情节"，这构成了蒙古史诗结构的多元成分。蒙古民族势力向欧亚大陆扩散的阶段，不只是战乱，包括物质和精神在内的文化交流是不可缺少的。

成吉思汗的非凡事迹，不仅在中国，而且在全世界其他很多国家是广为传诵的。他率领的蒙古铁骑，改变了许多地区的历史进程，建立了横跨欧亚大陆的蒙古帝国，缩小了地球的空间距离，缩短了时间跨度，因而艺术地反映那辉煌历史的蒙古史诗英雄为聘娶未婚妻而赶三年五年的路程。正如蒙古铁骑缩短了欧亚空间一样，史诗英雄的坐骑也：

把三年的路程
飞跑三个月就能走完
三个月的路程
三天能完成……

蒙古史诗英雄们个个是卓有建树的军事大家，是在人类战争史上有着显赫地位的英雄人物的艺术塑像。例如，德都蒙古史诗《汗青格勒》中的汗青格勒、《道里精海巴托尔》中的道里精海等勇士不仅是战功卓著，还个个是雄才大略的帝王。他们不仅仅是能征善战、大张挞伐的将军，而且是兼备文才武略、具有治理大国风度的一代代帝王。史诗英雄的这些军事统帅型才能和非凡事迹，实际上也是对包括成吉思汗、固始汗等在内的历代蒙古君主或大汗的历史事迹的反映或者再现。

学术界也有人认为蒙古史诗英雄的原型，是被世人描绘成"世界征服者"的成吉思汗及其继承者的形象。俄罗斯著名蒙古学家符拉基米尔佐夫解释"江格尔"这一名字的词义时说："江格尔"一词是波斯语，意为"世界征服者"[1]。新疆著名的研究《江格尔》的专家贾木查也认为史诗英雄江格尔的形象就是成吉思汗的艺术形象[2]。虽然史诗不是历史，但有其被创作出的历史背景。这种对历史和文化的关注和探寻，的确是必要的。一位人类历史上最有影响力的世纪人物，他的文化情怀和影响力至今还未消失，何况当时在本民族广大民众当中，无不赞不绝口。成吉思汗是蒙古民族大一统的缔造者和蒙古帝国的奠基人。12～13世纪蒙古铁骑几乎成为欧亚大陆上一场"旋风"，成吉思汗及其儿孙们率领的蒙古骑士势不可当，战无不胜，横扫欧亚大陆，征服了许多大大小小的王朝、诸侯、公国。在血与火的拼杀中，在智慧和力量的较量中，在统一与割据的衍变中，在封闭与开放的争斗中，横跨欧亚成就了蒙古帝国的伟业，形成占有3300万平方千米[3]的疆域，多个氏族部落和民族相融、多种文化交汇的大帝国为人类发展史增添了非凡的一页。史诗《江格尔》描述的宝木巴国首领江格尔也是与他的十二位勇士一同征服了许多大大小小的汗国，历经艰难险阻，建立

[1] 《江格尔》（俄文版的名词注释），埃利斯塔：卡尔梅克出版社，1989年，第358页（转引自贾木查：《史诗〈江格尔〉探源》，乌鲁木齐：新疆人民出版社，1996年，第82页。）
[2] 贾木查：《史诗〈江格尔〉探源》，乌鲁木齐：新疆人民出版社，1996年，第85-86页。
[3] Taagepera R. Expansion and contraction patterns of large polities : Context for Russia. *International Studies Quarterly*，1997，41(3)：475-504.

了宝木巴国。有人曾断定史诗中的英雄江格尔汗的原型就是历史上的成吉思汗。也有的学者认为蒙古族最早被文字记录的史诗是《蒙古秘史》。不言而喻，史诗是历史的反映。每篇蒙古史诗的英雄及其英勇事迹都让人想起包括成吉思汗在内的蒙古历代皇帝或领军人物的创业事迹。德都蒙古史诗《七岁的道尔吉彻辰汗》中英雄道尔吉彻辰的报复性争战行动，与成吉思汗西征的起因和经过很相似[1]。

学界通过对蒙古史诗的文化结构与世界各民族文化进行比较研究发现了蒙古史诗的文化接受和传播功能的非凡性。德都蒙古史诗文化所表现的多种文化性质也颇具特色。就德都蒙古《汗青格勒》《格斯尔》等著名史诗来说，它们就像一块巨大的吸铁石一样，随着历史的长河"奔腾"于自欧亚大陆至世界屋脊青藏高原的广阔天地，以军事、贸易、传教等各种渠道传播着历代各民族各色文化信息，并吸收其营养，日益完善，不断发展和成熟。笔者总观蒙古族史诗文化概貌后，简要总结为："史诗把蒙古族的民族形成、发展全过程中的文化的扩散—回缩—生成的循环规律及其一切文化现象，纳入一个严谨的史诗结构中，从而完成了一部部可供多学科进行多角度研究的资料文库。"[2]几年后的今天，笔者专门关注生活在青藏高原的德都蒙古史诗文化特征形成过程，进一步验证了上述结论。德都蒙古史诗对惨烈的搏斗的描述，往往是战火遍野，史诗勇士与蟒古思双方都遭到对方的野蛮抢掠和拼杀，战地充满血腥。刀光剑影的厮杀拼搏，让人们想到的是强弓硬弩，是马刀云梯，是手打脚踢，是血肉横飞。史诗勇士征战靠的是臂力和勇气，魁梧的勇士可以踏平草地，无坚不摧。但是，能征善战的勇士也不是没有文化的野蛮人，而是威武的文明勇士。史诗创作者也深知塑造史诗英雄的形象，必须符合时代和历史的需要，必须符合人类文明和审美的需求。勇士们应该既勇敢又文明，才能深受民众称赞和爱

[1] 余大钧：《一代天骄成吉思汗：传记与研究》，呼和浩特：内蒙古人民出版社，2002 年。
[2] 萨仁格日勒：《蒙古史诗生成论》，北京：中央民族大学出版社，2001 年。

戴。例如，德都蒙古史诗《汗青格勒》中这样描写两位勇士搏斗的情形：

> 他们站在两座山上遥遥相望
> 以牡牛般大小的石头互掷互打
> 打得满山的落叶松伤痕累累
> 打得高山深川夷为平地
> 打得清泉深水变成沼泽
> 两位勇士难分胜负势均力敌……
>
> 两位勇士对打
> 手到之处
> 撕下巴掌大的肉块
> 脚到之处
> 踢下铁锹大的肉块
> 像金螭一样相缠
> 撕下的肉块扔到了身前
> 像饿螭一样相互纠缠
> 俩人势均力敌胜负难分

这么勇敢魁梧且看起来非常野蛮狂妄的勇士，在接受上天帝王送来的圣水时，却彬彬有礼，恭恭谨谨，显得非常文明虔诚，心慈手软。

> 汗青格勒拿起圣水
> 恭恭敬敬放在头顶
> 接受了灵丹的神力
> 又滴在掌心里品尝

另外，两位勇士听到坐骑的劝阻和忠告后马上感悟动心，腾身而起。

> 互相结为兄弟
> 相互以舌尖舔舐
> 眼睛里的灰尘
> 以手掌擦拭
> 对方脸上的尘土
> 互相磕头结为安达……

124

　　两位勇士从此建立了纯真的友谊。在之后的行动中，他们以兄弟相待，互相帮助，共同创业，为民众带来幸福和安康。从两位勇士的上述举动我们可以了解到信仰的魅力，蒙古民族与天神之间这一永恒的约定，无论任何时候都能支配他们的行为准则。从不相识甚至凶猛搏斗的两位勇士，在上天帝王的圣水面前，简直判若两人。神圣不可侵犯的信仰和约定，培育着他们的社会公德和个人品德，使传统美德更加完美。蒙古民族对长生天的敬畏，对信仰规则的遵循和维护的良好氛围，表现在两位勇士的这一平凡而伟大的行动上，信仰已融入民众的血脉之中。

## 二、德都蒙古史诗文化阶段性特征

　　学术界把蒙古史诗分为三大类型，并认为："这三大类型的史诗标志着蒙古族英雄史诗的三大发展阶段。"[1]笔者赞同这种分类分段法。这种分类法有科学依据，并且切合包括德都蒙古在内的蒙古族历史文化发展的实际。蒙古史诗的产生和发展过程，是随着蒙古族历史文化的发展而发展的。根据学术界的观点，蒙古历史文化的发展过程，也

---

[1] 仁钦道尔吉：《关于〈江格尔〉的形成与发展》，《民族文学研究》1996 年 3 期，第 3-11 页。

具有三个阶段性特点。

## 1. 前蒙古历史文化发展阶段

6 ~ 12 世纪蒙古氏族—部落—部落联盟的发展过程和 13 世纪蒙古民族自身的民族形成与发展过程为蒙古族历史文化的第一发展阶段。这个阶段的文化是在北方民族起伏兴衰过程和民族融合—瓦解—再融合—再瓦解的循环过程中产生并发展而成的。德都蒙古史诗主题故事，也与整个蒙古史诗主题故事一样，常常描述至少三个部落，即勇士自己的部落或者氏族、未婚妻的部落或者氏族、蟒古思的部落或者氏族的争战离合过程。通过史诗勇士的聘娶未婚妻—征服蟒古思等艰苦历险，最后这三个部族聚合在史诗勇士脚下（因为征服蟒古思就等于征服了其背后的部落群体），成为三部分群体大聚合而过上了安宁幸福的生活。这种聚合的过程本身包含着曾经的分离或者"瓦解"。例如，《汗青格勒》《三岁古南乌兰巴托尔》《黑旋风》等史诗故事都是如此。史诗勇士与未婚妻各自所游牧的两个部落之间的空间距离非常遥远，隔山隔水，千里迢迢，快马加鞭驰骋需要三百年的路程。例如，勇士汗青格勒为聘娶远在天边的未婚妻而远征时，"快马奔驰，不知岁月。雪花飘时才知道是冬天，雨水绵绵时才知道是夏季"[1]，不知经历了几个春秋，那么遥远。但这两个部落曾经有过在邻近草场一起游牧的历史，因为勇士与未婚妻是指腹婚，他们的父辈们曾经在一起打猎、游玩，并约定俩孩子的婚事，后不知什么原因他们分离而游牧到彼此"见不到人影、听不到声音"的遥远的地方，成为两个部落的首领，表现出游牧民族几度悲欢离合的聚散过程。蒙古历史文化发展的这一时期，是蒙古史诗从基本的两个题材发展成为单一情节史诗的时期。例如，拉施德在《史集》中记载的关于忽图剌汗的史诗，也许就是在这一历史文化发展时期产生的。关于蒙古史诗所反映的社会制度问题，学术界讨论许久。就拿史诗《江格尔》而言，它是反映奴隶制社会的氏族之间或者氏族与部落之间的征战，还是晚期的部落之间或者部落与民族之间的征战等问题，学者各持所见，众说不一。史诗研究专家贾木查认为，"江格尔可汗及其英雄同仇敌进行的流血战斗，不是原始氏族之间发生的战斗，而是部落或民族之间发生的战斗"[1]。的确，蒙古史诗中既保留着远古氏族时期的社会文化痕迹，又描绘了晚期各社会发展进程中的各个时期的文化因素。在上述德都蒙古《汗青格勒》等史诗中，史诗英雄在野外几乎单枪匹马历险，没有江格尔那样十二位雄狮勇士、三十三位伯东勇士的大汗风度，表现出氏族或者部落头人的原型痕迹，同时也描绘拥有大批畜群和佣人，占有广阔国土的封建贵族大汗的生活气象。这就是活态史诗口耳相传至今的特殊奥妙。

### 2. 扩张时期历史文化发展阶段

蒙古族历史文化发展的第二阶段是 13 世纪初到 14 世纪末的近 200 年的蒙古族军事扩张时期。西征后，蒙古族在中亚、中东、东欧地区实行了统治，横跨欧亚大陆建立了大元帝国和四个汗国，在一定意义上成为东西南北世界文明相互交流的载体，扩大了人们的想象力，开通了传播知识和方法的渠道。这均影响了蒙古史诗在内的整个文化的发展变化和成型。有些人以现代价值观标准来衡量成吉思汗西征，并持否定态度，将其看作只是一场灾难或者野蛮人的行为。但也有不少人以历史的角度分析其功过，从一分为二的观点认为，成吉思汗西征就像世界上所有的战争一样，造成灾难的同时打通了东西方经济文化交流之路，缩短了距离，改变了世界历史发展的方向，对世界历史的发展产生了不可替代的影响。笔者认为不用谈论"西征"本身的对

---

[1] 贾木查：《史诗〈江格尔〉探源》，乌鲁木齐：新疆人民出版社，1996 年，第 14 页。

或错，通过"西征"，成吉思汗及其子孙不仅影响了世界历史的发展轨迹，还接受了所到之处的各种文化。我们应以历史的眼光，从当时的标准出发，以实事求是、求真务实的态度分析蒙古族扩张历史的影响。

同样，17世纪和硕特部固始汗进藏所带来的文化交融和影响也是多方面的。固始汗在青藏高原建立和硕特汗廷，在其后的近百年期间，其子孙建立了较为稳固的统治，逐渐奠定了德都蒙古文化的地域特色和阶段化的基础。蒙古史诗不仅仅是故事而已，其主题和思想内容是蒙古民族的社会文化与历史发展的一种反映。研究蒙古史诗的专家普遍认为，蒙古史诗是对于蒙古封建社会贵族与统治集团之间的争战，或者部落之间占领与被占领之战的写照。著名史诗专家仁钦道尔吉认为，"英雄史诗广泛地反映了古代社会历史和意识形态，保留着在古籍中没有记载的珍贵资料，为研究古代社会的各门学科提供无穷的信息"[1]。的确，詹巴蒂斯塔·维柯（Giambattista Vico）在社会学研究的过程中发现了荷马（Homer），并以古代希腊社会研究的成果来考察荷马的史诗创作，在《新科学》（Scienza Nuova）这一社会学名著中阐释了史诗与其所产生的时代背景和社会发展史，有着密不可分的联系。德都蒙古史诗同样也反映了当时蒙古在青藏高原的封建社会政治制度和社会矛盾，当然也保留着蒙古传统史诗的部落战争式内容。

我们从民族性与社会存在来着眼关注史诗时，发现每个民族关于英雄的历险故事都会有一种人性化真理，这就是作为人类一致的观念所必需的真理基础。在史诗《江格尔》中，江格尔、洪格尔、萨布尔等勇士，曾经是各自独立王国的首领，而且互不相识，但是战争的结果使他们能够走到一起，共同建设宝木巴家园而为民造福。在蒙古历史文献《蒙古秘史》中，铁木真与博尔术（Боорчи，Bo'orchu）[2]两位勇士也是互不相识，但博尔术得知铁木真的马被盗后毫不犹豫地协助铁

---

[1] 仁钦道尔吉：《蒙古口头文学论集》，北京：社会科学文献出版社，2011年，第1页。
[2] 一译孛斡儿出。

127

第三章　德都蒙古史诗历史文化阐释

木真夺回被盗的牧马。以此为契机，两人，结成好友"共履艰危，义均同气，征伐四出，无往弗从"[1]。同样，德都蒙古史诗《汗青格勒》中，汗青格勒勇士与玛德乌兰勇士也素不相识并进行搏斗，生死搏斗的结果也是成为结义兄弟，共同历险，聘娶遥远的未婚妻，实现愿望，创造幸福家园，造福民众。这种人人所向往的史诗世界是由民众所创造的，并且在那样的人文规则和社会制度中，全人类都一致向往并为此付出代价。因为，这就会向人们提供人类最普遍的永恒的原则。根据这些原则，人类能够生存并延续至今。蒙古史诗的婚姻和争战两大主题，无论是在野蛮时期还是文明时期，都精细而隆重，以人类共同观念必有的真理为基础，勇士为此付出艰辛的代价。民众也代代相传讴歌这些勇士的历险行动，是因为他们代表着真理，代表着民众的愿望。

　　蒙古族至今延续着隆重的婚俗，而且保留着史诗时代的许多精彩的内容，纪念或象征着祖先远古的传统，以保持人类最普遍的真理。勇士经过种种刁难式的考婿历险取胜后，聘娶哈屯（Хатан，Qatun）[2]启程回乡。这时，女方的父母常常听取女儿的意愿，让女儿选择嫁妆和陪同人员。聪明的女儿常常提到"除了当年的畜羔之外什么也不带"[3]。这是游牧社会一项致命的选择，从而整个部落会跋山涉水，不远万里跟着嫁到远方的女儿迁移。千里之外的两个部落，因这一震撼世界的隆重的婚礼而走向合并，聚合在勇士脚下。这不仅仅是战争的结果。精细而隆重的勇士婚礼，有如此宏大的效应，难怪蒙古族婚俗流传至今，对女方嫁妆的重视程度有其根深蒂固的历史来源。蒙古族婚俗的聘礼制度，男女双方都必须虔诚地遵守。蒙古族婚俗制度不仅

---

[1]　佚名撰，巴雅尔注释：《蒙古秘史》，呼和浩特：内蒙古人民出版社，1982年，第9节；札奇斯钦：《蒙古秘史新译并注释》，台北：联经出版事业股份有限公司，1992年。

[2]　又作"可敦"，即皇后，是鲜卑、突厥、契丹、蒙古女性的最高头衔。

[3]　传统上，蒙古民族将家畜作为人类一员来对待。他们认为，不管是马、牛、骆驼，还是绵羊、山羊，都与人类一样对子孙后代负成长责任，赋予它们关爱和扶持。在成长时期不忍心丢弃或离开。所以，当年出生的畜羔要走到哪里母畜就会跟到哪里，以尽到责任或者以表母爱。同样，爱女嫁到远方，父母也不忍心留下就跟着走。这是合乎情理的规则。

仅是约定俗成的民间法，而是当时的社会政治制度所支配的法定规则。1640 年的《卫拉特法典》（*1640 оны Монгол Ойрадын Их Цааз*）中，包括各阶层人员的婚俗聘礼标准。这也是自古老的史诗时代传承下来的民间习惯法基础之上形成的制度条文。在德都蒙古史诗《汗青格勒》中，汗青格勒勇士的父亲巴音呼德尔阿拉泰汗与娜仁赞丹公主的父亲巴拉玛格日勒汗曾经在一起打猎时，就定下了二人的婚事。

> 说出了三句郑重的誓言
> 巴拉玛格日勒汗答应
> 把爱女娜仁赞丹公主
> 长大成人的年龄
> 就许配给巴音呼德尔阿拉泰汗
> 独生太子汗青格勒

　　这种婚约在史诗社会中，是一种必须无条件地遵守的制度。按现代人的概念或思路，汗青格勒勇士完全可以不冒这个险千里迢迢去遥远的地方求亲。原因如下：①路途遥远得飞鸟飞到的时候筋疲力尽，雄鹰飞到的时候再难展翅，锦鸡在路途上孵蛋三次。勇士得单枪匹马冒着危险去这么遥远的地方。②去"巴拉玛格日勒汗的家乡有难以逾越的毒海"，勇士有被毒死的危险。③已有难以战胜的情敌——滕格林呼鲁格呼和巴特尔抢先求亲聘礼。④身份高贵富丽堂皇的汗太子，哪能找不到合适的人选呢？他根本不需要冒这个险。按照现代的这种思路，很难理解汗青格勒勇士那种艰难的历险行动。但以古人的那种制度意识、法律意识来衡量，游牧人的口头约定就有神圣的法律效应。一旦有了约定，就得冒生命危险去履行这个约定所赋予的职责。这不仅仅是勇士的个人行为，还是这一民族或氏族部落共同的真理基础支配的行为。这种全民族共同的约定俗成的习俗，指使他们都要从这种制度开始去创建民族的大业，所以他们都必须无条件地遵守这种制度，以免家园的毁灭或家族的离散。因此，他们把这种永恒的普遍的习俗当作本民族或氏族部落的头等重要的原则。的确，蒙古史诗所有题材的史诗故事，可以简单地描述为：一位精明勇敢的英雄为了聘娶哈屯而启程远方，经过种种历险，为此搏斗、接受考验、冒险奋斗、卖命获胜并凯旋，最终全民族、全家园过着幸福美满的生活。苏联著名蒙古学家符拉基米尔佐夫总结蒙古史诗故事情节为：英雄争得勇士荣誉；远征聘娶美丽的妻子；占有牲畜、庶民、战胜并征服侵略者等[1]。实际上，概括地说，按照人类发展制度的本质，这应该是一种通行于一切民族的普遍规则，以各民族不同的方式去掌握在人类社会中行得通的、必需的这一制度和规则的实质，并且按照这些制度在各民族中所实施的许多不同的形态，把它表达出来。一些蒙古史诗故事或凡俗智能中的公理对此提供了证明，这些史诗故事或公理尽管在意义实质上大致相同，在古今不同民族或不同氏族部落中却有不同的表达方式。例如，德都蒙古史诗《汗青格勒》所描述的故事与古希腊史诗《伊利亚特》（*Iliad*）所描绘的故事属于各自独立发展出来的不同时代的不同民族的两种完全不同的事件，却可能有一个共同的意义或规律。

有趣的是，在几乎所有德都蒙古史诗中，主人公除了勇士、未婚妻、父母、蟒古思[2]等人物之外，常常出现一位至关重要的人物——勇士的情敌，而且这位情敌似乎不是凡人，往往带上"天之子"这么一个定语加以修饰。在《汗青格勒》中出现的勇士情敌是滕格林呼鲁

---

[1] 〔俄〕鲍·雅·符拉基米尔佐夫：《卫拉特蒙古英雄史诗》，见〔蒙古〕乌·扎格德苏荣编：《蒙古英雄史诗原理》，乌兰巴托：科学院出版社，1966年，第68页。

[2] 这四位主人公只是四大系列人物的标签。例如，勇士系列人物有：勇士父母、坐骑、仆人（包括马倌、牧羊人等）、猎狗、猎鹰、天仙三姐、黑眼睛妹妹等。未婚妻系列人物有：父母、仆人（包括占卜人、牧羊老人等）。家园系列人物有：放牧各户包括阿都沁 Aduguchin（放牧马群户）、浩尼沁 Qonichin（放羊户）、特木格沁 Temegechin（放牧骆驼户）、乌和日沁 Uherchin（放牛户）、亚麻沁 Imagachin（放山羊户）等。蟒古思系列人物有：天大肚子的蟒古思夫人、刚刚出生的蟒古思铁体儿子、蟒古思的坐骑、猎狗等。

格呼和巴特尔。在《三岁古南乌兰巴托尔》中古南乌兰勇士的情敌名叫滕格林乌图夏日。在卫拉特著名史诗《江格尔》中，勇士洪格尔的情敌名叫滕格林陶格步苏。这也是蒙古史诗文化的一项值得探究的话题。"腾格尔"意为：天，天空，天体等。"滕格林"就变成了所属式，意为：天的，天上的，上天的。那么，为什么蒙古史诗中往往有这么一位与"天"有关系的人物出现在最关键时刻，并与勇士争夺早已有约的未婚妻呢？这一人物有何历史根源吗？这大概与蒙古古老的天神信仰有关系。蒙古人在历史上曾经信仰过许多宗教。成吉思汗的宗教信仰自由政策，对蒙古族文化的开放式发展和多元性特征的形成起了决定性作用。但对天神或者长生天的信仰始终贯穿每个时代并持续至今。《蒙古秘史》记载了阿兰豁阿的母亲"五箭训子"的故事。在故事中与朵奔蔑儿干之后所生三个儿子相关的那位每夜从天窗而进，又"随日月的光，恰似黄狗般爬出去"的黄白色人，阿兰豁阿的母亲解释说："这般看来，显是天的儿子，不可比做凡人，久后他每做帝王呵，那时绕知道也者。"[1] 这位"黄白色人"或者"黄狗"显然也是与史诗勇士的情敌"天之子"相关的。"黄狗"蒙古语直译为"夏日闹海"。这一"黄狗"在原故事中也许是个人名，或者指真的狗，或者是狼的别名。蒙古人对狼有几种别名，如"滕格林闹海（天狗）""尕孜仁闹海（地狗）""夏日闹海（黄狗）""乌图夏日""乌图呼和"等。但在后人的记忆中，阿兰豁阿母亲的这则故事，却成为一种公众记忆，影响着民众的想象和思路。在蒙古史诗中，与勇士未婚妻或者哈屯相关联的"滕格林乌图夏日"等形象，无疑就是历史故事产生的公众记忆的结果。

另一个有趣的情节是，关于勇士未婚妻的消息，德都蒙古史诗勇士未婚妻的消息来源有好几种。其中常见的有：白胡子老翁（Цагаан Өвгн，Sagaan Ubgen）阿格萨哈乐（Agsahal）或者某可汗的牧羊老人，

---

或者乌鸦，或者一种小鸟等。有的从遥远的地方专程来报告勇士的指腹约定的未婚妻已经被前来的滕格林某某求婚；有的在过路时谈论相关勇士未婚妻的信息；有的是未婚妻托梦给勇士以告自己被别人聘娶之危机信息；也有勇士自己向父母打听未婚妻的信息。

在史诗《汗青格勒》中，告诉勇士未婚妻消息的是，娜仁赞丹公主的父亲巴拉玛格日勒汗的仆人，牧羊老人用洪亮的声音

告诉两位年轻人
"娜仁赞丹公主
到了婚嫁的年龄
滕格林呼鲁格呼和巴特尔
闻讯来到我们这里
定下了迎娶的聘礼
住下来已有三天三夜
你们俩人速速赶到那里
上天的呼鲁格呼和巴特尔
还在那里停留"[1]
听到这个消息后
两位无敌的勇士
快马加鞭飞驰而去

在古代蒙古社会中"失约"是一种犯罪。汗青格勒勇士未曾见过未婚妻娜仁赞丹公主，不一定有那么深的感情。但是两位父亲早已约定这门婚事，便不可违背那神圣的"口头约定"。

古代蒙古人的口头婚约具有不可违背的法律效益，是约定双方必须履行的义务。他们的婚约性质是法律行为，而不是事实行为。口头

---

[1] 乔格生演唱的版本。

婚约作为一种制度具有很强的约束力。一旦立下约定，双方就必须以未婚夫妻的身份来履行应尽的职责和义务。所以，不仅仅是蒙古史诗勇士冒着生命危险去聘娶未婚妻，以履行法律责任，连预约一方的未婚妻也积极寻找机会传达信息给遥远的勇士，以防滕格林某某前来提亲聘娶。勇士听到消息而不去聘娶，是勇士失职。但不传达信息、不等勇士前来聘娶而另嫁他人，是未婚妻未尽责，就犯下杀头之罪。例如，在《江格尔》中，洪格尔的未婚妻不顾婚约擅自与滕格林陶格步苏结婚，导致二人双双被洪格尔杀死。这似乎是法律赋予洪格尔的权利。因为未婚妻违反法定婚约在先，理应受惩罚，所以民众没有责怪洪格尔惨无人道，反而歌颂洪格尔的英雄事迹。

　　德都蒙古史诗勇士的争战也常常是敌对方挑起的。例如，勇士不在期间乘机赶走马群，或者踏平家园、带走人畜，抢妻或者占领整个国土和汗位等，由此而激怒勇士，勇士才出征。这也可以说是对包括成吉思汗一生所打的 60 多场战争在内的蒙古民族战争历史的一种艺术反映。成吉思汗征战了一生，这绝不是因为他好战，而是严酷的历史逼迫他不得不选择战争，就像蒙古史诗英雄一样。成吉思汗出生之前，其先祖就被金国皇帝钉死在木驴上，这种侮辱和仇恨必须报复。德都蒙古史诗《美须公克勒图盖》中也是两位儿子还没出生时赫勒图格就已经被蟒古思杀害。成吉思汗还未成年时他的父亲就被塔塔儿人毒死；他还未来得及当家就被同族人抛弃，被塔塔儿人追击，被蔑儿乞人夺妻，一时似乎跌进苦难的深渊。成吉思汗不得不选择战争来克服眼前的困境。当然这不仅仅是报杀父之仇、夺妻之恨而已。选择战争主要与成吉思汗遵守草原上的权利义务、法律道义的正义感有关联。正是因为他急于夺回妻子，以稳定人心，保持草原太平常态，人畜安宁，所以和其他人借兵，欠了人情债，为了还债，又得赴约参加新的战争。波斯历史学家阿塔-马立克·志费尼（Ata-Malik Juvayni）在描写和分析成吉思汗西征的起因时，常常举出花剌子模海儿汗（亦纳勒术，Inalchuq）[1] 杀死蒙古 450 人的商队，花剌子模国王又杀死了成吉思汗要求引渡罪犯的正使，激怒了成吉思汗，直接导致了成吉思汗西征[2]。这是历史事实，而蒙古史诗中也常常会出现类似的情节。的确，花剌子模人的所作所为，就像蒙古史诗中的蟒古思，是对史诗勇士的无视与侮辱。类似这种残杀事件，在当时的社会制度下，理应引发一场战争或搏斗。蒙古史诗中所有战争都是敌方的无理行动引起的，或者赶走英雄方的马群，或者抢走勇士的爱妻。这都是本民族历史记忆的一种反映。德都蒙古史诗的所有争战，也都不是勇士一方挑起，往往是对方挑起的。就像成吉思汗西征的对手花剌子模国王阿拉丁·摩诃末（Ala ad-Din Muhammad）一样，史诗中的蟒古思也是狂妄自大，目中无人。他之所以敢于杀死成吉思汗的正使，也说明他不仅狂妄自大，而且蛮横无理[3]，从而引起更加残酷的战争。在德都蒙古史诗《三岁古南乌兰巴托尔》中，在勇士出征远方之际，滕格林乌图夏日来侵占勇士的家园，霸占勇士的爱妻。滕格林乌图夏日，竟然躲在勇士宫殿里，谋害勇士。勇士的爱妻也变心，与滕格林乌图夏日勾结策划杀死勇士，从而引起一场毁灭性争战。古南乌兰勇士在天仙三姐的帮助下神奇地起死回生后，为复仇而远征他乡，日夜赶路，到达遥远的目的地，消灭滕格林乌图夏日，并收复其领土和庶民，过上了幸福安详的生活。类似的情节或多或少地反映着蒙古民族早期历史，或者重温民众对一些英雄人物崇拜和历史事件的记忆。

林耀华等学者认为，人类最初的信仰是因对各种自然现象不解而产生的。古人百思不解大自然的奥妙，在感到神秘的同时产生恐惧感，从而神化自然，"并把它们作为崇拜的对象。这样就产生了最初的

[1] 中亚花剌子模国讹答剌城守将，康里人。拉施特的《史集》把他写作亦纳勒出黑（Inalcuq），他被封为讹答剌城的海儿汗（哈迪儿汗，Qadir Qan）。
[2] 〔波斯〕志费尼著，〔英〕J.A.波伊勒英译，何高济译：《世界征服者史》，呼和浩特：内蒙古人民出版社，1980年。
[3] 花剌子模国王摩诃末也是世界征服者，他已经征服了伊斯兰世界的许多国家，并企图在征服伊斯兰教主哈里发之后，再出兵征服斡罗思并征服东方。

宗教"[1]。同样，英雄崇拜，也是人们对社会动荡和残暴势力深感无奈，而幻想借助那些力大无比、神通广大、大难不死的勇士来镇压那些残暴势力，以拯救民生。英雄史诗是对这种民族历史事件的记忆和民众幻想的一种描述。在蒙古族历史上，从成吉思汗，到我们所关注的德都蒙古早期首领固始汗及其子孙，多少个超群出众的英雄人物，多少个伟大的可汗，都成为每个时代的民众崇拜的偶像，成为他们的赞歌的主题。这种文化土壤滋养了史诗的生成过程，表现出蒙古史诗文化的这一阶段性特征。

### 3. 东南亚文化的影响

东南亚不管在地理、气候等自然特点还是在民俗民风等人文特点上，都是一个具有多样统一性的地域，完全不同于青藏高原。地理条件方面，大陆与岛屿并存，山地与平原同在；气候条件方面，亚热带与热带气候过渡；人文条件方面，多民族迁徙和各民族之间的文化交往，构成了多样的生活模式及多彩的民族文化。一般称之为"外印度"的南亚文化与蒙古文化的交流，无疑与印度文化影响有关联。随着"印度化"程度较高的占婆王国的覆亡，中原文化逐渐开始影响东南亚各地区。包括口承文化在内的各种固有文化并非变化得面目全非，而是各自保持了一些极为显著的特征。蒙古文化也不同程度地吸收包括高丽和日本在内的东亚及东南亚诸民族文化信息的滋养。对于蒙古文化接受空间的大环境，之所以要做这样的划分，是因为在这样一个范围广阔的大区域内存在着许多共享的文化特质，将它们置于同一文化背景之下进行考察，更有利于我们正确认识各个不同地区之间的文化共性与特色。蒙古族的特殊文化构成也反映在民间口承文化上，从而培育出独具特色的蒙古史诗文化。当然，蒙古史诗文化在总体特征上归

---

[1] 林耀华主编：《原始社会史》，北京：中华书局，1984年，第393页。

属于北方游牧文化系统，但它与该系统中其他地方的区域性民间史诗文化的最大区别就在于它同时受到欧亚大陆和东南亚岛屿两大文化的影响，而其固有的游牧文化的强大生命力，又赋予它开放式的独特个性。学者在解读蒙古史诗文化的各个细节时发现，蒙古史诗文化不仅仅是以北方草原、蒙古高原、青藏高原及欧亚大陆各民族的各种宗教和文化的各种信息为土壤，还吸收或参照东南亚各民族文化信息，以丰富和滋养本民族本土文化。

不言而喻，德都蒙古史诗也受到东亚及东南亚各民族文化的影响，这与德都蒙古乃至整个蒙古族历史文化的发展进程有着密不可分的关系。蒙古族与东亚各民族的接触，表现在与高丽和日本的关系上。蒙古族与东南亚各国各民族接触，是在忽必烈灭南宋、东征日本时开始的。蒙古族与东南亚各民族接触时期（13 世纪前后），正是著名的印度史诗《罗摩衍那》传入爪哇、马来西亚等东南亚诸民族中的时期。战争当然不是文化传播的直接途径，但也不能排除文化接触、接受或传播的可能性。蒙古知名学者策·达木丁苏伦（Цэндийн Дамдинсүрэн）认为，蒙古民族接受印度文化，始于 13 世纪，在成吉思汗之孙蒙哥汗时期就把印度著名寓言故事集《五卷书》[1]（Panchatantra）翻译成蒙古文，以用于教材[2]。之后包括《罗摩衍那》等史诗在内的许多经典史诗被翻译成蒙古文流传于民间，丰富了包括蒙古史诗在内的民间口承文学。

蒙古族历史文化发展的第二时期，还关系到与中国版图内的各民族文化的接触和接收过程。这一范围所涉及的民族和地区有契丹、女真、畏吾儿、西夏、西藏和西南诸民族等。特别是德都蒙古 17 世纪中叶进入青藏高原之后，不仅仅人文环境发生了变化，整个自然环境，

---

[1] 《五卷书》（梵文：Panchatantra）是古印度故事集。用梵文写成，因有五卷而得名。最早的可能产生于公元前 1 世纪。流行较广的本子为 12 世纪一耆那教和尚所编订。现在流传各种版本的本子。

[2] 〔蒙古〕策·达木丁苏伦：《蒙古文学史》，呼和浩特：内蒙古人民出版社，1957 年，第 182 页。

生活和生存环境均发生了变化，从而包括德都蒙古史诗在内的各种文化习俗都发生了变化。海拔和日晒强度使他们的肤色变成红褐色，气候使他们的服饰样式和质地发生了变化。地貌植被使他们的饮食习惯也发生了巨大的变化。进入佛教圣地使他们的信仰也产生了变化。这些变化不仅仅表现在文化上，还表现在体制上。

记得蒙古国著名民俗学家浩·桑布拉登德布（Хорлоогийн Сампилдэндэв）院士曾经说过这样一段话：如果诸蒙古部在以后的岁月中没有形成统一的蒙古民族建立蒙古帝国，也没有走向世界，或许蒙古人将一直局限于蒙古高原，按着游牧民族自身的发展规律，创造并发展一种更具蒙古特色的民俗文化[1]。这充分说明了蒙古民族文化成分的复杂性、多样性和复合性，以及其形成过程中所接触到的和所涉及的人种之多、时空范围之广大。的确，蒙古族文化历来不是封闭式的、固定性的，而是走出蒙古高原，走向世界的开放性的、活态性的、生成性的文化。他们在接受西方商业文明的同时，也在接受东方农耕文化，结合自身传统的游牧文明，把自己游牧民族的文化与东西方农商文化融为一体，在这种多方面文化交流过程中，也总结出了经验，创造出更加有活力的活态文明。蒙古上层官员一向非常爱惜人才，不分民族、不分阶级阶层，只要有贤才就加以重用。通过这些各族各阶层的各行人才，蒙古人可以吸收到各民族、各阶层的各种先进文化，以此不断充实自身文化。蒙古上层对待各种宗教采取较为宽容的态度。在西方，他们接受伊斯兰教、基督教的各种先进文化，在东方则接受儒、道、释三教之道，同时也保持自己传统的萨满教文化，构成一个多成分的信仰环境。法国学者德阿·托隆曾用蒙古景教教堂的十字架浮雕来印证当时宗教包容的氛围（图 3-1）。

**最复杂的文化组合：**四只金刚杵原是古印度的一件兵器，后被佛

---

[1] 2004 年 6 月 8 日采访记录，32 号笔记本 13 页。

图 3-1　象征宗教融合政策的景教十字架浮雕

资料来源：〔法〕德阿·托隆著，宝音布格历译：《蒙古人远征记：草原帝
国争霸史》，上海：上海社会科学院出版社，2003 年，第 190 页

教吸收为最常见的法器之一。由金刚杵组合成的十字架却是基督教的标识，十字架内部的阴阳鱼是道家的符号。金刚杵图案如西方的王冠，王冠上的圆环却是东方的龙的形象。如此复杂的文化组合在同一石雕中，只有蒙元帝国才有可能实现。[1]

蒙古兴起时期，在欧亚大陆上，基督教、伊斯兰教、佛教、道教等诸教盛行，蒙古民族在其发展过程中，从接受蒙古高原及北方诸民族文化开始，随着其民族的强大和扩散，不断接受中原汉文化、中亚波斯文化、中东阿拉伯文化和东欧基督教文化。因此，可以说，蒙古文化从其形成初期开始就是一种多样化、多元性的文化。和硕特蒙古在进入青藏高原的时代，早已经滋生了接受异文化、新文化、他文化的同时保留和发扬自身传统文化的"免疫功能"。

成吉思汗统一蒙古高原后，蒙古的势力很快壮大，威信日增，因

---

[1]　〔法〕德阿·托隆著，宝音布格历译：《蒙古人远征记：草原帝国争霸史》，上海：上海社会科学院出版社，2003 年，第 190 页。

而许多民族或部落纷纷以蒙古自称。有些民族"小河流进湖一样"[1]自愿归服于蒙古。这正像史诗《江格尔》中称赞名扬四海的江格尔可汗时所描写的那样:"近者叩拜在他脚下,远者叩拜在他名下"。

成吉思汗有个一贯政策就是惩罚抵抗者,保护归服者,所以很多氏族部落为保护自身民族,就投奔蒙古。对成吉思汗来说,虽然蒙古国力鼎盛,但如果能用和平方法减少树敌面,则是保护蒙古国力和军事实力的好办法。这就是他多次在攻击一个民族或国家之前必须派遣使节询问是否归顺的目的,也是他的战略之一。成吉思汗几乎每次出征攻击一个民族或国家前一定派使节询问,如他攻击日本前曾前后五次派使节,史诗《江格尔》中也出现江格尔汗派使节去"问清对方是战是和",这可以认为是这一情节生成的土壤。

蒙古与畏吾儿、西夏、西藏及西南诸民族、中原汉民族等周边诸民族和国家地区的关系,虽然也是以战争开始的,但在接触交往过程中,诸民族的政治、经济、风俗习惯、宗教信仰等各方面的文化,相互影响,相互启发,相互通息,甚至相互融合同化。蒙古民族在其文化形成时期接触了这么多的民族,扩展到这么广阔的领土,其文化的相互关系方面也都有很值得追寻的历史踪迹。

以上是蒙古族历史文化发展的第二阶段——蒙古族四方扩散时期的蒙古民族与周边民族和国家地区的文化交流关系的概况。根据这一轮廓,我们可以勾勒出蒙古族文化扩散略图,即蒙古族历史文化发展第二阶段的全貌。这一阶段也是蒙古族文化较大限度地得到多元化发展、接触、接受、传播、再发展时期。与此相对应的蒙古史诗文化的发展进程为:单篇型史诗发展成为复合型史诗的阶段。这一时期东西南北各种民族文化的各种信息,给蒙古史诗文化注入新鲜血液,滋养各种母题的新生。这也是蒙古史诗文化的历史大环境。

---

[1] (清)尹湛纳希:《青史演义》,呼和浩特:内蒙古人民出版社,1985年。

作为蒙古族走入国际历史舞台之前的先期文化，古代萨满教文化的痕迹贯穿于早期蒙古族文化的方方面面。从生产到生活，从民俗到信仰，处处都有萨满文化的影子。比如，祭山神、祭敖包、祭火神等宗教民俗活动仪式，都源自萨满文化。但是，经过蒙古帝国版图的扩大，横跨欧亚大陆建立大元帝国和四大汗国，包括向东南亚的扩展，其结识并接触各种民族、部落、氏族的各种文化，带来了许多文化更新和创作。研究蒙古史诗多元文化不仅将解密蒙古传统文化的古萨满文明，还将揭示蒙古与古印度、古波斯，甚至与古希腊之间文明及文化的互相影响、融合的历史。实际上，蒙古史诗就是蒙古族一切历史、宗教和文化的滥觞与源头，是研究蒙古族古代文明及其演变过程全貌的极其珍贵的资料，这也是蒙古族任何文化研究者都无法绕过的一块重要领域，是蒙古族文化的口承百科大全。

### 4. 蒙古退归大漠后的历史文化阶段

退出中原的元廷统治集团回到漠北的广阔草原后依然维持着自己的统治，并且坚持元朝的国号，史称北元。元朝统治回到草原标志着蒙古民族扩散时期的结束，也标志着蒙古族历史文化发展的第三阶段的开始。蒙古族政治、经济、文化中心又回到北方草原。蒙古族文化经过长达近200年的扩散后，回缩到蒙古高原，为蒙古民族文化或者蒙古史诗的生成积累了丰富的历史经验。这也是德都蒙古史诗作为整个蒙古族史诗文化的一个分支，继承、保留和发扬至今的文化根基。早期传统的萨满教实际上已经不仅仅是一种单纯的宗教信仰，而是蒙古族文化体系、哲学思想、民风民俗、民族精神和整个游牧民族独特的社会教育的基础，特别是对蒙古史诗的形成和发展起到了重要的作用。"古代蒙古人认为，萨满教的神是英雄史诗的创作者和传授者，史诗英雄是神的化身或者本身就是神。"[1] 但到了北元时期，蒙古人历经大元和北元两代佛教文化的熏陶，佛教也广泛渗透于民众的社会生活的各个方面，在这种文化背景下，民间信徒和高僧文人（包括民间艺人）辈出，文化事业迅猛发展。在整个元朝，自 13 世纪中叶至 17 世纪中叶的 400 余年间，民间文艺活跃，名师辈出，创作了不少浅显易懂、富有哲理的政教诗歌和不朽的史诗篇章。著名史诗研究专家仁钦道尔吉认为史诗《江格尔》等许多著名史诗是在这一时期形成的。德都蒙古史诗可谓是在这种浓厚的宗教文化潮流中产生并发展的集大成之作。综观德都蒙古史诗，其不仅有独特的地方特色和深刻的思想性，还具备很高的艺术性，史诗的曲调神韵引人入胜。后人对史诗的审美价值的关注，有助于我们对蒙古史诗艺人所创作的独特的艺术风格进行较深入的研究和系统的探讨，向世人展示蒙古文化丰富多彩的形式和广博精深的内涵。德都蒙古史诗的艺术价值和学术价值均非常高，只从民间文艺的角度看史诗流传的生命力是远远不够的，我们对其艺术性有重新审视的必要。《汗青格勒》等史诗对于研究早期蒙古诗歌体系、诗文特点和艺术形式来说，无疑是非常重要的，其中蕴含着珍贵而相当丰富的蒙古族社会历史、人文景观、宗教文化的闪光点。

---

[1]　仁钦道尔吉：《蒙古英雄史诗论》，台北：唐山出版社，2007 年，第 72 页。

# 第二节
# 德都蒙古史诗文化交流及其途径

人类文化信息的传播交流的途径是多种多样的。早期人类的文化信息跨国跨海各地传播，大都依靠航海者、探险家、传教士、商队、流浪艺人等人员的长期实地考察、眼看、耳闻、口传和记述的资料，进行跨文化传递和交流。类似的周游世界的各类人员的见闻已成了人类文化传播和交流的基本途径，随着时代的演变，人类文化的交流方法和途径也比过去更加完善和便利，传递速度也越来越快，交流范围也越来越广，从而有助于破除民族之间的很多隔阂，帮助人们摆脱封闭思想的束缚，客观地认识他人和自己的行为，消除人种之间、民族之间的偏见，增进民族之间的相互了解和理解，促进人类社会相互交往和互补。

## 一、文化交流的途径

蒙古民族扩散于欧亚大陆，并与欧亚各民族发生文化关系，相互融合、相互影响、相互接受各自先进的实用的文化。这种文化交流和接受过程的信息综合途径是多种多样的，如军事征战（驻军融合）、传教、驼队、商路、和亲（畏吾儿归顺、蒙古公主下嫁）、探险等。

表现在通过军事征战的交往交流：蒙古统一蒙古高原，统一中国大陆，并向中亚、中东、东欧、南亚、东亚等四面八方扩张、占领、驻军管辖、融合同化……，建立四个汗国，在与本土蒙古的往来，以及在外争战与本土蒙古帝国援军的往来等所有过程中，不断接触新的民族，不断接受新的文化，不断交流本土文化，从而形成二合一、三合一甚至多合一的新的多元文化体系。

表现在通过商业互通的交往交流：中亚及蒙古高原天山南北地区是东西南北商路枢纽，而且蒙古族实行驿站制度，实际上形成了以驿路为中心的欧亚商路网络。"此条商路网络大致以察合台汗国首府阿力麻里（Алимали，Almaliq）[1]为枢纽，东西段均分为两大干线。东段商路中，一条由蒙古帝国都城哈喇和林（Хар Хорум，Karakorum）西行越过杭爱山（Хангайн нуруу，Khangai Nuruu）、阿尔泰山（Алтайн нуруу，Altai Nuruu）抵乌伦古河（Өрөнгө Гол，Orongo Gol）上游，然后沿该河行至布伦托海（Булган Тохой），再转西南阿力麻里。另一条由元大都（北京）西行，由宁夏过黄河入河西走廊，然后或由天山北道抵阿力麻里，或由天山南道入中亚阿姆河（Amu Darya），锡尔河（Syr Darya）两河地区。西段商路中，一条由阿力麻里经塔剌思（Тараз，Taraz）[2]取道咸海、黑海以北，穿行康里钦察（Kangly Kipchak）草原抵伏尔加河下游的撒莱（Сарай，Sarai），再由此或西去东欧或经克里来亚半岛过黑海至君士坦丁堡，或经高加索到小亚细亚。一条由阿力麻里入中亚两河流域，经撒马尔罕（Самарканд，Samarkand）、布哈拉（Бухар，Bukhara）去呼罗珊（Khorasan）[3]再达小亚细亚。"[4]这一条商

---

[1]　今新疆霍城附近。
[2]　今江布尔，江布尔是哈萨克斯坦的一个州，州府叫塔拉兹。
[3]　今阿富汗西北、伊朗东北。
[4]　王三北：《蒙元时期蒙畏民族关系发展及其影响》，《西北民族学院学报》（哲学社会科学版），
　　　2001 年 2 期，第 47-53 页。

路网络既是蒙古与其他国家和民族经济贸易交流的途径，又是文化信息交流的途径，是个多民族文化互动、互换、相互影响的平台。再说，驿站本身也是各地、各民族、各国之间文化交流和融合的载体。例如，在窝阔台汗（Өгэдэй Хаан，Ögedei Khan）时期的驿站多达 1400 多处，忽必烈汗时期，已超过万数之多。这么多的驿站，国家还"签发专为驿站服务的站户达三十万户以上"[1]。这些站户也是由臣服于蒙古帝国的诸民族组成的，实际上也是多文化交融的载体。驻驿站的驿卒（улаач，兀剌臣）本身也具备语言等多种才能。东西方商人、使节、旅行家、传教士都通过以这条驿站为中线的商路网络顺利往返于东西南北之间（图 3-2）。

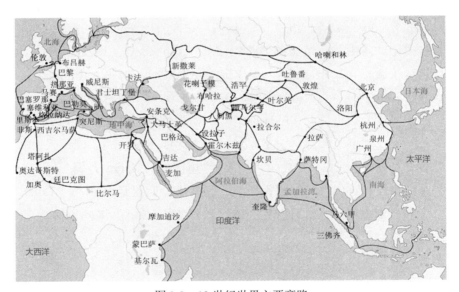

图 3-2　13 世纪世界主要商路

资料来源：加利福尼亚大学"历史蓝图"项目网页：http://chssp.ucdavis.edu/programs/
historyblueprint/maps/

---

[1]　薄致洁：《蒙元时期丝绸之路贸易初探》，《中国史研究》，1991 年 2 期，第 39-47 页。

伊本·白图泰（Ibn Battuta）、约翰·柏朗嘉宾（Jean du Plan Carpin）、阿思凌·隆巴儿底（Ascelin de Lombardie）、圣类思（Saint Louis）、鲁不鲁乞（William of Rubruck）、马可·波罗（Marco Polo）、孟德科维诺（John of Montecorvino）等西方基督教使节都是通过畏吾儿维护的天山南北驿道进入哈喇和林、大都和内地，把西方基督教文化传入蒙古高原（图3-3）。中国的丘处机、张德辉等也是由蒙古高原天山南北地区驿站进入西方，把中国的道家学说、儒家思想、政治意图带到西方。在东西方交流史上同样重要的还有受蒙古汗委托，从东方前往西方基督教世界的诸多使节，如拉班·扫马（Rabban Bar Sauma）、拉班·马克（Rabban Marcos，Yahballaha III，雅巴拉哈三世）、审温·列边阿答（Simeon Rabban Ata）、安德·龙如美（André de Longjumeau）、阿思凌·隆巴儿底（Ascelin of Lombardia）等，他们的出使对东西方宗教、军事、政治、文化方面的合作做出了巨大的贡献。[1]另外，中国发明的火药、指南针、印刷术也经蒙古高原这些驿站传入中亚，再从中亚传入欧洲。这样，东西方政治、经济、文化通过驿站得到了交流和合作。

总之，蒙古族经过近200年的军事扩张，以及与欧亚大陆诸民族的交流交往后，积累了一切文学艺术都可取材的文化信息源，吸收了各民族各种文化的各种母题情节和信息精粹，形成了蒙古族各种体裁的文学艺术作品产生发展的源泉。蒙古史诗当然也是在这种浓厚的地域性、社会性、信仰性的文化土壤上生成的。经过近200年的扩张，蒙古人对世界的广大，人类的众多，人种、民族、部落、氏族之间的差异性之大，一开始就有了亲身体验；同时对世界地理的特点、气候条件与变化规律，世界诸民族的多种多样的生活习俗、精神状态、物质文明等也有了深刻的了解，从而为建立一种宏伟壮观的史诗世

---

[1]〔法〕伯希和撰，冯承钧译：《蒙古与教廷》，北京：中华书局，1994年。

界——宏伟的自然地理、宏伟的观念奠定了基础，为整个蒙古族文化的生成创造了土壤，实现了蒙古文化的早期国际化。

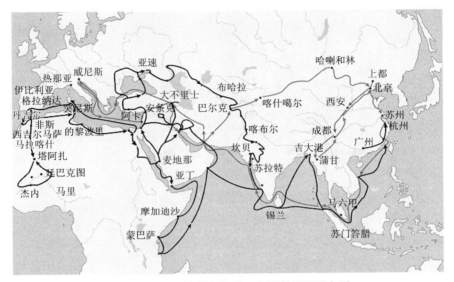

图 3-3　马可·波罗与伊本·白图泰行程示意图

注：浅色线条为马可·波罗行程路线，深色线条为伊本·白图泰行程路线

资料来源：加利福尼亚大学"历史蓝图"项目网页：http://chssp.ucdavis.edu/programs/historyblueprint/maps/

蒙古族退居北方草原后，又开始了传统的游牧生活。可这一游牧生活和近 200 年前完成的自身民族形成过程后的游牧生活完全不同。作为历史选择依据的社会和社会组成人员，以及生产和消费系统、管理系统，在跌宕起伏的历史进程中，这一选择依据并没有灭绝，而且到北方草原后只改变形态，从而使自身获得了新生。不管怎样，元朝的灭亡，使蒙古社会经历了一次相当重大的改变，这对民族文化特别是史诗文化的发展无疑是个台阶。

从理论上，我们可以得出这样的启示：紧接着变革之后，在当时当地出现了新的社会（政治、经济、文化）秩序，它同历史发展的总方向之间的关系虽然不是很清楚，但是在历史的长河中发生的这类形态改变的总趋势，都是趋向于结构更复杂、更先进的社会。尽管受到无数的变动，以及不确定的、暂时的和局部的倒退的困扰，但历史毕竟是往前走的。那么文化的发展经过社会特殊的变革之后，又是如何发展的呢？这将进入蒙古民族历史文化发展的第三阶段的内容了。

蒙古历史文化的第三阶段是明清时期蒙古诸部内战—漠南、漠北、漠西（卫拉特）三部鼎立对峙—第二次扩散（土尔扈特迁入伏尔加河流域、和硕特迁入青藏……）或者分化，并进入政治、经济、文化上的更加成熟时期。

元朝退居蒙古高原（北元）—达延汗的统一—漠南北左右二翼六万户的划分—卫拉特四部的形成—漠南蒙古诸部内附降清—漠北蒙古四汗部—卫拉特的迁徙—蒙古民族分部现状的形成或者三大史诗系统的七大中心地带的形成，这一全过程已经给我们提供了蒙古民族文化产生的地理上的、社会的、信仰的、环境的轮廓和其阶段性。

这一时期是蒙古族文化的定型时期。自"额儿古涅坤"扩展起的地域空间和自"乞颜""涅古思"两个氏族起步的历史时间交叉而成的"时空跨度"或"时空范围"，所涉及的所有的民族部落战乱、和平、信仰、文化给我们编织了一整套纵横交错的信息网络，也提供了整个蒙古史诗乃至蒙古族文化产生及发展成型的时空轮廓。从中我们可以摸索到蒙古文化的领土环境在两极概念中走向稳定的界限；蒙古社会组织环境也在起伏松散中走向严谨的结构化；多样的信仰环境也在传统的萨满教与新兴的佛教融合、同化过程中稳定下来。这一时期蒙古文化的最大特点，是佛教文化深入到大众文化的深层。

## 二、进入青藏高原之后的影响

德都蒙古史诗在保持和保留蒙古史诗传统的同时，受佛教和藏族文化的影响较深。实际上，他们进入青藏高原之前就开始接触并接受佛教的影响，开始信奉佛教。也开始接触藏族文化。

17 世纪中期，成吉思汗的胞弟哈撒尔后裔统治的和硕特部首领固始汗，率领四卫拉特联军进入柴达木，继而为统一并统治青藏高原开辟了序幕。之所以固始汗率领卫拉特联军进藏，是因为当时西藏地区藏传佛教各流派之争很激烈。所谓的"古日本木汗"（Gurban Magu Qan）[1] 形成反格鲁派联盟，企图遏制当时蒸蒸日上的格鲁派势力。在佛教各教派之争中面临危机的格鲁派派使者向卫拉特求援，使得和硕特部固始汗带领的卫拉特联军远征进藏。在这之前，西藏宗教教派之争给当地民众带来不安。当然，宗教教派之争不是突发的，而是有深远的社会和政治原因。

吐蕃王朝灭亡后，西藏地方先后出现了很多割据政权，逐渐进入封建农奴制社会。但是各个封建割据势力基础单薄，政权不稳，政治、经济及与其相应的意识形态不够健全。各个割据政权封建统治的思想体系不够完善。所以，从 10 世纪后半期开始，各封建割据统治者纷纷派人到印度等地学习佛经，并邀请高僧大德传法译经，寻找意识形态的依据。西藏地区各个割据政权，是藏传佛教各大宗派形成的土壤。不管任何时代的任何宗教，只有依靠势力政权的政治经济实力的扶持，得到那些封建主的信任，才能得以生存和发展。因此，藏传佛教各大宗派，是伴随各个地方封建割据势力形成的，从而在西藏地区先后产生了与各封建割据势力相依存的宁玛派（Nyingma）、噶举派（Kagyu）、萨迦派（Sakya）、噶当派（Kadam）[2]、希解派（Shiche）、觉宇派（Gcodyul）、觉囊派（Jonang）、郭扎派（Godrag）、夏鲁派（Shalu）

---

[1] "古日本木汗"（Gurban Magu Qan）直译为"三位坏汗"，指的是后藏的藏巴汗（Tsangpa）、康区的白利土司顿月多吉（Donyo Dorje）、喀尔喀绰克图台吉（Цогт Хунтайж, Choghtu Khong Tayiji）（当时他的势力在青海）等反格鲁派联盟的三汗。他们三个联合起来以支持宁玛派的名义，力图遏制格鲁派。

[2] 后来的格鲁派。

等佛教流派（图3-4）。但由于各割据政权势力的政治经济实力等种种原因，很多教派融于其他教派或者改宗其他教派。一直传承下来的就是宁玛派、噶举派、萨迦派和由噶当派衍生而来的格鲁派四大教派。

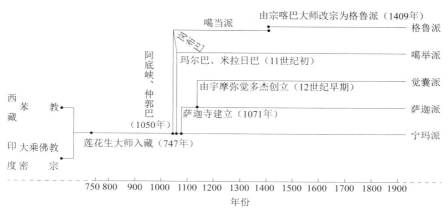

图3-4 藏传佛教流派系谱图

"宁玛"意为"古旧"。宁玛派是藏传佛教中最古老的派别，该派创始人被尊为莲花生（Padmasambhava）大师。因该派僧侣传统戴红色僧帽，所以又被俗称为"红教"。上述所谓的"古日本木汗"就支持该派而建立了联盟。

"噶举"意为"口授传承"，表示该派所修密法是通过师徒口耳相传继承下来，故而得名。因为该派祖师在修法时效法印度古俗，身着白布僧裙，噶举派又称"白教"。

"萨迦"，意为"灰土"，得名于该派主寺建于西藏萨迦一片灰白色岩石的山坡上；因为该教派寺院的围墙涂有象征文殊菩萨、观音菩萨和金刚手菩萨的红、白、蓝三色花条，故又称"花教"。该派是最初与蒙古帝国发生关系的佛教宗派。1216年，贡却杰布（Konchog Gyalpo）的孙子贡噶坚赞（Kunga Gyeltse）继承萨迦派第四任法主，他是在蒙藏历史文化关系及中华民族关系史上产生重要影响的文化使者。他因博学而获"班智达"称号，后人尊他为"萨迦·班智达"（Sakya Pandita）。

公元13世纪初，成吉思汗统一蒙古各部，建立蒙古帝国，发兵攻掠金朝、西夏，金戈长矛直指青藏高原。1244年，成吉思汗的孙子阔端汗（Годан Хаан，Godan Khan），以强硬态度邀请贡噶坚赞前来凉州会谈。迫于当时情形，为饶益众生，他审时度势、心怀大局，毅然以62岁高龄携侄子八思巴（Пагва，Phagpa）前往凉州会晤蒙古统治者阔端汗，以宗教领袖身份签订了附降纳贡协议，顺应时代潮流，使西藏地区生灵免遭残酷战争，"为藏地归入中国版图、藏民族融入中华大家庭，作出了历史性的贡献"[1]。

贡噶坚赞去世后，他的侄子八思巴继承其法螺和衣钵，成为萨迦派第五任教主。八思巴使元朝皇帝忽必烈皈依了藏传佛教，任其为上师。之后，八思巴又以元朝"国师"和"帝师"的身份，统领全国宗教事务。八思巴在元朝统治者的扶持下，最早在西藏建立"政教合一"的行政体制，这使自吐蕃末代赞普以后，青藏高原长达400年的分裂割据局面终于结束。"政教合一"的体制成为藏地特有的社会结构模式，延续了将近700年的时间。

"格鲁"意为"善规"，以该派倡导严守戒律而得名。格鲁派的创始人为宗喀巴（Зонхов，Tsongkhapa）大师。宗喀巴原名罗桑扎巴，出生在今天青海省湟中县塔尔寺的地方。这个地方在吐蕃时期被称为"宗喀"，宗喀巴成名后，藏族人为表达对他的崇敬，尊称他为宗喀巴。由于宗喀巴及其追随者戴黄色僧帽，故格鲁派又俗称"黄教"。

17世纪上半叶，格鲁派势力崛起，与帕木竹巴（Phagmodrupa）地方政权[2]冲突日益加剧。为了寻求政治力量支持，格鲁派上层首领

---

[1] 笔者于2010年2月3日采访西北民族大学著名藏学家，95岁高龄的阿旺·却太尔教授。他对青藏高原的历史和佛教史非常熟悉。他有着惊人的记忆力、广博的知识，连一些年代他都记得清清楚楚，真的可以称之为"活的辞典"。

[2] 自元朝萨迦派在藏地实行"政教合一"统治后，1351年，噶举派取代萨迦派政权，在西藏建立了帕竹地方政权。

与盘踞青海的土默特（Түмэд，Tümed）蒙古人结成联盟，将其势力引入西藏。这是"达赖"和"班禅"名号最初的由来。格鲁派借土默特蒙古人的扶持而强大起来，在五世达赖阿旺罗桑嘉措时期取得了西藏的统治权，该教派也兴旺发达起来。正是在这样的政治和社会背景下，喀尔喀绰克图台吉袭击青藏高原，一举击溃作为格鲁派靠山的土默特军事实力，并与藏巴汗和白利土司顿月多吉联合形成反格鲁派三汗联盟。在这种宗师教派互斗的生死关头之际，格鲁派高僧喇嘛积极寻求营救措施，派使臣向卫拉特贵族借兵求援。这就是以和硕特部为首的卫拉特联军迁徙至青藏高原的原因。

和硕特部迁徙至青藏高原之后，由于统治者的大力推崇和扶持，佛教在德都蒙古地区继续传播，并与传统萨满信仰相鼎立甚至代替了萨满教，成为蒙古族信仰文化的一个部分。可以说，佛教对德都蒙古文化产生了巨大的影响，德都蒙古族人逐渐开始全民性地信仰佛教，而且将佛教与本民族的传统文化有机地融为一体，将佛教的修行思想和佛事习俗变为本民族民间的日常行为。随着佛教文化和包括语言在内的藏族文化与蒙古本民族文化的不断融合，佛教信仰普及化程度的加深，有些与佛教有关的习俗逐渐成为德都蒙古族人的自觉行为，渗透到他们的理想信念、思维模式、价值观念、审美趣味、道德规范、性格习俗、行为方式的深层结构中，成为德都蒙古族人内在文化心理特质的现实存在和精神支柱。它同时又成为德都蒙古族人哲学、文学、天文、医学等各个文化领域的核心内容，使德都蒙古文化获得了长足发展。例如，他们以送孩子到寺院学佛经为荣，从官员到普通文化人都学藏文藏语，学医就学藏医，天文历算都用藏历。德都蒙古族人普遍认为藏文是书写佛经的文字，所以视其为神圣而不可轻视的神文。即使不认字的百姓，也会把印有藏文字母的纸张都拿来放在佛龛中供奉，以表对佛经的敬重。当然，德都蒙古史诗文化也受到藏传佛教的深远影响。这标志着德都蒙古文化的进一步发展和成熟，但也没有完全摆脱蒙古族传统的萨满教文化的一些规矩与礼仪。这使得德都蒙古文化以自己的思维理性，走上了一条独立的独特的发展道路。可以说，德都蒙古就这样逐渐完成了其独特化的文化历程。在蒙古民族中，佛教的传入和传播从不同方面对史诗产生了深远的影响，特别是德都蒙古史诗从主题到细节描述都受到很多启发。

很多史诗艺人，特别是德都蒙古《格斯尔》的演述者或者熟悉史诗演唱的民众（听众），坚信是佛祖赐予了他们演唱史诗的本领和智慧。笔者2002年在青海省海西州德令哈市进行调研采访时，许多曾经听过乌孜尔艺人演唱《格斯尔》的老人都说"他（指乌孜尔）的那嗓子和记忆是天生的，是佛祖赐予他这特殊才能的，谁也学不会的"。当我问达格玛艺人（曾经给我讲述了三部短篇史诗）"会不会演唱一段《格斯尔》"时，她毫不犹豫地告诉我："佛祖没有赐予我那个天赋，我不会演唱，只会讲《格斯尔》的故事，因为我没有那么清澈的嗓音。"[1] 由此可见，他们普遍认为佛祖或神赋予人以特殊的能力。德都蒙古史诗演唱时，还常常举行一些点香、点佛灯、合掌拜佛等小型的宗教仪式。如果邀请艺人来家里演唱史诗，还要献哈达和绸缎等珍贵料子以表尊重。德都蒙古史诗是从整个蒙古传统史诗集群衍生而来的，当然就表现出主题文化的认同和历史延续的功能，保留传统是肯定的。我们可以通过以下几个方面窥探德都蒙古史诗文化的佛教影响和对传统因素的传承。从世界观的理解，史诗故事的结构、时空观和史诗世界观等方面均可以表现出来。此外，其还表现在同佛教相关的史诗勇士形象上，包括叙事和文化表现形式等方面。史诗有时也能传播佛的力量，有些地方史诗能够代替诵经念佛的功效。总的来说，佛教对德都蒙古史诗传统、口头演述及相关艺术形式的影响是很大的。

符拉基米尔佐夫曾说过这样一句话："在江格尔传中，我们看到了

---

[1] 笔者于2002年8月2日在青海省海西州德令哈市进行田野调查时的采访记录。达格玛，属猪，1923年出生，是土生土长的当地人，女艺人。

英雄史诗的范例，而且是非常鲜明的范例，这是一部贯穿整个历史时代一切阶段的英雄史诗，是为创作出一部宏伟的长篇史诗，或者是几部独立的史诗做好准备的英雄史诗的基础。"[1]这就说明史诗《江格尔》几乎总结了蒙古史诗发展的全过程，从短篇史诗到长篇史诗的发展，从单篇史诗到复合串联史诗的发展。史诗的发展进程，当然也反映着社会的发展、民族的发展和文化的发展。包括《江格尔》在内的蒙古史诗的很多主题、情节，都是与蒙古民族的形成和发展壮大的历程相伴的，是随着蒙古文化的传承、接受与传播进展的过程而产生并发展的。德都蒙古史诗也是如此。就整个蒙古史诗的发展曲线来看，其形成时期的婚姻主题和征战主题是根基，之后滚雪球式的生成过程，将逐渐显示出蒙古史诗各个流传中心地带的特色。

不管是布里亚特体系史诗、卫拉特体系史诗，还是卡尔梅克体系史诗都与德都蒙古史诗一样，在无意识地继承蒙古族集体的传统记忆的同时不断接受外来的新的文化信息，以传承和创新两种发展规律来不断地生成至今。德都蒙古史诗，在青藏高原流传时期，不断接受佛教文化和藏族文化的影响，在传统主线的集体无意识记忆的基础上，不断创造新的情节，从而形成了史诗文化发展的双线规律性。德都蒙古史诗在这样的历史文化条件下，沿着传统文化的主线，并接受新的文化之精华而发展成熟起来。

传统上，蒙古人认为世界是个"圆"，习惯用一种循环往复，而非二元对立的思维看待周遭世界，这种观念成为蒙古人能够很快接受佛教理念的基础。佛教的世界观是因缘观、轮回观，也就是认识与实践活动的不断循环的过程。人生本有一些无法避免的苦事，通过经历而掌握其克服规律。如果对那些难免的事持不正确的态度或想法会导致更加不好的结果。只有观念正确、做法正确，效果才会最佳。就像德

---

[1]〔俄〕鲍·雅·符拉基米尔佐夫：《卫拉特蒙古英雄史诗》，见于〔蒙古〕乌·扎格德苏荣编：《蒙古英雄史诗原理》，乌兰巴托：科学院出版社，1966年，第17-18页。

都蒙古史诗勇士的行为轨迹一样：勇士一生下来就领悟他来世的责任，询问父母他该完成的大业、该娶的未婚妻、该骑的坐骑。因为勇士的这种负责任的想法是正确的，所以，他为此所受的苦难再多也最终会获胜，得到幸福，达到目的。这也是因缘观的表现。

蒙古传统文化中正确的人生观，就是实现富裕与安康这一人生最基本的目标，而且认为这和一切有生命的动植物的追求与希望是完全一致的。当然，人还应该有对家人和整个社会的富裕与安康负责的觉悟。人的自然使命就是在实现人类富裕与安康的过程中所做的工作及劳动，它是实现富裕与安康的方法及过程。蒙古传统观念认为人生在世只要以正确的观念去做应做的事情，结果肯定是好的，圆满的。反之，必遭恶果。德都蒙古史诗《七岁的道尔吉彻辰汗》中，道尔吉彻辰勇士为家人的"富裕与安康"而出征打猎，为给妻子治病而进入深山老林取药，历经千险为妻治病。但黑了心的妻子与滕格林乌图夏日勾结，要谋害为她而出生入死的丈夫（勇士）。这里勇士与妻子持完全不同的人生观（一正一误），因而他们的人生最终有着完全不同的结果。以正确的、善的观念为他人的富裕与安康而尽心尽力的勇士，虽然遭到杀害，但最终被复活，过着幸福美好的生活。反之，杀害勇士、抢占家园和财产的滕格林乌图夏日，与他人勾结杀害丈夫的才辰彩丽曼夫人都没有好的下场。这也是因缘理论的典型例子。因为他们的做事动机、目的、行动轨迹是错的，所以应得的结果是"恶"的。道尔吉彻辰勇士即使经历了苦难，遭到了迫害，甚至失去了生命，但是，因为他的观念、目的、行为都是好的、善的、正确的，所以最终赢得好的结果，获得了新的生命，创造了人类的幸福安康。

这里还有个美妙的故事让人深思。道尔吉彻辰勇士被害后，整个山上的树木枯干，花草枯死。勇士的三匹骏马跑到三个仙女姐姐家门口，用血粪便，传达信息，以示勇士遭害。勇士的哈斯尔和瓦斯尔两条狗，在地面巡逻保护勇士的遗体，以防被觅食禽兽所获。秦青和敏青两只猎鹰在天上巡逻保护勇士的遗体，以防肉食飞禽靠近。由此可见，这些动植物与人有一样的思维和情感。这就是德都蒙古史诗艺人们的世界观和思维模式。他们认为周围的一切动植物都是有生命的，都和自己是一个不可分割的整体，无论它们是好的还是坏的，都是宇宙的一部分。周围的人、事、物是构成自己与他人的整体世界的一部分，而且是客观存在的、变化着的整体。善有善的结果，恶有恶的结果，以此规律而变化。例如，才辰彩丽曼夫人为求个人的荣华富贵而与滕格林乌图夏日勾结，为杀害道尔吉彻辰勇士而想尽一切坏办法，装病躺在被窝里，牙根里咬着红色布里噶尔（bulgari）[1]，骗勇士说"我吐血"，以示病情严重，促使勇士冒着生命危险四处奔波请医求药。这正是"善"与"恶"的鲜明对比。类似的情节在传统蒙古史诗中比较少见。还有勇士复活之后得知他们的勾结行为严惩才辰彩丽曼夫人和黑眼睛妹妹[2]。这一举措完全是佛教理论和价值观的反映。按照佛教理念，人起心动念必须得纯洁，心地要善良厚道，心善、行善，这样的人才能享福。同样，心怀罪恶的人最终会有恶报。以"善果圆成"之道，以坚持善得福、坚持恶得祸的标准来看，在上述史诗中才辰彩丽曼夫人和黑眼睛妹妹的言行，理所当然应被严惩（得祸）。佛教思想是以善为核心的思想体系，这种思想对蒙古社会影响很大，也是蒙古民族一个时代的主流意识。作为主流思想深深扎根于政治制度，深入统治阶级和民众心中，其地位不可动摇。佛教文化对蒙古社会生产和人们的生活都产生了深远影响，所以德都蒙古史诗所反映的总体世界观，也表现出这一点。

在德都蒙古史诗中有许多人物形象直接同佛教相关。蒙古国著名学者阿·敖其尔曾说过："蒙古英雄史诗中的勇士们是根据蒙古族传统

---

[1] 布里噶尔（bulgari）是一种带色的牛皮，主要用来制作蒙古靴子或马鞍装饰用具。

[2] 在该史诗中，黑眼睛妹妹是才辰彩丽曼夫人的同谋，也是与滕格林乌图夏日勾结起来谋害勇士的。

的萨满天神形象或者佛教中四尊守法尊天神形象而创作描绘的，也可以反过来说佛教的四大金刚等相关尊神法王的造型也许是根据是史诗勇士雄伟形象而塑造的。"[1] 的确，有时候一进寺庙，大门两边的四大法王形象让人想起《格斯尔》《江格尔》等史诗中的雄狮洪格尔、铁臂萨布尔等栩栩如生的英雄形象造型。当然，不仅仅在外部造型，在内涵上也表现出很深的佛教的影响。佛教认识论的核心在于一个"空"字。在佛教理论中，"空"就是世间一切事物的本质。事物之所以是虚幻不实的，不在于它的不存在，而在于它的存在只能是暂时的；不在于它的无形无相，而在于其外在的相与内在的质都时时处于成、住、坏、空这样一个"四相迁流"的不断变化的过程中。人的一生如此，一个朝代的历史也是如此。蒙古民族传统的"圆"性意识也是类似的循环性特点。在蒙古传统观念里，人生兴衰变化很快，"人到五十能活几年，鸡叫五点能睡几时""父去子接"等民谚莫不是表示人生的短暂而人间的连续循环性，也就是"空"而"圆"的生命历程。尤其是以艰难创业为中心的人生，每一个人在世的时间都很短暂，创造再大的业绩对个人来说最后也是一场"空白"。但对人间这一循环不断的大圆圈来说，上述一个人从盛到衰的创业过程都表现得十分清晰而又微不足道。所以蒙古民族对生命历程的感悟就往往着眼于"短暂"与"永恒"兴亡更替的理念。在蒙古民族的这一类意识中，明显地在以空证圆，或者以圆观空。蒙古史诗勇士们对于人生经历的感悟似乎都无意识地在强调一个"空"，出征时他们常常说"人的一生终究不过是一把白骨和一滴红血嘛，必将归结于野外（自然）"等语句，以表全力以赴争战的决心，让人想起王翰的诗句"醉卧沙场君莫笑，古来征战几人回"。蒙古人面对山水树木、大自然万物及融入其中的人生时，深深感悟佛理，感到一种获得大智慧后精神上的轻松愉悦。这种精神状态表现在蒙古

---

[1] 笔者于 2011 年 10 月 28 日在乌兰巴托采访阿·敖其尔教授的笔记。他撰写《蒙古史诗英雄与萨满诸天神》等论文，论述上述观点。

史诗中，体现在感悟人生之后勇士们的豪迈壮志，视死如归，更加英勇顽强地为国为民而奋斗，披荆斩棘。

总之，在德都蒙古史诗中，以"视死如归"之精神来激发勇士的自强自立观念，便可以创造一种永恒的精彩人生。以乐观的"英雄长生不死"精神及无私美好的人格修养来体现自我价值，便足以征服蟒古思等各种艰难险阻，创造并保护幸福美好的家园。由此可见，进入青藏高原之后的德都蒙古史诗艺人们，从根本上深入接受佛教文化种种理论和概念。德都蒙古史诗艺人以这种人生观为基础的创作理念自有其值得研究的价值和意义。

蒙古民族，自走出"额儿古涅昆"开始，穿越蒙古高原、北方草原、中亚，走向欧洲，建立横跨欧亚大陆的帝国，统一中原，建立元朝，后又回到蒙古高原，和硕特部西迁中亚，后又南下青藏高原，土尔扈特部迁徙到伏尔加河流域，等等，整个扩散与回缩史，统一与分化史，在给我们提供一个漫长的时间概念的同时，也提供一个广阔的空间概念。在这两极的"时间"和两极的"空间"交叉组合而形成的广大的"时空"范围内，前前后后与蒙古民族产生直接的和间接的各种关系的各种氏族、部落、民族、地区、国家及他们的各种文化，综合而形成的信息"时空"，成为蒙古史诗生成的最基本的土壤和环境。蒙古史诗就在蒙古民族历史文化的这一广大"时空"范围中产生，以至这"时空"的阶段化、区域化过程而生成、发展、阶段化、区域化，并整个三大体系的蒙古史诗流传的七大（或者八大）中心地带的形成，几乎可以说蒙古史诗容量的增致，被镶嵌在蒙古民族历史文化发展的框架之中。

第四章 　　德都蒙古史诗文化特征

# 第一节
# 德都蒙古史诗的宗教文化特征

　　德都蒙古史诗主要以征战和婚姻题材的史诗居多，也有像《额尔色日巴特尔》等以家庭矛盾为题材的史诗。本章首先通过分析德都蒙古一部史诗几部短篇史诗及其所反映的宗教信仰特征，发现在多数德都蒙古史诗中虽然佛教文化处于明显的位置，并且被直接描述，似乎支撑着全部主题，但是蒙古传统的萨满文化概念和天神意识，在史诗深层也起着重要的作用。下文以《道里精海巴托尔》这部史诗为例，分析探讨德都蒙古史诗的宗教特征。

　　信仰作为一种精神现象，是早期人类获得智慧并走向文明的标志。人类在感觉畏惧，在自然界种种威胁面前束手无策并力图解脱或消除自然界的危害时，创造了神灵，便有了真诚的信仰。蒙古族在信仰佛教之前也与许多其他民族一样信仰自然界万物神灵和萨满天神，这些文化观念至今在蒙古族民间文学中仍具有较强的生命力。

　　佛教对蒙古族历史文化，特别是对德都蒙古历史文化具有很深的影响。佛教意识贯穿于德都蒙古的风俗习惯和民间文学之中，对史诗的影响也很突出。史诗是民族历史文化（包括史前时期）的积淀，因此，在蒙古族史诗中，早期先民萨满文化的影响仍根深蒂固。研究史诗中不同的宗教文化特征，对揭示史诗发展的文化积层结构具有重要意义。

## 一、史诗《道里精海巴托尔》的故事梗概

史诗《道里精海巴托尔》是在青海、甘肃德都蒙古族人中广泛流传的一部短篇英雄史诗。目前，国内找到 5 种异文：① 1984 年德都蒙古盲人艺术家苏和演唱的《征服七年敌人的道里精海巴托尔》（以下简称苏和异文）[1]；② 1989 年肃北 90 岁高龄的女艺人贾吉亚演唱的《道里精海巴托尔》（以下简称贾吉亚异文）[2]；③ 1986 年德都蒙古艺人伊克都讲述的《征服七方敌人的道里精海巴托尔》（以下简称伊克都异文）[3]；④ 2003 年德都蒙古女艺人达格玛讲述的《道里精海巴托尔》（以下简称达格玛异文）[4]；⑤ 1981 年德都蒙古艺人乔格生扎布讲述的《快速征服七年敌人的道林海巴图尔》[5]。

《道里精海巴托尔》的故事梗概如下：幼小的道里精海巴托尔在草原上放马时，从东北方向飞来了一只乌鸦，勇士用马鞭杆子碰了一下乌鸦就死了。勇士回到家告诉母亲，母亲便知乌鸦带来了勇士未婚妻的消息，并告诉勇士，他未婚妻就是远在九十九年路程的纳古楞汗的公主纳日楞古和萨日楞古。在前往娶妻的途中，他突然头晕，原来母亲为他生了弟弟，起名叫乌兰班迪拉。他神速长大，出生的第三天就询问哥哥的去向和他未婚妻的确切地址，启程追赶哥哥，与哥哥一同

---

[1] 纳·才仁巴力搜集整理：《英雄黑旋风》，海拉尔：内蒙古文化出版社，1989 年，第 106 页。
[2] 斯·窦步青：《肃北蒙古族英雄史诗》，北京：民族出版社，1998 年，第 324 页。
[3] 海西州文化局，海西州民语办：《德都蒙古民间文学精华集》（第一册，内部出版），德令哈，1988 年，第 261 页。
[4] 2003 年 8 月 2 日青海省海西州德令哈市戈壁乡牧民达格玛讲述，笔者记录的手抄本。
[5] 1981 年 8 月 16 日台吉乃尔旗哈吉尔套海的乔格生扎布讲述，纳·才仁巴力录音并记录的手抄本。

去求亲。兄弟俩在途中遇到骑黑骆驼的人和骑白骆驼的人，得到他们不同的指点，其间与熊搏斗、摔碎高山、倒空海水，历经艰难战胜蟒古思，迎娶纳古楞汗的两位公主。虽然各异文的细节有所不同，但基本框架是一致的。

## 二、史诗《道里精海巴托尔》宗教特征分析

大部分德都蒙古史诗都深受佛教文化的影响，包括《道里精海巴托尔》在内的史诗都或多或少地描绘佛祖的恩惠或佛教文化相关的话语和情节。但对史诗的一些细节进行深度解读时也不难发现更早期的一些信仰意识或宗教习俗。

（一）萨满文化特征

在谈该史诗的宗教文化特征过程中，我们始终清楚地感到必须在分析其佛教文化特征之前，先阐释其古老的萨满文化痕迹。如同在大草原上到处能闻到的花草清香那样，史诗自始至终都是以具体形象背后的萨满文化意识为前提安排勇士的行动规则，并产生各种意识文化特色。但是对佛教文化的表层描述也不得不同时讲到。因为当下在学者手中的资料几乎全部是新近艺人们以各自的艺术才华和语言天赋润色的文本，而且离现代民众的记忆最近。如果我们仅从字面出发来分析该史诗的宗教特征问题，那么毫无疑问，在该史诗中表现出的佛教术语或一些佛法咒语等佛教文化韵味往往会显得覆盖全部史诗的内容，从而使人们很容易把佛教文化影响归结为该史诗的深层来源。因此，我们必须深入分析，透过表层找到赋予其意义的深层内涵。此外，我们还应该具体分析论证古老的萨满文化与后来的佛教文化相碰撞或相

结合之后，在德都蒙古史诗中产生的独特的文化现象，这是科学研究的职责。

## 1. 史诗《道里精海巴托尔》诸问题

史诗《道里精海巴托尔》所表现出来的各种问题，不仅是对史诗的宗教特征存在及其演变过程的研究所不可忽略和逾越的主题，还常常与先民古老意识的传承有多方面的关联。比如，在史诗中所表现出的灵魂观念，应引起我们的关注。

灵魂是无形的，而且是建构人类精神存在的标志。蒙古族认为人去世后其灵魂不死[1]，继续在另一世界中游荡，永世长存。灵魂也常常出没于原主人在世时的正寝或寿终的地方。在先民意识中，一望无际的草原上，不知何处就是勇士或者某人战死后的幽灵出没之地，所以人们需要时刻提防。在史诗《道里精海巴托尔》中，兄弟俩在娶亲返回的归途中，弟弟乌兰班迪拉先行一步，临走前嘱咐哥哥说："千万不要往回看。"[2] 但哥哥并没有将弟弟的嘱咐当回事，往回看了（或答应了），因而导致被毒死。这里的"往回看"行为也与萨满灵魂观念有关。按民间说法：死者的灵魂会经常跟在人背后，甚至有时候从背后呼唤他的名字，以乘机靠近或附体，从而使人得病或遇难。所以，蒙古人在荒无人烟的地方，独自一人远行时，切忌回头看或答应身后的人呼唤名字，以避免万一，至今在德都蒙古民间依然存在这一习俗。这是古老的灵魂意识的一种痕迹，以这种观念为前提唤起人们提防的心理活动，是人们精神生活基础的信仰所至。他们坚信萨满灵魂的存在，认为死者的灵魂会根据活着的人对待它的态度和方式，表现出慈善的和残忍的两种情况，所以史诗《道里精海巴托尔》中弟弟告诫哥哥不要冒险回头，以免遇险。这就是应对灵魂的一种方法。史诗中弟弟乌

---

[1] 也有人认为人拥有 3 个灵魂或 5 个灵魂等。
[2] 有些异文中说"到了野营地后不要往回看"或"要有人喊你的名字就不要答应"。

兰班迪拉是个萨满巫师式的人物，在他身上，神灵、英雄和巫师的观念交织在一起。乌兰班迪拉不仅具有智慧和勇气，更重要的是具有萨满巫师先知的才能和神通。他以其萨满巫师式的先知能力，提前得知哥哥在途中可能遇到的一些困境。在有些异文中他们的母亲也是巫婆式的人物[1]，预知勇士未婚妻信息，表明她具有先知能力。

乌鸦传递未婚妻信息等一些预兆的情节也具有传统的萨满天神或万物神灵的韵味。在萨满多神神话中，乌鸦或喜鹊等鸟类一般是天神的使者。勇士未婚妻的信息，实际上就是天神显灵，以乌鸦作为使者告诉勇士。在一些史诗异文中，为勇士送来未婚妻信息的不是乌鸦，而是喜鹊或者金色麻雀等；在一些史诗异文中，两只喜鹊在议论关于勇士的未婚妻和别的争聘者的事情，让勇士听到，这一情节接受了民间故事信息，而且"喜鹊议论"信息的背后有一种"天意"的概念，天神在安排勇士的行动计划。在达格玛异文中，金色麻雀以"天语"（Tegriin hele）叫着，报告未婚妻的信息。

乌鸦、喜鹊或者麻雀的出现，与勇士的未婚妻有何关系？母亲怎会以此联想到勇士未婚妻的消息？"喜鹊报信"现象是一种古老的民俗观念，至今蒙古族中仍然保留着这种观念。那么乌鸦呢？在蒙古族传统观念里，乌鸦与狼是搭档，乌鸦在天上飞来飞去，为狼传递地面信息。那么狼呢？有的神话中狼是天神的化身，这样一来乌鸦是天神之使者。麻雀在德都蒙古文化中，是光明之神。麻雀之叫声预示着清晨之来临，麻雀预示天亮。这几种鸟都与天体有关。类似的现象在其他地区蒙古史诗中也常常出现。在布里亚特《格斯尔》中，席热图河的希日嘎力三汗派去大都（Ханбалиг，Khanbaliq）那么大的德格滨哈日鸟，寻找最美丽的女子，给三汗娶为妻[2]。在《格斯尔》的其他版本

[1] 在贾吉亚异文中直接称她为"Zayadaagchi"（吉亚达嘎格齐），意思是安排命运的人。
[2] 内蒙古社会科学院文学研究所，自治区格斯尔工作办公室：《布里亚特格斯尔》（内部资料），1985年，第107页。

中，也有派喜鹊和乌鸦的，除此之外，还有派鹰、鹦鹉、孔雀等鸟类去各地探视美女的情节[1]，主要还是寻找勇士或大汗的未婚妻，甚至在一些版本中勇士或大汗自己就变成鸟类去探视或寻找中意的未婚妻[2]。对鸟类的神性和其天神使者的身份，还有鸟类与勇士未婚妻相关信息在蒙古族乃至阿尔泰语系各民族文献中均有记载。司马迁在《史记》中记载乌孙昆莫[3]猎骄靡的身世时写道："匈奴攻杀其父，而昆莫生弃于野。乌叼肉蜚其上，狼往乳之。"[4]《汉书》中也记载了猎骄靡被放到草丛后，狼来喂奶，乌鸦衔肉飞来的情景[5]，不仅描述乌鸦的神性，还表现出乌鸦与狼搭档的实际行动。据萨冈彻辰（Саган Сэцэн）在《蒙古源流》（Хаадын Үндэсний Эрдэнийн Товч）中的记载，铁木真即位前三天的清晨，一只类似云雀的五色小鸟落在毡房前一块四方石头上，"成吉思！成吉思！"地啼叫，由此"成吉思合罕的英名响彻四方"[6]。《黄金史纲》（Алтан Товч）中这种啼叫的鸟是黑色鸟。这些鸟都是天神的使者，以各种形式来传达上天的旨意。

史诗中的鸟类现象，似乎与勇士未婚妻信息有关。古人似乎生活在富有想象力的多神世界里。他们对这种天地之间自由飞翔的鸟类和其变幻莫测的各种现象，产生好奇、恐惧、怀疑、惊慌、猜测、想象等各种意识，从而崇拜、敬仰、敬畏、祈祷、祈求它。古人认为类似的超自然、超乎想象力的飞禽预示着某种主宰着人们的一切行动和命运的力量，或暗示着某种预兆。所以古人一旦遇到异常现象就会与自己或子孙的命运或未来联系起来。乌鸦的突然出现、它飞来的东北方向，以及还没有触摸一下就死去的预兆，使细心的母亲不得不联想起

---

[1] 内蒙古社会科学院文学研究所，自治区格斯尔工作办公室：《新疆格斯尔传》（第八章）（内部资料），1984年，第70-74页；道荣嘎著，那·阿萨尔拉特审订：《琶杰格斯尔传》（上下册），北京：民族出版社，1989年，第518-535页。

[2] 尼玛：《卫拉特〈格斯尔〉》，乌鲁木齐：新疆人民出版社，1991年，第211-220页。

[3] 昆莫，一译昆弥，乌孙国首领名号。

[4] （西汉）司马迁：《史记》（大宛列传第六十三），北京：中华书局，1972年，第3168页。

[5] （东汉）班固：《汉书》（张骞传第六十一），北京：中华书局，1962年，第2692页。

[6] 乌兰：《〈蒙古源流〉研究》（译文和注释第三卷），沈阳：辽宁民族出版社，2000年，第150页。

儿子的未来。何况她是具有先知能力的"屋得干"（удган，女萨满）似的人物。"东北方向"在蒙古先民的萨满世界观中是个不吉利的方向，是蟒古思存在的方向。假如乌鸦不是从这一方向飞来，母亲的解释也许是另一种情况。这也是该史诗中所表现出的蒙古族传统文化的最深层的沉淀。

在史诗中关于梦的预兆也表现得很有趣。扎克日玛汗的赞丹高娃公主（贾吉亚异文）不愿嫁给前来提亲的滕格林博和，为自己将来的心上人许了个梦，从而梦见她心中的英雄正在来聘娶她的途中。赞丹高娃公主对自己的梦坚信不疑，所以天天为之占卜而推辞前来提亲者。对梦的信仰是人类共有的一种精神现象。弗洛伊德曾说过："梦从上帝和魔鬼处给人们带来神灵的启示……梦对做梦者而言，必定具有一种特殊的目的，一般来说，它们预示着未来。"[1] 类似的观念在古代蒙古人中也曾存在。《蒙古秘史》记载了德薛禅（Дэй Сэцэн，Dei-Sechen）梦见白海青鸟（цагаан шонхор）携着日月落在他的掌心上，从而他把女儿嫁给了铁木真。德薛禅认为这梦就是神灵的启示，梦中的日和月象征着两位年轻人，落在他掌心是象征、预示自己的女儿将与铁木真结成良缘。白海青鸟是天神之灵。蒙古人的梦也是有预言性质的，认为梦境是神灵托梦降下的神谕。这种对梦的信仰至今在蒙古族人民头脑中一定程度地存在着。这实际上就是古代萨满教神灵和梦幻意识及其对它的信仰在人们心灵深处的遗留物。类似的梦境在德都蒙古其他史诗中也常常出现。

## 2. 关于《道里精海巴托尔》中勇士名字的来历及其文化含义

达格玛艺人说：道里精海和弟弟古里精海（即乌兰班迪拉）是牛神的灵魂，所以根据牛角的样子起名[2]。由此看来，在蒙古史诗中，勇

---

[1]　〔奥〕西格蒙德·弗洛伊德著，孙名之，顾凯华等译：《梦的解析》，北京：国际文化出版公司，2001年，第4页。
[2]　笔者于2003年8月2日的采访记录的手抄本。

士的名字包含许多意义。蒙古民族有以牛角形状为牛起名的习俗。牛角残缺一只的叫做"道里精鄂布尔"，牛角曲而垂的叫做"古里精鄂布尔"，都是牛相互争斗留下的残疾，以表示好斗勇敢。"道里精海""古里精海"二名字从表面看是以牛角的形状为根据所得，但实际就是为了表示他们俩的身份或神圣的身世来历。他们俩是神的化身，是牛的灵魂。在蒙古人看来，牛是天神的使者。在《蒙古秘史》中记载，豁儿赤（Хорчи）对成吉思汗说："因神明告的上头，教我眼里见了，有个惨白乳牛来札木合行，绕着将他房子车子撞着折了一角。那牛于札木合处，揭着土吼着说道：札木合还我角来！又有个无角犍牛拽着大毡房下椿，顺铁木真行的车路吼着来说道：天地商量着国土主人教铁木真做。我载着国送与他去。神明告与我，教眼里见了。"[1]这里的"惨白乳牛"和"无角犍牛"是天神的使者，是前来传达圣旨的。札奇斯钦把这段话的开头直译为"'上天的'神告临到我。"[2]

类似牛与天神相关联的观念，在蒙古民间普遍存在。布里亚特蒙古人的祖先神话（或者图腾神话）中，布里亚特人起源于萨满伊都干与杜牛生的兄弟俩。他们祭奠山神时常常呼唤赞颂"bux noyan aab, butan xatan eej（бөх ноён аав, бутан хатан ээж）"[3]，以求平安、幸福[4]。在蒙古族《保牧乐》神话中，天女带着与人间男子所生的两个孩子回到天上，父亲天王非常生气，下令把两个孩子扔到人间最硬最高的山峰上。把两个孩子扔下去的山上，便出现了两只牛伤害人畜，当地萨满巫师以全羊祭奠那山，使两只牛死亡，从此人们就把那两只牛作为"保牧乐"神来祭祀。"保牧乐"的意思是：从天上下来的神。祭"保牧乐"

---

[1] 佚名撰，巴雅尔注解：《蒙古秘史》，呼和浩特：内蒙古人民出版社，1981年，第362页。
[2] 札奇斯钦：《蒙古秘史新译并注释》，台北：联经出版事业公司，1979年，第140页。
[3] 意为：杜牛那颜父亲，灌木哈屯母亲。
[4] 那顺乌力吉，毕力格：《布里亚特历史文献》，呼和浩特：内蒙古文化出版社，1999年，第283页；荣苏赫，赵永铣主编：《蒙古族文学史》，呼和浩特：内蒙古人民出版社，2000年，第32页。

天神的习俗至今在蒙古族中还流传着[1]。这些都是牛神崇拜的一种遗留形式。据海西希记载：萨满的神鼓"是用一头黑色公牛皮绷制的"。同样的魔法思想也表现在以黑公牛犊皮对付对手的效力方面，无论敌手是来自凡界还是阴间。至今在蒙古萨满们对待其鼓的驱魔作用方面，仍然存在有这类思想[2]。视牛为天神，是先民原始思维的产物，也是牛神与勇士名称的文化根基。

关于牛神的文化概念，使史诗艺人在无意中继承了古老的思考方式。这种原始的、古老的天神信仰的积淀化，就成为史诗艺人们创作灵感的源泉。它凝聚着古人人生世界的体验，成为史诗文化的核心观念。

顺便说明一下，这部史诗在内容、史诗框架、人物形象、情节等方面，与史诗《汗哈冉贵》有些相似之处。比如，道里精海巴托尔有一天去放马群，在野外躺着睡着了（贾吉亚异文）。这时有两只喜鹊在议论关于他的未婚妻马上被别人聘娶的事。汗哈冉贵也是在野外修建水晶宫，独自一人睡了。这时送来未婚妻消息的人，就以未婚妻的声音对他说话。汗哈冉贵也与道里精海巴托尔一样，单枪匹马去遥远的地方迎接他的未婚妻，一样在出发之后，弟弟从后面追来，兄弟俩一同去遥远的地方，经历危险最后聘娶了美丽的公主。在两部史诗中，弟弟的名字也有点相似。苏和异文中弟弟的名字叫"乌兰班迪拉"，在伊克都异文中叫"乌拉汗班迪"。汗哈冉贵的弟弟叫"乌拉岱莫日根"。这里的"乌兰"或"乌拉汗""乌拉岱"一词包含多种意义。首先表示勇士幼小的年龄，因为他刚出世就出发了。其蒙古语原意是"红色"。在描写人物形象时，"红"一般表示健康、勇敢、美丽、可爱之意，"乌兰尼勒哈""乌兰巴勒其尔"等词语表示幼小、未成熟、未成年之意。

---

[1] 呼日勒沙：《蒙古神话传说的文化研究》，北京：民族出版社，2004 年，第 381 页。

[2] 〔意〕图齐，〔西德〕海西希，耿升译，王尧校订：《西藏和蒙古的宗教》，天津：天津古籍出版社，1989 年，第 361 页。

这种意义也表示对英雄的一种赞美：这么幼小就勇敢威武，长大成人后是个什么样呢！这也是蒙古史诗中经常出现的一种描述方法。比如，在史诗《江格尔》中，洪格尔的儿子也叫"和硕乌兰"（有些异文中叫"乌兰少布绍尔"），也是一位少年英雄。另外《三岁古南乌兰巴托尔》等史诗英雄也是少年英雄，名字都带有"乌兰"，以表示年幼，同时也说明一个非常关键的意义，即史诗勇士的名字不是随便起的。

### （二）萨满教和佛教两种文化的对立和交融

萨满教是一种以万物有灵论为宗旨的自然宗教，蒙古人很早以前就信仰萨满教，认为宇宙万物由天神来主宰，人世祸福由神灵支配。长生天被蒙古人神化，赋予特殊的意义以信奉和崇拜，成为蒙古文化成长的土壤。佛教传入蒙古上层阶级比较早，但普及和渗透到民间是较为后期的事。佛教信奉的主神是佛祖，与天神和万物神灵完全不同。当然，作为宗教，萨满教也好，佛教也好，都有共同的因素。同样，宗教的信奉者也有共同的心理因素。宗教本身的纯正的教义与信教大众所理解的意义之间相差甚殊。信教群众按照自己的理解赋予宗教特殊意义，以此进行各种信仰活动。所以，在大众文化中，有时候很难划出不同宗教文化的严格的分界线。另一方面，不同的宗教在大众化过程中也相互影响，相互融合，产生一些繁杂而混合的概念，因而往往掩盖一些文化深层的沉淀。

史诗《道里精海巴托尔》等德都蒙古史诗所表现的宗教文化现象，给我们以启示。在该史诗中描述勇士念经求佛以得善待，是较为普遍的现象。这当然是信教群众对佛的认识或信佛的核心思想的一种最简单、最明显的标志，也是信教群众常见的行为。一遇到什么困难或不幸就念经求佛。史诗《道里精海巴托尔》在表面上典型地反映了这种民众行为。史诗中勇士出发后，遇到种种困难或挫折时，往往力求以佛的神力来克服。例如，勇士缺水而干渴时，咏诵佛经或念"玛尼"，等待佛祖开恩。高山挡路而无路可走时也念经求佛，耐心等待以佛的神力出现大道。但最后实现他们的愿望，使他们排忧解难的却不是佛祖法力，而是天神圣力。尊重佛祖经文的神力是信教群众对佛法认识的产物，或者可以说是对佛法神力的一种理解。史诗在反映这种宗教观念的同时也反映出保留着古老的萨满文化的直观认识，或者反映出一些矛盾的现象。

非常有趣的是，在史诗中勇士遇到困难时，常常是勇士的坐骑提醒主人要念经求佛的，而且这个坐骑本身具有一些天生的先知能力。坐骑当然不能被认为是个天神使者——萨满形象，但是又在一定程度上具有其形象的遗存。当然其主人道里精海或古里精海身上也表现出一定的萨满"博"[бөө] 的特点。而且更有趣的是，勇士根据坐骑的提议念经求佛时，把佛经从头到尾，从尾到头一遍又一遍地念，同时也祭奠《甘珠尔》和《丹珠尔》等佛教经典，但是最后磕头举行仪式时却完全按照传统的古老的萨满教"呼风唤雨"的巫术形式进行，口中念念有词：

> 纯洁的长生天啊
> 如果真的是我父母
> 就把暴雨般的水
> 盛满我不易沸开的
> 布古乐靖格乐锅里[1]

并合掌祈祷三次，磕头三次。果然不久倾盆大雨盛满了布古乐靖格乐锅。这是神灵的恩赐，是天神对勇士求雨行动的反应。勇士的这一举动完全像个萨满。这根本就不是念经求佛祖的结果。有关求雨现

---

[1]　纳·才人巴力搜集整理:《英雄黑旋风》，海拉尔：内蒙古文化出版社，1989 年，第 120-131 页。

象，古代蒙古族还有祭奠"札答"魔石来左右天气——祈求雨水的习惯。据《蒙古秘史》记载："至次日，成吉思军与札木合军相接，于阔亦田地面对阵。布阵间，札木合军内不亦鲁黑，忽都合两人有术能致风雨，顺风雨攻成吉思军。不意风雨逆回，天地晦暗，札木合军不能进，皆坠涧中。札木合等共说：'天不护佑，所以如此。'军队大溃。"[1] 札奇斯钦把不亦鲁黑，忽都合两人的"致风雨"技能直接翻译成"二人懂（用札答石）招致风雨的法术"[2]。这种巫术式行为和对其信仰，在古代很多民族中都存在过。詹姆斯·弗雷泽（James Frazer）在《金枝：巫术与宗教之研究》（*The Golden Bough: A Study in Magic and Religion*）中记载，"在尼罗河上游的部落中……每个祈雨师都有一定数量的'求雨石'，比如水晶石，砂金石和紫晶石等等，都被保存在罐子里"[3]，用来求雨。求雨的仪式和形式也与上述道里精海巴托尔口中念念有词，合掌祈求雨水的做法相似，他们"手里拿着一根脱皮的藤或竹鞭，一面口中念念有词，一面用这根鞭子去招乌云……"[3]。弗雷泽还记载，在南非"传说总是把求雨法力作为古代酋长和英雄的基本荣誉"。古代这种体现英雄本色或荣誉的求雨行为，在蒙古族史诗中仍然一定程度地保留着，不过操作的具体动作似乎变成了佛教合掌磕头的教规礼仪了。这部史诗的描述层面，似乎离不开佛教的语言或者思想范畴，但最后勇士事业的成败，还是在传统的萨满文化规则中揭晓。这种不同宗教的理论或意识混杂在一起的现象，在蒙古族其他史诗中也屡见不鲜。因为传统的萨满文化意识在蒙古民间中的生命力是非常强的。还有一点，该史诗中的勇士是与天之子较量，与天神较量，一般蒙古族史诗英雄是与蟒古思搏斗，与天神搏斗的现象可能是佛教传入以后改变的。正因为如此，这部史诗才表现出宗教特征的特殊性。上述《汗

---

[1] 佚名撰，巴雅尔注解：《蒙古秘史》，呼和浩特：内蒙古人民出版社，1981年，第472页。
[2] 札奇斯钦：《蒙古秘史新译并注释》，台北：联经出版事业公司，1979年，第179页。
[3] 〔英〕弗雷泽著，徐育新等译，汪培基校：《金枝：巫术与宗教之研究》，北京：中国民间文艺出版社，1987年，第130-131页。

哈冉贵》中勇士汗哈冉贵也是与天神搏斗。

史诗中有些情节中加入的一些佛祖法力，实际上也没有完全掩盖萨满天神神力的本来面貌。比如，蒙古族传统的好汉三项比赛的内容一般为射箭、赛马、摔跤。但德都蒙古这部史诗的有些异文中最后一项却不是摔跤，而是杀死天上的铁青牛取回其心肺。史诗勇士的这一行为或许反映了佛教与萨满教你死我活的斗争。让勇士与铁青牛搏斗，完全是与天神较量之意。这也许是佛教徒有意改变传统史诗情节的一种表现。类似的现象在史诗《汗哈冉贵》中也出现过。勇士汗哈冉贵一生下来就以"与天斗，与地斗"而著名。史诗研究专家仁钦道尔吉认为"手抄本《汗哈冉贵》就是被喇嘛们改写和篡改的史诗"[1]。史诗《道里精海巴托尔》的一些情节可能也是这种情况。据海西希讲，18 世纪中叶蒙古喇嘛教僧侣们"以综合的形式把萨满教中的观念和神与喇嘛教仪轨形式结合起来创作了许多祈祷经文……赋予了民间宗教古老祈祷经文一些喇嘛教的咒语，改造了他们的神并将之纳入了喇嘛教仪礼结构的整体中"[2]。的确，当时喇嘛们不仅创作宣扬佛教法力的各种经文和祝词等，还利用在民间具有深刻影响力的口头文学的现成形式。史诗《道里精海巴托尔》可以说是这种文化交融的结晶。

不同宗教的价值和地位相差甚远，它们所包含的文化内涵也并不相同，因此，似乎无法将不同宗教相互进行比较。但是面对宗教的大众心态是一样的，信仰者对宗教的渴望和对其神性的信任是一样的。这成为不同宗教相互影响、相互融汇的基础。实际上，任何宗教在某一教义或观念方面均有相互重复或重叠的地方，这一点能够为我们提供一种比较和审视的方法与切入点。古代先民自始至终置身于某一种宗教生活之中，他们在生活中或者史诗中，始终根据自己亲身的体验

[1] 仁钦道尔吉：《蒙古英雄史诗源流》，呼和浩特：内蒙古大学出版社，2001 年，第 298 页。
[2] 〔意〕图齐，〔西德〕海西希，耿升译，王尧校订：《西藏和蒙古的宗教》，天津：天津古籍出版社，1989 年，第 408-409 页。

和真切的感受，描绘或信任宗教的真实的功能。比如，道里精海勇士在野外酣睡的时候，两只喜鹊在议论他："为何不祭奠守护神，为何不竖起风马旗[1]"（贾吉亚异文），意思是他按照佛教徒的信条，祭奠守护神，树立起风马旗就一切事情顺理成章。看上去守护神和风马旗可以挽救一切，但是实际勇士历险行动中守护神和风马旗没有表现出什么作用，而是用类似于"博"的白须老人的传统的胛骨占卜、先知、预感等方法排除勇士途中将要遇到的各种障碍。占卜、先知、预感等在史诗中产生如此大的效力，是"天意"观念的表现。它赋予勇士以力量和方法，成为勇士勇往直前的内在动力。勇士通过白须老人与天神沟通，感到自己更有力量，坚信天神的超越力量，使他不仅能经受战争的考验，还能取胜。

当然，在信教大众心目中，似乎没有天神和风马旗等概念的不同宗教归属问题，他们只是感觉到一种超自然的力量在帮助勇士，所以就产生了一些佛教语言修饰史诗的叙述层面的现象。

（三）史诗中宗教特征所表现出来的文化沉淀

就德都蒙古史诗中的宗教特征而言，佛教意识在史诗中的位置和影响相对较为明显。尽管佛教特征在史诗中处于明处并被直接描述，从表面看，它主宰并支撑着该史诗的全部主题和内容。但是我们还是不难看到蒙古族传统的萨满文化意识在史诗深层的种种影响。勇士的意识和行为规范无论如何都是由传统意识赋予的。归根结底，德都蒙古史诗毕竟是早期的较为古老的艺术。因此，我们既可以说佛教意识是构成史诗的一种明处支撑，又可以说这种支撑的根埋在传统的古老

---

[1]　这里风马旗完全是佛教文化的代言词。风马旗及其祭祀习俗是 13 世纪以后随着佛教的传入，逐渐传入蒙古文化中。有关藏族文化中的风马旗的起源及其演变过程和文化含义，请参考谢继胜先生的《战神杂考——据格萨尔史诗和战神祀文对战神、威尔玛、十三战神和风马的研究》（载《中国藏学》1991 年 1 期，第 44-75 页）一文。

的萨满文化土壤里。随着时代的发展，佛教文化意识或佛教专业术语越来越多地被使用在史诗的表述语言层面。例如，在德都蒙古史诗的有些异文中，玛尼六字真言可以说是勇士排忧解难的钥匙。但是仔细一看，这只是一种形式，充当其时代意识的代言词。看上去勇士在远行途中以六字真言为护身塔日尼（тарни），力求以此来克服所有的障碍和困境，但整个旅程中历险行动的过程和结果，都来自勇士自身天生的超人的智慧和力量。他们一切行动的归宿，似乎由他先知的母亲或者某个预言家早已预算，是天神早已安排好的。《道里精海巴托尔》史诗的整个过程看上去是英雄在佛祖法力的援助下进行并成功的。但实际上这一个个行动统统是传统的萨满意识归约而解决的。因此，虽然在史诗中萨满文化的影响或所占位置并不那么明显，但其发挥的作用却非常重要。假如天神之使者没来告知勇士未婚妻的消息，假如没有"屋得干"似的母亲确认那消息的来源，假如没有勇士的预感（达格玛异文）而晚出一步，那么未婚妻就会被别人娶走。正是这种重要作用的不可替代决定了它的位置虽不明显却十分重要。这是史诗创作者的一种无意识的表现。而勇士咏诵佛经或念玛尼等行为是当下艺人有意识的创造，是明确的宗教信条或者宗教意识的表现。今天我们却把这些现象从文学艺术的角度来分析，似乎找不到一个基点。实际上，这部史诗所表现出的宗教文化特征，就发自蒙古文化最深层的、最原始的沉淀中。在这部史诗中我们可以看到，传统的萨满文化意识与佛教文化意识的内在矛盾统一是怎样融汇于蒙古文化的演变过程之中的。这种内在矛盾的统一，形成一种与矛盾双方都有关联的独特的文化现象，与此同时也产生了德都蒙古史诗文化的宗教特征和信仰体系。在这个体系中蕴藏着蒙古民众所具有的创造性的精神财富。史诗《道里精海巴托尔》所表现出来的宗教文化特征，显示出蒙古文化发展演变过程中的一种轨迹。传统意识与时代意识之间的矛盾，常常又积极地相互作用着、影响着、融汇着，产生一种独特的文化现象，使后人从中探索遥远的、古老的文化足迹及其新的、时代的、永恒的生命力。

传统的萨满文化之所以未能在史诗中以本来面目或以主要的宗教形式出现，其原因就在于佛教文化意识当今已在蒙古社会里占主导位置这一事实。古老史诗的初创者是传统的萨满时代艺人，但其传承者是各个时代的艺人。跟随历史和时代，每个时代的传承者都以当时的色泽和气息润色史诗。近 300 年来，蒙古社会盛行佛教文化，逐渐以佛教文化意识和佛教信徒的思维方式去思考天下事。但史诗中原创时代的文化痕迹仍然处于特殊位置。正因为如此，在史诗《道里精海巴托尔》中才得以保留了萨满文化丰富的内涵。它对该史诗的产生和发展历史规律及其后人对它的研究具有非常重要的意义。

# 第二节
## 德都蒙古史诗征战传承与成吉思汗军训方式

　　成吉思汗不单单是征服者，还是个创造者。他是那个时代的最伟大的文化复兴者。他能攻必取、能战必胜、一举成功的原因是多方面的，其中有一条就是因为他接受和利用了民间文化的精髓，执行了当时最先进、最公正的赏罚制度和法律。这一制度和法律的原型，可以说蕴藏在包括史诗在内的蒙古民间文化之中。

## 一、史诗征战的传统训练原型

　　蒙古族史诗是一种独特的文化形式。它具有古老的历史传统和严密的行动规则，并且直接关联到民间政治、军事和生活诸多方面。它不像其他民间文学或者民间游戏那样是纯娱乐形式的，而是具有艺术和军训双重意义。史诗勇士一生下来就是军人风格。大部分史诗勇士出生第三天就开始询问父母："我该骑的坐骑是哪一匹？我该打的敌人在哪里？我该娶的未婚妻是谁？"在德都蒙古史诗中几乎所有史诗勇士启程远方去聘娶未婚妻时，除了经历路途中的蟒古思等种种危险之外，最关键的行动是与情敌进行好汉三项比赛或者接受未婚妻父亲的严格考验。这一比赛或者考验项目大都是射箭、摔跤、赛马等三项。这些考验或者比赛项目，往往经历非常艰难的过程，但结果不言而喻，史诗勇士样样都得第一，并顺利通过考验或者打败对手获胜。射箭、摔跤、赛马等项目的技术和技巧应该经过严格而艰苦的训练才能掌握，但是在史诗中没有出现史诗勇士的任何训练行动的描绘，没有描写相关勇士学习和训练射箭或摔跤等技能的情节。那么史诗勇士是天生的大力士、神枪手、骑手吗？其中当然有超自然的天生的因素，但更重要的是与蒙古民族纯自然的生活方式有关。类似上述所谓的"学习或训练"在早期游牧民族社会生活中是再普通不过的日常作业，根本不值得一提。男孩从儿时起天天骑马、打猎、射箭、摔跤，这就是史诗勇士百战百胜的训练原型。

笔者研究成吉思汗的军训方式后认为[1]，他接受和利用了民间文化的精髓，执行了当时最先进、最公正的赏罚制度和法律。这一制度和法律的原型，可以说蕴藏在蒙古民间游戏之中。蒙古族民间游戏是一种独特的文化形式。它具有古老的历史传统和严密的游戏规则。有人称它为"军校"并非毫无道理。蒙古民间游戏规则家喻户晓、人人皆知，需要时在氏族部落的大聚会上，进行表演、比赛、集体训练、交流、传授，争战时直接成为军事技能。蒙古民间游戏在一定意义上为作战和打猎训练队伍，做准备。有学者曾说过蒙古民族是个全民皆兵的民族，随时随地能很容易编成纪律严密的精良部队。这就是作为蒙古军训式的民间游戏普及于大众的结果。所以明清时期的统治者，为预防蒙古各部联合起来，就控制蒙古族的一些大型聚会、娱乐和游戏活动，以免他们联合、训练、攻打，可见民间游戏的普遍性和深远影

---

[1] 萨仁格日勒：《成吉思汗军训方式与蒙古族游戏文化》，《蒙古文化通讯》（内部刊物），2007年，6月创刊号。

响，同时也表明它广泛的实际使用价值。努尔哈赤曾对他的诸子和部下说："蒙古之国犹此云然，云合则致雨，蒙古部合则成兵，其散犹如云收而雨止也，俟其散时，吾当亟取之。"[1]蒙古史诗勇士就是这种游戏训练营的学子。

蒙古族游戏是氏族文明标志之一，是民族文化的一项独特形式。如果按马克思和恩格斯所认为的那样，人类文明时期是从创造和使用文字开始的话，那么蒙古民族的文明历史则可以被认为是从有了游戏文化的时期开始的。因为蒙古族人的游戏是一种拥有多种训练体系的草原学校。在这个学校里，蒙古族人学着训马、狩猎和作战的各种本领。德都蒙古史诗中常常出现"在幼小的时候，嬉戏巴呼掏呼的时候"等词语。"巴呼掏呼"（bokh tokh）是德都蒙古特有的土语，不是一个单词或者词组，而是一个语境，表示包括语言和动作全范围的嬉戏话语。一听到"巴呼掏呼"这个言语，马上能想象出"打打闹闹、追追抓抓、嘻嘻哈哈、轻松愉快、尽心玩耍"的景象。在这种玩耍嬉戏中他们从小就学会许多规则和技巧，能够达到史诗中常常描绘的那样"手摸之处，拽下拳头大的肉块；脚踢之处，踢下铁锹大的肉块"的熟练程度。蒙古族的游戏可以代替其他民族用文字记录和传授知识的部分功能。有学者认为"蒙古人把自己的历史、生产方法、作战技术或经验等用语言和动作来交流传授"[2]。笔者认为这是符合实际的。由于长期游牧不定的生活，书本携带不轻，风吹雨淋，保存不便，所以，蒙古人历来就把自己的历史口头传授给子孙后代，用容易记忆的神话故事、传说来传授军事、狩猎及务牧等各方面的经验、知识、方法和训练要求等。同时，也用游戏形式来互相交流、学习、传授各种知识技能。成吉思汗有效地利用这一古老的艺术形式的基本规则，并把它规范化、系统化，使其成为他军训的摇篮。蒙古族史诗是其结果的描绘。

[1] 《武皇帝实录》（卷四）。
[2] 阿拉腾奥其尔：《传统那达慕》，呼和浩特：内蒙古文化出版社，1986 年。

成吉思汗的用兵之道和著名的战略战术，至今还未发现有专门的文字记录。但历史上对于蒙古军的勇猛攻击，曾一度几乎没有人能够抵御。就像蒙古族史诗勇士永远没有失败的结果一样。成吉思汗是一个高瞻远瞩的统帅，有掌握世界的胸怀，能够调动和利用民间文化的各种因素，以节约"人力、物力、财力"，达到军队不练而成的目的。所以，明末清初的各级统治者，只能用黄教和设旗赐官的办法分裂蒙古王公贵族，使其失去战斗精神，力图达到征服蒙古的目的；否则，无法摸清其备军、练军、用军之道。比如，明朝大同总兵仇鸾 1550 年向明朝政府汇报边疆地区的情况，蒙古和大明的兵力对比，以及和蒙古进行贸易的调查报告中写道："彼（指蒙古军队——引者）聚而重强，我散而寡弱，彼知我之动静，我昧彼之事，机是以每岁深入无不得利而反，虽有良平难与角胜，往时虏曾请贡……"[1] 他们摸不清蒙古军的一切情况，这可以说明蒙古军的勇猛强大，同时也能表现出他们的练军和作战方式——民间游戏性训练的刻苦程度和神秘性。这一勇猛而神秘的作战技能，来自那"摸不清"的训练方式。成吉思汗的兵法没有成文，也不必费时间去进行专门的军训。蒙古族人孩童时期开始就用游戏的形式边玩边练，锻炼意志、熟悉规则，掌握技巧。成吉思汗就敏锐地利用了民间文化的这种现成样式。蒙古史诗当然是这一历史的艺术反映。

所以就像仇鸾所说的那样，外人把握不住蒙古军的所作所为。游戏等聚集性形体活动是古代蒙古人文化交流的中心。古代蒙古诸部落，由于过着分散而动荡不定的游牧生活，平时很少有机会大范围集中或聚合。只有在敖包祭祀、那达慕会或者大型狩猎活动上诸部落的勇士才能聚集起来，彼此较量，比试他们的勇敢和毅力，比赛他们的才能和技术，互相交流经验，加深了解。平时就以游戏玩耍形式训练。蒙

---

[1]（明）陈经邦等纂修：《明世宗实录》（卷三六四），台北：中央研究院历史语言研究所，1962年，第 6483 页。

古民间文学中常常出现"欢聚了九九八十一天""娱乐了八十天""欢乐了六十天"等语句，这大概不完全是夸张。分散的蒙古诸游牧部落只能利用这样的大聚会来进行各方面的文化交流和训练，选拔勇士和骏马。在长年作战过程中，成吉思汗丰富和发展了自己的指挥才能和蒙古军人的战技。他在民间游戏的基础上创造"闪电战"和"包围战"等变异性的进攻战术，并以此先扫平了一切抵抗力量，进而击溃了整个目标。在他的指挥和率领下，"蒙古帝国从未派出一次超过10万人的大规模军团，却在25年的时间里征服了比罗马帝国400年征战所得还要广阔的土地"[1]，重新勾画了世界版图，确定了新的游戏规则。成吉思汗的这种巨大力量，并非野蛮所致，而是因为他有着聪明才智、过人的智慧，能够就地取材，充分利用本民族丰富的民间文化资源的结果。蒙古史诗勇士不一定是与历史人物对号入座的，但那民族历史的基因和游牧文化的根基，塑造了如此伟大的英雄，使其民族以赞美的歌声演唱代代相传至今。

比如，流传至今的蒙古民间游戏"射飞鸟"，便是蒙古人射箭技术的基础训练方式之一。据笔者采访的邹木格老人讲，这个游戏由两个人玩，具体玩法是：两个人在相距20步远的地方斜对站之后，在一位扔的石头落地之前，另一位要打下来前者投扔的石头，就像射飞鸟一样，如打不下来就重罚。先用石头、土块等扔着练，到了一定程度后再用玩具箭——"哈布恰海"练，再到一定程度后才用真箭打猎、打仗。邹木格还说：玩这一游戏（实际就是练射鸟功夫）很艰苦，但为了草原人民的欢乐，为了在大聚会上不受众人耻笑，为了打猎和作战时勇猛顽强，每个人都尽其所能，艰苦训练，以具备射鸟技能[2]。德都蒙古史诗中有些勇士的考验项目中也有投扔石头砸死凶猛的野公牛，以取其胆汁和心肺入药的情节。专门有个用来投扔石头的工具，叫"都

[1] 孙钥洋：《狼性征服：蒙古帝国空前绝后四百年》（壹），重庆：重庆出版社，2010年。
[2] 邹木格，青海省海北州海晏县托里乡人。笔者于1989年8月30日在海晏县城采访他。

吾古尔"（duugur）或者叫"都吾布尔"（duubur）。是牧人自己制作的，也是史诗勇士的狩猎工具之一。德都蒙古有些游牧地区至今还保留并使用着这一工具，用于放牧。

在《黄金史纲》中记载着这样一段话：成吉思汗派使者去命令哈斯尔："拔黑天鹅羽毛"（这也是在战争中攻打方式的一种名称）。使者正给哈斯尔传旨时，在天上飞过一只天鹅。哈斯尔问使者："射何处"？使者说："射黄黑之间。"话还未说完，哈斯尔就射准了那只天鹅的嘴角。这将是对成吉思汗指令的最好的回应。《元史》记载：有位名叫孟和萨尔太的射箭手跟着成吉思汗出征。将与敌方宣战之际，两只鸟飞过了。成吉思汗命令他射鸟。他问大汗雌雄何以目标？大汗命令射雄性。话还未完，雄性鸟就落地了。敌方看到此情景，又惊又怕："射飞鸟如此准，何况射人呢？"说着就不战而退了。我们不难看出蒙古史诗勇士在争战或者迎接考验时，射箭摔跤样样得第一的原因或描述原型。

不言而喻，蒙古人射箭技术如此高明，是离不开那些"射飞鸟"等游戏式的艰苦训练。由此我们首先应该明白，史诗勇士就像成吉思汗大军一样战无不胜、攻无不克，并不仅仅由是勇士和骏马勇猛傲慢、野蛮粗暴的攻击得来，而是有深厚的民族民间文化根基。

## 二、文献记载的军训规则

众所周知，《蒙古秘史》是蒙古族古代文明史的精华，主要记录和描绘成吉思汗一生的事业。这方面国内国际学术界的研究很深入，但很少有人注意《蒙古秘史》中零散地记载成吉思汗军训原型——蒙古族古老的游戏文化的痕迹。民间至今流传着"海青鸟""土拨鼠和狗""狼和羊""人与熊""抓鱼"等有细致的固定情节的活动性游戏。这些游戏是古代蒙古人由狩猎和作战的需要而编制，或者作为狩猎和作战的一种训练工程而传承。这一点我们从《蒙古秘史》中能够得到验证。比如，"土拨鼠和狗"这一游戏，实际上是以游戏形式训练猎狗的方法[1]。在德都蒙古史诗中，狗是史诗勇士的忠实朋友和得力助手。例如，《七岁的道尔吉彻辰汗》中，道尔吉彻辰勇士的哈斯尔和巴萨尔两条狗不仅仅是勇士的打猎能手，还是生活中的好友，遇到困难时的保护者。道尔吉彻辰勇士被害后，忠实的两条猛犬和更青、明青两只大鸟日夜保护着他的遗体，直至勇士起死回生。"狼与羊"则是在野兽中保护羊群的基本方法，或者攻打敌军包围的方法。"海青鸟"是追赶逃跑者的战术和方法。《蒙古秘史》记载：牛儿年，成吉思汗令速别额台以铁车追剿脱黑脱阿的儿子忽秃、合惕、赤剌温等。出发时成吉思汗降旨道："他与咱厮杀，败着走出去了，如带套杆的野马、中箭的鹿一般，有翅飞上天呵，你做海青拿下来！似土拨鼠钻入地呵，你做铁锹掘出来！如鱼走入海呵，你做网捞出来！"[2]。这看起来好像是用比喻法命令速别额台，无论在任何情况下，一定要追到逃跑者，但实际上并不仅仅是字面意义上的比喻，而是关系到以游戏为基础的蒙古古代兵法和作战方式中的一种。民间游戏"狼与土拨鼠"的玩法：首先在地面上画两个大圈，一个圈是狼窝，一个圈是土拨鼠洞，中间距离较远，狼和土拨鼠各自进圈后，土拨鼠先出来跑到狼窝旁边，惹狼生气后跑回，狼就追它，在进洞前要赶上去抓住。否则，狼自己就接受严惩。这个游戏就是训练在战场上追击并抓住逃跑者。这里成吉思汗为速别额台制定的作战方案是"狼与土拨鼠"式，并命令速别额台，脱黑脱阿的儿子们像土拨鼠一样跑进洞里也绝不放过。在德都蒙古史诗《汗青格勒》中，汗青格勒与玛德乌兰勇士搏斗时：

> 两位好汉各踞一山脚而立，

---

[1] 萨仁格日勒：《蒙古传统游戏的几种特征》，《西北民族学院学报》，1988年2期，第27-35页。

[2] 佚名撰，巴雅尔注解：《蒙古秘史》（下册），呼和浩特：内蒙古人民出版社，1981年，第895页。

一日的路程上用羊大的石头相掷，

一晌的距离上用牛大的石头相击，

择山崖之险而搏，

寻荆棘之多而斗。

类似这般的战术都属于上述蒙古民间游戏式的军训，是普及于游牧民族日常生活中的常识。无论在战场上，还是在野外，一旦发生搏斗，都能熟练运用这些战技和规则。从《蒙古秘史》的上述记载看，速别额台是专门追赶逃者的。他曾对成吉思汗发誓"我如老鼠般收拾，老鸦般聚集"[1]。这是速别额台又拿训练性游戏来比喻，表达其为成吉思汗尽忠效劳的愿望。民间游戏"猫和老鼠"是练追赶技术的游戏。在游戏"乌鸦与鸭子"中，乌鸦把鸭子集中在湖里不让出来，不让逃跑，这个游戏是训练围攻技术。速别额台以此作比喻，就像猫抓老鼠一样，乌鸦集中鸭子一样，为成吉思汗追击逃者。以此我们可以看出，蒙古族民间游戏既有严密的固定情节，又有严厉的赏罚规则和严格的技术分类。"猫与老鼠""狼与土拨鼠"等游戏是专门训练军事追击技术的基本方法。速别额台是个追击专家，他平时游戏时可能专门训练追击技术。蒙古史诗中常常描绘勇士各个不同的战技和特异才能。例如，史诗《江格尔》中类似上述速别额台似的追击专家是有"飞毛腿"（salhin tavag）美称的萨那勒勇士。

南宋彭大雅在其《黑鞑事略》里这样记载蒙古兵的阵势：

其阵利野战，不见利不进，动静之间，知敌强弱，百骑环绕，可裹万众，千骑分张，可盈百里，摧坚陷阵，全藉前锋，衽革当先，例十之三，凡遇敌阵，则三三五五四五，断不聚簇，为敌所包。大率步宜整，而骑宜分，敌分亦分，敌合亦合，故其骑突也，或远或近，或

---

[1] 佚名撰，巴雅尔注解：《蒙古秘史》（下册），呼和浩特：内蒙古人民出版社，1981年，第389页。

多或少，或聚或散，或出或没，来如天坠，去如雷逝。谓之鸦兵撒星阵。[1]

　　由此足见蒙古兵阵的阵势，作战方式方法虽然在训练时是游戏性的，但有严格的规则和灵活的作战方式。而且每个游戏规则就是作战的方式方法和阵势，同时都有各自的名称，如"鸦兵""撒星""湖圆形"或"狼与土拨鼠"等。彭大雅所记录的作战方式为"或出或没"阵势，就是《蒙古秘史》中记载的"土拨鼠与铁锹"或"狼与土拨鼠"等游戏阵势。敌人"似土拨鼠钻入地呵，你做铁锹掘出来"。彭大雅不太熟悉蒙古兵阵和其训练特征等民间文化内情，只能视其作战情景，描写其外表，不可能叫出其专用名称或更深层的内涵，更不可能摸清其游戏形式普及于民众的独特训练风格。如上所说"百骑环绕，可裹万众，千骑分张，可盈百里""凡遇敌阵，则三三五五，断不聚簇，为敌所包"等攻战方式，正是《蒙古秘史》中记载1204年成吉思汗攻打乃蛮部落的太阳汗时严令各军整顿军容——"进如疾风吹从草，阵如潮水停静波，战如利刃穿朽木"[2]的作战方式。有学者认为彭大雅所描写的"百骑环绕，可裹万众，千骑分张，可盈百里"的战法就是《蒙古秘史》中记载的"湖型阵势"。笔者认为这是正确的，这是一种以少战多的战略方式，而且恰好符合当时的成吉思汗和太阳汗的兵力实际情况。蒙古民间游戏中也有"绕湖"的游戏。"湖型阵势"的攻打法就是100个骑兵能围攻10 000多个敌兵的一种巧妙而尖锐的攻打法，也是一种有趣的游戏训练（图4-1）。

[1]（南宋）彭大雅撰，（南宋）徐霆疏证：《黑鞑事略》，北京：中华书局，1985年，第54页。
[2]〔蒙古〕策·达木丁苏隆编译，谢再善译：《蒙古秘史》，北京：中华书局，1956年，第116页。

图 4-1 "绕湖"游戏在战争中的应用

注：蒙古弓骑兵首尾相接，结成旋转中的环形马阵，当阵形中的一个弓骑兵转到距离敌军最近
（40～50 米）的环首位置时撤箭，而后撤向环尾并挽弓搭箭准备下一次的撤箭。这种战术的优点
是阵形进退自如，永远保持与敌军的安全距离，既消耗了敌军，又保证了自己的安全；同时其持续
的回旋运动状态也节省了弓骑兵挽弓搭箭的时间，环首一直有箭射向敌阵

绘图者为 Dick Gage

　　关于 1204 年攻打乃蛮的战役中，成吉思汗的用兵方法与阵势，都
是以太阳汗与札木合的对话形式来描述的。比如，太阳汗看到成吉思
汗的哨望把自己的哨望赶至山前，就问札木合："那赶来的狼将群羊直
赶至圈内是什么人？"还看着后面的队阵一个一个问道："那后面的军
如吃饱的马驹、绕它母喜跃般来的是谁？""随后如贪婪的鹰般，当先
来的是谁？"[1]。以此可以看出，成吉思汗这次用兵的头哨阵势为"狼赶
羊群"，主中军阵势为"马驹绕母"，从马军阵势为"贪婪的鹰"。这些
阵势的有些种类以军训和游戏的双重形式在民间流传至今。其生命在

————————————

[1]　佚名撰，巴雅尔注解：《蒙古秘史》（下册），呼和浩特：内蒙古人民出版社，1981 年，第
　　852 页。

民间如此长远，是因为其不仅具有独特的民族性，而且具有实际使用价值和娱乐、欣赏的价值。古代民族常常用各种动物及相关游戏命名军事队形或阵势，以便大众熟悉和精通。类似这种名称本身就来源于把游戏与训练融为一体的民间文化，既易懂又好记。在德都蒙古史诗《汗青格勒》中，两位勇士先商量好搏斗方式，然后游戏似的对打。他们俩可能用了"对打猎鹰"阵势。

> 玛德乌兰胡
> 迎着晨曦张弓
> 迎着晚霞拉满弓
> 两肩胛之棱渐渐合并
> 食拇两指滴出着黑血
> 此刻汗青格勒
> 化身为猎鹰
> 坐在黄骏马的右耳中
> 玛德乌兰胡口中念念有词祷着：
>
> 正对着汗青格勒之胸口
> 撒开了强弓
> 万钧利箭呼啸而来
> 正着黄骏马之额
> 但如射着了青石崖
> 带着回音弹落于野
> 于是
> 汗青格勒勇士
> 迎着晨曦张弓
> 迎着晚霞拉满弓

两肩胛之棱渐渐合

并食拇两指滴落着黑血

此时玛德乌兰勇士

化身为猎鹰坐在花骏马的右耳中

念祷着：正中玛德乌兰之胸口

汗青格勒松开了强弓

万钧利箭呼啸而来

正着花骏马之额

但如射着了青石崖

带着回音弹落于野

  勇士的这种射箭法和躲避技巧的训练都与平时生活中的民间游戏有关。以上这种游戏性队形阵势，不仅仅在民间流传至今，在《蒙古秘史》等文献中也有所记载。例如，诃额仑母亲得知铁木真、哈萨尔两人射死其同父异母兄弟别克帖儿（Бэхтэр）后，强硬责备他们说"你们如吃胞衣的狗般，又如冲崖子的猛兽般，又如忍不住怨气的狮子般，又如活吞物的蟒蛇般，又如影儿上冲的海青般，又如噤声吞物的大鱼般，又如咬自己羔儿后腿的疯驼般，又如护窝的豺狼般……"[1]。这里的"吃胞衣的狗""咬自己羔儿后腿的疯驼""护窝的豺狼"等都是早期蒙古族军训猎用的游戏名称。民间"驼羔与公驼"的游戏训练法是：公驼要吃驼羔，驼羔躲避，公驼凶猛地攻击，抓住驼羔的后腿，以示公驼取胜。这真是诃额仑母亲所比喻的"疯驼"。可见这些游戏及其名称关系到成吉思汗的训练军队及作战方式，更是蒙古史诗生成的生活基础和生长的土壤。古代蒙古族的战争、狩猎、放牧、娱乐等生活的各个方面都有程序地相互关联着，相互促进，相互成为各自的基础的，同时成为各自的行动结果。因为有了大众化、全民性、娱乐性的军训，

---

[1] 〔蒙古〕策·达木丁苏隆编译，谢再善译：《蒙古秘史》，北京：中华书局，1956年，第22页。

才出现史诗勇士那样永不失败、百战不殆的英雄。有了那么英明坚强的无敌英雄在守护着，才能有那幸福美满的游牧生活。有了那么幸福安宁的田野生活，才有了悠闲而快乐的游玩性训练的条件。这些程序的每一个环节都影响着他们整个文化生活的每个细节，像其他民族的文字一样，是蒙古族古代文明的一种形式。"湖型阵势""狼与土拨鼠""海青鸟"等游戏性军训方式不是像《孙子兵法》那样用文字记录形式流传，而是用活生生的形象铭刻在游牧的蒙古民族每一个人的脑海里，从孩童时期开始每个人看着、学着、玩着、练着、用着，祖祖辈辈流传下来的。这就是蒙古族古代文明的表现，是他们在长期的生活和斗争中创造出的一种独特的文化，是成吉思汗一样的勇士们成长的土壤。

黑格尔说过，各种艺术作品各自都属于一定的历史时期和一定的民族，也依靠各自的特殊环境、思想根源和目的而产生发展。的确，作为一种古老的文化艺术，蒙古族民间游戏也是在那一个时期、那种特殊的环境和特殊的历史条件之下，根据蒙古部落的实际生活的某种需要或某一种目标而产生、发展、流传下来的。就像德国著名艺术史家恩斯特·格罗塞（Ernst Grosse）所说的"一个精干而勇健的舞蹈者也必须是精干和勇猛的猎手和战士"[1]一样，在动荡不安的环境里，古代蒙古族为了战胜恶劣的环境，为了做精干的牧人、勇猛的猎人、勇敢的战士，从小就开始有意无意地练习那种游戏，迎合时代和环境，勇敢地成长，最终成为本氏族部落的救星。这正是德都蒙古史诗勇士历经千险而最终获得幸福和安宁的原型。这是他们智慧和汗水的结晶，也体现了他们独特的审美意识（崇拜智勇双全的英雄）。这就是他们为生存和生活而创造的文明，是成吉思汗似的勇士在震撼世界的大战中取胜的文化基础。

---

[1]〔德〕格罗塞著，蔡慕晖译：《艺术的起源》，北京：商务印书馆，1984年，第170页。

### 三、民间文化深层的军训方式

蒙古族史诗实际上就是英雄好汉一生的马背生涯和征战事业。蒙古族历史文化、蒙古族英雄史诗及其大众化军事训练基地——古代游牧人游戏的社会价值和意义在于其吸引人们统一社会的功能。它指引和训练一群人——古老的蒙古氏族，在他们古老组织的分散和不安定的社会生活状态之中，使他们在一种动机、一种愿望之下，为一种目标而行动。它至少乘机把秩序和团结引进了这些狩猎游牧民族的分散无定的生活之中。除了战争以外，恐怕游戏对于古代蒙古部落是唯一使他们统一目标的活动，同时这也是对于战争和狩猎最好的准备之一，因为游戏就相当于他们的军训，蒙古史诗勇士一生下来就是能打善战的战士。

一切高级文化都是依据各个社会成分的长久的有秩序的合作。而古代蒙古人却以传统的游戏训练来达到这种合作，以此作为他们的文化中心。我们知道，当时对分散的游牧人来说，最重要的是团结和统一。因此，他们用游戏形式来进行统一思想、统一行动、团结一致的初步训练。《蒙古秘史》里记载着"蒙古泰亦赤兀惕种百姓，在斡难河的豁儿豁纳川地方聚会，遂选出忽图剌为合罕，蒙古部众喜悦异常，大开宴会，立忽图剌为合罕，豁儿豁纳地方的树周围都践踏成了深沟"。他们这样围绕着树踏、跳、玩，不仅仅是祝贺忽图剌为合罕，更重要的是借此机会宣传和动员蒙古各部落怎样为了报仇，怎样为了使部落强大而奋斗，怎样统一步骤，共同战斗，并进行一次统一目标、统一行动的大训练。

不言而喻，他们绕着大树玩"湖圆形""狼与土拨鼠""贪婪的鹰""海青鸟"……等游戏，唱着、跳着、玩着，一边尽情地欢乐，一边进行了一次艰苦的训练，以掌握技能和技巧。成吉思汗震撼欧亚大陆的最可靠的基础之一，就是那独特的、别人无法摸清的、古老的训练方式。蒙古史诗正是这种生活历史的艺术反映。

普列哈诺夫说："需要是最好的老师，狩猎工作的需要使猎人能画地图。"[1]的确，创造各种游戏是游牧的蒙古诸部落团结统一的需要，艰苦训练的需要，一种文化教育的需要，这使他们集中起来唱、跳、玩，以此来锻炼意志和技能。

我们可以认为现代人类文明、团结一致的行动、次序和规则，都是在一定意义上的古代游戏文化的基础上形成和发展起来的。可现在的人已经看不到游戏等古老艺术在人类文化发展史上的那种开创性的，非凡的作用。不过，蒙古古代文史珍品《蒙古秘史》提供了足够的线索来弥补这一缺憾。《蒙古秘史》中不仅保存着古代舞蹈、游戏等文化形式的痕迹，还保存着其作用和文化影响。这也为这部巨著增添了光彩，增加了其历史价值和艺术分量。游戏不仅决定了蒙古族古代军事训练、作战方式方法的形成，还对古人的艺术审美观增加了新鲜的色彩。它有着独特的文化形式和鲜明的民族风格。蒙古族史诗实际上就是这些民众文化的高度概括和最终结晶。

蒙古族游戏具有实用和审美的双重性。它之所以流传至今，主要是因为它具有广泛的文化意义和间接的社会价值。它对游牧社会的重要性，已经存在于蒙古社会各时代的文化宝库中。随着历史文明的进程，游戏作为蒙古族古代文化，其永恒的价值将被逐渐挖掘与发现。

---

[1] 〔俄〕普列哈诺夫著，博古译：《论一元论历史观之发展》，沈阳：东北新华书店，1949 年。

第五章　　　德都蒙古史诗艺人及其演唱习俗

# 第一节
# 德都蒙古史诗艺人及其艺术风格

    在人类文化史上，在辉煌的各民族史诗传承历程中，自从荷马将古希腊的民歌和故事整理创作成大型史诗之后，《伊利亚特》《奥德赛》等民间史诗便失去了传统的口传形式而成为文本。自从文本出现的那天起，荷马史诗的载体形式就被固定化，从而也决定了它的传播方式。印度史诗《罗摩衍那》和《摩诃婆罗多》同样也早已成为文本史诗。而德都蒙古史诗至今还保持活态的形式在民间口传。《格斯尔》《江格尔》等史诗虽然已经有近 200 年的文本历史，但是至今仍然在有些地区活生生地生成于民间，不断出现新的年轻艺人传承这一演唱传统。在对蒙古史诗的流传形式及演唱艺人的研究中，我们需要深入探索和挖掘这一传承不断的秘诀。蒙古史诗与中国其他所有民间文化一样一度面临迫害，遭受了"文化大革命"的洗劫，又经受着现代文明的冲击。但活态演唱的传统仍然存在于民众生活中，除了一般对民间文学的欣赏、教育等需要之外，它还有一项更深层次的生命力，那就是对英雄的崇拜和史诗演唱行为本身的信仰，这是德都蒙古史诗演唱传统流传至今的秘诀之一。民众的需求、爱好和崇敬是关键，而演唱艺人本身的素质和才华是其传承的保障。所以，我们在考察、研究德都蒙古地区的史诗演唱传统和现状时，必须讨论该地区的史诗艺人及其相关风俗。

根据仁钦道尔吉所分类的蒙古史诗流传地带，德都蒙古史诗属于新疆卫拉特史诗流传中心。后来，斯钦巴图多次在德都蒙古地区进行实地田野调查，发现该地区史诗演唱的独特性和地方特色，指出德都蒙古史诗独立成为流传地带的见解。德都蒙古史诗和新疆卫拉特史诗虽然同属于卫拉特史诗系统，但两者在体裁特征、题材范围、演唱曲目、演唱曲调、演唱习俗、表演方式、彼此间的联系与发展趋势上均有比较大的差别。当然，德都蒙古史诗的演唱传统有着古老而长久的历史，而且流传的范围非常广，有着众多的演唱风格和地区特色。仁钦道尔吉的史诗系统和流传中心地带的分类，也是以上述蒙古史诗地域性特色为依据的。从整个蒙古高原到青藏高原，所有的蒙古族聚居的地区活态的史诗演唱传统至少保留到 20 世纪中期，甚至有些地方还比较好地传承至今。拿国内蒙古族史诗流传传统来看，在内蒙古各地就有呼伦贝尔盟的巴尔虎史诗传统和布里亚特史诗传统，哲里木盟的扎鲁特史诗传统，昭乌达盟[1]的巴林《格斯尔》史诗传统，伊克昭盟[2]的鄂尔多斯史诗传统和乌拉特史诗传统等。在青海和甘肃有德都蒙古史诗传统，而在新疆，则有新疆卫拉特蒙古史诗传统。各地都有共同的史诗活态流传传统，但已有了不同的保留现状。现在，放眼看这些在我国曾经存在活态流传蒙古史诗的分布地带，在内蒙古地区的史诗演唱传统几乎已经失传，演唱艺人寥寥无几。在新疆卫拉特史诗和青海、甘肃德都蒙古史诗演唱习俗现在还在保留并多少维持着活态形式，当然，也在承受着现代文明的种种冲击。我们将首先概括介绍德都蒙古史诗传统的轮廓，当今的史诗艺人及其演唱风格、演唱的曲目、语言特色等。以此为起点，从体裁、表演技巧、传承方式等诸方面探讨，以竭力阐释德都蒙古史诗传统的地域性特色、艺人及其演唱风格等。

---

[1] 今赤峰市。
[2] 今鄂尔多斯市。

　　德都蒙古地区是笔者的故乡，笔者从小成长在这片美丽、富饶而神奇的土地上，生活在浓浓的民间故事和史诗演唱氛围当中。虽然笔者 18 岁就离开故乡，但每年两个假期都会返回家乡，感受身边的民间传统，聆听讲不完的故事和唱不完的民歌。当笔者于 20 世纪 80 年代初开始对民间文学有意识地关注时，虽然当时"文化大革命"刚结束，但民众对恢复传统文化的激情很高。十年来在民间悄悄埋藏在记忆深层的史诗演唱传统，雨后春笋般地浮现于地面。当时仅仅在德令哈市附近几个乡就有乌孜尔（1909～1986）、达尔汗（1911～1988）、贾拉森（1903～1992）、万扎（1918～1989）、达格玛（1923～2006）等十几位有才华的民间史诗演唱艺人、故事讲述家、民歌手。笔者于 1981～1982 年为撰写本科毕业论文而搜集相关资料，假期回家骑着马挨家挨户去采访那些艺人和歌手。虽然当时没有像现在这么先进的录制设备和科学的采访记录知识修养，但笔者记录了不少宝贵的第一手资料。那些非常传统的著名艺人们 20 世纪 90 年代中期时也还健在。遗憾的是，当时没有好的现代设备和足够的条件，笔者也未具备很好的田野调查经验，所以没能科学地录制或音标记录那些堪称大师的天才的艺人们的现场表演。到现在，很多有名的史诗演唱艺人都已与世长辞。当然，经历了严酷时代的考验和洗礼并与现代文明抗衡的传统的火焰是不会轻易熄灭的。时到今日，在国际化的大环境中，德都蒙古英雄史诗演唱传统依然保持如此这般的活态状态，是难能可贵的，而且有几位上了年纪的史诗艺人在记忆中还保留着自古流传下来的优美动听的史诗演唱曲目。虽然大众化的听众和自然意义上的史诗演唱传统在当地渐趋消失，但在他们的记忆中史诗故事仍然活着，他们演唱起来依然热情澎湃、意气昂扬、流畅如水。只是电视、电影、微信、微博等一个比一个先进的集现代信息、娱乐、使用等多重功能电子化工具的普及，为民间说唱艺术的发展带来了负面影响，大大削弱了民间史诗忠实听众的热情。较早的著名艺人已经离世，接班者成长艰难。

　　本节通过对德都蒙古地区的史诗艺人及其说唱生涯的探索，试图揭开这古老的文明历史的一幕，竭力再现处在青藏高原的德都蒙古族人民的勤劳、智慧和艺术天赋，以显示他们为世人所创造的艺术成就，为所有对神秘的德都蒙古史诗艺人怀有兴趣的学者提供参考。目前，德都蒙古史诗艺人中，比较有名的扎木苏荣（1921～）、达格玛（1923～2006）、道丽格尔苏荣（1923～2009）、胡雅克图（1934～2005）、苏和（1947～2015）等相继去世。尼玛（1941～）等艺人也已年近古稀。相对而言，德都蒙古当代史诗艺人算是比较多的，其中也有过非常优秀的天才艺人。可惜大多数艺人现已经过世，而且由于"文化大革命"等各种原因没有机会很好地传承给接班者。在本节中，我们首先介绍已过世部分的著名艺人，接着介绍现在还健在的一些优秀的代表性的艺人，以便分析和观察他们的传承关系和时代特色。

## 一、德都蒙古早期艺人及其相关信息

在采访过程中，笔者得知了比较早期的一些艺人的信息。有些艺人回忆说他的老师的老师，只听说过有这个艺人，没有记忆他们的演唱曲目等其他任何信息。例如，艺人道布吉勒、嘎日哈、敖立吉白、拍力杰、古莱等，除了人名之外几乎没有其他信息，在此无法列出条目。我们将继续挖掘相关更早期艺人的信息。

### 1. 巴勒珠尔

巴勒珠尔（1891～1940），青海蒙古左翼北左旗人，是当今青海省海西州德令哈市戈壁乡的牧民，是个佛教徒居士，同时也是个民间艺人。他的全名为"苏德那木巴勒珠尔"，藏语"幸福与恩惠"的意思。因为他是佛教居士，人们习惯尊他为"Baljuur-Zochi"[1]。据当地老人追忆，他7岁开始进当地宝日寺庙[2]学习经文，12岁到塔尔寺闻思学院学修，17岁获"格西"[3]（Geshe）学位。19岁回家结婚成家[4]。巴勒珠尔精通蒙藏两种语言文字，聪明而且很有学问。他不仅念经，进行一些宗教活动，同时也能演唱史诗、讲述故事、咏诵祝赞词等，还能占卜和号脉行医等。关于他演唱的史诗，既没有记录又没有录音，只是在当地民间口传下来的记忆。他的同乡达尔汗老人曾回忆讲："巴勒珠尔格西经常讲述或演唱的是《杜日布勒金汗》《阿木尼诺彦汗》《三岁古南乌兰巴托尔》等史诗。"在后人记忆中他演唱的大部分史诗流传下来了，但是有的可能失传了。比如，《杜日布勒金汗》史诗现在没有人能演唱或讲述，只知道史诗名称。在采访过程中好多人都说没有听过这个名字。笔者认为这有两种可能：一种可能是这部史诗的确已失传而没能流传至今；另一种可能是在流传过程中出现史诗名称的变更。在蒙古史诗传统中常常出现类似的事情。例如，史诗《汗青格勒》的名称有时候以汗青格勒父亲的名字命名为《呼德尔阿拉泰汗》。同一部史诗，不同艺人有时候以不同名称命名，目前逐渐以《汗青格勒》的名字流传为主。同样几十年之后，人们就不知道《呼德尔阿拉泰汗》这个史诗与《汗青格勒》的关系了，也只是留下个史诗名称。

另外，据达尔汗老人回忆，在每年祭祀敖包之后，几位喇嘛（达尔汗也是非常有学问的喇嘛，当时他可能是个小班迪、随从小马倌）跟随王爷一行沿着边境走"乌塞"[5]，沿着家乡的边境风餐露宿走几

---

[1] 汉译为：巴勒珠尔格西或者居士。
[2] 据万扎老人介绍，"宝日"寺庙是当时的一顶以灰色毡子制作的蒙古包式流动寺庙。20世纪30年代，万扎老人小时候还见过那顶流动寺庙。
[3] 格西，汉语意译为"善知识"，为藏传佛教格鲁派僧侣经过长期的修学而获得的一种宗教学位。
[4] 当时德都蒙古喇嘛有特殊政策，因人口稀少而喇嘛都可以结婚生子，养家糊口。
[5] "乌塞节"是蒙古人传统的敖包祭祀庆典活动的一种很重要的项目。"乌塞"是蒙古语"乌苏"（usu）的变音形式，是"水"的意思。但这不是普通的水而是神水，不能直接叫"乌苏"，而是使其优化尊称为"乌塞"，以表神圣不可简言。据老人们讲，"乌塞节"这一名称就与"求水"有关，是向苍天求神雨之意。

天。其中，巴勒珠尔是王爷随从人员中必不可少的一员。因为他是走"乌塞"时进行相关佛事仪式的主角。每到露宿之地他就念经、点香、祭奠泉水、井水或河水。走"乌塞"是个水节或者求水行动。在野外露天住宿时，巴勒珠尔进行佛事仪式后就讲故事或演唱史诗。王爷更喜欢听巴勒珠尔演唱史诗，因为他的嗓子好，声音动听[1]。

当地牧民还回忆说，巴勒珠尔家是很有佛缘的一家，同时也是祖传艺人家。传说，在他们家曾经诞生过一位藏传佛教活佛的转世灵童。据当地长者说，他们家曾经有三个儿子，三匹枣骝马。有一天从西藏拉萨来了两位喇嘛。他们就一路打听"有三个儿子，三匹枣骝马"的人家在哪里，最后找到了巴勒珠尔家。当时，他家的三儿子才三岁，后来才知道他是那位西藏活佛的转世灵童。他生下来时，他右边的肩上有飞马形状的大红痣，天生聪明伶俐而健壮。他出生八九个月就能走路，十个月就能简单地会话，而且有明显的预知能力。巴勒珠尔格西为佛门神人，深知这孩子非同一般。他每次出门时就嘱咐家人他的穿着一定要干净整洁，不让他穿俩哥哥的旧衣服，切忌不要让任何人看见他肩上的大红痣。三儿子三岁那年，经常玩迎接远方贵客的游戏，以手绢或者抹布等布条当哈达跪在门前迎客。正在他玩的时候来了两位喇嘛，三岁孩子就一见如故，与那两位喇嘛玩。两位喇嘛在巴勒珠尔家进行念经、点香、燃佛灯、祭祖等简单的佛事礼仪，便一住住了三天。有一天，喇嘛把三岁的孩子拉到自己身边，要看他肩上的大红痣。母亲急忙阻止，把孩子匆忙抱在怀里。两位喇嘛说："不用怕，我们知道智者的标志，他是活佛的转世灵童，是我们的恩师，我们千里迢迢就是为他而来的。"母亲就无奈让他们看了。两位喇嘛离开他们家的时候跪在地上给三岁孩子磕头，让孩子摸顶，并嘱咐母亲说"他七岁时我们将再来请他坐床"。那孩子从四五岁开始就学着大人演唱史诗或者咏经，聪明过人。他听到什么就能一字不差地记住，听着父亲演

[1]　1985 年 8 月 12 日的采访记录。

唱和诵经就学会了。可惜的是，他到了七岁那年就夭折了。两位哥哥没学演唱史诗。大儿子希日布继承了父亲的行医手艺，自认药草，自制蒙药，号脉行医，后来在当地成了稍有名气的民间医生。巴勒珠尔的俩女儿却学会了演唱史诗和讲述故事，继承了父亲的精神财富。据他女儿讲，巴勒珠尔演唱的最有影响的史诗就是《汗青格勒》《三岁古南乌兰巴托尔》《七岁的道尔吉彻辰汗》等。据他大女儿讲，她们小时候在家里父亲不让演唱或讲述《格斯尔》，因为史诗《格斯尔》与宁玛派有极为密切的关系，而父亲是格洛派黄教教徒，可能因为这个不让说唱《格斯尔》。但在演唱《汗青格勒》等其他史诗时，常常点香、燃桑、低声咏经等进行一些小型仪式。还有一个原因可能是在家里供奉了"Tavun-Khaan"（"五勇猛明王"或者"白哈尔"神）。"Tavun-Khaan"是个凶猛的护法神，象征护法威严。格斯尔王也是凶猛的勇士。据老人讲，"一山不容二虎"。所以，家中供奉凶猛的护法神就不宜赞颂另一位凶猛的勇士。关于"Tavun-Khaan"护法神本章另有比较详细的解释。

### 2. 乌孜尔

乌孜尔是青海省海西州德令哈市今怀头塔拉乡牧民（图5-1）。他的父亲叫满吉宰相。乌孜尔艺人的小名叫乔伊日金贾布。因为天生聪明，他没有进寺庙，八九岁开始就学习藏文，会背相关的佛教经文。他的藏语经文的老师给他起名叫"乌孜尔"，藏语"光明"之意。记忆超众的他不仅会背佛经，还学会了演唱史诗、咏诵祝赞词、唱民歌等。他爷爷是个号称"故事大王"的史诗艺人。乌孜尔的大部分史诗和故事都是从爷爷那里学会的。据当地长者万扎回忆："我们年轻的时候都是长途驼队队员，一起牵着拖搭柴达木铅或盐的骆驼队，往返于西宁或沙洲（今敦煌）或戈壁柴达木之间，当时在长途跋涉的途中，乌孜尔艺人一路讲故事或演唱史诗，听着优美的史诗曲调。我们不知不觉地就走到目的地。因为乌孜尔艺人个儿高，步子大，走得快，有时候我们就很难跟上他。跟不上就听不到他演唱或者讲述的史诗故事。这时候他就把演唱或讲述史诗或故事的声音放低，以敦促我们加快步伐跟上他。我们也为了听他那讲得栩栩如生的故事或者史诗，只好加快步伐，紧紧跟着他，否则就听不着。"[1] 乌孜尔艺人除了演唱《格斯尔》《汗青格勒》《三岁古南乌兰巴托尔》等史诗之外，还讲述许多故事和地方历史传说等。在"文化大革命"中，他被批斗，不用说演唱史诗，连说个话的人也很难找到。

俗话说得好，"真金不怕火炼"。虽然经历了"文化大革命"的洗礼，但史诗依然在他的记忆中完好无损地保存着。"文化大革命"一结束，20 世纪 80 年代初开始，随着民间文化的抬头，各地学术界来访问乌孜尔艺人，录制和记录了他演唱的《格斯尔》《汗青格勒》等著名史诗。同时，随着各地民间文学搜集热潮的出现，一些买卖人也争前恐后地前去录制他演唱的史诗，并刻成磁带在摊上卖。笔

图 5-1　艺人乌孜尔
注：摄于 1984 年

者在 1984 年的暑假有幸在海西州德令哈市河东桥头一个小百货店里买到了他演唱的史诗《格斯尔》的录音磁带，至今还保存着。乌孜尔不愧是大师级的著名艺人。他的演唱技巧娴熟、演唱曲调动听而节奏感强、演唱的声音非常洪亮、演唱中的语音非常清晰。他唱得有声有色，充满激情，不用说现场的聆听，只听磁带录音也很享受，在感受到音

---

[1]　1985 年 8 月 15 日，笔者采访青海省海西州德令哈市戈壁乡牧民万扎老人。

乐的同时，能够欣赏到史诗英雄英勇顽强的事迹。后来，笔者在青海省海西州都兰县巴隆乡进行田野调查时，有好几位年轻一些的说唱艺人都说跟着乌孜尔艺人演唱的录音磁带学会演唱《格斯尔》《汗青格勒》等史诗。乌孜尔艺人带出了两代艺人，以他亲身实唱来影响一代人的同时，又以录音影响了下一代人，并且这种影响力还在继续着。他演唱的史诗让一代又一代人回味无穷，他的演唱声音是在唤醒一代人心底的传统文化，以鼓励和敦促人们挖掘、继承、弘扬这一优秀的史诗文化传统。

  史诗的创作和流传，是一个非常精致而复杂的过程。乌孜尔的演唱文本现在可以说已经固定化。虽然至今还留存着艺人所演唱的声音版本，但已经再没有新的创作唱版，而且印刷本早已出现。这样一来，不管是现存的声音版还是印刷版，对史诗的内容、语言已没有了新的修饰和润色，具有时代气息的伶工特点也因之逐渐消逝，从而那种具有乌孜尔艺人风格的划时代的、经典的文本出现。现代学术界深知经典化的乌孜尔史诗文本的文学性所有问题，都来自口耳相传的古老传统，因为他的演唱文本的固定化过程离我们很近，而且这个传统不像荷马史诗传统那样早已失传，至今仍然口耳相传。例如，史诗《汗青格勒》的乌孜尔演唱版本已经定型化，但他的学徒辈的现代艺人们还在继续演唱着这部史诗。它作为活态的口耳相传的史诗，仍然在被创作着、流传着，不断产生新的活态文本。乌孜尔艺人的唱版和经典文本，将继续成为新一代艺人们创作新文本的脚本。因不同艺人的阅历、经历、才华、天智和天赋、语言技巧、思路等不同，各艺人演唱形式和风格也各具特色。接触并听过乌孜尔演唱史诗的人都回忆说他是个聪明过人、无师自通的天才艺人，拥有天生的嗓音和即兴表演能力，将史诗故事描述得有声有色，充满激情。乌孜尔艺人留下的演唱文本似乎可以说已经熔铸为"善本"[1]形式，因为其演唱文本具备较高的历史文物性，也具备了学术资料性和艺术代表性。从乌孜尔演唱文本的内容、情节、语言、人物形象等各方面看，其并不比活态的当下说唱文本逊色，带有乌孜尔艺人个人自觉的创作意识的色彩，同时也表现出艺人独特的演唱风格，展示了他演唱时的不自觉的艺术灵感涌现的情景。据听过他演唱的乔格生艺人讲，乌孜尔艺人在任何场合都能保持和发挥自己的最佳状态。有一次，远方来了一位搜集《格斯尔》的学者，在采访录制他的演唱时，乌孜尔艺人抱病，因而在一间小房子里说唱，既没有听众互动，又缺少面对听众说唱时的氛围，完全失去了酝酿灵感的环境，但演唱效果仍然非常好，表现出艺人的胸怀和气质。与乌孜尔艺人一同经历酸甜苦辣而度过一生的万扎老人曾回忆乌孜尔艺人年轻时期的演唱场景。他说，乌孜尔艺人自然创作并说唱进入兴奋状态的时候，两眼炯炯有神，两只肩背轻轻飘拂，微微摇动着双肩，似乎已失去自控而进入史诗勇士争战的场景当中，旁无人影似的飞舞着上身[2]。我们可以判断，这种状态是艺人原始意识的潜意识涌现出来，完全进入超现实的精神世界中。

史诗原本是原始意识状态下集体创作、流传于民众间的活态艺术，但是以自觉的艺术方式和以个人天赋进行史诗创作的任何艺人都是独立的个体，他以这种方式创作并演唱的史诗都具有独特的风格。艺人的创作过程在一定意义上是把集体的智慧和个人的经验融合的过程。每个艺人所表演的口头文本，虽然都是集体意志的体现，都是集体创作，在集体认知的状态下产生并且在集体意识中不断沉淀形成集体知识，但个体艺人是不可缺少的。随着自我意识的萌发和作用，以及社

---

[1]　善本，简单讲就是好的书本。善本最初的概念是指经过严格校勘、无讹文脱字的书本。印刷术产生前，书籍大都是写本。把原稿或别本认真缮写下来，经过与原文校核无误，就成为善本。以后许多学者对善本的概念不断总结归纳，最后形成了现在通用的善本。本书用来比喻乌孜尔艺人演唱的史诗的经典化程度。

[2]　1985 年 8 月 15 日，笔者采访青海省海西州德令哈市戈壁乡牧民万扎老人的记录。

会形态的逐步复杂化，有才华而且具有自我意识的艺人脱颖而出，回忆多年散发在大众文化深层的勇士故事，传承其精致的文化遗产，在一定的场合重温曾经梦幻般的永生境界，借助灵感畅谈过去时代的记忆从而创作史诗。嘉吉雅艺人曾经谈起她讲述或演唱时的感觉："一方面自己叙述史诗勇士的英雄故事，回忆他们的行动规则；另一方面，坚信前辈艺人们在创作史诗时为后代的继承创造的秩序，制定的规范和制度。所以，竭力控制自由发挥，谨慎张冠李戴把两部史诗勇士的历险行动混淆不清等现象的出现。"[1]

集体记忆是本民族历史记忆的反复唤起。《汗青格勒》这部史诗与德都蒙古其他史诗一样，多以蒙古先民的生活历史过程为线索，将零散的生活经历和神话传说贯穿起来，形成了带有古代蒙古先民认识世界特点、反映先民心目中创造历史的史诗，这些史诗具有相同的文化渊源和相似的集体记忆痕迹。几乎所有史诗中所叙述的与蟒古思争战、远征娶亲、岳父的苛刻考验等情节都非常相似。有些艺人在完全进入亢奋状态时，能够自控，以坚守前辈艺人的规则，但有些艺人反而创作出许多新的情节。所以在史诗传承过程中，相同或者相似的历史文化记忆在世代相承的同时，也因为个体艺人的风格和创作技巧，以及一脉相传的传统情节，常常发生一些微妙的变化。乌孜尔艺人等早期著名艺人都属于坚守前辈传统的相对比较保守的艺人，所以乌孜尔艺人在不同时期、不同场合所演唱的《格斯尔》《汗青格勒》等史诗的不同文本之间差别不是太大。苏和、乔格生等当今活跃在德都蒙古史诗领域的新一代艺人与此不同。据笔者于 2007 年夏采访的盲人艺人扎木普勒说："我的老师著名格斯尔奇道布吉勒从不说他跟谁学的，也不承认现实生活中的普通人能传授神圣的史诗演唱技能。他经常说在演唱过程中得到佛祖和神的启示，就自然而然地会说唱，这是佛祖和神的

---

[1]  1981 年 6 月 20 日，笔者的采访记录。

恩赐，前辈艺人们的灵魂在显神。当然也靠个人的天赋和前世的缘分，因为我的老师非常聪明。我听他的说唱才学会这些故事的。"[1] 这说明艺人的个体风格各有特色，同时也代表着一个时代的集体记忆，艺人说唱时能够把大自然及自己的生活经历、感受和体验，融合到史诗当中，以塑造当下，留给后人。

### 3. 达格玛

达格玛（图5-2）是德都蒙古的一位女史诗艺人，她是青海省海西州德令哈市戈壁乡牧民。她是笔者采访次数最多的艺人之一。她能演唱《古南布克吉日嘎拉》《汗青格勒》《道里精海巴托尔》《七岁的道尔吉彻辰汗》《奥依图莫尔根特木奈》《美须公克勒图盖》《得密德贡登汗》《三岁古南乌兰巴托尔》等史诗及英雄故事。据采访，这些史诗她是从父亲那里学的。她的父亲是早期喇嘛文人，精通蒙藏两种语言，是一位很有才华的民间艺人。达格玛老人讲故事或者演唱史诗时，一定要讲完。她说，如果时间不够或者有什么特殊情况可以简化讲，但不能中断，不能讲半截子，否则佛祖会不高兴的。她讲故事的时候有个习惯就是一定要先洗手。她说在"文化大革命"之前特别是她父亲在世时，不管讲故事还是演唱史诗都得先洗手、点香等进行简单的仪式，然后才开始演唱。她说，在长辈艺人在场时，徒弟不演唱史诗，必须虚心听长辈艺人的演唱或讲述。达

图5-2 艺人达格玛

---

[1] 笔者于2007年8月5日采访了盲人艺人扎木普勒。他属猪，当年73岁。

格玛艺人除了继承父亲的演唱风格之外，还学习并模仿乌孜尔、嘎日来和达尔罕博等长辈艺人的演唱和讲述特征。达格玛艺人是个性格温和、和蔼可亲的老人。她说唱史诗时从容自若、稳如泰山、口齿清晰、声音也非常清脆，几次采访中她都保持非常好的心态，不紧张、不急促，很优哉的感觉。她不仅说唱史诗，还能唱德都蒙古长调民歌，她最擅长的名曲是"《阿拉泰杭爱高地》"（关于成吉思汗两匹骏马的民歌）。她是一位虔诚的佛教徒，任何时候手里不离开念珠和手转式小型法论，平时没事儿时左手拿着玛尼念珠，右手拿着小型法论，不停地念玛尼。

### 4.嘉吉雅、库古德

嘉吉雅（1899～1989）和库古德（1903～2009）是德都蒙古最著名的姐妹女艺人，两人都是非常有才华的史诗艺人和故事讲述家。她们是甘肃省肃北县石堡城乡牧民，是原青海蒙古二十九旗中的北左翼克鲁克贝子旗人。20世纪30年代末至40年代初，她们因战乱等各种原因迁移到甘肃省敦煌一带游牧。中华人民共和国成立后，到50年代初才把这部分蒙古族划到甘肃省，设置肃北县。笔者曾于1981年5～7月在当地进行毕业实习，有幸几次采访过这两位伟大的女性。当时笔者在肃北县牧区进行毕业实习，田野工作主要是搜集当地蒙古族民间文学，姐妹俩都能演唱《汗青格勒》《道里精海巴托尔》《珠拉巴图尔汗》《额仁赛音恩赫浑吉乐》《格斯尔》等史诗和讲述许多民间故事。嘉吉雅是年轻时在青海老家师从比她大4岁的嘎日来艺人学唱史诗的[1]。据斯·窦步青回忆："艺人嘉吉雅与德都蒙古著名艺人乌孜尔是同一个大师的徒弟。"这么看来，嘎日来艺人是他们共同的导师。据斯·窦步青先生提供的信息：艺人嘎日来曾说过他是从书本上学会演唱史诗《汗青格勒》的，但是他所说的"书"不知是什么样的书。根

---

[1]  斯·窦步青搜集整理：《肃北蒙古族英雄史诗》，北京：民族出版社，1998年，第360页。

据比嘉吉雅大 4 岁这一信息，艺人嘎日来应该是 1895 年出生的，20 世纪 30 年代为嘉吉雅、乌孜尔传授史诗演唱时嘎日来应该 30 岁左右。那个年代嘎日来到底从什么书上学的呢？很可能当时在德都蒙古民间流传《汗青格勒》的手抄本。据西北民族大学教授道·照日格图的研究，国内最早出版德都蒙古史诗《汗青格勒》是在 1978 年，是仁钦道尔吉把阿·太白、曹洛孟二位于 1956 年从甘肃省肃北蒙古族自治县石堡城乡的罗布桑艺人那里用音标记录的文本，转写成回纥式蒙古文初次出版[1]。国外最早的是苏联著名蒙古学家符拉基米尔佐夫于 1911 年或 1913～1915 年在蒙古国西部卫拉特人中进行田野调查时记录的《汗青格勒》的另一个文本，后来他于 1926 年在列宁格勒[2]编辑出版的《蒙古民间文学范例》中初次发表。这些出版物 20 世纪二三十年代不太可能在青藏高原的德都蒙古流传，所以，当时在艺人嘎日来手中的"书"很可能是当地文人的手抄本。另外，斯·窦步青还提供了名叫敖立吉白、拍力杰、古莱等三位艺人的信息。关于敖立吉白和古莱两位艺人的相关信息我们在德都蒙古其他地区进行访问调查时也获得过一些。艺人古莱还是一位著名的祝赞词家，他所祝颂的德都蒙古《巴音松庚祝词》也非常有名，被学术界誉为德都蒙古民间文学三大高峰之一。笔者于 1981 年 5～7 月在肃北县石包城乡进行大学毕业实习时，多次采访斯·窦步青先生。他给笔者提供了包括古莱祝颂的《巴音松庚祝词》在内的四种手写文本，我写了两篇论文来探讨其历史性等相关问题。

### 5. 巴勒登

巴勒登（1916～1995）是德都蒙古很有影响力的民间艺人。他能演唱史诗，也能颂祝赞词。他是青海省海西州乌兰县柯柯镇赛什克乡牧民。他的别名叫哈西嘎，当地民众尊称他为"乌兰哈西嘎"或者

[1] 道·照日格图：《英雄史诗〈汗青格勒〉研究》，呼和浩特：内蒙古人民出版社，2001 年，第 8 页。
[2] 今圣彼得堡。

"阿布嘎哈西嘎"（阿布嘎是"舅舅"或"大伯"等意思）。他曾经当过喇嘛，学藏文的同时也学了蒙古文，但后来他还俗娶妻过着普通游牧人的生活，同时也是当地稍有名气的神枪猎人。据当地人说，"哈西嘎"这个名称就是专指猎人或者神枪手。"乌兰哈西嘎"直译为"红色枪手"，熟悉他的人都说他枪法很准，出猎几乎弹无虚发，所以就起了这一褒贬双重意义的外号。据学界报道，他是 7 岁开始从哥哥那里学了祝赞词[1]。他演唱的史诗中最有名的是《宝尔玛汗的儿子宝木额尔德尼》。关于这部史诗的口传形式，学术界有一些争议和疑问。这部史诗除了艺人巴勒登演唱之外，德都蒙古其他任何一位艺人都没有演唱过，也没有曾经其他人演唱的信息，而且艺人巴勒登懂藏文和蒙古文，所以学术界认为这是书面文本的再口传化异文。同名史诗在蒙古国早期已出版并被转写成回鹘式蒙古文，于 1956 年内蒙古人民出版社出版的。类似现象尚待学术界进一步深入探讨。著名史诗专家仁钦道尔吉对上述史诗的两部异文进行详细比较分析后指出："可以肯定其中有的人看到内蒙古人民出版社于 1956 年出版的《宝玛额尔德尼》一书而修改自己的异文了。"[2] 西北民族大学郝苏民教授也曾经谈起德都蒙古艺人巴勒登演唱的《宝尔玛汗的儿子宝木额尔德尼》不是纯粹民间口传的，而是书面文本再口传的。

### 6. 道丽格尔苏荣

道丽格尔苏荣（1923 ～ 2009）是德都蒙古的一位女史诗艺人（图 5-3），她于 1923 年出生在青海省海西州德令哈市宗务隆乡查干河上游美丽的草原，是海西州德令哈市宗务隆乡牧民。笔者于 2005 年暑假期间前后几次采访了她。

---

[1] 跃进主编：《青海蒙古族民间口头文学集锦》（上），呼和浩特：内蒙古教育出版社，2008 年，第 314 页。

[2] 仁钦道尔吉：《蒙古英雄史诗源流》，呼和浩特：内蒙古大学出版社，2001 年，第 247 页。

道丽格尔苏荣的父亲叫夏格扎，是一位出色的民间艺人，能演唱很多民间口头英雄史诗。道丽格尔苏荣回忆说，在她小时候，每到晚上或者闲暇时间，在多人聚集的时候，父亲经常演唱各种各样的史诗，有时候通宵达旦地演唱。听着父亲的演唱，道丽格尔苏荣也记住了其中的一些史诗，并曾演唱过

图 5-3　艺人道丽格尔苏荣

其中的几部史诗。她演唱过《七岁英雄东吉莫洛姆额尔德尼》《古南布和吉日嘎拉》《汗青格勒》《米德格戈舒台吉》《奥依图莫尔根特木奈》《美须公克勒图盖》《得密德贡登汗》等史诗及英雄故事。这些就是她从自己父亲那里学来的。她给我讲述了《美须公克勒图盖》《七岁英雄东吉莫洛姆额尔德尼》。她先表演一段演唱曲调后，就以讲述故事的形式讲史诗故事梗概。由于年迈而记忆力减退，再加上笔者采访时她有点轻微的感冒症状，老人家有点咳嗽。她说要给笔者演唱史诗《汗青格勒》，但是开唱了好几次都没有演唱完整，看着她老人家气喘吁吁的样子，笔者急忙说等下次她身体好的时候来录制。她一再责怪自己并嘱咐笔者等她感冒症状消失后来，她一定讲述她所能演唱的全部史诗。她还给我讲了一些谚语、儿童口诀、谜语等。后来由于种种原因笔者没能再去采访她。据与笔者一同去采访的海西州群艺馆乌斯荣贵教授介绍，道丽格尔苏荣艺人能够比较完整地演唱史诗《汗青格勒》。她是以美妙的声音演唱史诗，但是曲调旋律似乎比较简单，也许因为年纪大了，她演唱曲调的节奏比苏和等其他艺人的演唱节奏慢一些。后来，2008 年寒假，笔者又一次去海西州调研，笔者准备去看看她老人家，但是几次打电话都没有联系上。一打听，当地好几个人说她的身体状况欠佳，听力也下降得几乎无法与人交流，并劝阻笔者不要打扰

她，否则她会有压力的。就这样，笔者终究没能录制成她最后的演唱，非常遗憾。

## 7.胡雅克图

胡雅克图（1934～2005，图5-4），他在18岁时参加工作，但是短短几年后由于父亲病重，他放弃工作回到家当牧民。他工作期间学过蒙古文字，因后来长期没有用而慢慢忘了，但他并没有忘记前辈传承下来的史诗演唱传统。他从16岁开始就自己学会了演唱史诗和讲述民间故事，成为德都蒙古又一位优秀的史诗艺人。

图5-4　艺人胡雅克图

胡雅克图家是著名史诗《格斯尔》演唱世家。他的祖父塔带·强迪是早期很有名的史诗演唱艺人，胡雅克图5岁时就经常听祖父演唱史诗，至于祖父演唱的是什么曲目，他就不记得了。他的父亲扎斋锡迪也是一位史诗演唱艺人，胡雅克图能回忆起父亲演唱或讲述的故事和史诗篇目。他的父亲能演唱或讲述《奥依图莫尔根特木奈》（故事）、《三岁的青格勒》（史诗）、《浩仁阿拉达洪古尔罕格吉格图》（史诗）、《嘎海图勒格奇》（故事）、《阿尔嘎特察罕陶莱》（故事）、《道里精海巴托尔》（史诗）、《腾格里的乌图沙尔》（史诗）、《蟒古斯妖婆》（史诗）、《独眼喇嘛》（故事）、《朝克图汗》（故事）、《山羊姑娘和绵羊姑娘》（故事）、《扎宝格达》《阿拉坦沙盖孟根沙盖》《阿玛查干毕如》等。此外，他还记得父亲能够演唱《格斯尔》史诗的十三部故事。其中就有《格斯尔扎勒布汗》《天界的德格珠扎布桑汗》《巴达日汗台吉》《骑三岁黑马的布和吉日嘎拉》等。当然，上述几部中有的不属于《格斯尔》的章部，而是德都蒙古独立的短篇史诗。

胡雅克图能演唱《格斯尔》史诗九部故事，以及《巴达日汗台吉》《骑三岁黑马的布和吉日嘎拉》《浩仁阿拉达洪古尔罕格吉格图》等其他史诗。曾经有很多学者或史诗爱好者，如苏·乔伊苏伦、巴·布和朝鲁、跃进、乌兰、斯钦巴图、杜荣花等，采访并录制记录过他说唱的史诗。格尔木电视台还曾拍摄过关于他的电视短片，反映他的生活和演唱情况。

中国社会科学院民族文学所的斯钦巴图教授曾经从 2005 年开始前后几次赴青海省海西州寻访胡雅克图艺人，录制、记录了他老人家的演唱文本、个人生活经历和艺术生涯。他演唱的史诗和故事有：《浩仁阿拉达洪古尔罕格吉格图（巴达日汗台吉）》《骑三岁黑马的布和吉日嘎拉》《格斯尔》《朝克图汗》《骑虎称王》《阿玛查干毕如》等。"胡雅克图老人能够演唱，也能够讲述，在表演中能自由驾驭两种方式。在讲述的时候他手舞足蹈，做出各种表情，表演的戏剧性更加强烈，引人入胜。开始是用曲调演唱的，他的嗓音洪亮，曲调悠扬。"[1]

胡雅克图艺人于 2005 年 12 月 17 日去世，享年 71 岁。据斯钦巴图回忆，他在 2005 年 12 月 11 日最后一次采访胡雅克图艺人，在结束采访与老人家道别时，老人家拖着病重的身体把他送到大门口，站在那里久久地望着他离去的背影。斯钦巴图采访之后 6 天老人就永远离开了人世，从而德都蒙古史诗文化的又一口金矿被关闭，为我们带来了无比的痛苦。在这里必须提到的是，中国社会科学院民族文学研究所研究员斯钦巴图为我们做了一件无与伦比的抢救性大事。他在胡雅克图辞世之前用 DV 摄像机、MD 录音机和传统盒式录音机及数码照相机等现代仪器，记录下了他演唱史诗的宝贵的科学资料。"他 12 月 7

[1] 斯钦巴图：《青海蒙古史诗研究》，北京：中国社会科学院 B 类重大课题成果，2009 年。

日的演唱，成为他一生最后的绝唱，永远留在了我的摄像镜头里、MD 录音盘里，永远留在了我的记忆中，也留在了世人的记忆中。"[1]

### 8. 道布吉勒

道布吉勒（1882～1953），属马，是青海省海西州都兰县原宗加乡牧民。据他的学生扎木普勒介绍，他可以演唱很多史诗，也可以讲述故事。扎木普勒说："我的老师道布吉勒是属马的人，20 世纪 50 年代 71 岁时去世的。"[2] 我们根据他提供的这一信息推测出艺人于 1882 年的马年出生，并在 71 年之后的 1953 年去世。扎木普勒回忆说，他的老师能演唱《宝迪美日更汗》《坐在布尔哈图岩山洞里咏诵玛尼的布尔日乐太汗额吉》《迪邓岗木哈屯》等史诗。这些史诗现在几乎没有人能演唱了。关于艺人道布吉勒的相关信息，我们需要抓紧时间进一步调查采访当地老者，否则，再过几年就没有人知晓了。

### 9. 古尔克木额吉

古尔克木额吉（？～1998）是青海省海西州德令哈市戈壁乡牧民，是个独特的非常有天赋的女艺人，她在当地是稍有名气的演奏家，她演奏的伊克乐琴（игил хуур）非常动听。据说当地一家的骆驼嫌自己刚生下的小骆驼，不给喂奶，那家人就邀请古尔克木额吉演奏伊克乐琴、演唱史诗，母骆驼会自然而然地流着眼泪为自己的小骆驼喂奶。她一生没有生过孩子，但是她家的羊就像她的孩子。每一只羊都有名字。她坐在羊群中一个一个地叫名字，母羊们按着叫名字的顺序排队来让古尔克木额吉挤奶，不用捆绑，也不需要任何人的帮助。这么一位传奇式的艺人，有着独特的艺术才华。在当地采访时得知，她经常演奏《孤独的白驼羔》《带脚绊的骏马》等歌曲和音乐，也以伊克乐琴

---

[1] 斯钦巴图：《青海蒙古史诗研究》，北京：中国社会科学院 B 类重大课题成果，2009 年。
[2] 笔者于 2007 年 8 月 5 日在扎木普勒艺人家里采访的记录。

伴奏着演唱《汗青格勒》等史诗。笔者在采访中发现艺人达格玛对她非常熟悉，因为她们是同一个村的牧民，她们的夏营盘和冬营盘曾经都在一起，一起放牧，一起学唱歌曲等。达格玛回忆说，她曾经跟古尔克木额吉学唱许多长调民歌，达格玛也非常喜欢听她演奏的歌曲和音乐。

### 10. 拉拉

拉拉（？～？）是青海省海西州德令哈市戈壁乡牧民。这位著名艺人是个传奇人物，他有神话般的英雄事迹，除了是著名艺人、著名祝颂词家之外，更多的人讲述他的神话般的故事，在他的家乡流传着关于他的许多传说。人们说他是个英雄好汉，敌人的炮弹打不准他，或者打不穿他的胸脯；他白天去打仗，晚上回家解开他穿的蒙古袍腰带时，无数的子弹头刷刷地落在地上，他身上丝毫没有损伤；他双手打枪，百发百中，敌人一听到他在场就不敢来侵犯；等等。即便再勇敢，人的肉体哪能有子弹打不穿的呢？这很可能是勇士出征时穿上防弹衣什么的。只是当时的大部分民众可能不知道是否穿上防弹衣，或者根本不知道有防弹衣之类的物品，所以，传说就被创作出来。在战争年代，艺人拉拉因是一名百战百胜的英雄、百发百中的神枪手而被人们所歌颂、喝彩。而在和平年代，他是个才华横溢的艺人，因演唱史诗、歌颂英雄，而为人所崇拜。他演唱《格斯尔》《汗青格勒》等史诗，他的祝颂词《巴音松庚祝词》非常有名，以磁带录音形式流传至今。

## 二、比较晚近的部分艺人信息

### 1. 尼玛

尼玛（1941～）是海西州乌兰县的艺人，也是《格斯尔》表演艺人。

他能讲述《格斯尔》多部故事及其他英雄史诗和故事，而且讲述很有特色。他有着黝黑的皮肤，中等偏低的个头，乌黑明亮的眼睛，老实憨厚的性格。他是一位虔诚的佛教徒，在自己的卧室里放着佛龛，供奉着佛像。他每天早晨起床前，以及中午和晚上睡觉前，都要在床上盘腿而坐，双手合掌，闭目念经，长达 1～2 小时。据他的孩子们介绍，他坚持不懈，从不中断。自 2005 年开始，斯钦巴图、杜荣花等学者多次采录他讲述的故事和演唱的《格斯尔》等史诗。

尼玛艺人属蛇，1941 年 12 月 26 日出生于达布逊戈壁旗（今乌兰县察卡乡）。父亲名叫华尔赛，母亲名叫桑姆。兄弟姐妹八个，其中一个在很小的时候不幸夭折，八个当中尼玛排行第四。他们家境贫寒，父亲给牧主放牧来换取微薄的报酬，以此维持一家人的生计。尼玛 7 岁那年（1948 年），父亲突然失踪，从此，他孱弱的母亲和年迈的外祖父承担起了抚养他们兄弟姐妹的重担。当尼玛 9 岁的时候（1950 年），外祖父的一个亲戚收养了他。这位亲戚名叫查姆，是一生未婚的独身女子，人们都叫她独身奶奶，尼玛也如此称呼她。在她家里，尼玛除了干些家务活，还给她放羊。1956 年，独身奶奶要在另一个亲戚家一起生活，尼玛也就回到了母亲、外祖父及兄弟姐妹身边。此时，他已经 15 岁。同年，他幸运地被送到海西州干部培训班，于是，饱经人间苦难的他获得了宝贵的学习文化的机会。在那个培训班学习了两年，好不容易达到了能读会写回鹘式蒙古文的程度。1958 年，尼玛毕业，被分配到当时的乌兰县察卡公社当干事，第一次拿了工资。然而，1959 年尼玛被打成右派，被开除公职遣送回家。从此，他又成为一名牧民。这样的状况一直持续到了改革开放时代的到来。这样，他那原本就很薄弱的蒙古文知识从他的记忆中消失殆尽，他彻底返回到文盲状态。

说起尼玛学艺，也有一段不平凡的经历。尼玛虽然出生在一个贫困的家庭，但这个家庭却有着世代演唱史诗和故事的传统。尼玛的母亲桑姆善于讲述故事，这多少对少年尼玛产生了影响。而她的母亲桑姆，是从自己的父亲那里学来那么多故事的。据尼玛说，母亲桑姆的父亲，即他的爷爷[1]，人们爱称他为扎巴·扎丹，扎巴是尊称，扎丹是外号，真名叫曲力图姆，他是一个远近闻名的史诗演唱家、故事讲述家和民歌手。他还兼通蒙藏语，能用两种语言流利地演唱或讲述史诗和故事。有时用藏语给藏民演唱蒙古族史诗或者讲述蒙古族故事，有时则用蒙古语演唱或讲述藏族故事。有一次，藏地有名的四位歌手前来比赛唱歌，比赛四天后，那些人认输了，说在青海还没见过这样能唱的歌手。曲力图姆还能念经。有一次，一个比较有名的喇嘛听了他念《明光经》后赞叹道：你念起经来一般喇嘛都比不上。据尼玛说，他爷爷曲力图姆是 1960 年去世的，时年 76 岁。按照当地人用虚岁的习俗推算，曲力图姆当生于 1885 年。曲力图姆能用曲调演唱，也能讲述，演唱起来就没完没了，有唱不完的史诗，讲不完的故事。他的表演曲目中既有《格斯尔》史诗多部篇章，又有其他很多史诗，自然也有很多故事和民歌。在访谈中笔者曾问尼玛，爷爷曲力图姆是从哪里学会演唱史诗和讲述故事的？尼玛说，据爷爷讲，是从他父亲那里学会。关于曾祖父的情况，尼玛知之甚少。他说："据爷爷讲，我曾祖父名叫托伊肃穆，也是一位精通蒙藏两种语言的人。据说他会讲很多很多故事，会唱很多很多史诗。至于会唱哪些史诗，会讲哪些故事，就不知道了。不过有一点是肯定的。我爷爷记住和学会了他的史诗和故事，我又向爷爷学，所以现在我讲的故事里边肯定有曾祖父讲过的故事。据说，他也能用蒙古语讲藏族故事，用藏语讲蒙古族故事。我不知道他哪一年去世，也不知道他活到多少岁。"[2]

据尼玛说，在讲述故事方面对他有决定性影响的人就是他的爷爷——曲力图姆。那是在他父亲失踪后的事情。父亲走后，爷爷来了，那是 1949 年，爷爷来了以后每天晚上给他的孙子、孙女（外孙、外孙

---

[1] 在青海卫拉特人当中，除了台吉纳尔人以外一般在称呼上不区分爷爷奶奶和外祖父外祖母，管他们都叫做爷爷奶奶。本部分中"爷爷"均指尼玛的外祖父。
[2] 2009 年 5 月 19 日的采访记录（杜荣花）。

214

女）讲故事听。直到 1950 年被送到独身老妈家，尼玛听爷爷讲故事整整一年。现在他仍记着的和讲述的故事，就是那个时候初步记在心中的。1950～1956 年，尼玛在独身奶奶家，失去了听爷爷讲故事的机会。1957 年，干部培训班放假，尼玛趁这个机会又请爷爷给自己讲故事，讲了 10 多天。他在以前的基础上较完整地记住了这次爷爷讲的大部分故事。这便是他给笔者讲述的所有史诗和故事的来历，只不过爷爷能唱能讲，尼玛只会讲，不会唱。这是因为，尼玛聆听爷爷演唱的时间太短，显然，这么短的时间是难以培育出一名能唱会讲的艺人来的。尼玛是凭着自己对口头传统的热爱和自己天生的记忆力记住和学会讲述故事的。

遗憾的是，他刚学会了爷爷演唱或讲述的部分故事，一场又一场政治运动接踵而至，民间口头传统被界定为封建文化而受到排斥，尼玛也就失去了在民间舞台展示其才能的机会。尽管如此，他还是在冬营夏牧场，在夜深人静的时候，偷偷地为少数伙伴讲故事。他回忆说，有一次，他和一个伙伴在野外过夜，在同伴的要求下讲故事，一直讲到第二天日出。绝大多数情况下，他的听众是自己的子女或者住在他家上学的兄弟姐妹的子女。那是 20 世纪 60 年代到 80 年代初的事情。那时文化生活相对贫乏，孩子们需要听他讲故事。他自己生活经历坎坷，受到的创伤很多、很深，也需要用讲故事来消磨时光，用一篇篇优美动人的故事来慢慢治疗心灵的创伤。于是，每天晚上尼玛就给孩子们讲述故事，孩子们听着听着就进入了甜蜜的梦乡，尼玛看着孩子们脸上那天真无邪、充满期待和满足幸福的表情，心里多少得到些安慰。

斯钦巴图记录了他讲述的史诗《放牛犊的小男孩》《格斯尔在腾格里汗家出生》《格斯尔降生阿曼格克扎家》等三部，都是《格斯尔》史诗篇章。还记录了他演述的 99 篇故事，尼玛自称其中有 12 篇故事来源于藏族故事，占他演述的故事的 10% 以上。杜荣花也录音并记录了他讲述的史诗《格斯尔》的部分篇章和一些短篇故事。

另外，尼玛还说他讲述的《格斯尔》当中还有来源于藏族《格萨尔》的内容。尼玛的家乡蒙古族与藏族比邻而居，两个民族之间的文化交流甚为密切，民族之间通婚者不在少数。因此，当地蒙古族中不乏蒙藏语兼通者，藏族中也有不少兼通这两种语言者。尼玛举例说，在他的家乡曾经有一位藏族人，名叫旺酷（音）。他的妻子是蒙古族人，旺酷能讲一口流利的蒙古语，并且他还是一位民间艺人，经常用蒙藏两种语言讲述故事。她的女儿叫玉梅，现住在乌兰县。的确，尼玛的家乡茶卡地区，蒙古族受到藏文化的影响很深。尼玛说他不会蒙古族歌曲，只会唱藏族歌曲。蒙藏两个民族在口头文学方面的关系与交流研究，以往主要集中在英雄史诗《格斯尔》与《格萨尔》之间的关系研究上。现在看来，仅仅停留在一两部口头文学作品的比较研究上难以解决问题，必须下大力气，深入蒙藏民间去进行大规模调查研究，方有助于使问题得到比较合理的答案。

### 2. 苏和

苏和（1947～2015），小名叫毛浩尔班迪，属猪，1947年生，原青海二十九旗的柯柯旗（今乌兰县柯柯乡）人。苏和是一位天才艺人、多面手。他既是一位《格斯尔》演唱艺人，又是一位民间占卜家，还身怀正骨和按摩技艺，开了自己的按摩诊所，又经常以喇嘛身份参加阿拉腾德勒黑寺的法会念经活动。他能演唱《格斯尔》史诗多部故事，以及其他史诗和更多的民间故事。他是个多才多艺的民间艺人，样样兼通的能工巧匠（图5-5）。

苏和的父亲名为胡尔杜拜，骁勇善战，因此哈萨克人给他起名叫陶茂巴特尔，意思是大英雄。当苏和2岁时，父亲死于哈萨克人发动的袭击。母亲叫诺仁金，是原台吉乃尔旗人，在他出生十几天以后因病逝世。母亲去世后由奶奶照顾幼小的苏和，但是在他4岁的时候，

图 5-5 艺人苏和

也就是 1951 年农历十月，奶奶也去世了。因此，苏和从小在哥哥扎木扬、嫂子吉布珠勒玛和姐姐伊布新那里长大成人。苏和出生仅 6 个月就双目失明，成为终身残疾。虽然眼睛看不见，但他心里什么都清楚。他是一个绝顶聪明的人，记忆力超强，任何东西，他过耳不忘。由于他过小失明，又幼年失去双亲，奶奶在他 3 岁时向班禅额尔德尼祈祷，给他取法名叫松德布扎木苏却吉尼玛，让他当了小喇嘛。而后于 1993 年，齐布赞活佛赐他一个法名叫洛布桑尼玛。但是这个法名他没有用，现在喇嘛证上仍写着松德布扎木苏。1959～1963 年，苏和被送到西宁社会福利院。福利院设有盲童学校，苏和在那里学习了汉语盲文，同时他学习有关中医按摩的经络、气血理论，还习得了中医按摩和正骨技能。他早期学习的盲文中医理论教材，厚厚的两本泛黄的旧书，至今还放在他的中医按摩诊所。

1963 年，苏和回到海西州乌兰县南柯柯村，做一些自己力所能及的事，如看孩子、推磨、捻绳、捣酸奶等来维持自己的生计。有时他给腰腿发酸的人按摩，获得了他们的赞赏。久而久之，他按摩的技术也就在人们中间广泛获得认可。但是那时按摩被说成是为资产阶级服务的东西，所以他不敢公开给人按摩，这样的无偿服务一直持续到 1978 年。此后进入改革开放的年代，随着国家把医疗卫生的重点放到农村和对中西医结合的提倡，中医按摩获得新生，苏和

"扫一扫"观看
苏和艺人作品

也开始了有偿服务。当时每人每次收取 5 角，一天平均 20 人次，月收入为 300 元左右。而今每人每次收取 10 元，月收入在 3000 元左右。后来他开了简陋的按摩诊所，发挥自己的技能，为民众排忧解难，同时也挣得了相当可观的收入。再后来，按摩诊所迁至条件更好一点的门面房里，方便民众，也方便了自己。

由于他小时候有当喇嘛的经历，从 1985 年起不断有人请他去念经。20 世纪 90 年代他考取了喇嘛证，因而当了阿拉腾德德勒黑寺的喇嘛，参加寺院的各种诵经法会活动。

1988 年暑假，笔者因母亲生病而邀请苏和艺人到家里为母亲按摩治疗。笔者每天请他来家里，大概持续了 10 天，这次可以说深度认识了苏和艺人。在聊天过程中，笔者得知他能演唱史诗《格斯尔》《汗青格勒》等，还录制了他演唱的《阿姆尼格斯尔可汗》《马建秦佳乐巴希日布巴德拉汗》等两部史诗。他按摩、正骨、占卜、解梦、看相、算命等样样都做。当地老百姓一有事儿就找他咨询，寻求解决方法。他是一个非常精明能干而又机灵聪慧的人。上述技术和技能有的自学成才，有的是专门拜师学的。比如，占卜技术他是 7 岁左右时从一位名叫丹碧尼玛的人那里学的。丹碧尼玛是一位活佛的管家，据说是从土尔扈特来的。

苏和艺人娶了笔者小时候的邻居家的姑娘。她的名字叫晓丽，比笔者小 4～5 岁，小时候还一起玩过。他们结婚时，笔者村里的大人们议论着"晓丽跟一位盲人老头儿结婚了""那位盲人是个按摩师，很有医技"等。后来在采访中得知苏和艺人于 1979 年 32 岁的时候娶晓丽，1980 年，他们的大女儿出生，此后又有两个孩子。他们的三个孩子都已大学毕业。

苏和艺人是个记忆力超强的人。与他打招呼说过一次话的人的声音他都能记住，有些人的脚步声他也能认出来。他从小就喜欢听艺人们演唱史诗或讲述故事。每听一部史诗或故事，他都能记住。然后模仿着演唱或讲述给小朋友们听。他姐姐伊布新的儿子王才华就是他的小听众里的一员。据苏和艺人说，他小时候能讲999部故事，这个数字就是王才华统计出来的。斯钦巴图录像或录音了苏和艺人演唱的全部史诗和讲述的故事等。

### 3. 扎木苏荣

扎木苏荣（1900？～200？）是海西州格尔木市乌图美仁苏木人，他是当今青海卫拉特蒙古年岁最大的著名民间艺人，在将近90岁的高龄去世的。他的父亲名叫王楚克，他的父母及外祖母都是当时台吉乃尔旗有名的民间歌手。扎木苏荣艺人是个格斯尔奇。他能够演唱或讲述《沙莱高勒三汗之部》《格斯尔夺回茹格姆高娃妇人之部》《尼苏海昭汝》等《格斯尔》史诗故事，《毛尔吉胡莫尔根》《厄尔赫诺彦》《阿鲁克泰台吉》等民间故事，以及多首德都蒙古民歌。

### 4. 查干夫

查干夫（1941～）是个蒙古史诗艺人，同时也是个祝赞词家、优秀的民间歌手，德都蒙古长调民歌唱得非常好。他是甘肃省肃北县盐池湾乡牧民。20世纪80年代初西北民族大学的乔旦德尔教授和当时搞毕业实习的1977级蒙文班部分学生去实地调查采访包括查干夫在内的许多民间艺人、歌手和故事讲述家。当时他们专门采访查干夫艺人，并记录了他演唱的《格斯尔》等史诗和讲述的许多故事，也记录了他演唱的多首长调民歌等。

### 5. 乔格生

乔格生（1953～，图5-6）实际上也是个文化牧民。在采访中得知，他曾经读到小学三年级，是班里的学习尖子生，数学尤其出众。但由于他是家里的长子，弟弟妹妹多，劳力不够，所以他就中断了学习，回家帮父母务牧了。因为他天生聪敏而且爱看书，所以在当地是稍有名气的文人艺人。笔者从交谈中能看得出他读过很多书，知识面很广。他是个业余画家，蒙汉书法字也写得非常漂亮。他能读一些汉语的书，他认识汉字，但不认识拼音。他说他没有正规学过一天汉语，根本就没有学过拼音，汉字是一个字一个字地认着学的。我们觉得很不可思

图 5-6  艺人乔格生

议。因为懂蒙汉文，他多年担任乡里或者村里的出纳、会计、税务员等职务（当然没有工资，只有补助）。德都蒙古长调民歌他也唱得很到位。他能演唱的史诗和故事有《汗青格勒》《三岁古南乌兰巴托尔》《七岁的道尔吉彻辰汗》《美须公克勒图盖》《道里精海巴托尔》《魏特摩尔根特木尼》等。他自己说是幼年从母亲那里学的史诗故事，后来听着乌孜尔艺人演唱的磁带学会了演唱曲子。他曾经多次聆听乌孜尔老人的史诗演唱，也学习了不少演唱技巧。笔者于 2008 年 11～12 月多次采访了艺人乔格生，并录制了他演唱的《汗青格勒》等史诗和英雄故事。

### 6. 尕登

艺人尕登（1937～2015，图 5-7）从小生活在史诗说唱比较风行的环境。自幼酷爱听故事，常常因跟随外公听故事而忘记干活、吃饭甚至睡觉。他的外公是个非常有名的故事家，同时也是当地的民间名医。尕登艺人不仅继承了外公的故事讲述本领，还继承了行医技能。尕登艺人也是非常著名的民间医师，号脉、针灸、按摩、

"扫一扫"收听
乔格生艺人作品

219

正骨等民间疗法样样精通。在他的家人和亲属中，也有说唱史诗的艺人，他回忆说：在他的家乡就有非常优秀的故事家和艺人，常常集中在他外公家里谈论或演唱，他小时候好奇心特别强，常常在外公旁边趴在地面上听大人们的讲述和谈论。一个生活在这种丰富而多样的民间文化氛围中的人，从小受到熏陶和浸润，自然在有意无意中记住那些动人的故事。人的一生中儿时的记忆最牢固，在幼小的脑海里的记忆，将成为人生初期积累的基础。作为艺人，当他进入成年时期，那些记忆就自然地成为其创作的资本和资源。聪明的艺人们把那些记忆中的民间史诗素材加以整理、加工润色而出口成章。

另外，草原上的游牧艺人常常与大自然融为一体，在无边无际的旷野上，人的胸襟开阔，思路简单而无杂念，因而能够博识强记，见到什么记住什么，在不知不觉中积累了许多宝贵的经验和基础知识。据尕登艺人讲，他见到过许多圣山、圣湖，经历过很多事。他走

图 5-7　艺人尕登

到哪里，就在哪里把大自然及自己的阅历、感受和体验，融合到史诗中去。艺人说唱的最佳效果就是艺人调动听众的情绪，使听众共同参与到史诗的集体性说唱中。艺人演唱时民众听得有趣，艺人就讲得起劲，据尕登艺人讲，听众越多，效果越好。从听众的神态、发自内心的感叹、热烈的反应中，艺人觉得自己和听众已经融为一体，共同生活在史诗世界之中，享受史诗勇士勇敢事迹的精彩。每当演唱完之后，大家久久不愿离开现场，人们为故事内容而激动万分。但现在没有这

种激情，因为没有那么热爱史诗的听众了。艺人几乎每次演唱或者讲述都面对着录音设备。尕登艺人后来似乎把主要精力放在传统的民间医疗救治方法及其教案的编写工作上。

### 7. 扎木普勒

扎木普勒（1935～2013，图5-8），属猪，尊称或者别名为突兀孜·佳佳，当地人都叫他这个尊称，年轻人都不知道他的真名是什么。他的父亲名叫布尔达，当地人叫他"达尔嘎喇嘛"，因布尔达原来是普通牧民，年轻时当过民兵队长，所以叫他"达尔嘎"[1]。布尔达曾经与哈萨克土匪搏斗，右手胳膊被对方的子弹射断了。当时，他在野外沙漠中，中了子弹倒在地上起不来，血染红了洁白的毡袍袖子，在外渴得受不了就喝了自己胳膊流出来的血而生存下来。后来，他被过路人相救，但失去了右手，只剩下胳膊，所以伤痊愈后就当了喇嘛。布尔达家有八个儿子，扎木普勒是老小。他的爷爷名叫贾木巴，当地人经常称爷爷为"格力吉尔贾木巴"。"格力吉尔"是蒙古语，"歪脖子"之意，不知为什么起了这个外号。爷爷共有七个儿子，扎木普勒的父亲是三儿子。扎木普勒的母亲名叫格木嫩（1912～2006），属鸡，成长在一个书香味浓厚的口诵艺人的家里，

图 5-8　艺人扎木普勒

---

[1]　蒙古语，意为"领导"。

聪敏伶俐的母亲也自然学会了口诵佛经等一些民间口传文艺。这对扎木普勒的成长有很大的影响。扎木普勒的外公名叫拉布藤格策勒，当地人尊称他为"阿卡·尼日巴"，"阿卡"原本是藏语，意为"叔叔"，但经蒙古化后专指"喇嘛"之意。"尼日巴"的意思是"管理者"，在蒙古化过程中一般指寺庙后勤管理者。他在当地是稍有名望的喇嘛，所以大家尊称他为"喇嘛叔叔"。他常常被邀请去各处诵经念佛。有一次，现都兰县巴隆旗的一位名叫安道的穷苦人家的妻子去世了就邀请他去念经，因家境贫寒没钱答谢，就把十三个子女中的一个小女儿送给了阿卡·尼日巴。她就是扎木普勒的母亲格木嫩。因为阿卡·尼日巴就这么一个养女，所以扎木普勒的父亲是招来的上门女婿。扎木普勒从小就在这么一个书香浓厚的家庭环境中成长。他说，他母亲曾经起过外公打开经书放在前面看着讲故事。但当我们问起他学讲故事或者学演唱史诗的过程时，他却说他是从当地一位名叫道布吉勒的《格斯尔》艺人那里学的。据他回忆，道布吉勒演唱《坐在布尔哈图岩山洞里咏诵玛尼的布尔日乐太汗额吉》[1]、《宝迪美日更汗》、《美德格奥恰汗》（藏语：花的山）、《迪邓岗木哈屯》等史诗和故事。

扎木普勒除能演唱上述几部史诗之外，还能演唱和讲述《好汉恩克斯格》《格斯尔麦肯嘉乐布》《迪米德贡登汗》《玛尼巴达尔罕台吉》《敖日嘎闹德布加木措》《曹琦莱的汗》《灵巧的白兔》《绵羊和山羊》等史诗和故事。笔者2009年8月5日录制了他演唱并讲述的部分史诗和故事。

2011～2012年，笔者在青海、甘肃的德都蒙古地区进行田野调查时，70岁以上的艺人有四五位。但当时他们几位艺人的健康状况都比较差。现在，一方面，有才华的艺人一个接着一个过世；另一方面，年轻的艺人还没有很好地培育出来。目前在青海和甘肃以外，国内外

---

[1] 青海省海西州文联的确苏荣曾经20世纪80年代也在当地记录一部名叫《布尔日乐金格乐额吉》的史诗。

任何蒙古族聚居区，都没有像他们这样高龄、真正知道过去蒙古族史诗传统的艺人群了。或许，他们就是最后一批传统的史诗艺人。而这些老史诗艺人对过去真正的史诗传统了解得比其他人要多得多。更加难能可贵的是，在这些艺人中，有的艺人还出身于史诗演唱祖传世家，因此，及时对他们进行采访，抢救他们记忆中的史诗和口头文化遗产，在今天显得特别紧迫。以上状况就是德都蒙古史诗传统的一个缩影，但愿笔者所述能够引起学术界的关注，以尽快地抢救这一国宝级的传统。

## 第二节
## 德都蒙古史诗演唱传统及其面临的问题

　　德都蒙古民间文学内容丰富，绚丽多姿，民歌、叙事诗、祝赞词等浩如烟海。其中德都蒙古杰出的非物质文化遗产——史诗是德都蒙古文化的象征和文明的丰碑。因为德都蒙古史诗传统，不仅是认识本民族、本部落文化的百科全书，还是宝贵的精神财富。德都蒙古民众不仅拥有《汗青格勒》《格斯尔》等著名史诗，还有众多的中短篇史诗，也有代代相传的非常优秀的演唱传统。但随着时代的变化，历史的潮流，德都蒙古史诗的演唱传统面临濒危状况。众所周知，目前急需解决的问题就是保护与传承其演唱传统。那么，德都蒙古史诗演唱习俗有哪些传统呢？

### 一、史诗演唱相关的仪式及其意义

　　关于德都蒙古各地史诗演唱有多重习俗，几乎可以说与其他地区蒙古史诗演唱形式一样，围绕史诗演唱形成了一整套的仪式。这种现象与当地民众的民间信仰、传统习俗和宗教观念等有关。这些仪式和各种习俗，具有很深刻的象征意义。也包含着各种禁忌，流传着相关的各种各样的神话传说。据当地民众的理解，一位伟大的艺人在演唱史诗时，不仅仅是人类在听，还有各种神灵在听。艺人演唱史诗不只是为人类演唱，更是为万物之灵演唱。人们听史诗演唱是以个体形式开心、以个体为单位的群体享受。而山神、水神等万物之神听了史诗演唱高兴了就赋予整个人类幸福和安康，恩赐天下所有有生命的灵魂。俄国著名学者阿·瓦·布尔杜科夫（Алексей Васильевич Бурдуков）在一篇论文中报道："根据卫拉特人的观念，听完史诗演唱以后山神会对人类产生好感，并作为自然界的主宰，他们会驱逐寒冷的冬天，带来温暖的春天，使人畜免遭疾病的危害，使牧草长得茂盛，从而有助于人们过上幸福美好的生活。"[1] 在德都蒙古各地广泛流传的一则故事能够很完整地论证布尔杜科夫上述报道的真实性。这个故事叫《两位猎人的故事》。这则故事流传着好几种版本，内容大同小异。

从前，两个猎人一起上山打猎，其中一位是个千里眼[2]，另一位是个故事讲述家[3]。两位猎人一连风餐露宿几天没有射到任何猎物，心情很郁闷。到了晚上露宿后，那位故事家为了散散心就开始讲故事[4]，以打发时间。自从故事开始，在尽心听故事的千里眼猎人看到万物神灵陆续集中起来听他讲述的故事。不一会儿，在讲故事的猎人身上坐满了各种各样的神灵，有的坐在他肩膀上，有的爬到他头顶上，甚至坐在耳朵上、鼻子上的都有。各个神灵都在聚精会神地听故事。一位瘸腿老神灵不知为何姗姗来迟，到了讲故事的猎人前面，爬到他下巴颏

---

[1] 〔俄〕阿·瓦·布尔杜科夫：《卫拉特——卡尔梅克史诗艺人》，参见〔蒙古〕乌·扎格德苏荣编，〔蒙古〕罗卜桑旺丹审：《蒙古英雄史诗原理》（基里尔蒙古文），乌兰巴托：科学院出版社，1960年，第83页。

[2] 有的版本里是萨满、巫师。

[3] 有的版本里是艺人，有的版本里是普通故事人。

[4] 或者演唱史诗。

儿，还往上爬，快爬到鼻尖上时不小心跌倒，又滚落下来了。看见这一切的千里眼猎人禁不住笑了起来。看不到这一切的讲故事猎人以为在笑他，生气了就不讲故事了。这时坐在讲故事猎人身上的众多神灵没有听完故事而觉得很遗憾就边斥责那位迟到的老神灵边各自散去了。第二天，两位猎人在返回路上却射到了一只瘸腿黄羊。这时千里眼顿悟昨夜诸神灵各自散去时斥责那位瘸腿老神灵说"明天把你打发给两位猎人"之类的话语的深意。于是千里眼猎人把昨夜发生的一切告诉讲故事的猎人，并感悟神灵之奥妙。从那以后形成了猎人出猎之前要演唱史诗，并在演唱史诗之前祭神灵等相关种种仪式习俗。[1]

当今德都蒙古史诗艺人在演唱史诗之前，不再举行规模庞大的仪式，但有一些小型的、不同类型的祭奠仪式，也保留着一些曾经的仪式痕迹。例如，有的艺人面向当地敖包撒查乐（satsal）祭奠，并念念有词：山神保佑、水神保佑、天神保佑、地神保佑、万物神灵保佑等祈祷词。有的艺人穿戴整齐，洗干净手后点香、燃桑等进行一些小型仪式。有的艺人面向家中供奉的佛龛，念念有词，并合掌磕头叩拜。有的艺人甚至设置小型祭台，摆放各种祭品，以恭敬地进行简单的祭天祭祖和祭祀神灵仪式，然后才开始演唱史诗。纷繁的各种仪式构成了德都蒙古史诗演唱的重要特色，各式各样的仪式表示着各种意义。祈祷是信仰者用言语和行为向神灵表达恳求、颂扬和感恩的仪式。其主要目的是向神灵祈求愿望的实现和满足，是一种心理性供养。蒙古族很早就有这种祈祷仪式。不管做什么事情，无论远征、战争、打猎，都在开始之前进行不同形式的祈祷仪式。蒙古族祈祷朝拜仪式丰富多彩，种类多样，主要包括磕头叩拜、诵经、咏玛尼、祭撒撒查乐、祈愿等形式。因为只有经过这种仪式才能恭迎神灵，使神灵高兴，使神

---

[1] 笔者于 2007 年 5 月 12 日采访了青海省海西州德令哈市牧民金巴老人。《两位猎人的故事》在德都蒙古族中流传很广，至今在笔者手中已收集到四种文本。有的版本名叫《千里眼猎人》。

灵保佑各位崇拜神灵的信徒，以满足信徒的各种请求和愿望，同时也宣扬一种程序的文化。所以仪式的程序是简单而相当精致和神圣的，包括着装、行为姿势、念诵经文或者玛尼、背诵各种口诀或祷文等。演唱艺人更是有一整套的姿势和行为动态。据万扎老人讲，早期艺人还需要一种法器或用具，如法轮或者玛尼珠子等，用来举行微型仪式（举起那些用具以双手捧在额前，闭上眼睛无声祈祷），以表示对佛祖或者神灵的敬畏和崇拜。据万扎老人回忆，早期史诗演唱之前的各种微型仪式充满着佛教礼仪文化的韵味。当恭请神灵时，艺人似乎也进入一种神圣不可侵犯的状态，因为这不仅是艺人自己的一种信仰，更是民众的一种文化，蕴含着非同一般的意义。

　　蒙古国西部巴亦特部、阿尔泰乌梁海部史诗艺人演唱史诗也有一种习俗，即在演唱史诗之前坚持演唱一段《阿尔泰颂》。在那里，没有一个史诗艺人不演唱《阿尔泰颂》而直接演唱史诗[1]。当然，史诗艺人们演唱的《阿尔泰颂》，繁简不同，风格各异，所举行的微型仪式也各不相同。有的首先面向阿尔泰山祭"撒查乐"，然后才开始演唱。《阿尔泰颂》是一段讴歌阿尔泰山的赞词，以庄严优美的词语赞美阿尔泰山美丽的自然风光和丰富的物产资源，将雄伟而壮观、美丽而富饶的阿尔泰山及其人文环境、水草树木等描绘得栩栩如生。以此为开端进入至关重要的主题——赞颂神圣的阿尔泰山的主人——阿利亚·洪古尔山神，以祭奠和取悦山神，以祈祷和恳求山神：

　　　在北方的十三座
　　　积雪覆盖的山上
　　　永远做着山神
　　　俯瞰下面一切的

---

[1]　参见〔蒙古〕图雅巴特尔：《阿尔泰乌梁海史诗及其渊源、特征》，乌力盖，1995年，第48页；〔蒙古〕加·曹劳：《乌梁海史诗艺人们》，《文学艺术》，1972年46期。

永葆二十五岁青春的

阿尔泰山的主人——

乘骑黄骠神马的

山神阿利亚·洪古尔[1]

　　关于演唱史诗之前必须演唱《阿尔泰颂》这一习俗的产生，在各地蒙古族中流传着各种不同的传说故事。在蒙古国阿尔泰乌梁海地区广泛流传着一则神话，实际上是上述《两位猎人的故事》的另一种版本。故事梗概大同小异，也与上述故事一样两位猎人一起去打猎。这个故事中一位不是"千里眼"，而是一位萨满，另一位是故事家。他们两位也一连好多天打猎而没有任何收获，所以萨满猎人对故事家猎人说："今晚你讲述故事或演唱史诗赞美一下阿尔泰山吧！那样山神就会高兴，指不定会给我们猎物呢。"他们在山坡上准备过夜。晚上，故事家猎人以优美的语言和动听的歌声唱起了阿尔泰山赞歌，另一位则在旁边观察着。猎人的赞歌打动了阿尔泰山的所有神灵。那些神灵都长着各种动物的模样，他们一齐涌向唱赞歌的猎人身上，有的爬到了头上，有的坐在肩膀、胳臂、腿上，有的帖在后背上、胸脯上，有的甚至爬到了鼻梁上。总之，在猎人全身上下挤满了阿尔泰山的各种神灵。他们并不喧闹，而是静悄悄地、聚精会神地听阿尔泰山赞歌。这时，来了一位拄着拐杖的瘸腿老妇人。由于迟到，猎人身上已没有地方可坐。于是她干脆往猎人的嘴上爬，爬着，爬着，一不小心就滑落了下来。当她滑落的一刹那，唱着颂歌的猎人的嘴发出了一点异样的但却美妙的声音。坐在一旁的萨满猎人把这一切都看在眼里。当老妇人掉下来弄得猎人的嘴发出异样的声音时，萨满猎人禁不住笑了。这一笑惹伙伴生气了。伙伴说：在这山上只有你我两个人，你为什么要笑我？于是，他中止了演唱。这样一来，阿尔泰山神灵们也相互吵起来了。

---

[1]〔蒙古〕加·曹劳，《蒙古英雄史诗》，乌兰巴托，1982年，第31-40页。

其中一位，看来是他们的头领，责怪那瘸腿妇人说："好好的一部赞美歌被打断了。这都怪你。你迟到了，还爬到人家的嘴上。不赶紧坐下来，却偏偏掉下。弄得萨满发笑，导致了这般后果。你等着，明天要把属于你的那头长着疥疮的牛送给这两位猎人。"说罢，他们各自散去了。第二天，猎人们果然猎取了一只脊梁上长着疥疮的公鹿。分好猎物后，萨满把昨晚发生的一切告诉了伙伴。又说："那个老妇人掉下来的时候，你嘴唇发出的声音很美妙。你应该有一支能发出那种声音的乐器，演唱时可以伴奏。我来给你做一支吧。"于是便产生了史诗艺人们所用的弹拨乐器——陶布舒尔琴[1]（топшур, topshur）。

类似《两位猎人的故事》在各地蒙古族广泛流传各种版本。中国社会科学院旦布尔加甫教授曾经从新疆卫拉特地区搜集到这个故事的多种异文。其中一个文本的结尾也是史诗演唱习俗起源的一种解释神话。这个文本结尾描述那位演唱《阿尔泰颂》的史诗艺人由于中途停止了演唱，回到家后不久便去世了[2]。由此形成了演唱史诗时，一旦开始演唱就必须完整地唱完一部或一章史诗，而不能半途而废这一习俗。对这一习俗的解释是，如果中途停止不唱就会有导致艺人寿命终止的可能性。这种演唱习俗一直流传至今。演唱史诗行为不仅仅是为了人类欣赏，还是为了使神灵欢喜欣悦，以求恩赐。所以，演唱或讲述得不完整就会使神灵不愉快，从而导致各种不好的结果，甚至危害生命。民众坚信万物神灵掌控人类一切行为的成败和结局，所以，做任何事，不管打仗还是打猎，都先举行相关仪式，使神灵开心欢喜，以求帮助和恩赐，顺利实现目标。

总的来说，这则故事解释了相关史诗演唱习俗的几个问题，如"为什么演唱史诗之前或者出征之前必须唱《阿尔泰颂》？""为什么演唱史诗时以陶布舒尔琴伴奏？""为什么演唱史诗必须唱完整版本？"等

[1]〔蒙古〕图雅巴特尔：《阿尔泰乌梁海史诗及其渊源、特征》，乌列盖，1995年，第51-52页。
[2] 旦布尔加甫，乌兰托娅搜集整理：《萨丽和萨德格》，北京：民族出版社，1996年，第9-10页。

史诗演唱相关习俗的来龙去脉和内在的文化含义。这实际上就是深刻阐释史诗演唱相关仪式的目的和功能。演唱《阿尔泰颂》的目的在于以赞美神灵的办法取悦神灵，以求获得利益，保证达到避恶、扬善等目的。包括史诗艺人在内的民众对《阿尔泰颂》或者小型仪式的神力深信不疑。他们坚信万能的神灵无处不在，无所不能。如果遇到干旱、雪灾、疾病等天灾人祸，只要能够使神灵关照，一切灾祸就会自然消失。因此，当地史诗艺人绝不会不唱《阿尔泰颂》而演唱史诗。直到现在，有的史诗艺人，如苏·乔伊苏伦，在他古稀之年也坚持每月演唱一次《阿尔泰颂》。而乌梁海著名艺人阿毕尔米德，离开故乡，离开阿尔泰山去外地绝不演唱史诗。其原因很简单，按他自己的话来说："远离阿尔泰山故乡，我又能演唱什么史诗呢？！那样会使故乡的神灵们伤心的。如果有人想听我演唱的史诗，不妨到我们这里来嘛。"[1] 由此可见，史诗艺人坚信他自己演唱天赋的神性与故乡的阿尔泰山神灵密不可分。他认为离开了故乡的神灵，史诗演唱就失去了神圣的意义和功能。由此看来，巴依特和乌梁海等部族史诗文化，是蒙古族文化中的山水神灵观念和原始萨满教文化，崇尚天神和万物神灵信仰的古老的文化集合体。

而德都蒙古史诗鲜明地体现着青藏高原佛教文化因素的融入。德都蒙古艺人演唱史诗之前必须举行洗手、点香、燃桑、合掌磕头、咏诵玛尼等小型仪式，以祭奠和祈祷。当然这些行为和心灵深处的信仰，在本质上与以神圣的"Ezed"（佛祖或者神灵）主宰一切的观念和意识为主导，以注重当下行为（包括演唱《阿尔泰颂》或者祭奠、磕头等仪式）为载体，以宗教神灵的精神为内核的古老的信仰文化形态是一致的，都面对着神圣的尊贵的"Ezed"而演唱。在他们演唱时的动作表情也表露出一些深奥的宗教的神秘特点。据图雅巴特尔的观察，"乌

[1] 〔蒙古〕图雅巴特尔：《阿尔泰乌梁海史诗及其渊源、特征》，乌列盖，1995年，第53-54页。

梁海史诗艺人阿毕尔米德演唱史诗时，在两三层毡子上盘腿而坐，以深邃的目光凝望着远方，歌喉洪亮，陶布舒尔琴的节拍明快而又显得平静。但到了请阿尔泰山的主人——山神阿利亚·洪古尔出场时，情况就会突然发生变化：艺人显得很亢奋，陶布舒尔琴的节奏逐渐加快，吐词儿清楚而迅速、铿锵有力，深邃的目光变得炯炯有神，脸上也露出了笑容。而描绘山神阿利亚·洪古尔的骏马——神奇的黄骠马时，陶布舒尔琴弹出了骏马奔腾的马蹄声，艺人的身躯也微微摇动，犹如他自己已经骑上了那匹神马一般。所有这一切，给人的感觉好像不是艺人故意表演，而像是某种神秘的力量在驱使他这么做"[1]。从艺人的这种演唱行为及其心灵感受和表情中我们不难看出他对角色的执着和投入程度。史诗艺人在表演过程中，既扮演史诗勇士的角色，又进入神灵附体时的萨满巫师状态。正因为如此，在民众心目中，史诗艺人也是半人半神的角色，甚至在著名艺人阿比尔梅德的家乡，把艺人神格化或者视为神灵的使者。当地民众无论遇到什么灾难困苦，都邀请艺人演唱史诗，以排除解难，连出现孕妇难产、牲畜疫情、干旱水灾等现象时也邀请艺人演唱史诗，以求避免遭受灾难（类似于现代佛教信徒请喇嘛念经，以排忧解难）。

　　人类的信仰的性质和目标是一致的，不管什么宗教都一样崇拜的是超越个人所知的神圣的、未知的、想象的力量。那种神是在自然和精神两方面都超越人类知识的，神秘得无法想象的超现实力量。它的根基立足于某种信仰意识之上，这种信仰意识的来源，是在把所有自然的和精神的事物作为一个有意义的整体来经历时得到的体验。萨满教或者佛教都是以上所描述的那种信仰载体。在上述传说中，阿尔泰山神灵们爬到演唱《阿尔泰颂》的猎人身上，普通人谁也看不到。人们想象神灵离我们那么近而我们却看不到。只有萨满或者千里眼之类

[1]　〔蒙古〕图雅巴特尔：《阿尔泰乌梁海史诗及其渊源、特征》，乌列盖，1995 年，第 54 页。

的有特异智能的人才能看到并与其交流。普通民众是看不到那种神灵的，但对于其存在是坚信不疑的。神灵真是引人遐思的内容，让人们信奉得五体投地。史诗艺人时时刻刻面对着人间和神界双重世界，所以，他们演唱的史诗必须既完整又真实。笔者采访的艺人们常常讲："史诗可以简化演唱，但不能半途停止，一部史诗能唱一天一夜，但也可以简化演唱，在一两小时之内完成。"[1]

我们在采访记录史诗文本过程中，常常遇到同样一部史诗由不同艺人演唱时，其长短和内容的润色程度大不相同的情况。既有语言天赋又有丰富经验的艺人，通常既具备高超的语言艺术和丰富的词汇，又具备灵活的演唱技巧，同时富于天生的音乐才能。尤其是在德都蒙古史诗演唱中，艺人们运用非常宽厚的低音或者喉音演唱，十分具有特色，仿佛带人进入神奇烂漫的神话世界。把史诗勇士、家乡、蟒古思、未婚妻、坐骑等在史诗中出场的所有形象，描绘得栩栩如生，惟妙惟肖，让人听到忘我的地步。但年轻艺人的演唱就不一样了，当然有一点是固定的，那就是不管唱长还是唱短，都必须保留原史诗题材的细节，不允许改动史诗题材或删除某一情节，那样会受到佛祖或者神灵的惩罚。据鲍·雅·符拉基米尔佐夫的记载，蒙古国西部卫拉特人认为："歪曲史诗主干情节的人总有一天会遭受那些杰出人物、史诗英雄的惩罚。"[2]布尔杜科夫也谈到这个情况，他说卫拉特史诗艺人"总是力图准确地掌握英雄史诗的情节主干，如有不忠实之处就会被认为是一种罪孽，就要受到保护神和所颂扬的勇士们的惩罚"[3]。传统的蒙古史诗艺人，对史诗演唱这一习俗都持有相同的观念和态度。他们一旦开始演唱某部史诗，就坚持完整地演唱，不允许中途停止。听众也

---

[1]　笔者于 2007 年 5 月 6 日对青海省西宁市德都蒙古史诗艺人尕登老人的采访记录。
[2]　〔俄〕鲍·雅·符拉基米尔佐夫：《蒙古—卫拉特英雄史诗》（序），载〔蒙古〕乌·扎格德苏荣编：《蒙古英雄史诗原理》，乌兰巴托：科学院出版社，1996 年，第 15 页。
[3]　这是布尔杜科夫的一篇未发表的论文《淡卫拉特说唱家的研究问题》，转引自〔苏联〕谢·尤·涅克留多夫著，徐昌汉，高文风，等译：《蒙古人民的英雄史诗》，呼和浩特：内蒙古大学出版社，1991 年，第 34 页。

一样，既然开始听了，就听到整部长诗演唱结束。史诗艺人也不能随意改变史诗的故事情节。"即便是那些明显是在进行新创作的艺人，也不承认自己演唱的史诗就是自己的创作。"[1] 例如，德都蒙古当地民众议论艺人苏和有时自己创作史诗情节或者甚至创作新的史诗，大家说他是个才华横溢的创新型艺人，但苏和艺人绝不承认这一点。

目前的德都蒙古史诗艺人基本上没有在传统意义上的正式场合正规地演唱史诗的机会。除了学者或者前来找资料的硕士、博士研究生之外，很少或者可以说几乎没有人邀请史诗艺人去演唱史诗，所以也就没有特别举行演唱前的相关小型仪式的必要。以往前来采集者大部分只录音、录像或者记录史诗故事内容，而没有人关注其他相关的周边民俗或仪式。所以也就人家问什么说什么，要什么给什么，而传统的一些小型仪式都已经被简化了。以前除了有些艺人在演唱史诗之前烧香敬佛等举行一些小型仪式之外，还有一些地方有某些史诗不能演唱的规矩。例如，在德都蒙古有些地区，演唱《格斯尔》就有着一些特别的禁忌。当地民众和艺人都说，在供奉"Tavun-Khaan"佛（五尊）的人家不能演唱《格斯尔》。当今海西州德令哈市所属几个乡，包括戈壁乡、怀头塔拉乡、郭里木乡、畜集乡、宗务隆乡等都供奉"Tavun-Khaan"佛。据内蒙古社会科学院的巴·布和朝鲁教授报道：关于"Tavun-Khaan"佛当地民间有各种解释[2]。佛教高僧、普通喇嘛、信教民众的理解和解释各有不同。"Tavun-Khaan"直译为"五汗"，即五尊。青海省海西州德令哈市牧民金巴老人解释说"Tavun-Khaan"由身王、语王、意王、功德王、事业王等五明王组合。金刚夜叉明王，梵语为"Vajra-yaksa"，音译嚩日啰药乞洒，为密教五大明神之一，系北方不空成就如来之教令轮身。万扎老人讲，在家里供奉的"Tavun-Khaan"就

[1] 斯钦巴图：《青海卫拉特蒙古史诗文化研究》，北京：中国社会科学院课题，2012年。
[2] 巴·布和朝鲁：《柴达木田野调查报告》，载中国社科院民族文学研究所：《〈格斯尔〉千年纪念——〈格斯尔〉论集》，呼和浩特：内蒙古人民出版社，2003年，第137-176页。

是佛教"五勇猛明王"，或叫"白哈尔"护法神（图5-9）。

图5-9 "白哈尔"护法神

　　白哈尔护法神的来历变迁史是复杂的。有许多来源传说。在德都蒙古海北州海晏县[1]一代流传白哈尔护法神是巴德胡尔的最高保护神。这保护神的确切名称为"Tavun-Khaan"。Hor-ser（黄蒙古）、Hor-Nug（黑蒙古）、Hor-Mar（红蒙古）、Hor-On（蓝蒙古）、Hor-Gar（白蒙古）

---

[1] 青海和硕特部左翼南右后旗，俗称"托茂公旗"，是固始汗长子达延汗所属部，封号为札萨克辅国公。

等五氏蒙古部族的保护神为"五尊"。早期藏族人称呼蒙古人为"Hor-Mongol"（胡尔蒙古/霍尔蒙古）。"Bad"（巴德）或者"Bat"（巴特）是指胡尔蒙古人所游牧的北方草原，类似于地方名。藏族人不知道这些五氏胡尔蒙古人的"Tavun-Khaan"这一护法神的确切名称，所以就叫"巴德胡尔"护法神，意思就是巴德地方蒙古族人的护法神。在民间流传过程中其名称的读音逐渐发生变化，"巴"变成了"白"；"德"按照藏语读音被省略；"胡尔"的读音逐渐变成了"哈尔"。就这样胡尔蒙古人的"Tavun-Khaan"神，在藏族地区流传时变成了"白哈尔"神。原来在藏传佛教各种护法神中没有"白哈尔"这个名称的护法神，是蒙古族的护法神在蒙藏文化交流过程中逐渐进入佛教多神之中，成为一尊地方性护法神[1]。之后，白哈尔神或者"Tavun-Khaan"在蒙古族地区和藏族地区流传许多传说。还有一种说法为白哈尔神在宁玛派九组护神中排列在第五位，所以叫"Tavun-Khaan"，意为"第五汗王"。很多藏族人认为白哈尔神原先是霍尔地方的蒙古族人的保护神。

在藏族地区流传着这样的传说：白哈尔护法神与霍尔格斯尔打仗战败后去了位于现在的西藏自治区山南地区的扎囊县桑耶镇境内，雅鲁藏布江北岸的哈布山下的桑耶寺[2]，成了桑耶寺的保护神。也有霍尔格斯尔把白哈尔神押送到西藏桑耶寺的传说。所以，供奉白哈尔神的地方禁止说《唱格斯（萨）尔》，以避免神想起那惨败的经历而不愉快。白哈尔神在桑耶寺经历了数百余年，后来在17世纪第五世达赖喇嘛时代被邀请到当今所处的乃穷寺[3]，所以也有在乃穷寺不准说唱《格斯（萨）尔》的说法。

据万扎老人讲，柯鲁克旗（原青海和硕特左翼北左旗，固始汗第

---

[1] 笔者于2010年1月23日采访西北民族大学著名藏学家阿旺·却太尔教授的笔记。

[2] 桑耶寺始建于8世纪吐蕃王朝时期，是西藏第一座剃度僧人出家的寺院。寺内建筑按佛教的宇宙观进行布局，中心佛殿兼具藏族、汉族、印度三种风格，因此桑耶寺也被称作三样寺，又名存想寺、无边寺。

[3] 乃穷寺，全称"乃穷扎央林"，简称"乃穷贡巴"，位于拉萨西郊约10千米的根培乌孜山南麓，距哲蚌寺约1千米。

八子桑噶尔札的后裔和属民）王爷曾经赴西藏朝拜时，哲蚌寺的一位老者指着乃穷寺说："那座寺里有你们霍尔蒙古人的护法神。"所以柯鲁克王爷就把乃穷寺的白哈尔护法神请到自己的宫殿里，作为全旗民众的护法神来供奉。笔者对万扎老人问的是"柯鲁克旗人为什么禁止说唱《格斯尔》"这一老掉牙的问题，没想到他老人家给笔者讲了许多有趣的故事。例如，白哈尔神曾经在拉萨河岸上的宁玛派寺院——公堂寺居住时与该寺寺主喇嘛发生过矛盾，使寺主喇嘛不愉快。白哈尔神与寺主明争暗斗，最后寺主用魔法举行了一次特别的修法仪式，抓住白哈尔神锁入一个小木箱中扔进了拉萨河。河水冲走了小木箱，一位僧人把木箱从河水中捞了出来，并打开了盖子，白哈尔神变成了一只小鸟，立刻飞出去栖息在一棵大树上，后来以这棵树为中心修建了一座寺庙，就是乃穷寺。把白哈尔神从水中捞出来的僧人是个蒙古族高僧，所以白哈尔神特别关注和恩惠蒙古族人。另外，传说发现白哈尔神的就是五世金刚喇嘛，所以叫他"Tavun Khaan"等。在蒙古族民间故事中也常常出现捞出水中漂流的小木箱，里面有神奇的小孩或者非凡的鸟类，以拯救人类排除苦难等情节。

原柯鲁克旗民众因供奉白哈尔护法神而不准演唱《格斯尔》，但其他史诗演唱或者说唱却很活跃。我们通过在德都蒙古地区做田野调查，发现一个很有趣的现象。他们邻近的藏族史诗艺人中很盛行托梦学艺、神授学艺、托病学艺等特异现象，甚至有些蒙藏双语说唱的德都蒙古艺人都认识那些梦授学艺的藏族特异艺人，并与他们交流过学唱史诗的经验等，而且他们都是一样虔诚的佛教信徒。特别是丹巴艺人、尼玛艺人等年岁高的艺人们，一般手里拿着小型手转法论和玛尼念珠，在演唱史诗之前低声咏诵一段佛经或者念念玛尼经，似乎很虔诚地祈祷片刻。但德都蒙古演唱艺人中没有类似梦授等特异的现象，他们都是通过师承关系才走上演艺道路的。不管是父子传承，还是师徒传承，他们都是通过艰难的学艺成才，当然，因各人才华和天赋、生活环境、经历不同而学艺方式有所不同。笔者采访的好几位艺人都是在家庭环境的熏陶和氛围中，在听着先辈们的演唱和讲说过程中自然而然学会的，没有人强迫或者提议，也没有人刻意教他们学唱史诗或讲故事。当今这些勉强维持史诗演唱传统的艺人们担忧的是后继无人的问题。笔者采访的格斯尔奇桑杰艺人一再责备我："你们应该早几年来就好了。我以为我们这些'破四旧'的东西已经没有用了呢，所以早已经扔到一边了。现在你们一位接着一位的来跟我要《格斯尔》啦，'故事'啦，我年纪大了，好多都想不起来了，跟着我学的人也没有。现在的年轻人爱看电视，对我的史诗演唱什么的都不感兴趣"[1]。

的确，包括德都蒙古史诗在内的民间传统都面临着前所未有的挑战。

## 二、民众赋予史诗演唱功能及相关禁忌习俗

蒙古族史诗是一种庄严的文学体裁，同时也是一种神圣的信仰颂歌。其内容为歌颂几代蒙古族英雄好汉功绩的长篇叙事诗，形式上是韵文体赞歌，以非常优美的曲调演唱宏伟的英雄业绩。蒙古族史诗内容包括蒙古民族早期历史事件、领袖人物历险经历、宗教传说等。所以，史诗的功能也是多方面的。德都蒙古《汗青格勒》《三岁古南乌兰巴托尔》等经典史诗，也与荷马史诗、印度史诗或者中国三大史诗《格斯（萨）尔》《江格尔》《玛纳斯》一样，最初以纯口传形式流传。除日常娱乐消遣之外，祭祀仪式、庆典活动、出兵打仗、远征打猎等各种事项都需要史诗演唱或讲述活动来表示祝福、庆贺、祈祷等。随着时间的演进，史诗以此特殊而多样的功效代代口耳相传，不断增添每个时代所赋予的新内容和意义，直至最后被整理、加工，以文字记载

---

[1]　笔者于 2007 年 8 月 12 日的采访记录。

成为一部部文本。德都蒙古史诗从 20 世纪 80 年代初开始才逐渐被记录而形成文本。从古至今，史诗在民众中的生命力如此这般的强大和长久，主要在于史诗规模宏大而构思精巧的结构，发自普通民众内心的自然纯朴而丰富的口头语言，动听的演唱曲调和艺术的表现技巧，以及史诗诗文本身独特的韵律和源于民众心愿的英雄赞歌的感染力及丰富的想象力等。还有个更重要的生命支撑力就是把史诗神格化，曾经的史诗演唱的神力，不亚于当今的喇嘛念经的神圣度。史诗在民众中的多样的功能，使其在民众中长久流传，源源不断，保持永恒的生命力。

史诗的创作，使人类进入了文明时代。可以这样说，史诗本身的功能体现了其民众的生存与发展的本质。人类不仅仅为填饱肚子等物质需求而奋斗，还要创造精神食粮，这就是民众进入文明时代的历史见证。当然，蒙古族民众的一切史诗现象总是与他们的社会生活、习俗、愿望相联系。史诗的社会性首先体现在一定的民众共同体的不同形态之上，它不能抽象和孤立地存在，因为它不是书面文献。蒙古族史诗及其各种事象存在与发展的基本和普遍的形式便是人民大众，艺人和听众互相配合，互相辅助，是名副其实的"相辅相成、缺一不可"的。史诗以民众为自己的主要表现形式，符拉基米尔佐夫在曾这样写道："蒙古人确实生活在创造史诗的时代，就像在亚洲其他游牧民和猎人中一样，在蒙古人中流传的史诗思想、史诗题材在 12 世纪末或 13 世纪初得到发展，获得了明确的形式，于是，史诗歌曲、传说故事，或许还有相当完整的史诗作品被创作出来了。"[1] 蒙古族史诗"获得明确的形式"之前，以各种民间口头形式（如歌曲、传说、故事等）流传于民众中。这意味着人民大众与史诗之间有着密不可分的关系和生

---

[1] 〔俄〕鲍·雅·符拉基米尔佐夫：《蒙古民间英雄史诗探渊》（基里尔蒙古文），乌兰巴托：科学院出版社，1966 年，第 31 页。转引自贾木查著，汪仲英译：《史诗〈江格尔〉探渊》，乌鲁木齐：新疆人民出版社，1997 年，第 18 页。

命的连接点。

众所周知，包括蒙古族史诗在内的任何一部民间口承文本的创造都是以民众及其历史和社会生活为根基的，否则，史诗便无由生根。德都蒙古史诗也是一样在民众不断进取的生存和发展历程中不断吸取营养，被创造、被积累而成章。任何史诗创造与文化积累，都受到民众文化传统的影响。一部史诗一旦开始生成，它所综合的文化信息、所产生的文化积淀就会以各种方式永久性地对后人的各种文化活动，发挥各种作用。按现在的理解，演唱史诗是一项娱乐活动。但对早期德都蒙古民众而言，实际上，在婚礼、春节、那达慕大会、敖包祭祀等各式各样的民间活动中，演唱史诗不仅是个消遣娱乐项目，而是作为一种仪式，具有庆贺、求太平或者避邪免灾等许多实际的意义功能。因此，新疆卫拉特蒙古族人在挖大渠、外出狩猎或出发打仗之前，都要请'江格尔齐'中的高手来说唱《江格尔》，祈祷上苍，以鼓舞士气，增强必胜的信心。据贾木查教授说："20 世纪 30 年代，新疆爆发盛马大战时，乌苏县领兵打仗的巴尔·乌力吉图团长曾让'江格尔齐'给军人们说唱《江格尔》，鼓舞军人们像江格尔和洪古尔那样英勇杀敌。俄国学者桑嘎杰耶娃在《〈江格尔〉的演唱者》一文中写到，十月革命后，俄罗斯卡尔梅克红军司令哈木德尼科夫等也在率领年轻战士参战之前，曾多次前往著名'江格尔齐'额赖·奥布莱家中，听他说唱《江格尔》，以鼓舞军人，勉励他们像赤诚英雄洪古尔和铁臂萨布尔那样，英勇无畏地战斗，以保卫祖国和人民。"[1]

德都蒙古万扎老人曾回忆说，他与著名艺人乌孜尔一起带领驼队走阿音[2]时，也在启程之前演唱史诗，以激发和振奋精神。有时候乌孜尔艺人一路演唱史诗，以解除疲劳和振奋精神。日本著名蒙古学家小长谷有纪在她的《蒙古草原的生活世界》一书中，记载了蒙古国西

---

[1] 笔者于 2007 年 7 月 18 日的采访记录。
[2] "阿音"，蒙古语，指运输盐、碱、木料等的驼队以进城做买卖，意译为"走驼队""拉脚"等。

部卫拉特人的"劝畜认羔"习俗。她写道:"在卫拉特人中,一旦出现被遗弃的驼羔,就进行劝驼认羔仪式,这仪式就是英雄史诗演唱活动……实际上不管母畜在或者不在,羔畜吃不到母奶就成了'没娘娃',成为孤儿状态。一旦出现这种灾难,就特意邀请史诗艺人来为母骆驼演唱英雄史诗。专职的演唱艺人不仅表演还要一唱一和地进行仪式。这种史诗演唱不仅为驼羔排除灾难,也给人们带来快乐……卫拉特人一遇到各种困惑并为灾难找出路时,常常把期望和祝福寄托在英雄史诗的演唱仪式上。"[1] "劝畜认羔"仪式是在蒙古族乃至整个北方游牧民族中很普遍的现象,而且有专门的"劝认羔歌"。演唱史诗能够代替"劝认羔歌",并且更加深化,更加神格化,使母畜心醉流泪,情不自禁地亲吻自己的羔畜,温驯地站着让羔畜吃奶。每年到冬春产羔季节,母畜产羔,在风草不太好的季节或者暴风雪灾期间,或者头胎产仔的母畜往往不认仔,使羔畜成为"没娘娃",为豢养带来困难。善良而勤劳的牧民为了使母畜认羔,采取各种措施。如果是羊,就把母羊拴住,让羊羔强咂母乳,并以轻盈洪亮的声音演唱史诗或者唱起悠扬的"劝认羔歌":

> 陶依格,陶依格
> 陶依格,陶依格
> 洁白的我的羊哟
> 为何嫌你的小羔
> 在它尾巴上漂浮着
> 你香甜的奶味儿哟
> 陶依格,陶依格
>
> 春天来了

---

[1] 小长谷有纪:《蒙古草原的生活世界》,大阪:朝日新闻社,1996年,第57页。

冰雪融化了

风沙吹哟

你身边依的是你的什么？

陶依格，陶依格！


丰盛的夏季来哟！

大地完全绿化

你的乳房胀哟

你的谁来吸你奶哟

陶依格，陶依格！


　　牧人认为，这种劝解诱导性质的话语和动听的史诗歌声，能使母羊感动。有时候或者有些地方的牧人用马头琴来演奏"劝认羔歌"的曲调，或者用伊何乐琴伴奏演唱史诗感化母畜。的确，牧人的歌声似乎真的能使母畜动心，特别是骆驼会流着眼泪而认驼羔。德都蒙古族人对史诗演唱活动的功能和意义，的确也有特殊的认知和理解，对史诗的兴趣和敬重与某种客观存在或某种利益有关，也与史诗的神格化功能有关。所以他们总是认为史诗及其演唱活动包含着一种神力，不仅把德都蒙古史诗演唱活动，视作神圣的、万能的事，而且把与史诗有关系的一些行为、言论和物品等也看作神圣而不可冒犯的东西。比如，在新疆，卫拉特人把《江格尔》抄本的包裹布，作为敖包的祭品，献到敖包上，再旧再破也不随地扔[1]。这一习俗可能是早期卫拉特人共同的史诗信仰习俗的表现。德都蒙古的史诗文本形成得比较晚，或者早期类似《江格尔》的收藏文本的相关习俗经过"文化大革命"已完全丧失了。但是在家里供奉的佛经的包裹布旧了就换成新的包裹布，把

---

[1] 内蒙古古籍整理办公室，新疆民间文艺家协会编：《江格尔》（三），赤峰：内蒙古科学技术出版社，362 页，1996 年。

破旧的原包裹布也恭敬而虔诚地送到敖包上供奉。这种供奉佛经"包裹布"的习俗原先可能来自史诗信仰习俗。新疆卫拉特人也与德都族蒙古人一样把《江格尔》演唱的行为，看作一项非常神圣的活动，邀请来尊贵的史诗艺人，把蒙古包的门窗关紧，点灯烧香，才开始演唱《江格尔》。在敖包祭祀活动、酿酒仪式、新春第一次挤奶等具有庆贺意义的活动期间，也常常邀请艺人来演唱史诗，以求如意、祈祷好运气等。

2001 年夏天，笔者在青海省海西州戈壁乡牧区搞调研时，几位女士议论起草原奶制品工艺的质量、形状、颜色、味道和营养成分等，便谈论"谁谁制作的手工奶酪好吃""谁谁做的酸奶纯真而富有营养"等。在议论过程中，一位女士说："她做的酸奶纯真而好吃是因为他们家前几年做酸奶不成功，所以邀请苏和艺人来念经或演唱史诗，这才那么好吃了的。"[1] 从这些普普通通的牧人们的家常聊天中，我们可以窥视到不少问题。这至少说明三个方面的问题：其一，说明早期史诗演唱在民众日常生活中的功效；其二，说明民众对史诗神力的信仰和崇拜；其三，说明民众对史诗神力的信仰和崇拜意识，逐渐被佛经咏诵仪式所代替。不管是对史诗演唱的崇敬，还是对佛经咏诵的崇拜，这种意识和习俗能够持续到当今，就说明信仰有一种强劲而让人畏惧的力量。由此可见，史诗现象的功效及对后来文化的影响和作用之大。

另外，德古蒙古史诗的生命力也来自其存在方式的大众（听众）化形式。即使现在已有其他类型的存在形式，但它仍然会以大众作为接受者的形式为最基本的存在方式和生命归宿。民众的需求和喜爱使史诗演唱能够传承至今。德都蒙古史诗的民间形式本身就是一个具有本质含义的命题。在采访过程中，女艺人达格玛曾经回忆她学说唱史诗的经历："父亲进行佛事活动时有时候打开厚厚的佛教经典一张一张

---

[1]　笔者于 2001 年 7 月 21 日在青海省海西州戈壁乡牧区做的田野笔记 3 号。

翻看着咏诵，但说唱史诗或讲故事时从来不看什么文字的东西，完全是口述的。父亲心情好的时候常常以粗壮而洪亮的低声演唱《三岁古南乌兰巴托尔》或者《七岁的道尔吉彻辰汗》等史诗。这些史诗就是长辈们以口述传授而世代相传至今的。"[1] 这可以从理论上说明德都蒙古史诗的民众口传的存在方式。另外，贾木查在《史诗〈江格尔〉探渊》一书中，把史诗《江格尔》的流传形式归纳为几种方式：①自娱消遣方式；②请"江格尔齐"到自己家里演唱《江格尔》；③进行《江格尔》演唱比赛；④在集体劳动场合或军营里演唱《江格尔》；⑤《江格尔》的手抄本等[2]。这几种方式从实践上可以概括表现出史诗普及深入到蒙古族民众文化深层，成为他们日常生活的一部分的实际情况。德都蒙古史诗也是以一样的形式流传，显示了史诗的功效和生命力。

当然，我们也应该看到，蒙古族史诗宏伟的内容和广阔的涉及范围，极个别的聪明过人的演唱艺人等，使史诗也会不同程度地存在超越大众文化的情形。其中，史诗演唱曲调的音乐性是使那些艺人成为艺人，而极大程度地发挥个人才华和开发智慧的动力，甚至将神圣的启示予以艺人，使他能够渗透到史诗神圣的内涵中，便能超脱寻常人无法自拔的冲动。这在另一方面也说明史诗与大众文化的差异和密不可分的联系。实际上，史诗与普通民间口述叙事作品属于不同范畴。笔者于 2006 年冬天在青海省海西州德令哈市宗务隆乡调研时，采访了一位 90 岁高龄的喇嘛艺人。他一再强调自己只演唱史诗，绝不讲述普通民间故事。在他老人家的话语和语气中，笔者非常明显地感受到史诗在他心目中的高贵和神圣。老人家认为普通民间故事能讲述者多，而演唱史诗则不然。当时因他年岁高而健康状况欠佳等，他的外孙女不让他演唱史诗，只是说了《迪米德贡登汗》《诺彦青格勒》等他

---

[1]　笔者于 2004 年 1 月 23 日在青海省海西州戈壁乡牧区做的田野笔记 5 号。

[2]　贾木查著，王仲英译：《史诗〈江格尔〉探渊》，乌鲁木齐：新疆人民出版社，1996 年，第 346-350 页。

曾经演唱过的史诗篇目的名称[1]。当然，这并不是说史诗与民间其他形式作品完全不同，也不能说明史诗可以脱离大众口传形式而存在。因为史诗的超大众化过程，也是以民众对史诗的规范为前提的，以大众文化实际存在为背景的。例如，史诗已经深入大众，已经深入民众生活的深层。史诗演唱活动在平常生活中发挥着种种作用。据贾木查的研究，史诗演唱"是一种自我文化娱乐的消遣活动。自很早以前开始，'江格尔齐'或会说唱《江格尔》的人们，在漫长难熬的冬季夜晚，在单调枯燥的远行或放牧过程中，为了解除郁闷和疲劳，在牧群旁，或在篝火旁，或在蒙古包的炉灶旁借着油灯的微弱光亮，'江格尔齐'或会说唱《江格尔》的人们，给聚集在那里的几个人演唱《江格尔》"[2]。德都蒙古史诗演唱风味也是一样，在这种史诗文化环境中，除了涌现出才华横溢的史诗艺人之外，更重要的是训练和培育了广大的民众爱好者和听众，影响了整个社会文化风气。随着史诗文化的发展，民众的欣赏能力、熟悉度和监督力都跟着提升，这样一来，史诗本身也在越来越规范化的同时，在大众文化中随之形成许多规矩、禁忌、习俗等，使史诗更加高端化和神圣化。以《汗青格勒》为例，每次演唱的时候根据时间和需要可以简化演唱，但是不能半途停止，一定要唱完整，听众也不能中途退场，也一定要完整地听完全部演唱内容，否则，会导致缩短寿命或者遭受灾难等。所以，早期牧人们一般都是在晚上务牧事项和晚饭等所有活儿干完了之后，才开始演唱史诗，以免中途有事干扰唱完或者听完整的史诗演唱事宜。学徒艺人在完整地学会之前轻易不上正规场合演唱史诗。即使消遣娱乐的一般场合，也要唱完、听完当下的完整史诗。新疆卫拉特蒙古族人在演唱《江格尔》之前要进行鸣枪驱鬼和立敖包、门窗关闭、点灯烧香等一系列规矩和习

---

[1]  2006 年 1 月 23 日的采访笔记。
[2]  贾木查著，王仲英译：《史诗〈江格尔〉探渊》，乌鲁木齐：新疆人民出版社，1999 年，第 346 页。

俗，使史诗演唱活动显得更加神圣而正规。德都蒙古史诗演唱时已经丢失了部分规矩和习俗，但是仍然能够看得出其早期仪式习俗的痕迹。在演唱史诗之前必须洗手、点佛灯、烧香等，使史诗演唱行为具有宗教色彩和艺术的双重属性。从史诗与大众文化在各处自发展过程之中的实际展开来看，任何史诗事象最初都是以社会民众的信仰和需求为背景而形成、存在并延续的。所以，史诗事项也随着社会生活和大众文化的发展而变迁，同时也遵循社会生活和民众当下的各种规则，从而史诗既是社会的、民众的成果，又是个体艺人的创作。史诗演唱行为作为公众文化，常常以各个时代的民众意识和社会文化标准来自我规范。

另外，蒙古史诗的民间形式是民众功能的前提条件。史诗在民众中有一个功能就是使本民族的广大人民群众聚合为一个整体，从而区别于其他民族群体。同样，德都蒙古史诗也具有德都蒙古与其他蒙古族地区和蒙古族部落、氏族所不同的标志。比如，《汗青格勒》和《江格尔》，分别属于蒙古族两个不同的地方流传的史诗。这并不仅仅是史诗名称上的差异，而是在于深层的地方特色上的差异，这也使得蒙古族史诗更加多元化。此外，巴尔虎蒙古史诗《巴拉登迪布汗》、布里亚特蒙古史诗《阿拉腾沙嘎》、鄂尔多斯史诗《阿拉腾嘎鲁海汗》、扎鲁特史诗《好汉阿日亚夫》等史诗，既具有整个蒙古族民族文化的共同性，又具备各自与众不同的、独特的、区别于其他地方或部族的地方性成分，更重要的还有区别于其他民族群体的功能。例如，维吾尔族的《乌古斯》，哈萨克、乌兹别克等民族的《阿勒帕密斯》，柯尔克孜的《叶尔·吐斯特克》《玛纳斯》等史诗，在具有整个蒙古高原乃至欧亚大陆游牧民族文化的共同性的同时，也具备各自与众不同的民族特色。各民族史诗对勇士坐骑的刻画、对勇士爱妻的赞美、对勇士非凡的英雄事迹的歌颂等，都有相同或者相似的描绘。我们从各民族史诗的共同性中可以悟出史诗的整体与局部的功能和意义。史诗的某些情节或个别因素不具有区分其所属群体的功能，史诗现象作为一个完整的整体时才具备区分其所属民族和群体的功能。即使某些史诗的个别事项相似或者相同，但在其与各自的不同民族和社会生活的其他事项的组合中，也能够表现出在群体区分上的意义。蒙古史诗的创作者不管是个体还是群体，都属于作为一个民族的大众，而且史诗本身具有可以产生区分意义的大众功能。这样一来，史诗不是只属于一个时代，而是属于世世代代。

## 三、德都蒙古史诗演唱习俗及其表演方式

讲到德都蒙史诗演唱的表演方式时，笔者不由自主地想起了童年时期的一些故事。每年冬天搬到冬营上，我们家经常和达尔罕博[1]家在一起。达尔罕博家离我们家不远，但我们从来没有去过他们家。原因之一，他们家没有孩子与我们玩；原因之二，他们家养了个大藏獒，非常厉害，在家门口往西十几步左右处以粗大的铁链日夜拴着，可能因为他们家里没有小孩子的原因，大藏獒见了我们就一边大声吼着，一边跳着转着圈，把我们吓得不敢靠近。每天从他们家里传来非常动听的琴声，我们很想去看看谁在弹什么样的琴，弹出那么好听的音乐。后来母亲告诉我们："那是达尔罕博家女主人古尔克木额吉在演奏伊克乐琴。"[2] 她以伊克乐琴演奏《孤独的白驼羔》《带脚绊的骏马》等民歌或者史诗曲调。据笔者的母亲讲，古尔克木额吉以伊克乐琴伴奏着讲故事、演唱史诗或者唱歌都非常动听，她是个异才，没有人教过她这个本领，她天生就有这种音乐天赋。但在"文化大革命"期间，她的

---

[1] 达尔罕博是个特殊人才，他把早期萨满和佛教喇嘛的技能和特点于一身，不仅萨满占卜、针灸等都会，也能治疗骨折、跌打损伤等病症。同时也号脉行医；念经、看相等样样都会民间疗法。所以当地人尊称他为"达尔罕博"，意思就是"达尔罕萨满"。
[2] 伊克乐琴（Ikili）是当地一种民间乐器，类似于马头琴。据说达尔罕博也是个能工巧匠，会制作一些木制工具。他老伴的叶克勒琴也出自他的巧手。

伊克乐琴被没收了，史诗、故事等都被禁止演唱了。20世纪70年代中后期，达尔罕博又给她制作了简单的伊克乐琴。所以她只在家里弹奏伊克乐琴。

古尔克木额吉是个奇才。笔者从来没见过她的面容，因为她的腰直不起来，走路时额头差不多就与两条腿齐平。她也从不来我们家串门，也不与谁交流，只是与她的羊群交流。她几乎给她的每只羊都起名了，挤羊奶时，她一个一个地叫名字，奶羊就一个一个地过去让她挤奶，非常不可思议。

从德都蒙古史诗演唱方式的现状来看，只有艺人讲述和演唱两种形式，没有任何乐器伴奏着演唱的形式了。但是据老人们讲，在"文化大革命"之前，上述伊克乐琴、东布尔（冬不拉）、雅特噶等乐器伴奏着演唱史诗的情景比较普遍。

众所周知，新疆卫拉特各部、蒙古国西部各部族等史诗流传各地，都有各自的史诗演唱方式。例如，"西蒙古卫拉特史诗艺人们绝不把史诗以一般的叙说方式去表演，而总是弹着陶布舒尔琴进行演唱，偶尔也遇有一些艺人拉着琴演唱史诗。至于在演唱中使用什么样的曲调以及使用什么乐器，取决于各个地区的传统以及所要演唱的史诗的故事情节等等"[1]。"西蒙古史诗艺人们不仅用乐器演唱史诗，而且还有很多艺人是用呼麦来演唱史诗。这种演唱方式庄严肃穆，艺术感染力极强，给人以极大的震撼。卡尔梅克史诗艺人有使用陶布舒尔琴演唱史诗的"[2]。东蒙古科尔沁地区演唱的蟒古思故事也是蒙古族史诗的一个种类，演唱蟒古思故事的史诗艺人也用类似于马头琴的"朝尔"琴或者说书艺人的低音四线"胡尔"琴伴奏。"流传于内蒙古东部地区的一组英雄故事，一般由专业民间艺人以蒙古族传统乐器'朝尔'（一种马

[1] 〔俄〕鲍·雅·符拉基米尔佐夫：《卫拉特蒙古英雄史诗》，载〔蒙古〕乌·扎格德苏荣编：《蒙古英雄史诗原理》，乌兰巴托：科学院出版社，1966年，第48页。
[2] 斯钦巴图：《青海蒙古史诗研究》，北京：中国社会科学院B类重大课题成果，2009年。

头琴）或'胡尔'（说书艺人的低音四胡）伴奏，用韵文或韵散文结合的形式说唱，故事内容主要叙述由天神下凡托胎人间的英雄迅速长大，在天神和众助手的帮助下解救被恶魔蟒古思抢劫的人们并最后消灭恶魔全族，完成保卫人间美好幸福的使命。"[1]

德都蒙古史诗艺人们在史诗演唱传统的传承过程中，因各种原因把原来的以伊克乐琴、东布尔（冬不拉）、雅特噶等乐器伴奏着演唱的习俗几乎已经丢失了，我们在采访过程中没有碰到用琴类乐器伴奏着演唱或讲述史诗的艺人，但有些老人的记忆中还留存着曾经用来伴奏的乐器及其曲子名称。上述古尔克木额吉原来是当地稍有名气的女艺人，能弹唱民歌，也能以琴伴奏着演唱史诗。达尔罕博和古尔克木额吉夫妇一辈子没有孩子，但各有一技之长。现在回想起来，在童年的记忆中他们似乎是神话中的人物，过着故事般的生活。达尔罕博是个集萨满和喇嘛于一身的民间能工巧匠，也是民间医生；古尔克木额吉是个多才多艺的民间女艺人，民间歌手。两口子没有孩子，但他们的羊就如同孩子一样，他们给每只羊都起了名字，一叫名字羊就一个接一个地过来与他们交流，非常神奇。但由于时代的局限和"文化大革命"等，没有记录或传承她演唱的史诗、民歌等口承文本和相关神奇故事。现在的艺人们在演唱史诗或者讲述故事时几乎没有用任何乐器来伴奏的，但是动听美妙的曲调仍然传承至今。斯钦巴图把相关德都蒙古史诗的演唱曲调都录音并记谱，并进行了详细的观察和分析后指出："德都蒙古史诗艺人们是否用曲调演唱不仅意味着表演方式上的区别，而且还意味着一种完全不同的表演状态。在用曲调去演唱史诗时，德都蒙古史诗艺人们显得很庄重，手里拿着念珠，端坐在座位上，不用很多手势及身体语言，像念经那样进行演唱。"[1]据斯钦巴图的分析："他们演唱的曲调有别于新疆卫拉特史诗艺人们用的曲调，也有别于蒙

---

[1]　斯钦巴图：《青海蒙古史诗研究》，北京：中国社会科学院 B 类重大课题成果，2009 年。

古国西部卫拉特史诗艺人们使用的曲调。"[1] 笔者认为这可能是德都蒙古族人进入青藏高原之后受到藏族等其他民族文化影响的结果。

德都蒙古史诗演唱方式有专门的名称。"突兀吉 - 海拉呼"（tuuji hailah）指的就是演唱史诗。"海拉呼"是相对"都拉呼"（duulah）而言的，低声比较温和的重复性短曲。"都拉呼"是指放开嗓子歌唱。早期德都蒙古史诗艺人就有两种风格。一种是具有"突兀吉 - 海拉呼"风格的艺人；另一种是"突兀吉 - 何乐库"（tuuji heleku）风格的艺人，指的就是讲述史诗的艺人。在一般情况下，或者完整地演唱，或者完整地讲述一部史诗，没有演唱和讲述混合而用的方式，但在特殊情况下也可以以混合方式进行演唱。

在德都蒙古族地区，一般来讲，艺人们如果用曲调开始演唱某部史诗，那么从头到尾一直唱下去，或者一开始以散文叙述形式表演，那么也用这种表演方式把史诗演述完。除了特殊情况之外，不会以曲调演唱开始，以散文演述形式结束。但是"那些上了年纪、体弱多病的艺人则不受这种约束，他们视身体状况，在表演过程中能够自由变换表演方式"[1]。例如，笔者采访的女艺人道丽格尔苏荣，可能因为年岁高而体弱多病，她开始的时候演唱一段史诗的部分内容，以体现史诗的演唱曲调和风格，然后就说现在唱不出来像样的曲调，年纪大了，气短了，喘不过气来了，于是就开始讲述史诗。她以曲调演唱时，其语言非常优美，蒙古族诗歌的头韵、尾韵等各节奏和旋律都能用上，而且描绘也非常生动，但是一般性讲述时语言不如演唱时优美。

据斯钦巴图的研究，这样的情形在蒙古族其他地区也很普遍。例如，内蒙古东部地区的乌力格尔说唱艺人也有两类：一类叫做胡尔奇，是指在低音四胡伴奏下说唱乌力格尔的艺人；另一类叫做亚巴干 - 乌力格尔奇或亚巴干 - 胡尔奇，指的是在没有四胡伴奏下演述乌力格尔

[1]　斯钦巴图：《青海蒙古史诗研究》，北京：中国社会科学院 B 类重大课题成果，2009 年。

的艺人。亚巴干 - 乌力格尔奇或亚巴干 - 胡尔奇这个名称特别生动、形象，具有很浓厚的游牧文化色彩。"亚巴干"（yavgan）一词，本义是专指不骑马或不使用任何交通工具而徒步行走的人。在蒙古语中，"亚巴干"一词的反义词是"moritan"（骑马的人）。亚巴干 - 乌力格尔奇（或亚巴干 - 胡尔奇）和胡尔奇这一对名称，是把徒步行走之人和骑马之人的对比运用到乌力格尔表演艺人身上而产生的。胡尔奇使用胡琴伴奏而演唱故事，犹如骑马行走；而亚巴干 - 乌力格尔奇（或亚巴干 - 胡尔奇）不使用胡琴伴奏而演述故事，犹如徒步行走。

250

两类艺人之间的区别表现在诸多方面。首先，演述型艺人所受表演压力大于说唱型艺人。斯钦巴图在采访亚巴干 - 胡尔奇赛音乌力吉老人的时候，老人给他演述了《三穿鲁国》选段和完整的《四姬白花》。表演结束后，他说："一来我老了，体力不支，二来没有胡琴伴奏压力大，难度大，不像拉着胡琴演唱那么轻松。""要是用胡琴就好了，轻松多了，这不用胡琴讲述，实在很难。想不起来的时候稍微停顿一下吧，人家都在看着你呢，而你自己却除了嘴巴没有别的东西可动，嘴巴停了，可就什么都停了，不像拉胡琴，还可以边拉间奏曲边想。"[1]这是一个在口头演述和拉着胡琴演唱故事两方面都有经验的艺人发自内心的切身感受。笔者认为，这是"徒步行走之人"和"骑马之人"的差别，"徒步行走的人"一旦停止前进，表演就停顿了；而"骑马的人"即便是站着，也是在马背上蹬着马镫站着，只要他的"马"没有停下来，他仍旧是在走着，表演还在继续。其次，表演方面的伸缩性差别巨大。因为有了故事《四姬白花》的演唱文本和口头演述文本，我们有条件对这两种类型的艺人演绎一部故事时所表现出的伸缩性方面的差别做比较。单从两种类型的艺人演唱或演述一部故事所用的时间，就能够说明问题。古儒演唱《四姬白花》用了 14 小时，而赛音乌力吉演述同

[1]　2004 年 11 月 3 日艺人赛音乌力吉访谈，采访人斯钦巴图，MD 盘，中国社会科学院民族文学研究所"少数民族文学资料库"收藏。

一部故事，却仅仅用了不到 3 小时。由于曲调的运用、利用间奏曲构想故事情节，以及运用优美的好来宝对事物进行精雕细刻等，使用乐器的艺人推进故事的速度总比不使用乐器的艺人慢许多。2004 年 10 月 30 日，科尔沁右翼中旗坤杜冷苏木赛音花嘎查的 82 岁高龄的著名艺人希日布演唱《四姬白花》，他演唱了半小时，才唱完了故事的开头部分。[1] 而赛音乌力吉艺人用同样的半小时，不仅讲完了故事的开头部分，还进入了故事的展开阶段。再次，艺术表现力方面差别巨大。说唱型艺人的艺术表现力远非演述型艺人所能比。拉着四胡演唱故事，艺人同时运用乐器、优美的曲调及其变换、韵散结合的说唱形式、出神入化的描绘及丰富的身体语言演绎一部故事，其艺术表现力、艺术感染力自然是不言而喻的。最后，学艺方面的差别很大。说唱型艺人绝大多数都是师承型艺人，曾经在师傅的指导下接受过训练。而演述型艺人几乎没有师承关系，最多也就是曾经多次听过某位艺人的演唱，对某些艺人的演唱有深刻的印象罢了。但是，由于他们推进故事的速度很快，所以还是受很多故事迷们的欢迎。

实际上，乌力格尔表演艺人的这两种类型及其区别，也适用于德都蒙古史诗艺人。然而，现在以乐器伴奏并用曲调演唱的史诗艺人与不用任何乐器和曲调而讲述史诗的艺人在民间的影响力和受欢迎的程度不同。这方面艺人和听众都有各自的难处和问题。对艺人来说，当今没有那么热心的听众以激发艺人演唱史诗的激情，所以艺人也懒得费力去准备传统伊克乐等乐器以优美的歌声演唱史诗曲目。而对史诗听众来说，"当今的大部分所谓的听众基本上是前来搜集资料撰写毕业论文的博士研究生或者硕士研究生。一来他们调研采访时间比较紧，演唱史诗用的时间长而讲述的时间短，他们没有时间听冗长的描绘。二来他们主要以故事情节的完整性为标准，记录文本，不研究史诗的

---

[1]　2004 年 10 月 31 日艺人希日布访谈，采访人斯钦巴图，MD 盘，中国社会科学院民族文学研究所"少数民族文学资料库"收藏。

演唱曲调，所以要求最短的时间讲述给他们完整的史诗故事即可，伴奏的曲调音乐、乐器等一概不需要。除非偶尔有些专门研究史诗的大专家学者来，他们倒是需要录音录像史诗演唱全景，包括乐器、音乐伴奏、相关民俗等"[1]。笔者认为，这可能是艺人逐渐失去以乐器伴奏演唱史诗习俗而多半讲述史诗的一个重要原因。

是否用曲调演唱，是否使用乐器伴奏演唱等习俗是在传统中自然形成的。但是，用曲调演唱和用乐器伴奏，可能并不完全是出于习惯上的原因。其特定演唱传统的形成可能与一些信仰观念有关。俄罗斯学者布尔杜科夫长期观察蒙古国西部卫拉特史诗艺人的演唱活动，他指出，探讨史诗的起源问题时有必要关注萨满的口琴，因为这种琴发出的声音虽然近在咫尺，但听起来像是来自遥远的地方，并且像是风吹树木发出的声响，萨满们随着这种琴声开始做招魂等仪式，进而用喉音（即呼麦）演唱并跳神舞。现今的卫拉特、卡尔梅克史诗艺人们虽然不用那种口琴而是用二弦的陶布舒尔或三弦的东布尔，但是他们表演的状态和曲调与萨满的请神仪式及请神歌曲调惊人地相似。[2] 在这里，布尔杜科夫想说明演唱史诗时伴奏的乐器和曲调可能来自萨满教信仰。笔者认为这种观点有一定的根据。东蒙古说书艺人们也把自己的低音四胡视同法器，歌颂并予以崇拜。在东蒙古说唱艺人们的"朝尔颂"里有不少"这是佛祖的创造物，具有镇压妖魔鬼怪的魔力""这是我们蒙古民族的乐器，它会带来牲畜的兴旺""听我朝尔悠扬的琴声，天父会欢喜神灵会感动，一切妖怪会逃遁"之类的唱词。[3]

因此，笔者认为，德都蒙古史诗艺人演唱史诗的三种方式（演唱、讲述、演唱与讲述交叉运用）表明，德都蒙古史诗传统既保留着古老

---

[1] 2010 年 1 月 25 日采访史诗艺人乔格生的笔记。

[2] 〔俄〕阿·瓦·布尔杜科夫：《卫拉特——卡尔梅克史诗艺人》，参见〔蒙古〕乌·扎格德苏荣编，〔蒙古〕罗卜桑旺丹审：《蒙古英雄史诗原理》（基里尔蒙古文），乌兰巴托：科学院出版社，1960 年，第 82 页。

[3] 色楞口述，〔德〕瓦尔特·海西希，尼玛等搜集整理：《阿拉坦嘎拉巴汗》，海拉尔：内蒙古文化出版社，1988，第 1 页。

的演唱风格，又有了新的变化。随着时代的发展，地理环境的变更，周边其他民族文化的影响，史诗演唱的信仰色彩逐渐淡化，于是产生了讲述史诗和讲述与演唱并用的史诗表演方式，这也导致了史诗向英雄故事演化的趋势。当然还有一个重要的影响因素是邻近的藏族《格萨尔》和土族《格赛尔》的演唱与讲述混合方式表演的传统。

## 四、德都蒙古史诗传统的发展态势

在德都蒙古地区流传的史诗中，《格斯尔》和《汗青格勒》等有重要影响，而且也有古老的传统。史诗《格斯尔》的多部篇章和故事，不仅是德都蒙古史诗艺人最喜欢演唱的口头传统，而且深入普及到民众心里。德都蒙古史诗艺人演唱的史诗《格斯尔》与北京木刻本《格斯尔》的故事有许多很接近的地方。1716 年的北京木刻本《格斯尔》的故事来源于早期德都蒙古民间《格斯尔》[1]。早期研究蒙古文《格斯尔》的著名学者尼古拉·尼古拉耶维奇·鲍培（Николай Николаевич Поппе）、谢尔盖·安德烈耶维奇·科津（Сергей Андреевич Козин）、策旺·扎姆察拉诺夫（Цэбээн Жамцарано）等都认定北京木刻版《格斯尔》的源头与"南卫拉特方言，以及在地域与文化上接近于西藏的蒙古人都有联系"[2]，这指的就是德都蒙古族人。20 世纪二三十年代，布里亚特学识渊博的索德那木 - 扎木苏·吉格吉德瓦喇嘛读章嘉呼图克图秘传（尚未公开出版），在其秘传中记载"1680 年章嘉呼图克图阿噶旺罗布桑却拉丹，邀请青海厄鲁特五位史诗艺人来讲述《格斯尔》并逐字逐句地记录下来，以用于察哈尔学校学生的课外读本。这就成了北京木刻版《格斯尔》的底本"。布里亚特喇嘛索德那木 - 扎木苏·吉

[1]　2015 年 11 月 24 日在莫斯科采访俄罗斯国立人文大学的谢·尤·涅克留多夫教授的笔记。
[2]　〔苏联〕谢·尤·涅克留多夫著，徐昌汉、高文风、张积智译，刘魁立、仁钦道尔吉校：《蒙古人民的英雄史诗》，呼和浩特：内蒙古大学出版社，1991 年，第 182 页。

格吉德瓦把这一记载的内容告诉了策旺·扎姆察拉诺夫。策旺·扎姆察拉诺夫把这一信息内容写在"《略论格斯尔书面版本》"一文中作为"《布里亚特格斯尔简论》"一书的附录准备出版，但是还未来得及出版，策旺·扎姆察拉诺夫便于 1937 年被抓入狱并于 1942 年在狱中去世。在他被抓入狱后，他家被搜查，所有的书籍、资料、文章都被没收。幸运的是，上述作为"附录"的一份打印文本幸存下来了。鲍培读了这个打印文本并写进了他于 1941 年写的《布里亚特格斯尔与蒙古文异文的关系问题》这一论文，并发表在《布里亚特蒙古语言、文学、历史研究所学术刊物》1941 年第 5、6 期上。后来，策·达木丁苏伦参考了鲍培的这篇论文，引用了上述信息，但是也不能指出明确出处，因为当时鲍培也被列为叛徒，就这样本来很清晰可信的学术信息被封闭在那黑暗时代的禁锢之中[1]。著名蒙古学家涅克留多夫教授多年来一直跟踪探究上述学术疑问的来历和真实性，终于弄清其来龙去脉[2]。的确，在北京木刻版《格斯尔》之前，在青藏高原的蒙古族人（南卫拉特人——当今的德都蒙古族人）中不仅已流传史诗《格斯尔》，而且已经有手写本存在。1680 年，章嘉呼图克图一世为什么邀请可可诺尔厄鲁特五位老头来演唱《格斯尔》并记录呢？这个问题我曾经采访过西北民族大学著名藏学家阿旺·却太尔教授。他老人家讲："章嘉呼图克图一世是宗喀地方的蒙古后裔，他很可能有在幼年时期听过当地厄鲁特人讲述或者演唱《格斯尔》的经历记忆，所以，他到了 38 岁的中年时期一有需要马上就想起幼年时期在家乡的记忆，因而邀请了那些艺人。这是合乎情理的逻辑。还有一个可能就是其他地方《格斯尔》史诗还没有传播，或者章嘉呼图克图只知道他的家乡有演唱《格斯尔》的传统"[3]。

---

[1] 鲍培 1941 年来到卡尔梅克，那时卡尔梅克被德国占领，鲍培也被拉到德国当翻译。所以俄罗斯人认为鲍培是叛徒。在当时的政治气氛下不能引用叛徒的文章。

[2] 谢·尤·涅克留多夫:《关于"传说"的传说——寻找"格斯尔"的足迹》，阿·达·安娜岑迪娜编:《东方古文化研究成果丛刊—蒙古学分册》（第 54 号），莫斯科:俄罗斯国立人文大学出版社，2015 年，第 82-103 页。

[3] 阿旺·却太尔教授是德都蒙古族人，是著名的藏学家、语言学家、因明学家。笔者在他老人家健在时几乎每年采访他两次（寒暑假），这是 2010 年 2 月 9 日的采访记录。

由此看来，在宗喀地区早期有史诗演唱传统。俄罗斯著名蒙古学家波塔宁于 1884～1886 年在中国西藏和蒙古高原考察期间，也是在宗喀地区（青海塔尔寺）从一位女艺人口中记录了《东吉毛鲁姆》这部史诗，可见早期可可诺尔厄鲁特人有非常丰富的史诗演唱传统。所以，北京木刻版《格斯尔》的前身，或者其故乡就在德都蒙古地区。当然，现在德都蒙古族人中流传的口头《格斯尔》与北京木刻版《格斯尔》相比，已发生了相当大的变化，这种变化涉及包括人物名称、形象、故事情节在内的各个方面的内容。我们拿史诗艺人乌孜尔、苏和等演唱的多部《格斯尔》章部与北京木刻版相比较时，发现了许多共同点，也发现了不少不同点。这并不难解释，因为北京木刻版《格斯尔》在 300年前已经产生文本并定型了，但其原产地的《格斯尔》仍然口头流传了 300 余年，能不变吗？在海西州都兰县的已故老艺人诺尔金演唱的《格斯尔》中，多数故事明显地与北京木刻版《格斯尔》有关系。在青海省海西州群众艺术馆的跃进采访记录并出版的《青海蒙古族格斯尔传说》[1]一书中，著名艺人胡雅克图演唱的《格斯尔》史诗 9 部故事中也有许多内容与北京木刻版《格斯尔》惊人地相似，当然也有许多变更或者新增的内容。

如同在卡尔梅克地区、新疆卫拉特地区，《江格尔》史诗有绝对影响那样，在德都蒙古地区，史诗《格斯尔》和《汗青格勒》的影响同样非常大。近年来，有些研究者或者地方文化人士有意或无意地搞一些"文化包装"或"突出优势史诗"行动，专门以搜集《格斯尔》或《汗青格勒》等史诗为重点。在这种情况下，德都蒙古史诗传统中出现了一切史诗都向《格斯尔》靠拢的倾向。搜集《格斯尔》的学者来采访记录或录制时，许多与《格斯尔》无关的史诗英雄被说成是格斯尔的英雄，或者被说成是格斯尔的化身，许多本来与《格斯尔》无关的短篇史诗被说成是《格斯尔》史诗的一部分。据斯钦巴图的采访记录，

---

[1] 跃进主编：《青海蒙古族格斯尔传说》，海拉尔：内蒙古文化出版社，2003 年。

胡雅克图给他演唱了《骑三岁黑马的布和吉日嘎拉》史诗，并说这是《格斯尔》的一部故事。胡雅克图还说："格斯尔是个无所不能、变化多端、十分神通的人。经常重新投胎出生，降妖伏魔。骑三岁黑马的布和吉日嘎拉只是其一次投胎转生时用的名字，其他还有，像道力精海巴托尔他们都是格斯尔的化身。"[1]艺人苏和也曾做过同样的解释，搜集《格斯尔》的人来了，他们把自己所知道的所有的史诗都说成《格斯尔》。例如，内蒙古社会科学院文学研究所研究员巴·布和朝鲁于1988年从青海省海西州格尔木市乌图美仁乡艺人南德格口中记录了史诗《额仁赛因耿格斯》，当时艺人南德格也把它解释成《格斯尔》史诗的一个章部。胡雅克图、苏和等具有即兴表演才能的才华横溢的艺人，把德都蒙古其他史诗都纳入《格斯尔》史诗系列中讲述。正是这种原因，学术界认为德都蒙古《格斯尔》史诗形成了自己的三种基本类型：① 始终围绕格斯尔英雄事迹展开故事情节的基本型；② 在格斯尔英雄群体中增加一些英雄人物并围绕他们的英雄事迹展开故事情节的扩展型，例如《格斯尔的两个儿子阿拜杨宗巴托尔和阿拜班钦巴托尔》[2]；③ 在格斯尔化身名目下，把一些本来与《格斯尔》毫不相关的史诗纳入《格斯尔》史诗集群的附着型[3]。

　　这三个基本类型中，第一种类型是传统、典型的《格斯尔》史诗。第二种类型的《格斯尔》史诗篇章基本上是由德都蒙古其他史诗改编而成的。第三种类型的《格斯尔》篇章应该说纯粹是独立于《格斯尔》史诗的德都蒙古传统的短篇史诗。

---

[1]　2005年12月7日斯钦巴图采访艺人胡雅克图的笔记。

[2]　这个史诗名称是古·才仁巴力在《青海蒙古〈格斯尔〉简论》中报道的，见《蒙古语言文学》1986年1期，第61-65页；另见中国社会科学院民族文学研究所编：《〈格斯尔〉论集》，呼和浩特：内蒙古人民出版社，2003年，第260页。

[3]　关于青海卫拉特《格斯尔》的基本形式的最早划分是由布和朝鲁提出的（见巴·布和朝鲁：《柴达木田野调查报告》，见中国社会科学院民族文学研究所编：《〈格斯尔〉千年纪念——〈格斯尔〉论集》，呼和浩特：内蒙古人民出版社，2003年，第172-174页），笔者在这里沿用他的划分，并给它贴上了基本型、扩展型、附着型等类型标签。

由此，德都蒙古史诗整体上表现出了《格斯尔》中心型史诗带特征，这与《江格尔》中心型的新疆卫拉特史诗形成鲜明的对照。德都蒙古地区之所以成为《格斯尔》中心型史诗带，有一个重要的原因是，在那里还流传着大量的格斯尔传说，在德都蒙古各地，与地方历史人物或英雄好汉相关的一些山水风物传说，基本上都变成了格斯尔相关的神话传说，整个德都蒙古地区俨然变成了那个叱咤风云的格斯尔可汗频繁活动和居住生活的地盘。格斯尔小时候嬉戏的三座丘陵、支锅用的三块石头、拴马桩、马绊、格斯尔烧茶用的锅、格斯尔及其马和狗的脚印、格斯尔用来取火的燧石、格斯尔饮马的河水、格斯尔放牧的草场、格斯尔数畜群的盆地、格斯尔的水井、格斯尔射穿的山、格斯尔歇息的椅子、格斯尔的盐湖、格斯尔摔跤的地方、格斯尔驻扎的营盘、格斯尔拴住太阳的铁柱、格斯尔下棋的棋盘、格斯尔打死的魔鬼的血滴、同格斯尔为敌的妖婆的镜子……都可以从这里找到，连柴达木地区的蚊子、咸水等都与格斯尔的活动有关。仅仅在跃进主编的《青海蒙古族格斯尔传说》中就收入了这样的风物传说94则。地域涉及德都蒙古族人聚居的乌兰县、都兰县、格尔木市、河南县，还有甘肃省的肃北县等地。德都蒙古史诗带之所以成为《格斯尔》中心型史诗带，还有一个重要的原因就是，这一地区以《格斯尔》史诗和格斯尔传说为依托，隐约形成了格斯尔保护神信仰，在一些地方，以这种信仰为核心，进而还形成了与当地敖包祭祀相结合的格斯尔祭祀活动[1]。

另外，史诗艺人在格斯尔英雄群体中增加一些新的英雄人物，或者增加一些本来不是格斯尔的故事情节，即有些史诗艺人把德都蒙古史诗传统中的其他一些史诗，也渐渐纳入到《格斯尔》史诗来讲述。从这个角度看，很多德都蒙古传统史诗似乎都出现了向《格斯尔》史诗靠拢，并成为它的组成部分的趋势。这种现象的出现与20世纪80

---

[1] 斯钦巴图：《青海蒙古史诗研究》，北京：中国社会科学院B类重大课题成果，2009年。

年代开始的全国《格斯（萨）尔》工作领导小组办公室展开的一系列"抢救"工作有关。德都蒙古地区作为《格斯尔》仍旧以活态方式流传地之一，上述领导小组办公室人员、高校教授、专职研究人员、硕博研究生再三深入德都蒙古地区，找到相关艺人接连不断地询问采访《格斯尔》相关信息，进而录音录像。所以，艺人有意或无意地把自己所知道的史诗故事都以格斯尔的名义讲出来，"满足"远道而来的贵客。这样双方都有成就感。这样一来，久而久之，给人的感觉，就是德都蒙古史诗正围绕《格斯尔》史诗在做向心运动。这个运动的结果是，在德都蒙古族人当中形成了具有德都蒙古地方特色的《格斯尔》史诗。换句话说，德都蒙古传统史诗向《格斯尔》史诗靠拢的向心运动，意味着具有德都蒙古地方特色的《格斯尔》史诗正在形成。这正是史诗《格斯尔》的一个时代性变异过程。当然，每个历史时期都有或多或少的变异现象，类似的变异过程在北京木刻版之后已经持续了近300年。《格斯尔》史诗在德都蒙古地区成为更加富有地方特色的、更加独特的口承版本。基于上述特色，斯钦巴图在多年调查研究的基础上，提出把德都蒙古地区划为独立的"史诗流传地带"的建议，以丰富和发展其导师著名史诗研究专家仁钦道尔吉的国际蒙古史诗"七个流传地带"的理论。斯钦巴图认为，《格斯尔》中心型是德都蒙古史诗带所表现出的一个最重要的地域特征。除此之外，德都蒙古史诗带的另一个比较突出的地域特色表现在与藏族文化的密切关系上。这种关系的形成既得益于这一史诗带所处的地理人文环境，又得益于蒙古族和藏族两个民族文化交流的悠久传统。

# 第三节
# 德都蒙古史诗传承中听众的意义

　　一部史诗得以长久传承下来，除了优秀的艺人之外，更重要的是得有积极而忠实的听众。一部像《汗青格勒》一样的史诗之所以能够成为经典史诗，是由一些综合因素决定的。这些因素中既包括艺人本身的超强的记忆力、语言表达能力和即兴创造现场表演能力、传授魅力，还包括成熟的、相当有艺术修养的听众。

## 一、演唱现场与听众的参与行动

　　德都蒙古史诗民族志特征的核心命题是"演唱现场与听众"，也就是听众的参与创作行为。这是从史诗演唱现场及其周边民俗的田野调查中获得的经验结论。我们发现演唱、聆听和创作是彼此互动的，在史诗创作的过程中，艺人和听众处于对立而融合的"二合一"状态，单纯地从史诗演唱层面不可能观察到完整的现场，更无法记录其周边民俗。所谓"二合一"，就是指由两种物质混合在一起，其质量为两种物质之和，其体积为两者之和等特征。在这里艺人和听众的"二合一"有着特殊的解释规律，也就是说，在一个特殊的时空内（史诗演唱现场内），对正在演唱中的史诗而言，叙述与接受的和称为"二合一"。这一本属于理工科的理论原理，通过采取结构分析的方法，展开对史诗演唱现场各单位的比较研究，关注演唱现场的完整结构和功能。我们为研究演唱现场的完整结构和"二合一"创作过程，在田野调查中采用了对听众参与行为进行观察和分析的方法，从而把握艺人和听众、叙述和接受合二为一共同创作的实际存在的现象。从这一个学术前提出发，我们认识到听众是蒙古史诗传承的主要环节之一。没有听众就没有演唱，没有演唱史诗就失去了作为活态史诗的生命力和完整的意义。

从接受的层面来研究德都蒙古史诗，关键在于真正的田野成果。接受者（听众）是土壤，史诗是生根于此土壤上的花朵。学术界只研究此美丽的花朵，而不关心滋养它的土壤，是不完整的。田野作业也不能按以往的惯例只关注艺人，而要关注史诗艺人演唱现场和周边民俗，观察听众的反映和表演整体的学术范例。这样就可以很好地采集活态史诗演唱现场的各种资料和信息。这些活的资料和信息包括艺人的演唱过程、听众的聆听、研究搜集者的现场观察的记录，以及三者融为一体的对整个场景的记录。笔者曾经提出过史诗生成的四个环节问题[1]。听众是史诗周边文化研究方面的一大关键，同时也是史诗演唱现场不可缺少的一方，甚至可以改变或决定史诗内容和基本思想方向。青海蒙古族艺人尕登曾说过："每一次讲述的时候，都忘一些内容，或者新想起来一些项目。"的确，根据我们的田野经验，艺人在演唱过程中根据眼前的听众、现场的布局等，增加或者删除相关内容，根据听众的情趣随机应变，演唱史诗时间的伸缩性也是因听众而决定。我们

---

[1] 萨仁格日勒：《蒙古史诗生成论》，北京：中央民族大学出版社，2001 年。

曾经在 2005 年 8 月两次录制了达格玛老人对史诗《七岁的道尔吉彻辰汗》的演唱，规模不一样。对此，我们认为不同的文本、抄本、录音文本和口述记录本的产生原因主要在于听众。笔者问老人昨天和今天演唱的同一部史诗长短规模不同的原因时，她不假思索地回答说："昨天来听的好多都是青年人、小孩子，他们没有家务活，可以长时间地听演唱。但今天下午不同了，来了好几个妇女同志，后面挤奶、做饭、收拾家等活儿还等着她们，她们肯定心里很着急要回家做家务活儿，所以我就简化演唱了。"由此可见，对一位有经验的艺人来说，听众是多么重要，几乎可以说影响他们的整个思路和情绪。他们演唱史诗完全是为了听众，不仅照顾她们的欣赏史诗演唱的审美情趣，还要考虑她们的生活、工作等方方面面。我们搜集同一部史诗，同一位艺人演唱的不同版本的目的，本来不是为了获得艺人创作才能和因听众而即兴表演技巧方面的某种信息，而只是以供多异文进行比较研究。通过这次的田野工作，我们意外地获得了关于听众意义问题的非常珍贵的第一手原生态资料。这说明了艺人与听众在演唱现场中的特殊关系，在那种特殊环境下的特殊时刻，在一定意义上，演唱现场的咏歌行为本身就是属于听众的。当然，按照惯例，从史诗演唱到产生文本，史诗仿佛始终属于艺人一个人，与听众或其他因素毫无关系。因为史诗的文本记录无法标出听众参与创作的比例。洛德说过："诗中一切属于民众集体，但是诗歌本身，特定演唱中出现的程序，则属于歌手的。所有的要素，都是传统的；但是，当一个伟大的歌手坐在观众面前时，他的音乐，他的面部表情，他的特殊的诗的版本，在此时此刻，属于他自己。"这里涉及活态史诗最关键的一点就是"民众集体"（听众）问题。一部成熟的史诗文本是经过几代人的传承才能够完成的，在这几代人的传承过程中，史诗始终活在听众集体的记忆之中。

我们深入到听众集体中，经过民族志田野作业，复原文本史诗的演唱形式，关注文本史诗之外的文化内容，也就是说，更多地关注史诗演唱现场的周边民俗，发现许多相关的文化细节，重新决定我们的学术视野和基调。我们之所以将视野扩展到史诗叙述以外的领域，是因为文本史诗不可能提供一个可以了解史诗演唱现场的全景图，用来阐释史诗传承问题。这一问题的解决，必须从研究史诗演唱现场的全景和完整过程开始，获得从文本史诗中得不到的信息。这要求研究者以严谨、科学的态度观察史诗在听众中的各种现象，从听众到艺人，再从艺人到听众的循环过程。在这实际的过程中，了解到德都蒙古史诗原生态的自然传承过程。这一自然传承过程包括：大众文化土壤、大众记忆、才华艺人、演唱现场（艺人与听众"二合一"行动）、文本的记录或者演唱的录制等各种过程。用一句话来说，这一过程包括史诗叙述层和接受层双方的全部参与过程。我们从中探究史诗听众赋予史诗传承的文化生命，从听众接受的层面观察研究德都蒙古史诗演唱式创作和大众化传承特点。

通过史诗民族志田野调查发现，真正的口头史诗在词语的选择、文体、格律等方面都很严格。史诗的故事情节已在听众中普及。有才华的年轻艺人，首先在民众中学会并熟悉史诗的故事情节的每一个细节，然后才跟着艺人学会调子和一些关键性的"套语"，年轻艺人最初的启蒙老师是听众。据艺人孕登讲："小时候经常听大人们讲的各种各样的故事，后来才听到艺人的演唱，才慢慢地学会并讲述。"艺人乔格生也说："《汗青格勒》等史诗的演唱曲子是从著名格斯尔奇乌孜尔艺人那里学的。不是有意去跟着他学，而是听的次数多了，自然就学会了。史诗的故事梗概我们早就会，我母亲就会讲。"青海省都兰县巴隆乡伊克郭勒村村主任脑尔吉也为我们演唱了史诗《好汉额尔克胡亚克》的片段。采访他学习演唱的经过时，他说："史诗故事以前就会，因为大人们经常讲。演唱曲子是跟着一位名叫登德布·巴巴的老艺人学的，是16岁开始学，后来登德布·巴巴录制了演唱的磁带给我，从那时起就跟着磁带学的，现在那磁带找不到了。""《德都蒙古史诗文化研究》"

课题组从 2002 年开始，在青海省各个蒙古族地区多次进行史诗搜集田野调查，注意到史诗故事在民众集体中普及的状况，感受到史诗传承的土壤的确是民众。我们采访记录了史诗《汗青格勒》十二种文本片段（因为其由一般听众根据记忆讲述，有的不太全，而且没有曲调，所以暂时命名为"片段"或者"大众文本"）。经观察发现，听众讲述的文本有两种情况：一种是表现出纯口述形式，另一种是表现出书面化的口述形式。第一种形式是完全口耳相传的文盲式记忆的结果，而第二种形式是靠文字记录背诵的结果。在第二种形式中，很明显一些套语或者一些非常珍贵的当地土语被换成了书面标准语。这正好验证了德都蒙古史诗传承（生成）过程四个环节的存在（后来出现了听众记忆版和读者记忆版之分，之后又出现第五个环节——研究者解读记忆版）。史诗传承的确离不开听众的记忆和参与。

## 二、德都蒙古史诗可持续传承的可能与听众

德都蒙古史诗之所以能流传至今，原因在于其所蕴含的民族历史真实性，它是能够使听众为之骄傲的英雄赞歌，吸引着一代代的听众为之着迷。德都蒙古史诗主要反映了如同举世闻名的成吉思汗的事迹一样宏伟的战争内容。江格尔勇猛顽强的十二名勇士，格斯尔顽强拼搏的三十名勇士、汗青格勒、汗哈冉贵、鄂日色尔、道里精海、三岁的古纳干乌兰等勇士的英雄事迹，虽然不能说是对 13 世纪世界巨人成吉思汗统一蒙古族各部，建立蒙古汗国的英雄事迹的历史真实写照，但确实是这些历史的一种反映。早期的蒙古族听众崇尚英雄，赞赏他们的一往无前的冒险行动，在辽阔无边的大草原上，快马远征，为部落民族而镇压蟒古思，为世人带来幸福和光明，为民族带来自豪和荣誉。而对那遥远的战争年代留恋和向往的听众渐渐减少，这意味着史

诗在面临危机……随着听众的年龄结构、知识结构、审美观念等的不断变化和娱乐对象的增多，听众对史诗演唱活动的需求也不再那么紧迫，因为上述那些辉煌的历史已经不复存在了。怀念并重温那辉煌的历史赞歌——这一史诗的受听需求也就淡薄了许多。失去了史诗听众，史诗演唱活动就失去了其生命的支撑点。失去了演唱场景，活态史诗就到了生命的终结点，将成为定型的文本史诗。听众是活态史诗可持续传承的社会、历史支撑点，是使其生命延续的保障。经过断断续续两年多的实地田野调查工作，我们了解到德都蒙古史诗传承现实和趋向的许多问题。当今学术界对德都蒙古史诗投以很高的热情和关注。这也一定程度地活跃了德都蒙古史诗演唱传统。但是，当地民众（特别是年轻的听众）却并不熟悉或者不太重视这些史诗及其演唱传统。这里对"民众"和"听众"两个概念做一简要阐释，以便论述得清楚一些。"民众"指的是当地所有民众集体，其中有些人听过史诗艺人的演唱，有些人没听过史诗艺人的演唱，但知道这一文体形式和演唱活动。有些人没听过也不知道史诗演唱形式是什么样的（这样的人少，而且是年轻人，或者从小接受汉语授课的人）。大部分人听过一两次史诗演唱或者经常听到史诗故事。还有一些人特别喜欢听艺人的史诗演唱。"听众"则指听过或者爱听史诗演唱的人。根据笔者的田野调查统计（以被采访的人数为依据），青海省海西洲德令哈市戈壁乡"民众"中七成是"听众"。从以上田野结果我们可以提出一个科学性的理论假设，以克服以往的"文本中心"和"艺人中心"的局限性，开辟史诗接受层研究的一个领域。这个领域的主要关注点是：活态史诗传承的规则是什么？从史诗演唱的目的出发，史诗真正的传承者和保存者是谁？史诗为何、为谁而演唱？什么原因使史诗终止活态的生命而走向固定化、文本化？过去的研究重点放在"活态史诗怎样被创作出来？"这一问题上，主要关注和分析艺人的超级记忆、艺术才华、惯用套语和演唱技巧等，而没有充分关注活态史诗是怎样"活"下来的、赋予她生命的土壤是什么等问题。大量的田野资料证实，活态史诗走向消亡的原因就是失去了听众这一事实。达格玛曾说："在'文化大革命'十年里没有出现过一位新的史诗艺人，也没人演唱，因为不能演唱。但史诗故事照常存活在民间生活中，一到可以演唱的时代，马上就活起来，新旧艺人层出不穷。"即使在"文化大革命"中受到压制，德都蒙古口承史诗也没有死亡。但现在在飞速发展的现代文明中，其却面临消失之危机。根据我们的个案观察，有几个地区活态史诗正在消亡的路上，因为没有了听众[1]，有些地区仍然有史诗存活，但演唱方式和演唱时间有所变更。据老人们讲，从前多数的艺人在冬天的长夜，火红的灶边上，演唱史诗。附近的老少听众圈好羊，吃完晚饭就带着柴火（用来烤火）来艺人的家或者指定好的人家里，连夜听演唱或者听故事。而现在用这段时间来看电视，把演唱史诗的时间改成节假日、祭祀日、上级来搜集民间故事等时候。笔者在青海省海西州访问了两位盲艺人。他们浪漫的想象和超人的记忆是惊人的。一位是大家所熟悉的海西洲福利院的苏和艺人，他是个多才多艺的艺人。笔者前后几次采访过他，并录制了他演唱的《格斯尔》《马建秦佳乐巴希日布巴德拉汗》等史诗。关于苏和的学艺资料和个人成长过程，中国社会科学院民族文学研究所青年学者斯钦巴图有详细的报道[2]。另一位盲艺人是都兰县宗加乡查干那木嘎村的扎木普乐。他是具有非凡的语言天赋的天才艺人，他的敏感、机智、想象力和悟性是惊人的，但是演唱经验和熟练程度不如苏和艺人。扎木普乐短短几小时讲述和演唱了 11 部史诗片段和其他故事，共计约 12 万行。笔者由此发现了盲艺人独特的创作才华和记忆。他面对不熟悉的听众和录音设施表现出些许紧张，但史诗或者故事内容很稳定，显示出他清晰的思路和史诗演唱潜力。笔者问他是否因为紧张忘记了一些内容。他说："不会的，有些对您没用

---

[1] 主要是在青海省河南县、海晏县等逐渐失去母语的地区，失去母语是本民族史诗消失的前奏。
[2] 斯钦巴图：《青海蒙古史诗研究》，北京：中国社会科学院 B 类重大课题成果，2009 年。

的内容我压根儿就不唱的。"笔者很好奇，再问"您怎么知道对我没有用"的时候，他只是笑了笑反问一句："你们是干部吧？"这说明艺人还是根据听众而确定演唱的内容。

2007 年 8 月 8 日，在这一吉祥的日子里，笔者有幸在科克陶鲁嘎采访了 11 位老人。笔者把她们作为听众普查对象来采访，没想到她们个个都是故事讲述家或者史诗演唱者。其中最有趣的是朝格吉玛老人。她一开始给我讲述《美须公克勒图盖》，后来她女儿带着孩子来了，再后来那附近住的好几个老人都来问长问短，听众也多了起来，她女儿鼓励老人说："妈妈您不是会演唱《美须公克勒图盖》吗？演唱一个呗。"朝格吉玛老人兴奋起来，两眼炯炯有神，以史诗曲调演唱了《美须公克勒图盖》的片段，词语也比刚才讲述得更丰富。由此可见，对一位有经验的艺人来说，听众是非常重要的，影响她的整个思路和情绪，她完全是因听众而活跃起来。我们在无意中搜集到同一部史诗（或者故事）同一位艺人讲述和演唱的两种文本，这又是我们的一个收获。

通过以上的经验，我们认为记录一位艺人一次演唱的文本，代表不了一部史诗传承的全过程。这对德都蒙古史诗传承过程中，演唱现场全景及史诗听众作用的认识，具有至关重要的意义，让我们认识到德都蒙古史诗保持活态可持续传承的关键在于听众这一事实。

### 三、德都蒙古史诗传承所面临的挑战与听众

我们准备对盲艺人苏和及其演唱活动进行几年的跟踪调查。20 世纪 80 年代初开始，当地一些学者和内蒙古《格斯尔》搜集和研究专家，已经在田野调查期间接触到关于盲艺人演唱的民族志记述。这些对我们产生了重要的启示，但是这些相关资料对后人来说，仍然是二手资料，而且当时的调查目的和动机与当今有所不同，方法和条件也大不

一样，所以很难成为当今课题的理论依据。以往我们调查搜集史诗的动机，是文本资料的搜集、整理和出版等，所以当时主要关注艺人和文本两个环节，很少涉及或关心听众、读者、研究者、演唱现场等文本形成的其他各环节。当然，我们在进行田野工作之前也没有什么关于听众的理论假设。研究题目、目的、方法、意义及研究的手段等，都是在多年田野作业的经验基础上逐步确定的。德都蒙古史诗的继承、传承、演唱、传播、流传、保存等过程，没有一个环节不关联到"听众"这个土壤。以往的研究除了对文本的关注之外，主要精力放在"史诗是怎样被创作出来？""艺人怎样演练并背会那么长篇幅的史诗？""有何固定套语（母题、程序）用来记忆史诗？"等对固定性规则的记忆规律的挖掘和分析上，也就是说，主要关注"史诗文本"和"史诗艺人"，因而为此拟定种种观察和研究的方案或者方法。这为我们奠定了更深入了解的基础，但这样往往忽略了是什么激发艺人创作和演唱的动力等问题。我们从起源理论和传播学的角度考虑，史诗生根的土壤（起源）和保留其苗种的土壤，与史诗现场演唱举动同样重要。我们要克服长期以来只重视文本和文本的演唱者的局限，要发现和关注其落脚地和面对的对象，把整个演唱场景视为一个整体去把握。当然，民众或者听众的概念好比汪洋大海，在演唱现场的文化氛围和当下的时空场景中，捕捉并记录艺人和听众互动信息的每一个细节，是关系到田野技巧、观察能力和描述技能等多方面的问题。

我们几次采访艺人苏和后，发现德都蒙古史诗演唱及其听众资源也面临着许多困境。他说："近几十年来，除了从内蒙古和北京等地来收集《格斯尔》等史诗或故事的学者外，几乎没有热心的史诗听众了。找我来看病的、算卦的、占卜的人有一些。但没有人来请我演唱史诗的，除了你们之外。"的确，早期分散的、游牧的生活方式已经发生了变化。笔者近几年几乎走遍了甘肃和青海德都蒙古族人分布的各个地方。大部分牧人（古老的传统的史诗听众）现已经定居土房，风力发电机、电视、录像机、收音机等家用电器几乎普及。电视、录像等现代节目代替口耳相传的史诗演唱节目已经不是趋势而是成为现实了。真正意义上的自然听众，似乎已经不存在了。表演理论的倡导者鲍曼曾说过，史诗在表演中被创作。既然是"表演""创作"，一定得具备表演者和接受者双方互动的条件。那么接受者的兴趣转移，史诗就没有表演对象，更谈不上"二合一"创作了。

我们对蒙古史诗的研究及其相关田野作业的经验是：事先设计好采访方案、采访地点和采访对象等，去指定的地方，对史诗艺人进行采访记录。这种作业主要是为了搜集到活态史诗的演唱文本。在进行采访、录制、记录的时候，现场只有艺人和采访者，几乎没有一位天然听众。有些时候甚至为了保证录制录音效果，干脆就把艺人叫到安静的地方（空房间里），让他面对着话筒演唱。这样就大大地失去了艺人在原生态场景里，面对熟悉的听众而演唱的效果，更无法捕捉听众的参与创作行为和艺人从听众那里获得的激情和灵感的效果。然而，这种人为的安静场景里产生的文本是不完整的。失去"听众"可能是目前德都蒙古史诗传承所面临的最大挑战。不重视或不关注听众在史诗传承过程中所发挥的作用，是史诗生成（研究环节）的损失。

我们为了弥补以往的这种遗憾，近年来在田野工作中一直努力在原生态场景中采访；同时，不仅仅是采访艺人，还要采访听众（演唱现场的听众和平时生活中的听众），创造叙述者和接受者双方俱全的、相对完整的演唱环境，以激发艺人的演唱激情，能够使他更为自然地演唱，使活态史诗得以自然传承。但实际上，这也是人为的"原生态场景"。这种场景中的史诗演唱结果也很好地反映了德都蒙古史诗文化的一大变迁。

我们对盲艺人苏和及其演唱活动进行跟踪调查的目的，就在于观察这种"变迁"的幅度、进度和发展规律，以便把握其理论根基。

## 学者

〔蒙古〕阿·阿穆尔　　94

阿·太白　　17

阿旺·却太尔　　18

安柯钦夫　　19

〔苏联〕奥奇洛夫　　75

巴·布尔贝赫　　28

巴·布和朝鲁　　21

巴·王吉勒　　21

巴图　　21

宝力高　　18

宝音和西格　　28

〔德〕本杰明·贝格曼　　75

〔俄〕布尔杜科夫　　225

才布西格　　25

才仁敦德布　　26

曹洛孟　　17

〔蒙古〕策·达木丁苏伦　　136

〔苏联〕策旺·扎姆察拉诺夫　　253

察干巴特尔　　26

〔蒙古〕达·策仁苏德纳木　　76

达木丁　　36

旦布尔加甫　　70

道·照日格图　　56

道荣嘎　　19

〔法〕德阿·托隆　　137

杜格吉尔扎布　　25

杜荣花　　81

〔法〕多桑　　113

额尔敦陶克陶　　17

〔英〕弗雷泽　　171

〔俄〕符拉基米尔佐夫　　43

高·才仁道尔吉　　24

〔俄〕格里戈里·波塔宁　　12

〔德〕格罗塞 188
古·才仁巴力 19
古·曲力腾 36
郭景元 34
哈登·宝力格 4
〔德〕海西希 29
郝苏民 25
〔蒙古〕浩·桑布拉登德布 137
〔古希腊〕荷马 127
〔德〕黑格尔 188
呼和西力 37
贾·伦图 18
贾木查 121
贾希儒 18
翦伯赞 113
〔波斯〕拉施特 113
林布加 25
林耀华 134
〔日本〕柳田国男 24
玛·乌尼乌兰 31
毛卫红 19
〔苏联〕梅列金斯基 73
那日苏 18
纳·才仁巴力 4
〔苏联〕尼古拉·尼古拉耶维奇·鲍培 253
（南宋）彭大雅 183
齐·布仁巴雅尔 25
乔旦德尔 25
秦建文 29
却苏荣 25

〔苏联〕日尔蒙斯基 73
〔瑞士〕荣格 89
〔明〕萨冈彻辰 165
〔蒙古〕沙·孕丹巴 76
斯·窦步青 20
斯钦巴图 12
苏·乔伊苏伦 209
苏荣 18
〔苏联〕索德那木-扎木苏·吉格吉德瓦 17
塔亚 92
〔日本〕藤井麻湖 22
天籁 25
〔比利时〕田清波 76
图格 25
〔意大利〕维柯 127
乌·新巴雅尔 22
〔苏联〕乌兰诺夫 87
乌兰其其格 25
乌力吉 20
〔蒙古〕乌尼尔巴音 75
乌云巴图 21
乌云别力格 18
乌云别力格图 18
〔苏联〕谢·尤·涅克留多夫 17
〔苏联〕谢尔盖·安德烈耶维奇·科津 253
（清）尹湛纳希 139
玉梅 25
跃进 31
札奇斯钦 167
照日克图 39

〔波斯〕志费尼    133

## 历史人物

| | | | |
|---|---|---|---|
| 阿拉坦汗 | 9 | 哈布图·哈萨尔 | 104 |
| 阿阑豁阿 | 118 | 海儿汗 | 133 |
| 阿木古楞 | 10 | 诃额仑夫人 | 119 |
| 阿思凌·隆巴儿底 | 145 | 合惕 | 182 |
| 阿玉什 | 114 | 忽必烈 | 95 |
| 安德·龙如美 | 145 | 忽都合 | 171 |
| 俺巴孩 | 119 | 忽秃 | 182 |
| 八思巴 | 95 | 忽图剌汗 | 119 |
| 别克帖儿 | 187 | 豁儿赤 | 167 |
| 孛儿帖 | 82 | 阔端汗 | 150 |
| 博尔术 | 127 | 拉班·马克 | 145 |
| 不亦鲁黑 | 171 | 拉班·扫马 | 145 |
| 藏巴汗 | 151 | 莲花生 | 149 |
| 扯扯干 | 83 | 猎骄靡 | 165 |
| 成吉思汗 | 4 | 六世班禅额尔德尼 | 16 |
| 铁木真 | 4 | 鲁不鲁乞 | 145 |
| 赤剌温 | 182 | 罗卜藏丹津 | 3 |
| 赤列都 | 119 | 马可·波罗 | 145 |
| 绰格图汗 | 151 | 孟德科维诺 | 145 |
| 达延汗 | 114 | 摩诃末 | 134 |
| 德薛禅 | 166 | 努尔哈赤 | 178 |
| 第五世达赖喇嘛 | 3 | 丘处机 | 145 |
| 都蛙锁豁儿 | 118 | 桑昆 | 83 |
| 顿月多吉 | 151 | 审温·列边阿答 | 145 |
| 朵奔·篾儿干 | 118 | 圣类思 | 145 |
| 贡噶坚赞 | 149 | 释迦牟尼 | 96 |
| 贡却杰布 | 149 | 松巴堪布·益西班觉 | 16 |
| | | 速别额台 | 182 |
| | | 唆鲁禾帖尼 | 83 |
| 固始汗 | 3 | 太阳汗 | 184 |
| | | 脱黑脱阿 | 182 |

| | |
|---|---|
| 王汗 | 83 |
| 窝阔台汗 | 144 |
| 也速该 | 119 |
| 伊本·白图泰 | 145 |
| 亦巴合 | 83 |
| 约翰·柏朗嘉宾 | 145 |
| 札合敢不 | 83 |
| 札木合 | 167 |
| 张德辉 | 145 |
| 宗喀巴 | 150 |

**术语**

| | |
|---|---|
| 长生天意识 | 102 |
| 程序化的诗句 | 44 |
| 传统武库 | 14 |
| 大蒙古国 | 82 |
| 道木格 | 72 |
| 德都蒙古 | 2 |
| 德都蒙古二十九旗 | 3 |
| 格斯尔奇 | 20 |
| 共时 | 91 |
| 故事讲述家 | 13 |
| 和硕特汗廷 | 3 |
| 荷马史诗 | 119 |
| 活态 | 13 |
| 活态传承 | 41 |
| 活态形式 | 13 |
| 即兴表演 | 50 |
| 集体记忆 | 13 |
| 讲述 | 13 |
| 历时 | 91 |

| | |
|---|---|
| 流传 | 2 |
| 盟旗制度 | 3 |
| 民间文学田野调查 | 13 |
| 那木特尔 | 72 |
| 史诗演唱传统 | 11 |
| 史诗艺人 | 13 |
| 手抄本 | 63 |
| 他者 | 20 |
| 田野调查 | 66 |
| 突厥汗国 | 117 |
| 突兀吉 | 71 |
| 突兀里 | 72 |
| 文本 | 12 |
| 文化断裂 | 40 |
| 文化中断 | 40 |
| 翰巴黑 | 118 |
| 乌杰齐 | 66 |
| 乌力格尔 | 72 |
| 屋得干 | 66 |
| 夏斯特尔 | 72 |
| 演唱 | 13 |
| 异文 | 12 |
| 韵文散文结合体 | 67 |
| 韵文体 | 17 |
| 知情 | 20 |
| 周圈理论 | 25 |
| 主题 | 62 |
| 祝颂词家 | 32 |

**艺人**

| | |
|---|---|
| 阿毕尔米德 | 230 |

| | | | |
|---|---|---|---|
| 阿珠巴努 | 23 | 赫特布齐 | 30 |
| 敖立吉白 | 205 | 胡雅克图 | 22 |
| 巴勒登 | 206 | 华懋措 | 38 |
| 巴勒其格 | 18 | 吉格斯尔加夫 | 26 |
| 巴勒珠尔 | 195 | 嘉吉雅 | 59 |
| 比拉 | 26 | 贾拉森 | 80 |
| 布吉勒 | 202 | 金巴 | 37 |
| 布热 | 26 | 金巴扎木苏 | 68 |
| 才仁道日吉 | 19 | 金宝 | 22 |
| 才义 | 13 | 库古德 | 59 |
| 查干夫 | 30 | 拉嘎 | 25 |
| 朝克苏慕 | 71 | 拉合斡 | 22 |
| 春花 | 21 | 拉拉 | 211 |
| 达尔罕博 | 203 | 赖格邹尔 | 18 |
| 达尔汗 | 18 | 莲花 | 13 |
| 达尔扎 | 30 | 龙日布 | 23 |
| 达格玛 | 13 | 罗布桑 | 17 |
| 道布吉勒 | 210 | 孟惕 | 23 |
| 道丽格尔苏荣 | 14 | 木胡尔 | 37 |
| 登德布·巴巴 | 262 | 纳木德格 | 22 |
| 丁巴 | 22 | 脑尔吉 | 262 |
| 杜布钦 | 25 | 尼玛 | 29 |
| 多希敦德布 | 38 | 诺尔金 | 22 |
| 〔苏联〕鄂利扬·奥夫拉 | 74 | 诺日布 | 19 |
| 嘎日来 | 203 | 帕丹巴 | 38 |
| 孕登 | 25 | 帕尔钦 | 75 |
| 贡布苏荣 | 31 | 拍力杰 | 13 |
| 古尔克木额吉 | 210 | 潘德 | 22 |
| 古莱 | 30 | 普日布 | 13 |
| 关布 | 23 | 其讷德 | 23 |
| 哈希嘎 | 29 | 乔格生 | 13 |

曲力图姆 213
却德布 19
桑劳 29
色尔金巴 30
色仁 19
苏巴 21
苏和 13
苏荣克尔 26
塔带·强迪 208
万扎 80
王楚克 218
旺酷 215
乌孜尔 13
希瓦 29
夏格扎 207
夏拉 39
伊布新 26
伊克都 26
扎格楚 30
扎吉娅 29
扎木普勒 13
扎木苏荣 218
扎斋锡迪 208
占布拉 21
孜达 30
邹木格 180

## 史诗（民间文学）

阿拜杨俊巴托尔和阿拜旺琴巴托尔 33
阿尔查赛特 96
阿尔查希迪格斯尔台吉 33
阿尔查希迪与阿姆嘎希迪 96
阿尔嘎特察罕陶莱 208
阿尔齐西德格斯尔汗 19
阿尔塔希迪汗传 95
阿卡曲尔昆从天上的德布西德汗那里给中界请可汗之部 30
阿卡谭巴 90
阿克东布 32
阿克乔通诺彦 66
阿拉坦沙盖孟根沙盖 208
阿拉坦珠拉克布恩 38
阿拉腾沙盖 62
阿鲁克泰台吉 218
阿玛查干毕如 32
阿曼莫尔根 69
阿曼莫尔根阿布盖 35
阿姆尼格斯尔可汗 217
阿木尼摩尔根格斯尔汗 97
阿木尼诺彦汗 196
阿穆尼格斯尔博格达汗 27
阿努莫尔根阿布盖 33
阿弩美尔根 19
埃达 109
艾尔色尔巴托尔 12
敖日嘎闹德布加木措 222
奥德赛 192
奥依图莫尔根特木奈 203
八岁的杜翁格尔 33
八条腿的耐尔莎日嘎 33
巴达尔汗传 96
巴达尔汗台吉传 37

274

| | | | |
|---|---|---|---|
| 巴达拉希日布汗 | 27 | 杜日布勒金汗 | 196 |
| 宝迪美日更汗 | 210 | 额尔赫巴彦汗 | 66 |
| 宝尔玛汗的儿子宝玛额尔德尼 | 29 | 额尔肯巴音汗 | 34 |
| 宝木额尔杜尼 | 12 | 额尔色日巴特尔 | 160 |
| 贝奥武甫 | 109 | 额仁赛因耿格斯 | 256 |
| 鼻涕娃焦绕格 | 19 | 额仁赛音恩赫浑吉乐 | 204 |
| 布达拉宫落成秘诀 | 91 | 厄尔赫诺彦 | 218 |
| 布拉尔精格勒老太婆传 | 36 | 放牛犊的小男孩 | 32 |
| 布拉尔泰汗老太婆的九个儿子 | 26 | 嘎海图勒格奇 | 32 |
| 曹琦莱的汗 | 222 | 格萨尔 | 23 |
| 查宝罗尔德克 | 33 | 格赛尔 | 49 |
| 长着二十庹长发的巨人 | 38 | 格斯尔 | 12 |
| 朝克图汗 | 32 | 格斯尔博格达汗 | 46 |
| 乘骑三岁黑马的格斯尔汗 | 30 | 格斯尔博格达汗传 | 24 |
| 措勒巴托尔 | 39 | 格斯尔从天而降降伏十二个头的<br>蟒古思 | 21 |
| 达兰泰老汉 | 26 | | |
| 达丽玛与兆丽玛 | 32 | 格斯尔的两个儿子阿拜杨宗巴托<br>尔和阿拜班钦巴托尔 | 256 |
| 达利托勒盖 | 26 | | |
| 岱尼库日勒 | 116 | 格斯尔夺回阿尔达赫拉合木夫<br>人的故事 | 23 |
| 道格森哈尔巴托尔 | 12 | | |
| 道勒吉延宝彦额尔德尼 | 66 | 格斯尔夺回茹格姆高娃妇人之部 | 218 |
| 道里精海巴托尔 | 12 | 格斯尔酣睡三年 | 40 |
| 道利格颜宝彦额尔德尼 | 33 | 格斯尔寒射落行星 | 31 |
| 道令海巴托尔 | 25 | 格斯尔汗娶腾格里天神之女为妻 | 30 |
| 得密德贡登汗 | 27 | 格斯尔汗试探未婚妻的为人 | 30 |
| 德勒岱巴托尔 | 38 | 格斯尔降伏昂杜拉姆斯汗 | 40 |
| 迪米德贡登汗 | 243 | 格斯尔降伏骑黑公驼的魔鬼之部 | 33 |
| 东吉毛勒姆额尔德尼 | 12 | 格斯尔降生 | 26 |
| 东吉毛鲁姆 | 255 | 格斯尔降生阿曼格克扎家<br>（莽嘎格孜） | 32 |
| 独眼喇嘛 | 208 | | |
| 杜布钦喇嘛 | 32 | 格斯尔麦肯嘉乐布 | 28 |
| | | 格斯尔聘娶希拉高勒三汗的公主 | 20 |

| | | | |
|---|---|---|---|
| 格斯尔在腾格里汗家出生 | 32 | 霍尔鲁代莫尔根博格达 | 13 |
| 格斯尔扎勒布汗 | 208 | 吉祥天女传 | 95 |
| 格斯尔斩除毒蛇 | 30 | 嘉乐布色日金巴乐卜 | |
| 格斯尔征服阿特嘎尔哈日莫坞思， | | （德米德衮登汗） | 28 |
| 拯救图门吉日嘎力哈屯 | 19 | 降伏霍尔黑尔扎勒布蟒古斯之部 | 33 |
| 格斯尔征服毒蛇昂道力玛莫坞思 | 20 | 降伏十二个头的蟒古思 | 26 |
| 孤儿降伏蟒古思 | 25 | 降服乌隆沙日蟒古斯之部 | 33 |
| 古尔班辛吉图扎胡 | 32 | 卡列瓦拉 | 109 |
| 古南布克吉尔嘎拉 | 12 | 柯尔克斯可汗的儿子毛盖莫尔 | |
| 哈日罕克斯汗 | 37 | 根陶尔查 | 37 |
| 汗哈冉贵 | 62 | 快速征服七年敌人的道林海巴 | |
| 汗精格勒传 | 36 | 图尔 | 161 |
| 汗青格勒 | 12 | 拉夏西贺 | 120 |
| 好汉额尔克胡伊格 | 26 | 拉玛坚 | 120 |
| 好汉恩克斯格 | 28 | 两位猎人的故事 | 228 |
| 好汉哈日杭吉斯 | 37 | 灵巧的白兔 | 222 |
| 好汉哈日库克库布恩 | 29 | 禄东赞的传说 | 91 |
| 好汉库克庚吉斯 | 23 | 罗兰之歌 | 109 |
| 好汉温迪 | 76 | 罗摩衍那 | 96 |
| 好汉中的好汉额尔克胡伊格 | 29 | 马建秦佳乐巴希日布巴德拉汗 | 217 |
| 好汉中的好汉哈吉林 | 24 | 马江钦嘉乐布什日布巴德拉汗 | 34 |
| 好汉中的好汉哈日库克库布恩 | 26 | 玛尼巴达尔罕台吉 | 37 |
| 好汗哈吉楞 | 19 | 玛尼巴达尔汗传 | 96 |
| 好心肠的南珠海 | 26 | 玛塔噶尔哈日 | 32 |
| 浩吉格尔贾勒布镇压蟒古思 | 19 | 曼吉希利汗的娜仁萨仁达格尼 | 24 |
| 赫勒特盖贺萨哈勒 | 34 | 蟒古斯妖婆 | 208 |
| 黑汗、黄汗、白汗 | 33 | 毛尔吉胡莫尔根 | 218 |
| 黑山羊的故事 | 32 | 美德格奥恰汗 | 28 |
| 黑心肠的阿卡超同汗 | 27 | 美尔根·特门的传说 | 91 |
| 呼德尔阿拉泰汗 | 196 | 美须公故事 | 25 |
| 胡德尔阿尔泰汗 | 17 | 美须公克勒图盖 | 14 |
| | | 米德格戈秀台吉 | 27 |

绵羊和山羊 222
那仁罕库文 116
那仁赞丹台吉 12
纳木吉兰班迪 38
纳仁汉台吉巴托尔 12
饢巴特尔 39
尼伯龙根之歌 109
尼苏海昭汝 218
炮齐莫尔根 33
七个兆赤的故事 32
七岁的道尔吉彻辰汗 12
七岁的道尔吉斯钦汗 19
七岁英雄东吉莫洛姆额尔德尼 32
骑黑棕马的格斯尔博格达汗 33
骑虎称王 32
骑三岁黑马的布和吉日嘎拉 32
骑三岁黑马的古南布克吉尔嘎拉 30
骑雄鸡般花马的古南布克吉尔
　　嘎拉 34
骑着布尔汗哈日马的博格达格
　　斯尔汗 19
青海湖的传说 90
瘸羚羊 33
萨逊的大卫 109
三岁的古南布克吉尔嘎拉 27
三岁古南乌兰巴托尔 12
沙莱高勒三汗之部 218
山羊姑娘和绵羊姑娘 208
山野之子 26
神鸟下凡 46
十四岁的阿穆尼格格斯尔博格达汗
　　与十三岁的阿贝·昂钦巴特尔 19

石狮子的故事 32
四姬白花 250
塔本南齐莫尔根汗 33
陶岱莫尔根汗的莫尔根陶尔察 19
陶亦苏木诺彦 91
腾格里的乌图沙尔 208
天界的德格珠扎布桑汗 208
铁匠与木匠 32
图古拉沁克布恩 29
托德莫尔根汗 46
脱栾赤 83
威伦汗 17
魏特摩尔根特木尼 17
五卷书 136
希尔德布兰特之歌 109
锡莱高勒三汗之部 30
锡莱高勒之战 48
熙德之歌 109
伊戈尔远征记 109
伊利亚特 130
玉发男孩 39
扎宝格达 208
扎勒布托呼尔汗 40
镇压饥荒的沙日蟒古思 19
镇压骑着公驼的莫坞思 19
征服七方敌人的道里精海巴托尔 26
征服七年敌人的道里精海巴托尔 34
征服锡莱高勒三汗之部 26
珠盖莫尔根 76
珠拉巴图尔汗 204

# 后记

　　蒙古史诗的研究是一件汪洋大海捞针之事。如果没有各方的帮助与鼓励，我无法完成此书的写作。2016年是我母亲去世10周年，为了祭奠她老人家在天之灵，献出此书以表达我的思念和敬重。她不仅仅给予我生命，也是我的授业恩师，从幼儿时期开始，她就把我带进了蒙古史诗故事的海洋，培养了我民间文艺的欣赏能力，从而得以承接丰富的本土文化资源，使我受益一生。我的工作单位中央民族大学蒙古语言文学系，为我多次境外访学和各地调研搜集资料提供了方便。蒙古国科学院文学院、蒙古国立大学、乌兰巴托大学、日本国立民族学博物馆、日本国立千叶大学、丹麦皇家博物馆等单位提供的学习交流和合作研究机会，使我认识了许多顶尖的蒙古学学者，得到了许多珍贵的研究方法和启示。与小长谷有纪教授几乎每年一次的牧区田野调查，使我有机会搜集到相关史诗的各种第一手珍贵资料和活的文本并为此而震撼，真正地见识到民间文化传统的精妙世界。在此一并表示诚挚的谢意。

　　此外，感谢中国社会科学院民族文学所斯钦巴图研究员在本书写作过程中提供了自己搜集的珍贵的第一手田野资料。感谢青海省海西州群艺馆的乌斯荣贵教授为本书第五章提供的部分艺人照片。还要感谢我的学生娜仁赞丹、金花、珠拉、哈斯塔娜等，她们孜孜不倦地完成了几部史诗文本的拉丁文转写工作，只是因页面问题本书中未能附上。同时，感谢科学出版社的苏利德先生为本书出版事宜所做的工作。

　　虽然经过多次修改和筛选，在本书完成之际，我仍尤为惶恐。对蒙古史诗文化的研究，如同在一片撒满珍珠的原野中遨游，望过去明光烁亮，让人眼花缭乱，难以取舍，更是难以抓住其精粹，加上本人才疏学浅，书中难免有疏漏之处，期待着各方同行的批评指正。

笔　者

2017 年 10 月 1 日

于中央民族大学北智楼 225 教研室

后
记